折一枚针 著

窄红

北京联合出版公司
Beijing United Publishing Co., Ltd.

目录

第一折
烟波致爽
_ 1 _

第二折
挂　帅
_ 169 _

第三折
黄金台
_ 327 _

番外
另一种相遇
_ 341 _

第一折
烟波致爽

1

匡正第一眼见到宝绽，记住的是他眉间额上窄窄的一道胭脂红。

那是个盛夏，高天、流云、蝉鸣，巨大的城市匍匐在喧嚣的暑热中，匡正在十字路口等信号，他开的是保时捷帕纳梅拉，骚气的游艇蓝，一体式贯通尾灯闪着华丽的红光，车如其人。

他戴着一只万宝龙计时码表，看一眼，十点过十分，车里冷气很足，弥漫着淡淡的须后水味，接着他碰了碰自己的右颈。

衬衫是新做的——在走马湾一家台湾人经营的高订店，领子略高，有复古的调调，塞了刻着他名字的纯银领撑。领口处的皮肤有些疼，那里有一道细小的伤口。今早刮胡子时他走神了，刀头见了血，他骂了一句，扭开明矾笔对着镜子止血。镜中的脸轮廓锋利鲜明，带着毫不掩饰的侵略性，那是大把钞票堆起来的自负。

不是个好日子，匡正想。他挂挡开过通往老城区的路口，边研究路牌，边从手机里翻出地址：南山区白石路106巷56-2号。

他缓缓打着方向盘，在明显老旧的街路上穿梭。这里紧挨着市中心，但与高楼林立的商业区不同，南山的气息是萎靡的，带着旧时代的霉味儿，路两旁是日军侵占时期的红砖房，还有被遗忘了的名人故居，不少是市级文保单位，可以预见，未来十年这里还会是这副半死不活的样子。

匡正穿过狭窄的长巷，在一条自来水管爆裂形成的小沟边停车。

56-2是一栋二层小楼，楼面南墙上砌着一颗已经龟裂的五角星，典型的20世纪50年代的建筑，黑洞洞的大门口挂着一块竖牌，油漆剥落。匡正认了认，是个剧团。

他进门，左右各有一条走廊，因为屋门全关着，楼道里没有一点光，楼上传来二胡之类的弦声，时断时续，还有人在大声说话。

老式楼梯正对着大门，匡正走上去，胡琴声变得刺耳，左边走廊上有一扇开着的门，窗外的日光穿过房间，在门前的水泥地上泼下方寸雪亮。

匡正迈步过去，一脚踏进那片光晕，然后愣住了。

屋子不大，当中的旧沙发上靠着一个人，沙发棕红色的皮面泛白开裂，那个人裹着一身锦绣绫罗，厚底靴蹬在小茶几上，向门口看来。

匡正无法不和他对视，那人眼窝里揉满了胭脂，眉间有一道窄窄的红，直冲到额上，一把长发扎在头顶，发尾搭过来披散在肩头，两肩松松罩着一件黑缎大氅，绣满了彩云飞鹤，里子是湖蓝色，满绣着莲花，里外交相辉映。他身后正上方，斑驳的墙面上挂着一幅中堂，浓墨写着"烟波致爽"四个字。

这是和着西装打领带截然不同的又一种风采。匡正直视着那双胭脂眼，他从没见过这样精彩的眼睛，像有月光在里头流淌，又像猛虎在深山月色下孤寂回头。

走廊上有人喊："喂，你找谁？"

匡正转身。远远地站着一个人，是个光头，手里横着一把表演用的长刀。

"我……找一位姓段的先生。"匡正硬着头皮过去，脑海中留下了一个绮丽的残影，和一道小剑似的窄红。

"我们这儿没有姓段的。"光头拿刀朝他比画。

匡正还要说什么，身边的一扇门从里头拉开，门后是个年轻人，长着一张漂亮得过分的脸，眼神像刀，快速把匡正刮了一遍。

"进来吧。"年轻人说，声音不大，但很好听。

匡正跟他进屋，带上门，眼前是成排的戏服，窗外有风吹进来，扬起一派红粉裙裳。

"你可不像个律师。"年轻人说。

他二十五六岁的样子，一头干净的短发，穿着一条设计感很强的黑裙子，脚上是廉价的罗马式凉鞋，在阴与阳之间达到了一种微妙的平衡。

"你是段先生？"匡正向他确认。

年轻人没回答，而是继续猜他的身份："也不像财富顾问，你这个打扮——"他扫一眼匡正的领带，很扎眼的花色，"像是投行的。"

第一折　烟波致爽　　3

他说对了，匡正顺势掏出名片："做兼并收购的。"

年轻人接过名片，看都不看，撕碎了扔到窗外："我爸叫你来的？"

谈话节奏完全被这小子掌控着。匡正拎了把椅子，木头的，八九十年代那种，戳到他面前，解开西装扣子坐下："我不认识你父亲，是我老板让我顺路来捎个话。段先生，令尊想让你回趟家。"

年轻人靠在桌边，低头刷一支玻璃顶花，没出声。

匡正是万融银行投行事业部的VP，这个职位号称副总裁，其实就是负责某项业务的总经理，而他所说的老板，则是公司投行部的老大——董事总经理白寅午。

"行，我知道了。"穿裙子的小子说。

匡正从破椅子上站起来："那我送一下段先生。"

年轻人不耐烦地背过身："话捎完了，没你的事儿了。"

匡正很多年没被人这么下过面子，语气硬起来："老板让我'捎话'，可不是真的只捎个话。"而是要把事情办成。

年轻人半转过身，一脸看戏似的讥诮："哟，那真对不住，我七八年没回过家了，也不打算回去。"

"你知道万融的投行部有多少个VP？"匡正一米八五的个子，居高临下瞧着他，"我老板挑我来，就是觉得我比别人强，我必须证明他这个判断。"

"那你知道我爸每年找多少个律师、多少个财富顾问、多少个职业公关来烦我吗？"漂亮小子个头儿不算很高，气势倒不弱，"没一个成的。"

匡正眯了眯眼睛，目光投向他身后那片艳丽的裙衫："喜欢穿女装？"他故意起刺儿，"戒不掉，家里又不让？"然后拿出投行人特有的尖酸，"因为这个挨过你爸的揍，不敢回家？"

不愧是唱戏的，年轻人杏核似的眼睛水亮，眸光如钉："你敢这么——"

门上突然响了两声，外头喊："小侬！快来，宝处倒了！"接着是杂乱的脚步声。

年轻人的目光闪过匡正，立刻开门出去。匡正随之转身，临出门，在门边墙上看到一张放大得有些模糊的老照片，照片上是个满头珠翠粉墨登场的"姑娘"，底下有一行小字："青年京剧演员应笑侬参加南方昆剧团苏州培训，特此留念。"

匡正弹了一下照片上的桃腮粉面，走出去。是方才"烟波致爽"那间

窄红

屋，小剧团为数不多的几个人全挤在里头。

倒下的是那个如月光似猛虎的人，还戴着妆，裹紧的白领子已经让汗浸透了。

"宝处！怎么了，醒醒！"人全围着他，焦急地喊。匡正不理解那个"处"字，不像是名字，也不可能是职务。

"把头捽了！"应笑侬话到，马上有人捧住那人的太阳穴，两手一捋，把水纱连网子全褪下来，露出乌黑的短发，水淋淋遮在嫣红的眉眼上。

"应该是休克了。"一个利落的高个子把他拖进怀里，一把一把给他捋胸口，"今儿给那个大老板摔了十几个吊毛，连翻了二十个抢背，还带唱，什么人都受不住。"

"那他也没给咱团投一分钱哪！"

"我跟你说，有钱人都是浑蛋，吃准了咱们急等钱，变着法作践人……"

"行了，都别吵了！"应笑侬吼一嗓子，看样子是在这里拿惯了主意，对那个高个子说："老时，你去叫车，我陪着上医院。"

高个子把人往他手里交，匡正这时挤进去，在所有人惊诧的目光中，拔掉领带针，扯松领口，拽着那件羽衣似的彩云飞鹤大氅拎了拎，转过身，把人驮到了背上。

应笑侬火了："干什么你？给我放下！"

匡正二话不说往外走："少废话，我车在外头，十分钟冲到最近的医院。"

应笑侬反应过来，拔腿就追，时阔亭拉住他："那是个什么人？"

"你别管了，"应笑侬急三火四，"宝处要紧，家里头交给你。"

时阔亭把衣服裤子里的钱有一分算一分，全掏出来塞到他手里，低声说："放心。"

匡正背着人直奔水沟边的帕纳梅拉，天热，这破剧团又没空调，还背着个老爷们儿，新做的衬衫彻底拿汗洗了。他拉开车门，背上的人忽然动了，搭在他身前的手慢慢收拢，像是一个无意识的拥抱，从后头搂住他的脖子。

匡正愣了一下，紧接着，脖子上的伤口被蹭开了，热汗杀上去，刺痛。

他一脚油门开到第二人民医院。应笑侬架着人下车，临关车门时，臊眉耷眼扔下一句："谢谢啊。"

匡正没理他，看一眼自己被油彩蹭花了的西装，给老板打电话。"老白，"他直说，"事儿没办成。"

第一折　烟波致爽　5

"知道了。"白寅午话落，响起一记清脆的击球声。

匡正知道他在陪客户打高尔夫，便发动车子："那就这样。"

"哎，两件事，"白寅午接着说，"上次炼云化工那单你做得不错，我替你跟公司要了套别墅，再一个，"他压低声音，"很快能腾出一个执行副总的位置。"

匡正狠狠踩了下刹车，帕纳梅拉不当不正横在了医院门口。

2

上午九点半，匡正在大床上醒来，翻个身，看到明亮的落地窗，窗外是成荫的绿柳和不知名的小河，一眼望去看不到其他建筑。他愣了一阵才反应过来，这是他的新家，公司奖励的别墅。

从床上爬起来，他活动着脖子去洗手间——接近三十平方米的明卫，冲凉时甚至有喜鹊从窗外飞过。这里是郊区，离市中心八十多公里，园林级的绿化、每小时更新的空气指数、一天三次无人机巡逻，很多人奋斗一辈子不过是想要这样一个终点。

而匡正今年只有三十二岁。

他二十二岁大学毕业进入万融，在投行部做分析师，前两年在国内，第三年在伦敦，随后三年半的经理生涯，在中国香港、马来西亚、新加坡待过，终于在三十岁之前当上了VP。今年是他做VP的第三个年头，而他的下一个台阶，就是投行部的执行副总裁。

匡正把一头短发吹得蓬松、张扬，牛血色的大理石台面上放着剃须套装。他享受剃须的过程，先拍须前油，然后用獾毛刷打出绵密的白色泡沫，经典的檀香味散发出来，令人心情愉悦。

右颈的伤口已经愈合，但刀头刮上去还是有种刺痛的错觉，让他想起那天背上湿热的重量、"烟波致爽"四个墨字，还有一道憔悴的窄红。

给头发做造型，用水蓝色的海盐喷雾，比起公司里那些油头，他更喜欢蓬松自然的雾面质感。

今天的西装要挑最好的，130支的诺悠翩雅，低调的深蓝色，修身的英式剪裁。只有领带选了亮眼的金色真丝，镶钻带刺绣，一个富丽堂皇的

V-zone[1], 让人一眼就把注意力集中在他身上。

万融双子星大厦位于金融街的心脏地带,作为全国排名前三的内资大型综合性银行,万融的储蓄业务和网点分布在行业内数一数二,近十年大力发展投资银行业务,资金体量和资产规模不断扩大。

双子星由东西两栋组成,东星是传统的储蓄和公司业务部门,西星则是属于投资银行业务的投行事业部、资本市场部、投研部、资产管理部和自营业务部。

匡正从停车场坐电梯到28层,这一层是公共楼层,跨部门大会、内部小聚餐和新入职培训都在这里。匡正走出电梯,马上有嘴甜的初级女员工殷勤问好:"匡总早!"

匡正面无表情点个头:"已经十一点了。"

女员工吐了下舌头,抱着文件迅速开溜。

今天是"超级新人日"。每年盛夏,新一批毕业生经过技术面试、匹配度面试、管理层谈话和签约前餐会层层筛选进入公司,在确定具体部门和岗位前,他们就像待价而沽的商品,被动地等待部门经理的挑选。而对于各部门的VP来说,超级新人日这天的28层简直就是个"奴隶市场"。

匡正走进带着室内露台的高级休息室,屋里已经聚着不少业务部门的VP,看到他,好几个人站起来吹口哨:"论骚还是老匡骚啊!"

匡正扫他们一眼,一个个全是盛装打扮,投行的男人就是这样,比房子比车比奖金,一有机会聚在一起,还要比西装比鞋比领带,女人选美也不过如此。

"人力资源处那边送简历过来了吗?"匡正往沙发中间一坐,随便问个人。

IPO[2]、证券承销和兼并收购是投行业务的核心,作为兼并收购部门的头头儿,匡正有狂的资本。

马上,一沓厚厚的文件递到匡正手边,是今天所有报到新人的简历。他一个一个翻,其他VP则挤在露台边聊天,露台下面半层就是新人们的休息区。

---

1. V-zone:西装领口部分由衬衫和领带形成的V形区域。
2. IPO:首次公开募股,企业上市的重要环节。

第一折 烟波致爽

"这届女的真不少。"

"我不要女的……哎，那个挺白的小伙有主儿了吗？"

"干吗不要女的？给我，我要。"

"我去，你小子真脏……"说着，一伙年薪过百万元的经理哈哈大笑。

匡正微微皱眉，投行是典型的男性文化圈，女员工面临各种各样的歧视，从言语到工作内容，甚至到私生活。

唰唰翻着简历，他的目光在一页纸上顿住："这是个什么玩意儿？"

旁边的人侧身来看，照片上是个挺斯文的小伙，问题出在院校专业一栏，居然是学社会学的。

"这是怎么通过初筛的？"匡正觉得荒谬，"学社会学来万融干什么，研究投行的生存模式和阶级结构？"

越来越多的VP围过来，七嘴八舌："可能有什么过人之处吧，之前华银那个挺出名的销售经理，听说是学历史的。"

"他除了历史，还有一个数学学位，"匡正说，"算金融衍生品跟玩儿一样。"

VP们面面相觑。

"这名字……"投研部的一个VP说，"我有印象。"

匡正看简历一向只看学校专业和实习经历，这时瞟了眼名字。段小钧……他这两天是和姓段的磕上了。

投研部那人说："技术面试有我们的人，说是面到最后一组实在太无聊，搞了个'开窗测试'。"

开窗测试，顾名思义是让面试者把房间的窗户打开，一般在面谈正式开始前。但像万融这种超过60层的大厦，大多数窗户都是封死的，所以面试官其实是把这些无措的傻学生当笑话看。

"无不无聊？"匡正捏着眉头，"我面试那时候就搞这套，十年了，还搞这套！"

"其实挺有意思的，"投研部那家伙憋着笑，"这个段小钧可能是太紧张，居然抄起椅子要砸窗户——"

正说着，休息室的门开了，一个穿着三件套西装的油腻家伙走进来，个子不高，有股浪荡公子的劲头，头发用发泥打得闪亮，身上一股熏人的香水味儿。

围在匡正身边的VP们立刻散开,堆着笑说:"代总来啦。"

代善,资本市场部的VP,干股票债券的,从交易员一步步做起来,有段时间是万融交易大厅里最风光的操盘手。公司所有VP里唯一能跟匡正拼资历的就是他,他也是执行副总的有力竞争者。

"哟,老匡。"代善没理那些人,直接到匡正身边坐下,看看他手里的简历表,笑着和大伙说:"你们先挑,别忘了把最好的留给我!"

他真狂,但和匡正的狂不一样,他狂得不自然、不讲理,让人不舒服。

匡正放下简历,皮笑肉不笑:"现在的新人素质不行。"他轻蔑地用眼尾瞥代善,问大伙,"代总年轻时候的'厉害',你们听说过吗?"

休息室一下子静了,没一个人接茬儿。

代善朝匡正倚过来,有点当面锣对面鼓的意思:"我年轻的时候怎么'厉害'了,你说说?"

匡正闪身从沙发上起来:"我记得是绿鸟科技的债券吧,你先公关仁爱保险,卖了五千多万,没几天又去公关康美人寿,说绿鸟的债券涨了,其实涨没涨鬼知道,然后你把那笔债券从仁爱买回来转手卖给康美,里外里赚两笔佣金。"

代善盯了匡正一会儿,拍着大腿笑了:"那时候我脑子真好使,"他耸耸肩,"康美高价买入,仁爱小赚一笔,那年绿鸟的业绩不错,康美也没赔,万融得利我分红,有钱大家一起赚。"

"哎,老匡,"投研部那个VP过来打圆场,拉着匡正往露台下面看,"你瞧,那个是段小钧吧?"

匡正对什么段不段的不感兴趣,往下瞥了一眼——是个清爽男孩,五官和照片上一样,不同的是眉宇间有股傲劲儿。匡正一眼就看出来,他抄椅子砸窗户不是因为紧张,而是对被捉弄的反抗。

匡正猜得不错,段小钧对投行的傲慢和刻薄毫无准备,他穿着一身大卖场买来的黑西装,一个人待在角落里,几步之外是那些闪闪发光的金融生。

"你技术面试的题目是什么?"一个女孩儿端着咖啡,一小口一小口吃公司提供的马卡龙蛋糕。

"所有人都一样吧,估值分析。"另一个女孩儿穿着名牌套装,抹着鲜亮的口红,"我的匹配度面试才变态呢,考官一句话都不说,搞得我都要崩溃了。"

第一折　烟波致爽

"他们是故意的，就是想看你有什么反应。"咖啡女孩儿压低声音，往周围看了看，"听说我们这届有个人差点把窗户砸了。"

"真的假的，脑子有病吧！"

她们清脆地笑起来，段小钧在角落里低下头。

"对了，你想去什么部门？"

"融资、兼并、重组那些当然风光啦，但是我们女孩子，还是轻松一点好。"

"销售部门你有认识的人吗？"

"找靠山呗，"咖啡女孩儿说，"我那个面试官挺好说话的，我记住他名字了，公司通讯录上有他电话。"

"面试官都是初级分析师，你得找那些有权有势的——经理、VP什么的。"

"听我师兄说，只是和一个两个经理搞好关系没什么用，得广撒网，让经理们以为我们很抢手……"

段小钧没再听下去，离开角落，去饮水机接了杯白水。

3

宝绽觉得热，难受地蹭着枕头，他左手上戴着一只银镯子，卡在腕子上，像被一段绳子牢牢地捆着。

"宝绽，从今往后，你就是如意洲当家的……"

是师父的声音，那么虚弱，而且苍老。

"如意洲不能散，祖宗的玩意儿不能丢，宝绽，交给你了……"

宝绽急着想抓住些什么，下意识握住床边的一只手。

"阔亭也交给你，到了什么时候，你们这两股丝也要往一处绞……"

睫毛狠狠一抖，宝绽睁开眼睛。

是医院病房，老旧的空调机发出嗡嗡的低响，制冷机像是坏了，好几只苍蝇在半空飞来飞去。一张周正的脸出现在他眼前，浓眉毛，一单一双的贼眼皮，还有一个笑起来很招人喜欢的酒窝儿："醒啦。"

"师哥……"宝绽松开时阔亭的手，脖子上全是汗。

这是个八人间的大病房，病人多数是年迈的老人，他在这里躺了三天，因为过度疲劳和营养不良。

"吃雪糕吗？"时阔亭捋了捋他的头发，一手汗。

宝绽看着他的眼睛："我梦见师父了。"

时阔亭转身绞了把手巾，回过来给他擦脸："我爸说什么了？"

"他老人家说，"凉手巾蹭着脸，宝绽舒服地眯起眼，"如意洲不能散，祖宗的玩意儿不能丢。"

时阔亭没说话，他身后的小桌上放着一个塑料盆，里头是半盆凉水，镇着一个饭盒，透明的盒盖下是一只一块五毛钱的雪糕。

"换了好几次水，"时阔亭把雪糕拿出来，"再不吃要化了。"他是想让宝绽一醒过来就有口凉的吃。

"如意洲落到今天这个地步……"宝绽心里不是滋味，"是我没能耐。"

"不是你的错，"时阔亭撕开雪糕包装，"是时代变了。"

没有比这更诛心的话，今时今日，吊毛摔得再狠，抢背翻得再利落，调门走得再高，就是把嗓子喊破了，也没人听。京剧红遍大江南北的时代，一去不回了。

时阔亭把雪糕递过来，宝绽要接，他没让："我给你拿着，吃吧。"

宝绽左手打着吊瓶，右手的血管昨天让针头扎破了，手背肿得像个馒头，时阔亭逗他："你小子算是我喂大的。"

"少满嘴跑火车啊。"宝绽不认。

"上学那阵，"时阔亭把雪糕往他嘴上顶，"我少喂你了？"

"才没有，"宝绽在雪糕尖上吮一口，"我都自己吃自己的。"

"小没良心的，我爸给你开胯那阵，你天天疼得哭，是谁出去给你买零食，都忘了？"

宝绽斩钉截铁："没有的事儿。"

"怎么没有，明明喂过。"

"没喂过。"

"喂过。"

"没喂……"

"去你个大头鬼！"走廊上响起一嗓子，那中气，那亮度，一听就是应笑侬，时阔亭和宝绽对视一眼，赶紧出去把人拽进来。

"祖宗，"雪糕水儿淌到手上，时阔亭舔了一口，"这儿是医院！"

应笑侬横他一眼，挂断电话："把人都累住院了，那铁公鸡还一毛不

第一折　烟波致爽　　　11

拔……"说着，他看向宝绽，语气软下来："好点了吗？"

"好多了。"宝绽一见他就笑。应笑侬是他亲手领进如意洲的，漂亮、英气，唱的是青衣，下了台却一点也不女气，是他的宝贝。

"那浑蛋老板还不肯出钱？"时阔亭问。

应笑侬摇头，从兜里掏出一把钥匙，拍在宝绽床上："钱没有，但出了套房，说是豪华别墅。"

时阔亭叹气："钥匙有什么用，又不是房本，如意洲现在缺的是钱。"

"先住着吧。"应笑侬去床边看宝绽，摸摸头，看看手，一见那只肿得猪蹄似的右手，立马翻脸了："这哪儿来的实习护士，拿我们宝处练手呢！"

时阔亭边吃雪糕边犯愁："再见不着钱，如意洲真挺不住了，水电费，杂七杂八，也不能总不给大伙发生活费啊。"

说到这个，三个人都沉默了。

如意洲剧团是时阔亭的爸爸、须生名宿时老爷子传下来的，往上数三辈，曾是内廷供奉，到今天满打满算有百余年历史。剧团现在那个楼是租的，租约下个月到期，照眼下这形势，就是他们全上街去要饭也凑不上续约的钱。

"总有办法的。"宝绽攥着手，不肯放弃。

应笑侬和时阔亭看着他，那张脸苍白得不见血色，眉是含烟眉，眼是秋水眼，眉眼当中有一份倔强，他今年二十八岁，没有家，没有财产，没有未来，眼看就要被这个注定末路的剧团压垮了。

"先出院，"说着，宝绽拔掉手上的针头，"没钱跟这儿消磨。"

应笑侬和时阔亭赶忙拦着，一个抱腿一个摁肩，三个人把不锈钢床压得嘎吱响，这时背后有人咳嗽一声："哎哎哎，干什么呢！"

时阔亭回过头，见病床前站着几个人，都是他们团的，领头的是红姐，露着两颗小虎牙，很撩人。她是团里的刀马旦，岁数不大，全团跟她叫姐是因为有一回，大伙喝多了比翻虎跳，结果一帮老爷们儿没一个翻过她，就这么确立了她的江湖地位。

红姐旁边拎着一兜水果的光头是鲁哥，唱花脸的，在团里这些年粗活儿累活儿干了不少。他俩后头是个小老头儿，六七十岁了，弓腰驼背一脸褶子，心疼得直跺脚："快快，把宝处松开，别压坏了！"

"邝爷，"时阔亭揉了一把宝绽的脑袋，"宝处不养了要回家，我和小侬不同意。"

邝爷是团里的老鼓师，在如意洲待了一辈子，跟时老爷子是拜把兄弟，平时大伙都敬着他，眼下赶紧在床上腾出一块地方让他坐。

邝爷和宝绽说话，红姐把时阔亭拉到一边，小声问："钱还没着落呢？"

时阔亭点头："怎么着，你有辙？"

"我能有什么辙？"她瞧宝绽一眼，"这是累惨了。时哥，要我说，散了吧，这年头哪还有人听戏，何苦自个儿把自个儿往死路上逼？"

时阔亭低着头，没说话。

"散了，"红姐说，"大家都解脱。"

时阔亭瞥她一眼，正要说什么，红姐的手机响了。

她接起来，不大耐烦的样子："喂，医院呢……宝处病了，我一上午都在这边……得了得了，回去说吧，挂了。"

时阔亭知道那是她男朋友，家里也是唱戏的，读了个大专改行干汽修了，小伙子人不错，和团里大伙吃过几次饭。

"你有事先走。"时阔亭说。

"没事。"红姐把手机往兜里揣，刚揣进去，手机就又响了，她掏出来一看号码，笑了："孙子，你还知道给我打电话哪……"

时阔亭听她这语气，调了油裹了蜜似的，不禁眉头皱了起来。不光他，其他人都往这边看，红姐瞧出大家的眼色，不尴不尬地背过身："我们团长病了……行，那你等着我……哟，这还是句人话，那我等着你……嗯，二院。"

电话撂了，她捋了捋头发转过身来，露出那两颗小虎牙："那什么，我有事先走了，宝处，你好好养。"

大家都看着她，不知道说什么，只有鲁哥摸着光头问："红姐，你上哪儿？"

红姐上下把他瞅瞅："红桥，怎么着？"

鲁哥笑呵呵的："我听电话……是有车来接？"

红姐点个头："嗯。"

"能搭个车吗？"鲁哥很不好意思，"我这真是……着急去补货。"

鲁哥这几年开网店，卖女士内衣裤，也卖点小姑娘用的头绳、耳钉什么的，将将够养活一家三口。

第一折　烟波致爽　　13

"成。"红姐是个爽快人,也不怕电话里那位见光,"走了哈,宝处、小侬。哎,阔亭,邝爷,你给送回去!"

她风风火火地来,又风风火火地走,只留下一兜水果。应笑侬从后头踢了时阔亭一脚,拿胳膊肘比画床上那爷俩:"老爷子让宝处说动了,让给办出院。"

邝爷疼宝绽不是一天两天了,读书那会儿就什么都答应他,现在老得直不起腰了,还是要星星不给月亮:"阔亭啊,我觉着宝处说得对,他身子在哪儿都是养,这医院太花钱了,咱走吧?"

时阔亭和邝老爷子大眼瞪小眼,半天没挤出一个"不"字。应笑侬看不下去了,狠狠捅了他的腰一下:"病例给我,我去办出院手续!"

宝绽就这么出了院,但他逃不过应笑侬的手掌心,那小子让时阔亭把邝爷送回剧团,自己打车带着他直奔"铁公鸡"的豪华别墅。

那套别墅离市中心八十多公里,不通公交车,从最近的地铁站出来,还得走一个多小时。宝绽站在那扇说不清是奢靡还是骇人的大门前,和应笑侬打商量:"我说,小侬,算了吧,从这儿去团里太不方便。"

"正好你休息一段,"应笑侬掏出钥匙,"我在网上查了,这地方是园林级绿化,每个小时都更新空气指数,据说无人机一天巡逻三遍呢,比那破医院强多了!"

4

匡正到家时已经半夜了,别墅区只有主路两侧亮着蜿蜒的路灯,柳林静谧,他把保时捷停进车库,从正门进屋。

刚换了鞋,手机响了,他接起来:"喂,赵哥。"

叫赵什么,他忘了,去年在风投圈的一次聚会上认识的,搞TMT[1]项目孵化,同时也开发人脸识别技术,之前通过几次电话。

匡正边脱西装边听他说。这人手里有两家科技公司,初创没多久,被私募股权经理看上了,想收购,给的条件不错。但他本来想自己IPO,所以有

1.TMT:科技、媒体、通信行业。

点纠结，想请匡正手下人帮忙估值，看怎么卖合适。这种生意成交前一般都捂着，姓赵的能找匡正帮忙，说明很信任他，匡正就接下了他这份信任："没问题，哥，你把公司财报和相关文件发过来吧。"

赵哥又说："我有点急啊，老弟。"

匡正看了眼表："明天一早给你。"

赵哥没想到他这么痛快，咂了下嘴："行，老弟，哥记下了。"

"客气，哥。"匡正挂断电话，上楼冲了个澡，再看手机，两家公司一年半的报表已经发到他邮箱。他开了罐啤酒，正要开工，突然发现这房子里没电脑。

"我去！"他挨屋找。家是底下人过来搬的，想得很周到，柴米油盐、内衣内裤，连体感游戏都更新到了最新版本，就是没电脑，连笔记本都没有。

匡正给气乐了，这时候打电话过去教训也没用了，他忽然想起来，刚才开车回来看见对面邻居家好像亮着灯。他拿上手机和钥匙，穿着运动鞋和休闲裤出门。夜风微凉，送来桂花树的香气，让人莫名心痒。

一条马路的距离，邻居家一楼灯火通明。他摁响门铃，一抬头，桂花树就长在这儿，暖黄的路灯亮在翠叶间，投下一地婆娑。

等了一阵，没人开门，他又摁，看看表已经午夜一点多了，还是没人开门。他从台阶上走下去，正考虑开车回公司。咔嚓，背后的门开了。

匡正回过头。那里站着一个男人，穿着宽松的大短裤，从台阶下看上去，一双腿修长笔直，像拿夹板夹过，漂亮得让人意外。

"你好……"匡正指了指自己家，"我是对面邻居。"

宝绽睡得迷迷糊糊，眯着眼睛："你好，有什么事吗？"

"我看灯亮着就过来了。"匡正往台阶上走，桂花树实在太香，令他有些醺醺然，"我工作上有急事，想借用下电脑。"

宝绽临时住进来，除了之前在医院里用的几件换洗衣服，什么都没有，正想拒绝，树影摇了摇，他看清了面前的脸，莫名熟悉，仿佛在哪儿见过——那天在如意洲，和匡正四目相对时，他已经有些晕眩，意识模糊了。

"我说……"匡正看他呆呆地盯着自己，不大自在，"电脑，有吗？"

宝绽下午收拾过屋子，卧室里有一台笔记本电脑，他猜是原主人的，没乱动。

"不方便的话，打扰了。"说着，匡正转身要走。

第一折　烟波致爽

"等一下,"宝绽叫住他,这么晚了,这里离市区又远,"有个笔记本。"

匡正跟他进屋,在客厅沙发上坐下。

宝绽上楼去拿电脑,下来时听到匡正在打电话:"你们不是二十四小时送餐吗,这个地址怎么了……郊区我加钱,三百?五百!"

那边连连道歉,还是挂断了电话,匡正骂了一句英文,把手机扔到了一边。

宝绽把笔记本放在茶几上,给他倒了一杯凉白开:"你没吃晚饭?"

"吃了,八点多吃的。"匡正打开电脑,一边登录邮箱下文件一边新建Excel,"干到三四点的时候肯定饿。"

三四点?宝绽睁大了眼睛:"可惜我这儿没米没盐,要不——"

"要不怎么着?"匡正笑了,手上快速导入数据,"我那儿什么都有,柴米油盐酱醋茶,花椒桂皮,你会做?"

这时有电话打进来,是公司总务处的:"匡总,临时通知,今年迎新地点定在澳门了,明天——不,今早十点半的航班,请您带好身份证件,登机信息,我发您微信。"

投行做M&A[1]的,大半夜接个项目都不奇怪,别说是福利了,匡正回一句"知道了",迅速进入工作状态。

万融每年有两次迎新,夏招的规模比较大,澳门、香港、釜山都是常去的,逼签时的文件里就写明了要提前办好相关证件。

"我会做,"宝绽说,"你那儿有什么菜?"

匡正正在做数据日历化,皱着眉头,一副被打扰了的表情:"嗯?"

"我说,我会做饭,你想吃什么。"

匡正噼里啪啦敲键盘的手停下来,严肃得难以取悦的嘴角不自觉勾了勾,他抱着笔记本起身,另一只手潇洒地插进裤兜:"去我那儿看看?"

宝绽点点头,拿上钥匙,踩着夜半的月光,跟匡正回他家。

两栋楼的户型是一样的,岛式厨房,宝绽在流理台那边淘米洗菜,匡正坐在这边吧凳上做估值,没一会儿,整个客厅就充满了甜鲜的香气。

匡正看一眼表,才两点多,忍了又忍,问:"能吃了吗?"

宝绽背对着他,个子不矮,有一米七八,那身板又薄又直,像刀背,又

---

1. M&A:兼并收购。

仿佛花茎，T恤领口露出一截纤长的脖颈，还有他的举手投足，总让匡正觉得像什么动物。

"现在吃吗？有点烫。"宝绽转过来，长眉，凤眼，被热气蒸腾过的脸。

匡正想到了，是鹤——白羽、黑尾、额上一点红的仙鹤。

"有香油吗？"宝绽问。

匡正愣了愣，他从没注意过家里这些东西，什么大米、小葱、盐，如果不是这个不知名的邻居，他都要忘了家常饭是什么味儿。

宝绽知道问他也是白问，自己在壁橱里找着了，转身端来一碗粥，撒着花生和菠菜碎，点了一滴香油。

匡正吹着热气尝了一口，服了。

宝绽擦擦手，他左腕上有一只银镯子，很重，刻了一行小字，还缠着一段老式红线，下头坠着一对铃铛，匡正瞧着，像是女人戴的东西。还有他那条大短裤，怎么看都不像住这种房子的人。

"你一个人住吗？"他问。

说到房子，宝绽有点心虚："啊……嗯。"

"我也一个人。"匡正风卷残云解决掉一碗粥，还要。

宝绽去给他盛："房子不是我的，是借的，"他实话实说，"暂住。"

他这么说，难怪匡正浮想联翩，住人家别墅的人他见过，还不少，大致分成三类：卖的、小三、小老婆，总归一句话：不是什么正经人。

房主是女的？这么寻思着，匡正拿眼把宝绽从头到脚打量了一遍，算漂亮，但不是那种能让中年富婆掏钱买车买表买别墅的型，怎么说呢，看着太纯，做的粥里都是一股不会来事儿的纯味儿。

"以后就是邻居了，"匡正说，"互相照顾，"他这人无利不起早，主要是想让人家照顾他，"怎么称呼？"

"姓宝，宝绽，绽放的绽。"

宝……好像在哪儿听过，匡正问："还有这姓？"

"满族，"宝绽说，"正白旗的。"

匡正挑了挑眉："匡正，'匡正'的'匡'，'匡正'的'正'。"

宝绽笑了，点点头。

匡正不知道哪儿戳着他笑点了，但这一笑很亮眼，像栖沙的仙鹤乍然晾翅："你都睡下了，怎么一楼的灯还亮着？"

第一折　烟波致爽　　　　　　　　　　　　　　　　　　　17

宝绽的眉头一动："我……忘关灯了。"

他没说实话，实话是他第一次住这么空的房子，还是郊区，落地窗大得吓人，一眼望出去全是树，风刮得呜呜响，不开几盏灯他睡不着。

"对了，你会热粥吗？"宝绽转移话题。

匡正舀粥的手停了一下。三年多前，他在新加坡出差，吃到一家很对胃口的潮汕粥店，特意打包了一份第二天吃，结果粥没吃上，倒把酒店的锅给烧破了。到今天他也想不明白，粥里明明有水，怎么能糊成那个样呢？

"会啊，"匡正笑出一口白牙，"怎么可能不会！"

宝绽放心了："那我回去了，明天一早还得挤地铁。"

"上班？"匡正放下碗。

不是上班，是到剧团练功，十年如一日，雷打不动，但宝绽没纠正，跟不懂京剧的人说这些，没必要。

"明早我送你，"匡正把碗扔进水槽，"附近打不着车。"

"不用，"就算有车，宝绽也舍不得打，"太早了。"

"别跟哥客气。"匡正习惯性说上一句，一点商量的余地都没有，"几点？"

宝绽想了又想，说："六点半，七点也行。"

匡正有五六年没九点以前起过床了，听到这个点儿脸都绿了，硬着头皮答应："好，七点，路边等你。"

"谢谢……"宝绽走到门口，很真诚地叫了一声，"哥。"

这声"哥"，匡正根本没当回事，他一天认识的人比宝绽半辈子认识的还多，定好闹钟就到电脑前头做数据去了。他曾是万融最好的估值手，两家没上市公司的建模，在他手里就像小姑娘翻花绳那么简单。

5

第二天一早，宝绽在家门口看到匡正的车，整个人愣住了。他不认识保时捷，即使不认识，帕纳梅拉出挑的外形和少见的骚蓝色也让他觉得这车价值不菲。车窗有贴膜，看不清里面，他往周围瞥了瞥，看是不是有别的车在等他。

匡正在车里瞧见，笑了。

宝绽穿着一条褪了色的牛仔裤，那种磨得发白的蓝色很衬他，上身是一件纯白T恤，什么图案都没有，像十年前流行的那样塞在裤子里，箍着一把细腰。

　　放下车窗，匡正招呼他："上车。"

　　宝绽这才靠近，拉开车门坐上副驾驶座。车里有一股凉气，还有淡淡的柑橘香，是匡正的须后水味。

　　"早。"匡正看都没看他，一手挂挡一手转动方向盘，从别墅区的柳林开出去。

　　他穿着银灰色的阿玛尼、简洁的白衬衫，领带是湖蓝色，领结下方绣着一只咬球的灵缇犬，优雅中带着小俏皮。

　　"早。"宝绽系上安全带，车内外巨大的温差让他打了个喷嚏。

　　"冷吗？"匡正摸了摸出风口，因为穿西装，他一向把空调设得很低。提高几摄氏度的话两个人都不舒服，他干脆解开安全带，边开车边把西装脱下来，扔给宝绽："披上。"

　　西装落在胸口，带着些微体温，宝绽摸着那料子，连内衬都是真丝的。

　　车里很静，谁也不说话，宝绽不知道说什么，也不敢说，身边这个人很有钱，和昨晚穿着休闲裤、运动鞋的人截然不同，他开豪车，穿名牌西装，有自己的别墅，即使坐着同一辆车，他们也是天上地下，两个世界。

　　"送你到哪儿？"匡正感觉到他的沉默。

　　"南山区，"宝绽看着窗外，"找个公交站把我放下就行。"

　　匡正猜不透他在想什么："你多大？"

　　"二十八。"

　　匡正点了一脚刹车，诧异地看过来。

　　车身微微晃动，宝绽避开他的视线："干吗？"

　　"我以为你最多二十四五。"匡正上了通往市内的高架，他这么说，是因为宝绽脸上什么都没有——三十岁男人该有的疲惫和狡黠，还有不知不觉形成的虚伪——他就像一张白纸，过着过分简单的生活。

　　"这车——"宝绽探头看了看仪表盘，他不知道那是保时捷经典的五炮筒设计，忍不住问，"很贵吧？"

　　终于开始谈钱了，是匡正熟悉的领域，他点头。

　　"得有……五六十万？"

匡正差点没喷了，这个数要是从别人嘴里说出来，他肯定认为是骂他，但宝绽说，他只是笑笑："差不多吧。"

一辆车要五六十万，这一刹那，宝绽生出一种从未有过的无耻，想跟他借一点钱，十万……十万块就够如意洲渡过难关了。

匡正余光瞥见他的手，两手攥在一起，指尖泛白，像要开口求人的样子。

钱吗？匡正是有钱，可他不是做慈善的，戴上蓝牙耳机，他假装有事打电话。

电话打到公司，是克莱门接的——一个初级经理，刚从分析师升上来，每天早上八点准时出现在办公室。

"熔合地产的推介书放我桌上，"匡正说，"还有上次联席会议的记录，我一会儿到公司——"

"老板，"克莱门打断他："你今天……不是十点半的飞机飞澳门吗？"

匡正一脚刹车猛踩到底，昨天晚上连吃粥带聊天，他彻底把这事儿忘到马里亚纳海沟去了！他拐下高架，正是早高峰，一路上满满当当的全是车，先去南山再奔机场肯定来不及了，他抱歉地看向宝绽："我说——"

宝绽正想着怎么跟他开口，有点茫然。

"我有急事去机场，抱歉，不能送你了。"

宝绽反应了一下才明白，他是让他下车。

"我那什么，"气氛很尴尬，匡正看了眼表，八点二十分，"回来请你吃饭。"

他是抱歉的，可语气里听不出抱歉的意思，仍然高高在上。

"啊……"宝绽难堪地笑笑，把西装捋好还给他，解开安全带，"没事，已经很谢谢你了。"

这是一条左转道，可以直接掉头，匡正显然不想向右并道送宝绽下车，而是直接打起了左转灯。从这里到安全路口隔着四条车道，宝绽拉开车门，外头是密集的车流和扑面而来的热气，他说了一声"谢谢"，踏了出去。

车门关上，匡正迅速打轮儿，趁着这个灯滑进对向车道，回轮儿时往宝绽那边望了一眼，一个白色的身影，突兀地站在机动车道上，有些可怜。

匡正看了他好几回，直到看不见了，才加速冲向机场方向。

到机场的时候九点半刚过，匡正停好车跑进航站楼，先去换登机牌，然后过安检，从小筐里拿私人物品时，前头有人叫他："匡总？"

他抬起头，看到一张斯文的脸。是学社会学的段小钧，甩了甩手上的水,像是来上洗手间的。

匡正烦他,但还是走过去。新人的这种套路,他很熟悉,在各个时间段、各个可能的环节出现在高级经理面前,刷存在感,提升好感度。

段小钧领他去登机口,匡正等着他表现,谈天气、聊股票、请教公司制度都是惯用的手段,可等来等去,什么也没等来,这家伙就像个迟钝的哑巴,一通狂走,一言不发。

这是大忌,没有一个老板喜欢跟乏味的下属在机场独处,干投行的不光要玩命加班,还要让老板开怀大笑。

"你怎么认识我?"匡正好奇,以段小钧这种性格,不可能削尖了脑袋去查每个VP的资料。

"M&A的匡总,"段小钧说,"我只记住了您一个。"

匡正瞬间挑起一侧眉毛,这马屁拍得,行云流水,不落窠臼,小看他了。

其实段小钧没说谎,他真的只记住了匡正一个,因为在邦妮给他的《2019万融大触全集》里,匡正的照片排在第一位。

邦妮也是新人。培训课间休息的时候,段小钧正在看刚买的《金融学入门》,她过来搭讪:"嘿,同学。"

邦妮是个微胖女孩儿,笑容很灿烂,丰满的身体挤过来,点亮手机屏给他看:"要不要来一份,最新的。"

段小钧瞧过去,手机上恰好是匡正的脸,上边写着"投行事业部M&A(VP)匡正"。

"《万融大触全集》,不要998,也不要618,300块一份,"邦妮指着培训室里其他人,"他们都买了。"

段小钧无语,这里不愧是投资银行,同期里第一个跟他说话的,就是要卖东西给他。

"谢谢,不需要。"

"什么?"邦妮惊了,"我呕心沥血编辑的,保证一个人不差,更新到最新,2019版,童叟无欺!"

段小钧笑了:"真的不需要,我买了也没用,我不会跟人套近乎。"

邦妮静静看了他两秒钟:"哥们儿,来,加个微信。"

段小钧完全跟不上她的思路:"为什么……"

邦妮把自己的二维码亮给他:"快点,"她低声说,"我送你一份,不要钱。"

段小钧更搞不懂了。

邦妮揽着他的肩膀："这班里八十九个人，你是唯一我没赚到钱的，既然不是我的客户，就把你变成我的朋友。"

段小钧完全让她这套理论弄蒙了："那……你不是赔了？"

邦妮比了个"不不不"的手势："我爸从小就跟我说，赚的每一笔钱都要分三份，一份花出去，一份存起来，一份做慈善。"

段小钧黑线："合着我就是你那份慈善？"

"加不加？"

"加。"

两人就这么加了好友，段小钧的手机里也多了一份《2019万融大触全集》，匡正排在第一位，按邦妮的说法，是按颜值排的。

匡正现在就在身边，段小钧偷偷瞄他一眼，确实长得帅，主要是气势足，往哪儿一站都很压场，还有就是品味好，从西装、配饰到香水，妥妥地化风骚于无形，这种男人不光在投行，在哪儿都能春风得意。

段小钧收回视线，在和登机口相反的方向看见一个微胖的身影拿着机票转来转去，一脸路痴的样子，是邦妮……

段小钧无语，直接喊她对VP不礼貌，不喊又怕她误机，思来想去，提气吼了一嗓子："邦妮！"

邦妮看见他，立刻往这边跑，匡正让他这嗓子吓了一跳，心里对他的评分又跌了两级，直接触底。

"匡总！"邦妮越过段小钧直扑匡正，一脸的阿谀谄媚，"您也才到啊，今天天气不错，蓝天白云的……"

邦妮是学编程的，培训结束会进后台部门，巴结M&A对她没有任何意义，她纯粹是看匡正长得帅……段小钧硬着头皮听他们尬聊，从天气聊到股票，从股票聊到公司制度，好不容易赶到登机口，大部队已经进去了。

匡正一拖二带着俩脱线新人，又放了宝绽的鸽子，心情差到极点，这时看见闸口那边的代善正回头往这边瞧着，视线在段小钧和邦妮那边一绕，不快地蹙了下眉头，稍纵即逝。

这么不易察觉的一眼，还是让匡正发现了。

6

飞机平稳起飞，舷窗外是流动的白云，匡正靠在椅背上，闭目养神。

万融是包机出行，新人在经济舱，VP们在头等舱。周围很安静，突然有人手机响，巴赫的《E小调第4号奏鸣曲》，是代善的微信铃声。

千禧航空的班机提供无线网络服务，接打网络电话每分钟20元人民币，代善接了起来。

"喂！"多年在交易大厅养成的习惯，他嗓门很大，"裴总！"

是安平人寿的资管经理，去年万融年会上见过，上任没多久，眼神愣愣的，听说是某个董事的小舅子，对跑车比对债券熟悉。

"……市场在回升，当然在回升。"代善懒洋洋的，语气却很笃定，"老弟，你不信我信谁？"

匡正眼都没睁，一个冷笑，挨着他坐的VP看见，也笑了。

"八千万，可以啊。"代善有点不耐烦，跟他手里握着的大笔交易相比，八千万元确实是小数目，"哎呀，老弟，你就放心吧！"

又说了两句，他挂断电话，头等舱恢复了安静。短短几秒钟后，匡正后座传来了窃窃私语。

"有猎头联系我们公司的VP了。"

"你听谁说的？"

"你别管我听谁说的，开到这个价。"

匡正不好回头，没看到手势，但肯定不少，也许是天价，因为后头静了一会儿才接着说："谁？"

"不知道。"

"要是跳到对冲基金，那可发了。"

"做到经理就很难跳槽了，哪个小子命这么好？"

"你说会不会是……"

名字他们没说，但语气听得出来，他们猜是代善，万融没有比他更能折腾的VP了。匡正睁开眼，这些人还不知道马上会空出一个执行副总的位置，他们在核心圈以外，那核心圈里的代善知道吗？他知道，匡正能肯定，金融街上没有什么是这家伙不知道的，既然头上有位子，他还会接其他公司的橄榄枝吗？如果他想接，登机前他看段小钧和邦妮的那一眼又是怎么回事？那是一种典型的自己盘子里的东西不想让别人动的眼神，匡正直觉，这两个新人里有一个是他想要的，问题是哪一个。

这时《E小调第4号奏鸣曲》又响了，代善接起来："裴总？"

电话那头叽里呱啦，代善静静听了一阵："我知道了，一会儿给你回过去。"

那边还不依不饶，代善火了："五分钟！"

是市场走低了。匡正了解代善，这种小事情他有一百种方法解决，果然，他给手下打电话："上次我们看好的那几只，对，都给我买入。"

匡正估计他一次出手在十亿元左右，十亿水量一下子涌进池子，势必会出现一个小幅上扬，安平人寿会小赚一笔。

五分钟到了，代善没碰电话，同时，《E小调第4号奏鸣曲》第三次在头等舱响起，代善故意耗了一会儿才接："喂，裴总，刚才网络不好。"

匡正能想象出来那边那位的屄样，代善和气地笑："我都说了，市场在回升，有波动是正常的，我这儿还有事，回头聊啊。"

匡正闭上眼睛，八千万元、十亿元，都是机构投资者的钱，普通人想都不敢想的数目，就这么在一群白痴和浑蛋的手里流来流去。

将近四个小时的航程，到澳门是下午两点，澳门分公司派了二十多辆奔驰来接，从机场送到酒店。欢迎酒会在酒店顶层，不是新人们想象的高桌，而是自由狂欢，香槟、茅台、威士忌摆了一整桌，总务处在门口给每个人发纸条，新人凭条到赌场可以领5000块筹码，VP是两万元。

匡正端着一杯粉红潘趣，慢慢穿过兴奋的人群。在酒精的发酵下，所有人都露出放纵的一面，女孩子们扬起及肩的长发，男人们解开衬衫领口，香水混着荷尔蒙的味道，勾勒出投行的氛围，灯红酒绿，纸醉金迷。

一转身，几个女孩儿把匡正围住了。她们穿着精致的小礼服，脸上是绚丽的彩妆，金属耳环在灯光下闪闪发亮，匡正没对她们动手动脚，他不是什么正人君子，只是习惯性把工作应酬和私人交往分开。

偏过头，在宴会厅不起眼的角落，落地的红绒窗帘边，他看见了代善，正和邦妮聊着什么，两个人兴致勃勃。

有点意思……匡正一仰头把杯里的酒干了,边给女孩子们讲看涨期权边四处打量,终于在堆满空酒瓶的桌子后头看到了段小钧,他一个人,有些落寞地垂着肩,那个孤零零的样子,让匡正一下子想起今早机动车道上的宝绽。

忽然,身后轰的一响,是投研部那帮VP,他们中有好几个数学博士,迫不及待要去赌场杀一杀21点。

匡正没去,这地方年年来,早腻了。他走出宴会厅,电梯斜对角有一个露天咖啡座,没有客人,熄着灯,依稀可见天上的星星,他走进黑暗,点上一支烟。

就那么把宝绽扔在大马路上,太没人味儿了,他想。当时他一点没犹豫,一边是公司活动,另一边是无所谓的人情,他理所当然选公司,可现在一琢磨,这破活动有什么劲,还不如把好人做到底。

吐一口烟,背后有脚步声,匡正回头看。是个葡萄牙美女,灰蓝色的眼睛盯着他,一米八多的身高,脚上是骇人的高跟鞋。她摇着金色的马尾走过来,穿抹胸装的雪白肩头妩媚地耸了耸,樱桃色的长指甲指着匡正的烟:"Hi, sweety.(嗨,帅哥。)"声音很性感,有种抽多了烟的沙哑。

匡正掏出金属烟盒,弹出一支烟给她,接着点燃火机,长而直的蓝火照亮了周围。宴会厅那边过来一个年轻的身影,是段小钧。

段小钧看见他,愣了一下,转身要走。

"喂,"匡正给那个女人点完烟,啪地扣上火机,"你跑什么?"

美女吐出烟圈,看匡正没那个意思,甩起长发走开了。

段小钧有些尴尬:"匡总……"

匡正瞥他一眼:"过来。"

段小钧走进昏暗的无人咖啡座,站到他身边。

"你的面试官是谁?"匡正问。

段小钧没想到他会问这个,顿了一下:"不记得名字了。"

匡正也停顿,似乎在评估他的回答:"一面、二面都忘了?"

段小钧用沉默回应。

"你有金融基础吗?"匡正又问。

"……正在学。"

匡正笑了:"那你是怎么通过技术面试的?"

第一折　烟波致爽

"题目恰好不难……"

匡正不跟他废话:"6点30分,时针和分针的夹角是多少?"

段小钧蹙眉:"这不是金融问——"

匡正很强势:"我要答案。"

段小钧想了一下:"0度。"

不出所料,匡正冷下脸:"15度,"他直接用手把火星掐灭,"分针走的时候,时针不是停在那儿等它的,傻瓜。"

段小钧涨红了脸。

"这道题在投行面试出了十年,我一直以为是高中数学。"匡正说罢转身,把烟蒂扔进电梯旁的垃圾箱,朝宴会厅走去。

段小钧一个人站在无声的黑暗中,默默捏起了拳头。

下午,应笑侬帮宝绽把常用的东西搬到别墅来,行李不多,只是一些日用品和柴米油盐。本来时阔亭要一起来的,结果赶上税务系统出故障,今天又是剧团报税的最后一天,虽然大半年都没收入了,他也得到办税大厅去填个"0"。

"小侬,"边归置东西,宝绽说,"我不想住这儿。"

"怎么了?"应笑侬把东西一件件从箱子里拿出来。

"毕竟是人家的房子,再好,我也住不踏实。"

"打住,"应笑侬瞪眼睛,"要不是那家伙,你能住院吗,住他个破房子怎么了!"

"人家又没逼我,是我自己傻卖力气。"

"他怎么没逼你,他就是拿钱逼的你!"说到这儿,应笑侬压不住火了,"你是唱二人转的吗?全身的行头加上厚底儿,少说有七八斤,头上扎着水纱子,勒的是大血管!你给他勒上,别说翻跟头,让他站半个小时,吐得他妈都不认识!"

宝绽没说话,他们唱戏的是苦,甚至凄凉。

"也是我眼瞎,"应笑侬恨自己,"怎么给咱团拉了这么个赞助!"

正说着,他从箱子里拿出一个Kindle,用软布包着,是好多年前带键盘的老款式:"宝处,这二手Kindle你还留着哪。"

宝绽看过来,网上二手器材店买的,屏幕上有一道划痕,用了几年了,一直没舍得换。"钱，"他深吸一口气，"我再想办法。"

应笑侬埋头收拾东西："你有什么办法？"

"新认识一个大哥，"宝绽说，"挺有钱的。"

"新认识？"应笑侬抬起头，"别是骗子吧？"

宝绽指着窗外："对面邻居。"他想起匡正那辆车，"哪天我问问，先借点。"

"借？"应笑侬一张刀子嘴，"你拿什么还？"

宝绽想了想："一辈子呢，总还得清。"

应笑侬使劲儿拉了他一把："我告诉你，宝绽，别想着把自己搭进去。什么高利贷、卖血卖肾的，你要是出了事儿，我第一个就把如意洲的招牌砸了！"

7

宝绽蹙眉看着应笑侬："你说什么？"

"如意洲和我没关系，"应笑侬说，"那是你和老时的，我……"他闷声，"我眼里没别的，就戏和你。"

"小侬。"宝绽坐到他身边，搭上他的膀子。

"干吗？"应笑侬稍拉开距离。

宝绽拍了拍他的肩膀，突然一把捏住他的腮帮子，团住那张脸狠狠地揉，揉得应笑侬嗷嗷直叫："哥！轻点哥！下垂了下垂了！"

宝绽松开他："不许瞎说，"他声音轻，语气却重，"如意洲是大伙的。"

应笑侬张了张嘴，没说出什么来，只是咕哝："仗着比我大两岁，成天教训我，我还指着这张脸吃饭呢！"

宝绽瞥他一眼："你在台上凭的是嗓子，不是脸。"

应笑侬不吱声，把箱子里的零碎东西拿出来，重重搁在地上。宝绽叹了口气："放心，我都二十八了，不会干傻事。"

应笑侬撇嘴："天底下没有比你更傻的人了。"他是说他飞蛾扑火，头破血流也要撑起如意洲。

"对了，今天有人夸我年轻了。"

应笑侬把东西拾掇好，擦擦手："谁这么不开眼？"

宝绽递水给他："邻居大哥。"

"他那是不了解你，"应笑侬瞧见他手上的银镯子，"你呀，台上台下是两个人。"

台下像鹤，到台上就成了虎，一亮嗓响遏行云，一转睛睥睨千军。

"认识你七年了，"应笑侬伸小指勾住那段银弧，"这镯子都小了。"

是呀，七年了，宝绽和他认识那年二十一，上大三，是在唱旦角的龚奶奶家里，他替时阔亭去借琴。

时阔亭是时老爷子的独子，可天生不是唱须生的料，开蒙学小生，后来改操琴，从宝绽唱戏的第一天起，就给他当琴师。

龚奶奶的琴很有名，据说经了三代人的手，弓子上都绕着魂，宝绽想去借来，给时阔亭打一把一样的。

他记得很清楚，那天是星期三，学校下午没课，刚进龚奶奶家的楼，就听见楼上有金玉声："二十年抛甲胄未临战阵，难道说我无有为国为民一片忠心！"

是《穆桂英挂帅》"一家人闻边报雄心振奋"一折，说的是北宋年间，杨家将为国伤亡惨重，佘太君率后人回乡归隐，二十年后，西夏犯境，穆桂英以大局为重，擎帅印再度出征的故事。

一段西皮散板，重处捶人的心，轻处拿人的神，水灵灵、绵密密一把好嗓子，缠在人耳鬓间，唱进人心坎里。

他上前敲了门，龚奶奶给开的。龚爷爷逆光坐在客厅沙发上，膝上就是那只老胡琴。厅当间儿站着一个十八九岁的男孩儿，一头略长的黑发，眉目像拿漆笔点过，樱桃口尖下颌，活脱脱一个穆桂英从画里走出来。他身段笔直，左手端在胸前，做担帅印的样子，正唱到快板："猛听得金鼓响画角声震，唤起我破天门壮志凌云，想当年桃花马上威风凛凛，敌血飞溅石榴裙！"腔是腔，板是板，字字珠玑，如一把磨得锋利的刀赫然从耳际划过，留下的是英气，还透着丝丝的甜。

那人眼神一转，龙睛凤目对着宝绽，接着唱："有生之日责当尽，寸土怎能够属于他人，番邦小丑何足论，我一剑能挡——"

一个气口，宝绽随之屏息。

那人脸上微带着笑意，袅娜地唱："百万的兵——"

"好！"宝绽拍掌叫了个好。

龚爷爷的胡琴罢了，笑呵呵站起来："宝绽来啦，喏，琴给你。"

宝绽要接，一只手从当间儿拦住："慢着，"应笑侬回头叫龚奶奶，"老师，这琴为什么给他？"他叫"老师"，而不是"师父"，看来只是临时学艺的。

"琴我借两天，"宝绽微笑，"用完就还。"

应笑侬一双骄矜的眼，上下把他看看，松了手。"你也是老师的学生？"他瞧见宝绽左手戴的银镯子，"学多久了？"他这么问，是把宝绽错当成了青衣。

"我是老生，"宝绽把琴套在袋子里，小心收好，"最开始也学过青衣，一撂下就再没动过这一门。"

"哦，"应笑侬一听不是一个行当，浑身那股攀比的劲头去了不少，"看你的模样，我以为不是青衣就是花旦呢。"

宝绽瞧着他，怎么看怎么喜欢，摇了摇头："你现在跟哪儿唱呢？"

应笑侬傲慢地一转身："还没定。"

"那来我这儿吧，"宝绽立刻邀他，"我们团正缺一个大青衣。"

应笑侬半转着身，眼尾一挑："你们那儿？"他艳冶地笑，"市京剧团还是国剧院，你做得了主吗？"

他这么一问，宝绽才明白，人家的心高着呢，所谓"凤凰非梧桐不栖"。

"我们……是个私人团，"宝绽郑重地说，"叫如意洲，有一百多年历史，我是当家的，你要是来，我扫席以待！"

应笑侬转过去，淡淡地说："不了，谢谢。"

龚奶奶在旁边听着，过来拽宝绽："奶奶做了茴香饺子，吃一口？"

宝绽是吃过饭来的，但他懂礼，从不驳长辈的面子："吃！"

龚奶奶笑着拍他的手背，又问应笑侬："笑侬呢？"

"不吃了，"应笑侬收拾好东西，背上包走到门口，点个头，"谢谢老师。"

啪嗒，门关上，宝绽像丢了无价之宝似的，盯着那扇门不动弹。龚奶奶摇他的手："别看了，人家和咱们不是一路人。"

宝绽不明白她的意思。

"奶奶看了一辈子人间烟火，一眼就瞧出来了，那孩子是大户人家，他唱戏呀，就是图个乐儿。"龚奶奶把饺子端上桌，"他嗓子好，模样也标致，

第一折　烟波致爽　　　　　　　　　　　　　　　　　　　　29

虽说是票友，但把我们这些还活着的老青衣学了个遍。"

时老爷子在世时说过，有些人学戏是钻，恨不得把脚下的一条路走到尽头，有些人是蝶恋花，恋完这一朵又恋那一朵，到最后也不知道哪一朵是自己的。

宝绽把目光收回来，坐到桌边，面前是一大盘热气腾腾的饺子。

再次见着应笑侬，是两个月后了，在市京剧团的面试大会上。宝绽托人混进来，想看看专业院团的路子。

要进市京剧团的编制，先得在网上报名，参加笔试和资格审查后进入面试。面试是专业测试，一人一出折子戏，应聘者一水儿是戏曲学校的毕业生。

宝绽走进后台，一眼就瞧见应笑侬，他坐在角落里，和上次见时不大一样，身上少了些傲气。专业测试是彩唱，大多数人已经扮上了，应笑侬揉了胭脂，眉毛口红还没上，看见宝绽，他一愣，随即别过头。

唱戏，什么行都能自己扮，唯独旦角不行。宝绽走了过去："给你梳头的呢？"

应笑侬没搭理他，对着镜子画眉毛，人头发和白及皮放在手边桌上，宝绽挽起袖子要去接水。

"不用你，"应笑侬瞥他一眼，"我自己行。"

宝绽没管他这些小脾气，接来一盆水，把白及皮放进去，一把一把地抓："唱哪出？"

应笑侬抿着口脂，拿下巴颏给他指了指旁边的椅子，上头搭着一件团花紫帔，还有一个黄布包的"帅印"，是那出《穆桂英挂帅》，要梳大头。

"我给你来。"说着，宝绽把人头发铺在桌上，拿抓出了沫儿的白及水往上涂，等头发绺粘手了，就开始贴片子。

梳大头要"小弯大柳"，宝绽给应笑侬系上包头布，从中间往两边，一片一片贴出桃腮粉面，再系上线尾子，一个长发及踝的女娇娘就成了。

应笑侬露出了笑模样，风华绝代，从镜中看着宝绽："你行啊。"

宝绽给他捋发尾："是你底子好。"

接着插宝石簪、插水钻、插蝴蝶压鬓簪，然后在脑后插上后三条，两边插耳挖子，头上戴蝴蝶顶花，穆桂英没有偏凤，两鬓都插花骨朵。应笑侬扭个身儿，顶着一头斑斓珠翠，缓缓站起来。

"哟！"门口有人来了一嗓子，嘶哑粗粝，"我的美人儿！"

宝绽看过去，是个铜锤花脸，勾着老脸，戴侯帽，挂白髯口，一身大紫的行龙蟒，是《二进宫》里的徐延昭。

应笑侬袅袅婷婷去穿帔，回了他句："滚。"

"哎，你说你这嘴。"那花脸走过来，见应笑侬是唱穆桂英，来劲了，"嘿，咱俩一对儿紫，般配！"

应笑侬一偏头，把线尾子甩到宝绽手里，边穿戏服边介绍："这黑头[1]是戏曲学院的张雷——"

没等他说完，就听远远的一声喊："张雷，哪儿呢？"

声音是女的，片刻后进来的却是个老生，穿白蟒，戴纱帽，挂白三髯口，怀里抱着个笏板，是《二进宫》里的杨侍郎。她穿上厚底儿还比张雷差一块，但扮相俊，扫一眼应笑侬和宝绽，眼里的轻蔑不言而喻："马上就到咱俩了，你瞎溜达什么！"

"看把你紧张得，"张雷跟她往外走，"咱们这届就属你最出彩儿，谁上不去也不能把你刷下去，你放心吧……"

他们往前台去了，宝绽看向应笑侬。

"人家是专业院校出身，"应笑侬抖了抖水袖，端起大青衣的范儿，"瞧不起我这种野路子。"

宝绽读的是师范，也不是专业戏校毕业，但他在时老爷子那儿挨过的打、流过的汗，绝不比专业院校学生少，他抿起唇，心里起了一股劲儿。

8

应笑侬是倒数第二个上场的。宝绽在观众席上看他，模样身段万里挑一，嗓子比那天在龚奶奶家还透亮，唱完那句"抱帅印到校场指挥三军"，他收起水袖施施下场，光彩在场上久久不散。

结果是当场公布的，一共25个人，18组，取头七名，这七名按顺序依次公布，没念到名字就是落选了。

---

1. 黑头：铜锤花脸的别称，也叫唱功花脸、大花脸。

不出所料，张雷和给他搭戏的女老生并列一、二名，应笑侬没抬头，跟宝绽坐在一起，抿着嘴角很紧张。

第三名不是他，第四名还不是，宝绽侧身抓了抓他的手，轻声说："放心，我在台下看着呢，你出类拔萃。"

应笑侬什么都没说，只是用力回握住他。

接下去，第五名不是，第六名也不是，宝绽觉出不对劲了，凭应笑侬的本事，绝不至于落个垫底，可第七名出来，他居然落选了。

"哎？"宝绽腾地从座位上起来，要去找考官理论，手却被牢牢抓着。

"松开，我去问问！"

"有什么可问的，"应笑侬苦笑，"不行就是不行。"

"你怎么不行了，"宝绽冲前头嚷嚷，"你比他们都强！"

考官们听见，纷纷收拾东西离场，考生们或得意或沮丧，也三三两两散去，整个小剧场瞬间空了，只剩下他们两个在昏暗的观众席上，紧紧握着手。

坐了好一会儿，应笑侬深吸一口气："走了，抬头。"

手被松开，上头凉凉的一层汗，宝绽跟着起身。场上的灯全关了，只有应急通道荧荧的一点绿光，应笑侬的背影绰约，在朦胧的黑中婀娜摇曳，红粉英雄被斩落马下，穆桂英铩羽而归。

后台没有人，卸完妆都走了，宝绽这才明白他们在外头坐那一会儿是为什么。应笑侬的傲气没有变，只是藏到了骨头里。他还是坐角落那个位置，一颗一颗往下摘头面，正摘顶花的时候，走廊上有人说话。

"张姐，今儿的穆桂英是真好。"

应笑侬摘花的手一顿，宝绽看向镜中，他一双桃叶眼水汪汪的，像忍着泪。

"可惜是个男旦，没要。"有水桶落地的声音，应该是剧院扫地的阿姨。

"男旦怎么了，四大名旦还是男的呢。"

"时代不一样了，现在不兴这个。"

"那个女老生呢，怎么要了？"

"女的和男的两回事，女扮男装看着新鲜，男扮女装就有点……"阿姨低了声，"伤风败俗。"

应笑侬攥着顶花的手啪地拍在桌上，宝绽赶紧过来，拽着他面向自己。

应笑侬全身都在颤——睫毛、嘴唇、没摘掉的头面,眼泪在眼圈里转,强忍着不掉下来。

"没关系,"宝绽握着他的肩膀,"这回不行,还有下回。"

应笑侬摇头:"没有下回了。"

宝绽蹙眉。

"国剧院、演艺中心、市艺术团,"应笑侬惨淡地说,"没一个地方要我……"

这里是最后一家,宝绽的心一下子揪紧。

不知道是谁抱的谁,他们搂在一起,应笑侬的泪终于落下来,渗进宝绽脖子里,油彩蹭脏了衣服,雪白的水袖长长拖在地上。

宝绽捋着他的背。龚奶奶说得不对,应笑侬唱戏,绝不只是图个乐儿。

"还有一家。"他说。

应笑侬抬起头,脸上湿淋淋的,傲气让现实打得粉碎。

"是一家私人剧团,"宝绽郑重地说,"叫如意洲,有一百多年历史,当家的叫宝绽,对应笑侬扫席以待。"

应笑侬愣在那儿,瞪圆了眼睛。

"你去吗?"宝绽问。

隔了许久,又仿佛只有一刹,应笑侬说:"去。"

如意洲就这么得着了一个千金难求的大青衣。

应笑侬收回小指,放开宝绽的银镯子:"七年前,你在市京剧团帮我梳了一次头,谁想到一直梳到今天。"

"可不是?"宝绽抱怨,"哪个当家的成天给演员梳头,等如意洲挺过去,赚钱了,我给你雇两个梳头师傅,轮流伺候你。"

他们都知道,如意洲没有那一天了,但谁也没说破。

"你看咱们团,要老生有老生,要花脸有花脸,一个青衣一个刀马旦,什么都不缺,配置没问题,就是差钱。"

宝绽点点头,应笑侬拉住他:"钱,我去想办法,团里,老时照应,你,什么也别想,给我把身体养好,听见没?"

宝绽没应承。

"听见没?!"他不答应,应笑侬就使脾气。

宝绽无奈，只得先同意。

"行了，我走了。"

宝绽看一眼手机："都十二点了，留这儿睡吧。"

"队友等我吃鸡呢。"应笑侬拿好东西，"你别瞎操心，天塌下来大家一起顶着。"

宝绽送他出门，回来隔着窗看了好久，直到瞧不见人影了才上楼。

楼外是漆黑的夜色，树影在风中变换着悚然的面貌。宝绽把二楼的电视打开，听着声音去洗脸，这时楼下门铃响。他第一反应是应笑侬落了东西回来拿，返身跑下楼，边开门边说："我就说你别走了，陪我睡一夜，明天——"

门外是个挺拔的高个子，一身奢靡的灰西装，听见他的话，尴尬地往外看了看："嘿，方便吗？"

宝绽不知道他尴尬什么，敞开门让他进来："方便，你怎么来了？"他真诚地笑，不带一丝客套，"又加班没饭吃？"

匡正随着他笑，他们不算熟，可能是夜色让天差地别的两个人走近了彼此："早上就那么把你放大马路上，我挺过意不去的。"

"没事儿，"宝绽早忘了，"我下车那地方其实挺方便，过马路就是公交站。"

匡正阅人无数，瞧得出来他是真心话："现在有空吗？"

宝绽茫然地歪着头。

匡正潇洒地撩起西装前襟，双手撑腰："我请你吃个饭。"

"现在？"宝绽惊呼，"半夜！"

"世贸那边有一家清吧的龙虾不错，芬兰人开的，营业到三点，我很熟，能要到好的两人位。"

"太夸张了……"宝绽一个劲儿摇头，"半夜，去世贸吃龙虾，我——"

匡正不让他犹豫："说实话，我刚下飞机，饿疯了。"

这对他匡大VP来说，已经算是恳求了。

"你饿呀？"宝绽转身往厨房那边走，匡正跟着他，看他从冰箱里拿出两个密封饭盒，打开放在桌上，"晚上剩了点饭，给你热热？"

冰箱、剩饭、热热，这三个词没一个是匡正能接受的，他不假思索地拒绝："我从来不吃剩——"眼睛往下一扫，桌上是一盒大米饭和一盒烧豆角，豆角烧得微有些焦，酱色的汤汁，放了一点辣椒，口水一下子分泌出来。

"刚放冰箱没多久，"宝绽保证，"不好的我不会给你吃。"

匡正觉得很魔幻，龙虾和豆角，想当然是龙虾完胜，可当那盒破豆角摆在面前，他就去他的龙虾了。

"炒着吃，还是盖浇饭？"宝绽问。

匡正看着他，试图坚守自己的原则，结果原则碎了一地，他非常没立场地在吧凳上坐下："炒着吃……"

"再蒸个鸡蛋羹吧，"宝绽转身点火，"给你加点蛋白质。"随着那啪的一响，空冷的大别墅里瞬间充满了暖人的生气。

匡正坐在这边看着他的背影："刚才……你以为我是别人？"

"啊，我朋友刚走，我以为是他回来了。"

匡正玩着手边的卡通桌垫，没说话。

"帮我送日用品来的，"宝绽磕了个鸡蛋，用筷子打散，"要不这些大米、豆角从哪儿来，这地方买趟东西太费劲了。"

匡正闲得慌，听他这么说，马上打开手机，找到一个高端生鲜供应商，下单定了半年份的蔬菜水果，收货地址填的是宝绽这里。

"买好了已经，"他说，"以后每天会有人按时送食材过来，我选的下午三点，你不在家也没关系，会放在门口。"

宝绽快速翻炒米饭，油脂的香味缓缓散发："你帮我把菜买了？"

"不能总吃白食啊。"匡正勾唇笑笑，把西装外套脱下来，扔到背后沙发上。

宝绽想一想，青菜叶子也没多少钱，就没推辞："那谢谢哥。"

锅里的鸡蛋羹蒸好了，他端出来淋上香油，和热腾腾的豆角炒饭一起端上桌："您的午夜定食一份，请慢用。"

匡正用舌头打了个响，模仿快餐店的铃声，然后拽下领带，解开两颗衬衫扣子，练得结实的胸肌轮廓若隐若现。

宝绽的手艺，每吃一口都有家的味道，特别是在寂寞的午夜。

"对了，"匡正舀一勺蛋羹，"下次有人来，你先看下监控，像今天，还有昨天我来，你一点防备都没有，这里的安保虽然不错，但也得注意安全。"

宝绽埋头收拾流理台和灶具："昨天你来，我看监控了。"

"你不认识我，就敢给我开门？"

"你不像坏人，而且我觉得在哪儿见过你，很熟悉，"他开玩笑，"可能是梦里。"

匡正嚼着一大口饭,乐了:"《甜蜜蜜》?"

宝绽没明白,回头看着他。

匡正摇着勺子轻轻地唱:"梦里,梦里见过你。"

宝绽扑哧一声,笑了。

匡正把桌上的手机转个方向,向他推过去:"留个电话吧,方便联系。"

9

交换了电话,又聊了会儿天,临走,匡正提出第二天送宝绽上班。

还是七点,在宝绽家门口。

一回生二回熟,这次宝绽直奔帕纳梅拉,坐进副驾驶座。他穿的还是昨天那条褪色的牛仔裤,T恤换了件淡黄色的,仍扎进腰里,短发被晨风吹向脑后,露出饱满的额头,很好看。

"早。"匡正按下中控锁。他今天穿的是一套修身的暗绿色西装,没系领带,领口微敞,头发用发蜡抓得松松的,有种优雅的闲适。

"早,"宝绽系上安全带,"睡好了吗?"

"还行吧。"熟了,匡正不跟他来虚的,"七点可是够早的。"

"是你睡得太晚了,"宝绽看了他一眼,"黑眼圈都出来了。"

"就这工作,没办法。"匡正和上次一样,把西装外套脱下来给他。

宝绽接过来,披在胸前:"走吧。"

匡正踩下油门,从这里进市区只有一条道,正值盛夏,路两旁开满了不知名的小花,风一起,左右摇摆。宝绽忽然希望时间就这么停止,不用去想如意洲,不用想他们每个人的未来,还有钱。

可是不行,他看向匡正:"你……"

"能不能借我点钱",七个字,就像一条肮脏的绳子,勒住他的喉咙。

"嗯?"匡正能感觉到他心里有事,上次也是这样,他猜是因为钱。

"你——"宝绽强迫自己鼓足了勇气,却没说出口,"你在哪儿工作?"

匡正一愣,笑了:"金融街,万融。"

万融是大银行,如意洲的账号就开在那儿,宝绽想了想:"你那里能贷款吗？"

匡正又是一愣："我不是办贷款的，我在投行部。"

"投行……部？"这个词宝绽是第一次听说。

"有人卖茄子，有人卖车，"匡正解释，"我是卖公司的。"

像卖茄子一样……卖公司？宝绽被他吓住了，一时没再提借钱或是贷款："友爱路和五七街的交叉口把我放下就行，那儿有个公交站。"

友爱路往东是金融街，往西是南山区，他在那儿下车，两个人都方便。匡正说："贷款，我可以给你找人，你有抵押物吗？"

没有，剧团的楼是租的，宝绽也没有私人财产，他摇头。

"你需要多少钱？"匡正又问，只要宝绽说出个数来，他就能借。

但是宝绽没有说。

地方到了，匡正把他放下，看着他走到公交站，打个轮儿拐上左转道，边等灯边打电话："老白，是我。"

白寅午显然还没起床，翻身吼了一嗓子："你小子要疯啊，八点半给我打电话！"

"有事儿，"匡正不跟他兜圈子，"这次的新人，我有个想要的。"

"少给我找事儿。"白寅午直接拒绝，"要哪个，报到人力资源部去，上头综合考虑之后会合理分配。"

"别跟我打官腔，"匡正的手指敲着方向盘，"就求你这一回。"

那边静了，然后说："本来M&A有两个名额，你点名要，就一个了啊。"

"没问题。"匡正张嘴报名字，"段小钧。"

"谁？"白寅午的声音低下去，"你要他干吗？"

"一个垃圾新人，你这董事总经理都知道名字，你说我要他干吗。"说罢，匡正挂断电话，得意地勾起嘴角，把车开上金融街狭窄的双车道。

到了公司，他上34层。这层是人力资源管理处，行政部门上班早，他一进去，十几个小姑娘就连珠炮似的问好："匡总早！"

这感觉，像进了盘丝洞，匡正朝她们笑笑，推开经理室的门："大诚，老白跟你打招呼了吧，我要个人。"

人力资源部经理汪有诚坐在办公桌后，推了推鼻梁上的金边眼睛："正在办手续，一会儿让副经理给你送下去。"

"谢了。"匡正带上门出来。

第一折　烟波致爽　　　　　　　　　　　　　　　　　　　　37

汪有诚是个人精，从实习生到高级经理，没一个人的背景是他不清楚的，他表面上不动声色，心里其实门儿清。

匡正和小姑娘们挥挥手，离开人力资源部，背后又是一串："匡总慢走！"

他坐电梯上57层自己的部门，一进办公区，克莱门果然在，看见他吃了一惊："老板，今天这么早？"

"一会儿有新人来，"匡正指了指他的胸口，意思是分给他的，"准备接人。"

克莱门只干了两年分析师，匡正就提拔他当了经理，不为别的，就为他干活儿利索不出错，而且能熬夜，一脸加班不要命的死样。

"哪个？"手底下第一次有人，克莱门很兴奋，"是北大那个吗？我眼馋他很久了，他在G&S香港分公司实习过！"

"哪那么多废话？"匡正横他一眼，走向自己的独立办公室，"熔合地产的资料给我，还有上次联席会议的记录。"

进屋关上门，他脱下西装，开始工作。半个小时后，最多不超过45分钟，代善到了，穿着一身浮夸的白西装，一颗大油头，气势汹汹杀进来。

"匡正，你行啊。"见到匡正，VP对VP，他强压下火。

匡正在座位上没起身，等门合上后才开口："我是挺行的，你具体指哪方面？"

代善气得脸都红了，踢了他的办公桌一脚："段小钩！"

"段小钩？"匡正皱眉，"我们M&A的人，和你们资本市场部有什么关系？"

代善恨得牙痒痒："你是怎么知道我想要他的？"

"嗬，"匡正笑了，往后靠上椅背，"你不是一向这样吗，想要什么就故意不碰。"

在澳门，他明显对段小钩和邦妮其中之一感兴趣，但只和邦妮接触，拿段小钩当空气。

代善惊讶，匡正对他的了解远超他的想象。

"你，或者你手下的人，"匡正从座位上起身，"是段小钩的匹配度面试官吧？"

此话一出，代善更惊了。

"要拿椅子砸窗户的人，哪个面试官敢要？这个人最后却出现在了新人培训上，"匡正推测，"是上面不让淘汰吧，段小钩是哪个大客户的关系？"

他说对了，代善不作声。

匡正和他脸对着脸，有些挑衅的意思，全世界都认为代善聪明，其实他不过是玩股票炒期货的小聪明，像匡正这样犬牙藏得好，不显山不露水的，才是大智慧。

代善败了，沉默着拉开门。门外，克莱门站在那儿，愤怒又委屈地抱怨："哥，你这要的是个什么东西！"

前头几步远，段小钧无措地站在那儿。

代善走过去，和他擦肩时稍顿住脚："你的倒霉日子要来了。"

匡正没理克莱门，拿手指勾了勾段小钧："你进来。"

"老板！"克莱门一副要把人装箱打包送回人力资源部的架势。

匡正指着他："你出去，"出去还不够，"把门带上。"

克莱门鼓着一肚子气，回头把段小钧拽进来，狠狠瞪了他一眼，轻轻关上门。

匡正坐回去后，上下打量段小钧："你这身破西装，明天给我换了。"

段小钧低着头，不说话。

"哑巴了？"匡正跷起二郎腿，"欠收拾是吧？"

段小钧抬起眼，眉宇间的傲劲儿显出来，大胆地问："你为什么要我？"

"我要你？"匡正觉得好笑，"时针夹角都算不明白的蠢货，我要你干什么？"

段小钧涨红了脸。

"你的经理是克莱门，刚才接你那个。"匡正言归正传，神情严肃起来，"以你现在的水平，没有任何工作能给你，端茶倒水这些事有后勤负责，你只能帮大家复印一下文件，或者取个快递跑跑腿。"

"为什么要我？"段小钧重复。

匡正瞧他一眼，没理会："再给你交代一下 M&A 的规矩：Trainee[1] 是公司财产，万融投行部就是个血汗工厂，说句不好听的，女的当男的用，男的当牲口用。"他伸出手指，"记住三点：第一，你和你的时间都是公司的；第二，除了工作，你一无所有；第三，你出的每一个错误都是钱。"

段小钧第三次重复："你为什么要我？"

---

1. Trainee：刚进公司的培训生。

这小子又臭又硬，匡正看了他两秒钟，终于说："我并不想要你，你之所以站在这里，是因为代善想要你，这就是你的价值，明白吗？"

段小钧不明白，但有件事他更好奇："他想要我，我都不知道，你怎么知道？"

匡正转动椅子看向窗外，万融57层，除了蓝天白云，还能俯瞰整条金融街："没在货币市场玩过吧？"

他的话题跳得太快，段小钧摇头。

"如果你去了资本市场部，代善让你在香港市场买入一亿美元，6%的利率，像你这种傻瓜，你知道会发生什么吗？"

第三次了，他侮辱段小钧的智商。

"一亿美元的买家一出现，利率就会涨到6.2，6.2你还买得起，但是你也买不到，因为利率还会涨，到6.4甚至更高。"

段小钧错愕。

"知道代善会怎么做吗？"

段小钧胳膊上的汗毛竖起来。

"他会在利率6.4的时候大笔卖出，利率开始走低，他继续卖出，直到市场崩溃，利率跌到6以下，他再抄底买入一个亿。"

匡正回过头："明白了吧，这就是代善的逻辑，他越想要你，越不会碰你。"他挥了挥手，"出去吧。"

段小钧茫然转身，走到门口，匡正叫住他："对了，你有哥哥吗？"

段小钧开门的手一顿，低声答："没有，我是独生子。"

10

段小钧离开后，匡正一天都没有出过办公室，午饭是鳗鱼海胆外卖，六点多要吃晚饭的时候，微信响了。他看一眼，是总行的经理助理冯宽，之前在香港分公司轮岗了半年，上周刚回来，现在就在楼下咖啡座。

工作正好告一段落，他揣上手机起身，一出门就看见段小钧抱着一摞A3复印资料站在克莱门桌前，才一天，就搞得没人样了。

匡正瞥了一眼，走出办公区，身后克莱门在发脾气："你那什么眼神，不服吗？不服你告诉我投资资本回报率怎么算，我立刻让你回家休息！"

匡正哼笑，段小钧根本答不出来。

坐电梯到一楼，冯宽在咖啡座那边朝他招手，一身乏味的灰西装，系着乏味的领带，踩着乏味的皮鞋。"老弟，"见到匡正的打扮，他眼前一亮，"你越来越浪了！"

"我们这边就这样，"匡正在他对面坐下，"不像你们，成天在大领导身边，一水儿的耗子灰。"

"去你的，"冯宽给他要了杯拿铁，"我升职了，总经理。"

"恭喜啊。"匡正舒展背部，转了转脖子。

"反应这么平淡吗？"

"你去香港不就是准备着升吗？"匡正语气平平，然后笑了，"再说，你不升，嫂子也不乐意啊。"

冯宽的老丈人是集团董事，这几年步子走得很稳。"别挑我不爱听的说，"冯宽松松领带，"怎么着，还没定下来呢？"

匡正点头："我这儿不像你那儿，三步一个姐五步一个妹的，天天有艳遇。"

"上一个是什么时候？"

"得有七八个月了吧。"匡正啜口咖啡，"我说，你怎么回事，这么关心我私生活？放心，老子直得很，今年兴致不高而已。"

"不是我说你，你挑女人的眼光有问题，总找那些二十一二的小姑娘，多作啊。"冯宽一副过来人的口气，"你得找二十八九的，知道疼你。"

匡正听出来了："哥，你是不是有事？"

冯宽笑了，笑得很贼："我手里有个女孩儿，没到三十，漂亮，大高个儿，做信托的。"

"国内的信托，"匡正摇头，"约等于理财。"

"你管那干什么，我说的是人。"

"什么信托啊，私人银行啊，"匡正语气轻蔑，"都是搞公关的，没意思。"

冯宽听明白了："不要，是吧？"

匡正点头。

"行，你们M&A的牛。"冯宽站起来，拿他没辙，"你个没良心的，我白耽误工夫过来找你，走了。"

第一折　烟波致爽

匡正送他到门口："哥慢走。"

冯宽走了两步，又回来："那是我老婆大姑的女儿！"他本来想说"少奋斗十年"之类的，一想人家匡正也不稀罕，只好拿指头点了点他，走了。

匡正低头看表，七点，正是吃晚饭的时间，这儿周围的鳟鱼、鹅掌、生蚝随他挑，可他就是想吃宝绽做的那口，现在回家说不定还能赶上刚出锅的。

说走就走，他开车直奔郊外。一路上车流还可以，到家时八点多，天已经黑了，宝绽的灯没亮。他摁下门铃，远远地，看见大路上走过来一个人。

匡正皱着眉头，越看越熟悉，难以置信地喊了一声："宝绽！"

人影快走了两步，朝这边挥手。

"我去！"匡正站到路中央，扯着脖子喊，"你从地铁站走过来的？"

那边没回答，匡正在原地转了个圈，很生气。

宝绽渐渐近了，那张脸也清晰起来，天热，汗水挂在下巴上，淌到脖子上。

"你走了多长时间？"匡正掏出口袋巾给他。

"我走得快，"宝绽没拿，用胳膊擦了把汗，"不到一个小时。"

门口放着一盒生鲜，匡正单手抱起来，跟他进屋。

主灯和空调自动感应开启，匡正把保鲜箱打开，里头有茄子、菠菜和五花肉，还有半打进口橘子，他不假思索："明天开始，晚上我接你。"

宝绽正用脱下来的T恤擦汗，一口回绝："不用，这点路算什么。"

匡正扭头看他，平时看着瘦瘦的，现在脱了，身板却很结实，不是练出来的那种肌肉，是灵动紧绷的小肌群，雀鸟般漂亮。

"地址给我，"匡正很强势，"一脚油的事儿。"

宝绽过来，把菜和肉拿到厨房，边收拾边说："咱俩的时间合不上，你半夜才下班。"

"我送你到家，再回公司，"匡正懒懒地倚着厨房台面，"正好中间蹭你顿饭。"

宝绽笑了，扬眉斜他一眼："你差我这顿饭吗？"

这一眼，有琉璃样的水光在里头，匡正一怔，头一回觉得这人身上有股劲儿："你做什么工作的？"

宝绽切肉的手停了一下，他是个末路的京剧演员，老生，眼看着要熬不下去了:"我是唱——"

忽然,手机响,匡正看一眼来电,兴高采烈接起来:"Hey buddy!(嗨,哥们儿!)"

他全程讲英语,神态、语气像用母语一样自然。宝绽愣愣看着他,再一次清楚地认识到,即使在同一个屋檐下,即使说着朋友似的话,他们也是两个世界的人。

电话里是原来新加坡的同事,做重组的,好久没联系了,匡正边聊边从保鲜箱里掏了个橘子,两边掰开,塞一瓣到嘴里。甜,蜜糖一样,他立刻拿去给宝绽。

宝绽正摆弄肉,手上不干净,匡正用肩膀夹着电话,掰一大块给他。

宝绽鼓着腮帮子,匡正盖住话筒问:"甜吧?"

宝绽一个劲儿点头,止不住笑了。

电话打了半个多小时,除了几句问候,更多是经济基本面的分析。放下电话,他们闲聊着吃饭,之后宝绽收拾碗筷,匡正回家,各过各的人生。

第二天早上,宝绽七点出门,蓝色的帕纳梅拉等在门口。

匡正昨晚睡得早,今天神采奕奕的,两人车上你一句我一句地胡侃。到友爱路,宝绽下车,坐232到白石路,走十分钟到如意洲。

还没进剧团大门,就听见激烈的争吵声,他冲进去,只见一楼昏暗的走廊上有几个人影,你推我搡地动了手。

"干什么呢?!"他大吼一声,压过了所有嘈杂。

走廊里静下来,那团人影不动了,是时阔亭和应笑依死死拽着一个小子,邝爷也在,撑着一把老骨头在拉架。

"怎么回事?"宝绽走上去,看清那小子的脸。是红姐的男朋友,团里的人都叫他"小科",挺老实一男的,此时满脸戾气,揪着时阔亭的衣领不撒手。

"你们如意洲的都不是东西!"他嘶喊,"让万山红出来!还有那个姓鲁的,让他们给我滚出来!"

宝绽有点蒙,小科一抬腿差点踹着他,应笑依赶紧过来挡着:"你小子,少跟宝处这儿犯浑!"

"到底怎么回事?"宝绽问。

应笑依把他往外拽:"红姐……"他压低声音,"跟人开房让小科逮着

第一折　烟波致爽　　　　　　　　　　　　　　　　　　　　　　43

了，小科还没怎么着呢，她先把人家蹬了。"

"什么！"宝绽瞪大眼睛，没想到是这种事。

"你忘了，上次在医院，"应笑侬说，"她接个电话就走了，估计是跟电话里那家伙。"

"那——"宝绽脑子里一团乱，"和鲁哥有什么关系？"

"可能是帮着瞒了吧，"应笑侬猜，"鲁哥搭过他们的车。"

那边小科还在喊："宝绽！我不管，万山红是你们团的！我就跟你要人！"小科家里是唱戏的，嗓子亮堂，一嚷嚷震得天花板直响。

宝绽赶紧给红姐打电话，应笑侬摇头："没用，我打了七八遍了，"他骂，"万山红太不地道了。"

果然，没人接。宝绽收起电话，返身回去，小科已经让时阔亭摁在地板上了，连生气带憋屈，挺大个老爷们儿一脸哭相。

"我去他妈的万山红！"他喊，"我认识她十年了，十年！说跑就跑，连句解释都不给我，我去他妈啊！"

宝绽对时阔亭说："松开。"

"不行，他撒癔症……"

"松开！"宝绽拽着小科的衣服，一把将他拎起来，盯着他的眼睛，"你找我要人，我也没有，怎么着，今天要来一场你死我活？"

小科缓缓眨了下眼，他知道，这事儿跟宝绽、跟如意洲没关系，可眼下要是不抓挠点什么，他就要屈死了："她看不上我，别跟我处啊！为了她，我花了多少钱，光金首饰就买了两万多！"

宝绽一听这里头还有钱，拧着眉毛要说什么，突然来了几个人，进门就嚷："哪个是宝绽，姓宝的滚出来！"

宝绽放开小科，转过身，看是几个戴金链子的大哥，像是要债的："我就是，你们什么事？"

"我们是兴隆金融的，"他们从手包里掏出一张纸，抖了抖，"你们租过安运捷的车，都半年了，钱还没结清呢！"

半年前他们是从一家叫安运捷的公司租了一辆厢货，拉舞台布景的，那也是如意洲的最后一次演出，在社区，只有不到十个观众，全是白发苍苍的老人。

"钱已经结过了。"宝绽不卑不亢。

"租车钱是结了,这还有笔补胎费呢,车回来的路上爆胎了!"

"我们当时就和安运捷说了,爆胎和我们不挨着,这笔钱我们不付。"

"你们说不付就不付?"

"怎么着,还要讹人吗?"

大哥们笑了:"今儿就讹你们这小破剧团了!"

两件破事撞到一起,宝绽向前迈了一步,这时时阔亭和应笑侬一左一右,不约而同走到他前头,拿身体把他挡住。

"让开!"大哥们吼,"我们找的是宝绽!"

时阔亭和应笑侬相视一笑,松了松腿脚:"你们敢动他一下试试!"

11

他们跟要债的打了一架。

要债的看着凶,动起手来就软蛋了,俗话说"硬的怕横的,横的怕不要命的",为着宝绽,时阔亭和应笑侬真有点不要命的劲儿,学过的拳脚、练过的功架,这时候全亮出来,没几下就把这伙人打跑了。

小科一看团里的情况,耷拉着膀子也走了,之后再没来过。

没几天,红姐裹着纱巾戴着太阳镜,在一个烈日炎炎的下午出现了。

在宝绽那屋,"烟波致爽"四个大字下头,她抬头看了一阵,闷声说:"对不住啊,宝处。"

宝绽坐在褪了色的皮沙发上,刚练完功,一身素白的水衣子透着汗粘在身上,显出俏拔的身形,那背是一贯的笔直,眼睫微微垂下:"你对不住的不是我。"

红姐笑了,有些不屑的意思。

"小科对你真心实意,你现在回头还——"

"我要结婚了,"红姐打断他,说不清是嘲笑还是自嘲,"回什么头?"

宝绽怔了怔,仍然说:"你这么做不对。"

"不对?"红姐跷起二郎腿,脚上是一双大红的高跟鞋,"什么叫对、什么叫不对,我像一摊泥似的让小科他们家在脚下踩一辈子,就对了?"

"红姐——"

"宝处！"红姐看着他，眼睛里是湿的，"我不想这么对付着过，当个穷唱戏的，嫁个没骨头的废物！"

"咱们唱戏的，讲究个忠孝节义，"宝绽语气平静，但字字铿锵，"戏里说'且自新、改性情，苦海回身、早悟兰因'，这么多年的戏你都白听了？"

眼泪要往下掉，红姐忍着，宝绽觉得她不是个无情无义的人："你和小科十年，什么东西比十年的感情还重要？"

"是呀，"红姐也问，"什么东西比十年的感情还重要，能让他妈说出不生儿子房产证上就不写我名字的屁话？"

宝绽愣住了。

"小科在旁边怎么一个屁都不放呢？！"

宝绽腾地站起来。

"我过去就是傻，觉得十年，天塌下来我也得跟着他，"红姐笑，闪着泪花，"才让他们家觉得我万山红是个没人要的赔钱货！"

宝绽思来想去，沉声说："你拿小科那些东西，给我，我替你去还。"

"我拿他什么了？"红姐跟着站起来，"哦，那几个金镯子？"她像听了什么天大的笑话，指着自己的左耳朵，"就为那房产证，我和他妈顶了两句，他爸当时就给了我一个大耳刮子，这只耳朵一个多礼拜没听着声，几个金镯子，行了吧！"

宝绽没想到还有这样的事，绷着嘴角白了脸。

"宝处，"红姐无奈，"女人不能太软了，太软，挨欺负。"

宝绽无声地点头。

"我今天来，"红姐抹了把泪，微笑，"是来退团的。"

宝绽抬眸看着她："不唱了？"

"还唱什么？"红姐笑得明艳，"我怀孕了，四个月，是奉子成婚。"

宝绽先是惊讶，然后微红了脸，像个懵懂的大男孩。红姐走上去，抱住他："跟你和如意洲道个别，"她呢喃，"也和我的前半辈子道个别。"

宝绽眼角发酸。

"真舍不得，"红姐哽咽，"戏，还有大家。"

宝绽拍拍她的肩膀："一定把日子过好，满月酒记得叫我。"

"必须的，"红姐放手，"别人我就不见了，太多话，不知道说什么好。"

宝绽送她出门，在门口碰上了路过的应笑侬。"哎，怎么让她走了！"

他嚷嚷，"这种人就应该全团开大会——"

宝绽瞪了他一眼，应笑侬立刻噤声，两个人目送着那个窈窕的身影走出长长的旧走廊，走出她暗淡的人生，去找光。

"怎么回事？"应笑侬问。

"改天再说。"宝绽觉得累，好像全身的力气都用尽了，红姐是他们每个人的未来，千回百转，终须一别，"我先回家了。"

"哎，我说你——"门砰地关上，把应笑侬拦在外头。

宝绽换了衣服，坐232路公交车，在世贸中心倒地铁，从13号线终点站出来，长长的一条行车路，他走上去。

正是一天中最热的时候，太阳照着脸，汗如雨下，他一步也不停，像个负气的傻瓜。如意洲没有钱，人也留不住，他看一眼这条长路，仿佛永远走不到头。

到家的时候整个人都瘫了，他水洗过似的躺在沙发上，心里憋闷，想找个人说，掏出手机。通讯录上寥寥的几个人，时阔亭、应笑侬这些，要说在如意洲就说了，还有就是……匡正。

鬼使神差点下那个名字，手机开始拨号，宝绽反应过来，连忙挂断。

和人家有什么关系呢？再说，匡正连他是干什么的都不知道。才四点，他还在工作，是买卖公司的大生意……

手机突然响，屏幕上显示来电，匡正打回来了，只隔了几秒钟。

"喂，"宝绽的声音有些波动，"我……拨错了。"

"我一会儿开会，"匡正说，周围很吵，"晚上有个大项目，不回去吃了，别等我。"

"嗯。"宝绽轻声应，心里是失望的，这么大的房子，如果没有一个匡正这样的邻居，真的寂寞。

"你怎么了？"匡正问。

"啊？"宝绽从沙发上坐起来，强撑着，"我没事。"

那头静了片刻，换到一个安静的环境："你刚才声音不对，到底怎么了？"

"没有——"

"快点，"匡正催他，"我时间不多。"

"我——"宝绽呼出一口气，整个人松懈下来，"有个同事，她今天离职，我们那儿效益不好，我可能也……挺不了多久。"

第一折　烟波致爽　　47

匡正明白了，但没拘泥于这件事："你在家吗？"

"嗯，刚到家。"

匡正不是话多的人，脑子非常够用，这时候到家，宝绽是两点多离开市内的，在最热的时段走了一个多小时，他需要休息。

"你听我说，"匡正放慢语速，一句句条理分明，"现在上楼去洗个澡，我马上订一瓶红酒给你送过去，你洗完澡正好下来收，喝半杯。我再发个ASMR[1]链接给你，你上床好好睡一觉，有什么事明天再说。"

宝绽迷惑："ASMR……是什么？"

"类似白噪音之类的，能帮助你放松，睡个好觉。"有人来喊匡正了，他匆匆说，"走了啊，明早见。"

没等说话，耳边就响起嘟嘟的忙音，即使这样，宝绽的心也定了，他按匡正说的放下手机，上楼去洗澡。

匡正挂断电话去主持部门会议，这次的熔合地产出售是上头十分看重的大项目，万融代表卖方参与交易，会有一笔惊人的交易费。

匡正是项目负责人，这么重要的会议，他还是抽空给宝绽买了红酒发了短信，链接是他常听的那种，有静谧的雨声和温柔的海浪声。

会议内容围绕着前期程序的人员分工，包括尽职调查、投资概要之类营销文件的起草和财务建模。匡正干这个干了十年，再大的案子在他手里都举重若轻，不到一个小时就全部搞定。

会后是晚饭，西班牙伊比利亚火腿配鲟鱼鱼子酱，还有一小份吉拉多，克莱门按匡正的口味选的，他却不大提得起兴致。纯种黑猪用橡树果喂足三十六个月，风干后去骨，后腿肉有粉红色的大理石纹路，味道鲜美，如果搭配高度数的雪莉酒，会有令人惊艳的效果。匡正瞧着面前这盘珍馐，心里想的却是宝绽做的烧豆角，实实在在地下饭。这种感觉很奇怪，过去，他以为有钱就能幸福，所以加班熬夜，拼命做项目，这么些年，他以为自己得到幸福了，就是这份伊比利亚火腿。可他居然不知足，还想要一顿专门做给他的晚饭和一个能边吃饭边聊天的人。

"老板，高层会。"克莱门敲门提醒。

匡正草草嚼了两片火腿，拿上文件，准备去62层。62层属于投行的高

---

1. ASMR：一般指有放松或助眠作用的声音片段。

层，白寅午的办公室和专门会议室就在那儿。这次是要听 M&A 关于熔合地产出售方案的汇报。

段小钧的桌子在办公区边缘，匡正出门路过时，他不在，应该是到影印中心取材料去了，桌上倒扣着一本厚厚的《估值方法》，看了一多半，书页上粘着五颜六色的便笺，看得出来很用心。

匡正一掠而过，走进电梯，刚坐了一层，门开了，代善走进来，一身做作的三件套西装，标准的油头，气焰还是那么嚣张。匡正知道段小钧的事打不倒他，就像股票市场，今天跌了，明天还会涨，代善的职业深深塑造了他的性格。

电梯门合上，密闭空间，并立的两个人。

"抢我个新人算什么能耐。"代善盯着金属门上匡正的投影。

匡正也从那片投影中盯着他。

"有本事抢我的位子啊。"代善笑起来，有食肉动物的凶猛。

匡正也是吃肉的，代善在资本市场部的破位子他才不稀罕，代善指的也不是这个，而是那个悬在半空的执行副总裁。

"那不是你的位子。"匡正随时准备亮出犬牙，扑向对手的脖颈。

"哦？"代善狡猾地笑，"是吗？"

62层到了，他们先后出去，一个往左一个往右，匡正马上意识到，那家伙是去疏通高层的关系了，无论年纪还是资历，他们都到了一较高下的时候，段小钧只是个序幕。

12

匡正在半梦半醒中翻了个身，远处有咿咿呀呀的声音，像是唱戏的在溜嗓子，连绵、婉转、高亢，让人想起小时候的老汽水，摇一摇有清澈的气泡，阳光透过去，玻璃瓶投下明亮的光影。

昨晚他后半夜才到家，一直是浅睡眠，这时候蒙蒙眬眬的，脑海中浮现出一间拢着光的小屋，墙上有"烟波致爽"四个字，字下是褪了色的旧沙发，上头坐着一个气势拔群的人物，斜披着大氅，眉间有一道窄窄的胭脂红。那样一双精彩的眼睛，猛虎似的把他盯住。

第一折　烟波致爽

匡正猛然惊醒，窗帘遮挡了清晨的阳光，卧室里灰蒙蒙的。仔细听，并没有什么溜嗓子的声音，只有空调机在嗡嗡地响。他揉了揉太阳穴，下床去洗手间，淋浴器旁的门铃灯亮起来，闭路屏幕上出现宝绽的脸。匡正按下通话键："来了。"他没擦头发，用浴巾把下身一围，湿淋淋地下了楼。

宝绽穿着一条大短裤，露出一截笔直的小腿，像林子里的一片新叶，在晨曦中闪闪发光："早……"他愣了愣，眼前的人只裹着一块布。

匡正的身材非常正，常年健身的原因，胸肌、腹肌、肱二头肌很是那么回事，湿头发滴着水，水珠打在锁骨上，颤动着滚下来。

"早，"匡正看他穿着一双运动鞋，额头上有汗，"晨跑去了？"

宝绽其实是去柳林里溜嗓子，不过跟晨跑差不多，他点点头："昨天……谢谢你的红酒，我一觉睡到天亮。"

"气色不错，"匡正侧身让他进来，"还想那些烦心事吗？"

宝绽摇头，已经放下了："你这身材，跟杂志上似的。"

男人被夸这个，都有点飘飘然："哥这美色还可以吧？"

宝绽瞟一眼他的胸肌："真不小。"

"我雇了三个健身教练。"匡正想起上次看到宝绽的身体，不壮硕，但很漂亮。

"我做了粥，"宝绽问，"你要不要吃一口？"

匡正挑眉，出来工作十年，连女朋友都没给他做过早饭。

"还有煎鸡蛋，一人两个，"宝绽扬了扬下巴，"不够可以给你三个。"

匡正没废话："等着，我去换衣服。"

他们去对面，并肩坐在厨房的吧凳上。鸡丝青菜粥，配两碟酱菜，米是匡正喜欢的火候，弹牙有劲，鸡蛋煎成溏心的，筷子一挑，有金色的蛋黄流出来，这么一点小事，就让人觉得很幸福。

匡正吮一口筷子尖，拍着宝绽的肩膀："将来谁嫁给你，谁走运。"

宝绽轻笑："吃你的吧。"

吃过饭，匡正载着宝绽进市内，还是在友爱路把他放下，看着他上了公交站台，才加速离开。

到公司时九点多，昨天熬了个大夜，今早连克莱门都没到，只有段小钧一个人拿着吸尘器在清理地毯。

"后勤阿姨呢？"匡正走过去，"你是分析师，公司一个月给你开两万块不是让你扫地的。"

"那是让我复印资料的？"段小钧头也不抬，语气很轻，但一针见血。

匡正第一次在自己的地盘被人顶了，盯着他，发现他穿的还是之前那套黑西装："你怎么回事，不是让你把西装换了吗？"

"我为什么要换？"说着，段小钧抬起头，"西装是新买的，没脏也没破，就因为你一句话，我扔了？"

匡正觉得这人有点意思："万融投行部没有一个像你这么穿的。这就是超市卖场几百块的打折货，"他说这些并不是想刁难他，"在你不能独立做业务、没有话语权的时候，在这栋楼、在所有人眼里，你穿什么，你就是什么。"

段小钧直视着他，一张斯文脸，毫不示弱："我不在意别人怎么想，我是什么，他们迟早会知道。"

匡正让他气乐了，这种人不是傻，是骨子里极端地自信，自信到穿着一身破烂儿都不觉得低人一等："佩服，坚持做你自己吧，新人。"

他转身去办公室，段小钧盯了他一阵，接着吸地毯。

十点钟，员工们陆陆续续到了，匡正扫完手头的几份文件，大致了解一下全球主要市场的行情，安排好当天的工作计划，拿着杯子出来。

工作开始前的办公区非常热闹，经理们聚在一起比较领带的颜色，分析师们激烈地争论某个估值倍数，只有段小钧捧着一个大托盘，经过每一张桌子，去收水杯。

"咖啡，两块糖，不加奶。"

"红茶，谢谢。"

"咖啡加奶不加糖。"

每个人都习以为常，段小钧也游刃有余，不用纸笔也记得清这些无用的排列组合，他走到匡正面前，面无表情地问："老板，喝什么？"

匡正记得他的简历，不是学金融的，但也是北大社会学系毕业。"不用了，"他自认不是什么好人，但绝不亵渎知识，"我自己来。"

段小钧有些意外，没说什么，扭头往外走，匡正也是这条路，两人一前一后进了走廊对面的休息室。

万融的休息室很梦幻，一侧是咖啡机和各种茶饮设备，另一侧是点心，三层金属托盘上摆着各种各样的小蛋糕，樱桃之类的水果放在篮子里，用包装纸和蝴蝶结装饰过，像要去参加婚礼。

匡正接了杯柠檬水，看段小钧忙着把一杯杯咖啡填满，心血来潮地问："你有一个300毫升的杯子和一个500毫升的杯子，怎么得到400毫升的柠檬水？"

段小钧看都不看他，条理清晰地答："先把300的杯填满，倒进500的杯里，再接一杯300，这时500里还能装200，300里剩下100。咱们浪费一下公司资源，把这500倒掉，然后把100倒进去，再接300也倒进去。叮咚，你要的400毫升柠檬水好了。"他扔掉滤纸，瞥匡正一眼，"这道题投行面试考了十年。"

这是匡正的原话，他笑了："做功课了？"

"当然，"段小钧接完咖啡，把台面收拾干净，"让你损一次，不能让你损一辈子。"

匡正眯起眼睛，瞧着他："一辆保时捷，时速30公里，开了60公里后，还要再开60公里，问后半程车速需要保持在多少，才能达到全程时速60公里？"

段小钧端起托盘，两段长度相同的路，平均时速60公里，前一段速度是30，后一段只要90公里就够了。

"90？"匡正喝一口柠檬水，替他答。

段小钧没否定，匡正摇了摇头："以30公里的时速开完60公里，时间是2小时，一共120公里的路程，用每小时60公里去跑，全程才用2个小时，所以答案是这辆车根本不可能达到60公里的时速。"

段小钧瞪大了眼睛，一脸被耍了的表情，但干金融就是这样，市场永远不会给你准备算得出答案的题。

匡正向他举了举杯，返身走回办公室。

段小钧跟在他后头，连翻眼皮带撇嘴，进了办公区，正要给大家分咖啡，匡正在屋门口回头说："克莱门，熔合的案子让段小钧进组，先让他看看财报，规矩教一下，该奶的时候奶一口。"

嘈杂的办公区瞬间安静，所有目光都向段小钧投来，他愣愣地站在那儿，直到克莱门说"发你邮箱了"，他才缓过神来，这时匡正已经进屋了。

匡正进屋放下杯，点亮手机屏幕，有一个未接来电，显示是"欧阳女士"。

他一笑，拨回去："喂，皇太后。"

"免礼吧，"听声音，那边不太高兴，"妈在泰山呢。"

"怎么了？"

"怎么了？"匡妈妈叹一口气，"你妈受气了，全世界都气我。"

"我爸敢气你？"匡正一副不相信的口气。

"是你妈的小姐妹们，"匡妈妈说，心力交瘁的，"这个女儿去度蜜月了，那个孙子满地跑了，听得我啊，真是，万箭穿心。"

匡正笑得不行了："怎么着就万箭穿心，你儿子哪儿不比别人强，婚不是不结，是没碰到走心的。"

"那你什么时候走心？我求你走走心！"匡妈妈不依不饶，"你说，你要什么样的？"

匡正直接缴械："妈，你喜欢什么样的？"

"哎呀，妈妈嘛，就喜欢年纪和你差不多，早上能给你做口粥，晚上能给你烧个菜，脾气好，不用太漂亮，你有钱嘛，好好养着她，疼一疼就漂亮啦。"

匡正一对号，身边还真有这么个人，可惜，不是个女的。

13

熔合的估值有点问题，敏感性分析波动太大，匡正亲自调了一下。做完时差不多六点，他给宝绽打电话："喂，在哪儿呢？我送你回家。"

电话那头很吵。"不用，"宝绽挤在公交车上，"一会儿就到地铁站。"

做邻居有一段时间了，匡正了解他，不占别人便宜，也不喜欢给人添麻烦。

"你坐地铁行，出来在地铁口等着。"匡正拎起椅背上的西装外套，"我现在出发，出站口接你。"

"不用，"宝绽连忙推辞，"你没必要特地回来送我一趟——"

"行了，就这么定了。"匡正干脆利落，挂断电话。

他推开办公室的玻璃门，外头哄堂大笑，见他出来，全体噤声。

"笑什么呢？"匡正穿上西装。

第一折　烟波致爽

办公区沉默。

"克莱门？"匡正往经理那边看。

"那个，老板，"克莱门抓了抓头发，也憋着笑，"刚才段小钧跟我要最近12个月的资产负债表。"

话音一落，办公区又是一阵哄笑。

财务报表是一家公司的核心数据，由三部分组成：利润表、现金流量表和资产负债表。为了估算一家公司的价值，分析师习惯用最近12个月的财报数据，利润表和现金流量表都是如此，只有资产负债表例外，它记录的是某个时间点的情况，对万融的员工来说，这是个低级常识。

段小钧低头窝在自己的座位上，匡正出门从他桌边经过，看见他的电脑上是熔合财报的业务概述部分，用红红绿绿的底色做满了标记。

"你在干什么？"匡正皱起眉头。

段小钧有点慌："看……看财报……"

匡正的声音高起来："看财报不是真的让你'看'财报，"他点着电脑屏幕，"这些屁话不用管他，给我分析财报数据！"

他赶时间，教训完直奔电梯，听见背后办公区有人用嗲嗲的口气说："人家也想要老板手把手教看财报！"

马上有人嘘他："你大三就能自己建模了，教个屁啊！"

电梯到了，匡正走进去。他对段小钧毫不同情，干他们这一行，行就风生水起，不行就零落成泥，就这么简单。

匡正驱车赶到13号线终点站。这一站叫红石，人来人往的出站口，宝绽一身T恤牛仔站在那儿，像个刚毕业的大学生。

看见匡正的车，他一缕风似的跑过来，坐上副驾驶座，擦着汗说："晚上我们吃烧烤吧，昨天我看橱柜里有个烧烤架，正好还剩点肉。"

匡正不喜欢烧烤，得傍着火自己弄，还搞得一身味儿，但他觉得宝绽是想谢他，于是没拒绝："用不用再买点东西？"

"不用，够了，"宝绽说，"我烤，你吃就行。"

到家后，匡正去换衣服，宝绽把烧烤架收拾出来，搬到门口的桂花树下，填上炭，用酒精棉点燃，装上烤网，拿刷子上一遍油。等匡正过来时，已经能放肉了。

有猪肉有牛肉，现腌的，旁边摆着餐具，匡正进屋去拖了两把椅子，还有啤酒和一次性手套。

天擦黑，周围静静的，没有人声，只有树影在初升的月光下摇，白日的暑热渐渐退去，一丝凉意从柳林飘过来，卷起零星的炭火。

匡正开一罐啤酒，边喝边拿起烤叉，到宝绽身边跟他一起翻肉，嗞嗞的，油香飘出来，他自然而然地聊："今天我妈给我打电话。"

"嗯。"宝绽应着，把烤好的肉摞在盘子里，给他递过去。

"催我结婚，"匡正接过来，没急着吃，"我才三十二。"

"三十二啊，"宝绽想想红姐、鲁哥他们，"不小了，是该结了。"

匡正挑起眉毛："我还没玩够呢。"

这话让宝绽惊讶："你玩——"他没觉得匡正是这样的人，"你那么忙还有时间玩？"

"就是没时间，才觉得没玩够。"匡正扭头看他，"你呢？"

宝绽头也不抬："我什么？"

"女朋友啊。"

宝绽夹肉的手停了停，把头发捋向耳后，没说话。

不知道是炭火还是什么，那张脸红红的，还有左手上的银镯子，在冰凉的月色和炙热的火光中沉静闪耀。

匡正意识到了什么，换了种问法："你交过女朋友吗？"

最后的几片肉，有点焦了，宝绽摇头。

二十八岁，对匡正这样的人来说，没交过女朋友像是天方夜谭，但换作宝绽，内敛、温敦，手头又没什么钱，似乎不意外。

"你……有过很多女朋友？"宝绽关上火，在转冷的余温中问。

匡正想了想："是挺多的。"上学时候就没断过，后来到投行，中国香港、中国澳门、新加坡，大多是露水姻缘，"不是谈婚论嫁那种。"

"哦……"宝绽话不多，但看神态语气，他好奇。

匡正想起来，刚认识的时候，他还以为这小子是哪个富婆养的小男朋友："为什么不交一个？"

"没顾上。"成天练功、唱戏，满脑子都是如意洲，不光他，时阔亭也是二十几年的老光棍儿，"但我心里……其实有一个人。"

匡正感兴趣："漂亮吗？"

"不知道。"宝绽抿了抿嘴，声音低下去。

第一折　烟波致爽

"不知道？"匡正向他靠近，像要听一个秘密。

朦胧的夜色中，宝绽显得腼腆："我有个二手Kindle，几年前买的，198块。"他抬眼看着匡正，眸子里像有星星，那么亮，"二手机出货前都要刷的，我那个不知道为什么，里头的书全在，历史的、金融的、电影的，还有人物传记。"

"我上学的时候也喜欢看人物传记。"匡正说。

"书签和批注也在。"宝绽牵动嘴角，有点微笑的意思，"她批注过的电影，我都找来看了。她激动的地方，我也激动；她愤怒的地方，我也愤怒；她记下的那些话，像是从我心里说出来的，只是我说不了那么好。"

匡正默默看着他，觉得说这些话时的宝绽很动人。

"她让我看到了另一个世界，那么广阔，那么斑斓，"宝绽是向往的，同时也失落，"她的世界。"

爱慕一个人，却不知道她是谁、她在哪儿。

匡正和他双双沉默。这时电话响了，是鲁哥打来的，宝绽滑开手机。

"宝处，"鲁哥急着说，"咱们团的生活费拖了三个多月，你看……能不能给想想办法，我有急用。"

自从红姐那件事，鲁哥有一阵子没到团里了，这么晚来电话，果然是有事。

"我手头没钱——"宝绽想说他没有，要问问时阔亭，没想到鲁哥的情绪很激动："你没钱不行啊，你是当家的，是剧团法人！"

宝绽愣了一下，那边鲁哥接着说："这往大了说是拖欠员工工资，我要是去劳动仲裁、去法院，你还得赔偿我！"

匡正看宝绽的脸色不对，过来问："怎么了？"

宝绽摆摆手表示没事，安抚了鲁哥几句，就给时阔亭打电话，开板儿就问："咱们账上还有钱吗？"

匡正听着，那边应该是没有，宝绽又问："那……你有吗？"他说这话的语气和平常跟匡正时截然不同，有种毫无保留的亲近在里头。

"鲁哥要生活费，三个月的，八千四。"宝绽很为难，但没提鲁哥的态度，"嗯，急，我猜是碰上难事儿了。"

八千四百元，这个数目让匡正惊讶，差不多是他飞一趟香港的头等舱机票钱。

"那行，我再问问……"宝绽想找笑侬救急，这时匡正从背后拍了拍他。

"那个鲁哥的卡号给我，"他掏出手机，"我直接给他打过去。"

宝绽睁大了眼睛，立刻拒绝："不行，不能用你的——"

"借你的，"匡正打断他，"等你有了再还我。"

宝绽不愿意，他之前犹豫了那么久都没向匡正开口，就是因为和他处得太好了，扯上钱就脏了。

"谁都有困难的时候，咱俩的账好算，"匡正坐下，端起那盘烤肉，"你人在这儿，我不怕钱跑了，还不上就给我做一辈子饭，我不亏。"

宝绽戳在那儿看他，看了老半天，终于咬牙给鲁哥打了电话。卡号是万融的，匡正用支付宝银行转账，显示二十四点前到账。

尘埃落定，宝绽没觉得轻松，反而压力更大了。

"欠了我的钱，就得听我的了，"匡正明白他，用两句玩笑话带过，"做好准备，以后晚上我可点菜了。"

宝绽正要说什么，旁边林子里忽然有动静，他侧身听，匡正放下盘子："怎么了？"

"有声音。"宝绽很肯定，盯着黑暗中的一片草丛。

匡正也听到了，沙沙的，像有什么东西藏在那儿，他拿起刚才翻肉的烤叉，把宝绽拽到身后："什么人，出来！"

宝绽也拿起烤夹，这时灌木丛晃了晃，钻出来一只大黑狗，两只眼睛冒绿光，瘦得皮包骨，左后腿皮开肉绽的，像是断了。

是流浪狗。两人松了一口气，可能是被烤肉的香气引过来的，宝绽可怜它，夹了几片肉给它扔过去。

14

如意洲一楼的练功房里，大白天也开着灯，地上铺着绿色的劣质地毯，四周的镜子墙有几处开裂。应笑侬穿着一身背心短裤，一阵风似的，沿着对角线翻跟头。

旁边的把杆上，时阔亭和宝绽说着话："八千四，他说借就借你了？"

宝绽点头："也没提利息。"

时阔亭心里不踏实："什么邻居，这么大方？"

"他说是卖公司的，在银行工作，开的车都六七十万。"

时阔亭一听这个，一脸"完蛋了"的表情："肯定是骗子，你当公司是茄子土豆啊，说卖就卖？"

"我有什么好骗的，"宝绽不爱听他乱猜忌匡正，"没钱没车没存款，他骗我能骗着什么？"

"哎，你们别聊了，"应笑侬翻完跟斗，擦着汗过来，"我铆足了劲儿在那儿穷表现，你们也不看，都不知道夸夸我。"他是唱青衣的，只动嗓子的行当。红姐走后，他怕宝绽上火，自告奋勇把刀马旦担起来，凭着一点功架底子，天天苦练《扈家庄》。

"说鲁哥呢，"宝绽怕他担心，没提借钱的事，"好几天没见他来团里，我们合计着上他家看看。"

"鲁哥？"应笑侬一张姑娘脸，却像个老大爷似的把手巾搭在脖子上，"他这两天没来吗？我刚上二楼，看他钥匙还插在门上呢。"

这话一出，宝绽和时阔亭对视一眼，撒了腿，上二楼。

鲁哥在楼上有个不小的屋子，算是剧团的仓库，什么锣鼓、仪仗、刀枪、大切末[1]都在里头，眼下一把钥匙孤零零插在门上，不像不小心落下的样子。

"鲁哥怎么回事……"宝绽打开门，往屋里一看，整个人呆住了。

那么大的屋子，四面白墙，连把椅子都没留下，全空了。

"我去！"应笑侬赶紧弯腰看门锁。

宝绽给鲁哥打电话，打了三次都没人接，第四次终于通了，鲁哥的语气很不耐烦："有事吗，宝处？"

"鲁哥，你回来一趟，你屋的东西——"

他没让宝绽把话说完，扔过来一句："我不干了，以后别找我。"说完，电话就挂了。

宝绽空拿着手机，回头对时阔亭说："鲁哥说他……不干了。"

"不可能啊，"时阔亭没转过弯来，"你昨晚不还给他补了三个月的生活费吗？"

1.切末：京剧演出中的道具布景，统称切末。

"这孙子,"应笑侬听明白了,把手巾从脖子上拽下来,啪地一响,"他早想走了,你瞧这屋干净得,真是一点亏也不吃。"

宝绽一脸被兄弟捅了一刀的表情。

应笑侬看不得他这个模样,别开眼:"肯定是晚上偷偷过来搬的,那么多东西,没几天顺不完。至于昨晚跟你要生活费,"他冷笑,"那家伙精着呢,要是先跟咱们提不干了,他还能拿着钱吗?"

宝绽明白了,他们是让鲁哥摆了一道:"生活费好说,该给他的,"他是个隐忍的人,可分对什么事儿,"但切末是如意洲的,他没资格拿。"

应笑侬和时阔亭双双看向他,等他的一句话。

"走,"宝绽当机立断,"上他家。"

鲁哥家离这儿不远,七八站路,没有顺路的公交,他们找了共享单车,应笑侬一辆,时阔亭和宝绽各一辆,冒着大太阳骑到鲁哥家小区。他家在一楼,改造成了门脸,老远就看见一个崭新的红招牌:鲁艺京剧摄影。

三个人立马明白了,他偷拿剧团的切末是干什么用。

"咱们上台吃饭的家伙,他居然给不相干的人当照相布景!"时阔亭怒了,把车往道边一扔,气势汹汹冲进去。

宝绽和应笑侬连忙跟上。摄影买卖刚开张,没什么客人,只有鲁嫂坐在小板凳上,怀里抱着个一岁多的孩子,看见他们,腾地起来朝屋里喊:"孩子他爸!"

鲁哥应声出来。老房子闷热,他光头上出了不少汗,亮晶晶的,显得很凶悍:"不是说了吗,我不干了。"

"你不干可以,把如意洲的东西还回来!"时阔亭吼。

宝绽把他往身后拽,两眼火一样瞪着鲁哥。

"东西?什么东西,"鲁哥开始耍无赖,"谁能证明东西是你们的,有发票吗,有登记吗?一直在我手里就是我的。"

"你……"时阔亭没想到他这么浑。

"我怎么了,红姐走,你们怎么不找她去?如意洲迟早得散伙,我也得养家。"

时阔亭要往上冲,宝绽死死摁着他,语重心长地说:"鲁哥,原来你不是这样的。"

"原来?"鲁哥摸着光头笑了,"原来和你们是一条船上的,现在各掌舵另起帆了,谁还顾得上谁?"

时阔亭气得青筋暴起,胳膊上都是汗,宝绽几乎拽不住他:"鲁哥,咱们唱戏的凡事讲个规矩,你要往高走,我们不拦着,但我们如意洲要唱戏,你也不能打横,今天说什么也得把切末还给我们。"

宝绽说这些话,有情有理,冷静克制,但鲁哥不领情:"还唱什么戏?"他指着他和时阔亭、应笑侬,"就你、你、你们?唱戏唱得饭都吃不上了,快三十连个女朋友都没有,一伙穷光棍儿——"

时阔亭蹿出去了,只听砰的一声,鲁哥脸上中了一拳。宝绽一愣,和应笑侬上去拉,鲁嫂抱着孩子退到门口,一脸惊恐地打电话,报警。

鲁哥是架子花脸,一身功夫,时阔亭虽然练过,但拉琴的没法和登台的比,宝绽怕他吃亏,上去替他搪了好几下。这时鲁嫂抱着孩子冲回来,使出全身力气喊了一嗓子:"你们今天谁也别想走!"

他们停了手,冷静下来,见孩子吓着了,一声声哭得凄厉。

没一会儿,警察到了。鲁哥捂着鼻子,淌了半脸血,鲁嫂哭哭啼啼,非说时阔亭他们三个小伙子打她老公一个。警察简单看完现场,跟宝绽说:"走一趟吧。"

他们三个和鲁哥一家三口,六个人坐着警车到附近的派出所,先做笔录,然后签字画押。事情的来龙去脉清楚了,警察往办公桌后一坐:"怎么解决,你们商量一下。"

宝绽他们还蒙着,鲁哥抢先说:"我要验伤!"

"你那就轻微伤,不够抓人的。"

"轻微伤也得赔钱哪,"鲁哥瞪着时阔亭,"五万,少一分都不行!"

听到这个数,宝绽的脸都白了,警察拍桌子:"你说多少就多少,要警察干什么!"他指着宝绽,"你们就是个财物纠纷,你伤了,人家没伤吗?你跟人家要五万,人家还跟你要钱呢!"

鲁哥梗着脖子,琢磨了一下:"一万,不能再少了。"

派出所成天碰到这种事。一万元还算公道,警察觉得可以,转过来对宝绽说:"你们留一个人,另外两个回去取钱。"

时阔亭捶了一把大腿,刚要张嘴,宝绽的声音横在前面:"我留下。"

"宝处?"应笑侬立刻拽时阔亭,不用他拽,时阔亭也不能让,宝绽在这种鬼地方待一分钟他都受不了:"人是我打的,凭什么你留下?"

"时阔亭,"宝绽没叫他师哥,垂着手坐在那儿,背是笔直的,有股气势,"我是如意洲当家的,我说怎么办,你去办就是了。"

应笑侬不肯:"不行,换我留下——"

"行了。"警察不听他们废话,叫辅警过来把宝绽带走,对鲁哥说:"领你老婆孩子回去吧,钱交到我这儿,你等我电话。"

鲁哥夫妇出了门,时阔亭和应笑侬瘫坐在大厅的长椅上。一万块不算多,但对他们来说绝对不算少,时阔亭的钱全搭在如意洲上,应笑侬手头有点钱,但不够:"走吧,咱俩分头借。"

他们去借钱,宝绽被带到派出所二楼的一个小房间,有床,有电视,像民警晚上休息的地方,辅警在外头把门上了锁。

宝绽听着那声音,到窗边坐下,垂着头,盯着地上的一块方寸之地。他长这么大第一次进派出所,第一次被警察关,怔怔的,一出神就是大半天。红日渐渐西斜,窗外漫过淡紫色的云霞,突然,手机响了。

他打个哆嗦,接起来:"喂?"

"在哪儿呢?"是匡正的声音,"我送你回家。"

静了半晌,宝绽说:"不用了。"

匡正敲键盘的手停住:"你没事儿吧?"

宝绽没说话。

"喂?喂!"匡正保存数据,把电脑关机,"宝绽?"

"我没事儿,"宝绽强挤出一个笑,骗他,"我已经到家了,在沙发上睡了一觉。"

匡正的心放下来:"那我不回去了,晚上加班。"

"嗯。"宝绽轻声应,就要挂电话,匡正忽然说:"对了,我早上换了个胎,千斤顶扔在车库门口,你帮我看一眼它还在不在。"

宝绽眨了眨眼,从窗边站起来,假装走了几步:"千斤顶……在的。"

匡正踢了一脚桌子挡板,他早上根本没换胎,也没什么千斤顶:"宝绽,你到底在哪儿呢?"

宝绽没想到他使诈,虚脱了似的,一屁股坐在床角。

"我告诉你,"匡正的声音沉下去,他不高兴了,很吓人,"今天你要是不告诉我你在哪儿,我——"

"柳桥派出所,"宝绽无助地说,"哥,我在柳桥派出所。"

15

　　匡正没用多长时间就到了，到的时候天还没黑。宝绽听见门锁响，从床上站起来，盯着那扇门，心怦怦跳。

　　门打开，匡正穿着一身银色的丝质西装走进来，看见宝绽的脸，神色一变，反身出去找辅警："不是说他打人吗，怎么他脸上有伤？！"

　　接着，是下楼梯的声音，宝绽赶紧跟上，边往楼下跑边喊："哥！"

　　一楼，匡正在和负责的民警理论："……你们说他打人我才交的钱，我不差这点钱，但他脸上的伤是怎么回事，太阳穴都青了！"

　　他交钱了？宝绽顿住脚，一万八千四，还有他这份情，自己怎么还？

　　"你没看他把人家打的呢，满脸都是血。"警察按规定办的案，不心虚，"事实认定过了，双方签字同意，我们完成了调解。"

　　"调解？"匡正冷笑，"你们就是和稀泥的。"

　　小警察来气了："我警告你啊，别乱说话。"

　　"我从来都这么说话，"匡正一点也不怵他，"哪句话犯法了，你找我律师。"

　　警察上下把他看看，见宝绽站在那儿，转移目标："行了，你朋友来领你了，走吧。"

　　"走什么走？"匡正不依不饶，"打他那孙子呢，我要告他！"

　　"警察同志，"宝绽走过来，很不好意思地说，"弄错了，你把钱退给他，我朋友去取钱还没回来。"

　　这话一出，警察和匡正都愣了，齐齐看向他。

　　"我不能再拿你钱了，"宝绽碰了碰匡正的胳膊肘，小声说，"你把钱要回来。"

　　小民警一看他们俩起"内讧"了，特来劲："行啊，"他朝匡正伸手，"刚才给你开的收据呢？给我，我把钱退给你。"

　　匡正被小警察拿了一把，很窝火："什么收据？没了。"

　　"刚给你的。"警察的嗓门高起来，"别说我们人民警察收钱不给收据啊，这可是原则问题。"

收据真没了,刚才匡正交完钱,把收据一团扔垃圾箱了。"别跟我闹,"他推宝绽,不再提告人的事,"走。"

"真不行,"宝绽不走,"我都拿你八千四了……"

小警察笑笑,朝他们摆个手,算是再见。

钱拿不回来,人也出来了,宝绽只好给时阔亭和应笑侬打电话,告诉他们没事了,让他们放心。坐上车,匡正系上安全带要发动,看副驾驶那边的座椅灯亮着,一转头,见宝绽仰头靠在椅背上,两手搓着脸。他以为他疼,没管安全带,挂挡就要上医院,这时,宝绽呓语般说:"太难了……"

匡正踩下刹车。

"真的坚持不下去了……"

匡正不知道是怎么回事,但自从认识宝绽,他头上好像就有一片乌云,抹不去,吹不散,应该是钱,不多的一笔,却把他逼成这样。

"我好累啊,哥……"

一声"哥",让匡正的心揪起来,他恨不得自己捧着钱往宝绽手里塞,但忍住了,以宝绽的性子,砸钱绝不是帮他。

匡正把宝绽送回家,自己回公司加班,第二天早上准时在宝绽门口等。等了半个多小时,人也没出来,匡正猜他还没平复,没吵他,开车走了。

宝绽这么在家窝了两天,窝得脸上的瘀伤发黄变淡,时阔亭和应笑侬来了,还带着邝爷。老爷子一进门就抓住他的手,心疼地攥着:"受苦了,宝处!"

宝绽哪能让老爷子担心,便大大咧咧地笑:"全好啦,邝爷。"

时阔亭和应笑侬在旁边帮腔:"就是,邝爷,你看,宝处这大房子,这客厅,这沙发,多气派!"

邝爷看宝绽住得好,打心眼儿里高兴:"好,好,这大屋子配得上我们宝儿!"

时老爷子还在的时候,邝爷一直叫他"宝儿",后来宝绽挑起如意洲的大梁,才改口称"宝处",今天这一声"宝儿",让宝绽忍不住红了眼眶。

时阔亭瞧出来了,把邝爷往楼上领,偌大的客厅里只剩下宝绽和应笑侬。

"小侬,"宝绽说,"你给我介绍个活儿吧。"

"啊?"应笑侬猝不及防。

第一折　烟波致爽　　　　　　　　　　　　　　　　　　　　　　　　63

"你和师哥都在外头有活儿，就我一直闲着，"宝绽低下头，"往后不行了。"

"有什么不行的，"应笑侬大包大揽，"我们养着你。"

宝绽摇头："欠的钱得还哪。"

提起这个应笑侬就来气，要不是那个姓鲁的王八蛋，宝绽哪能欠一个八竿子打不着的人一万八。

"我那活儿你干不了，"应笑侬脑筋一转，把时阔亭搬出来，"再说，你去端茶倒水，老时也舍不得啊。"

宝绽往楼梯那边瞄一眼："不告诉他。"

应笑侬最受不了宝绽求他，一求一个准："行……我打个电话，之前干过的一家夜店常年招人，端盘子，你行吗？"

"没问题，"宝绽的眼睛亮了，"我今天就能上班！"

别说时阔亭，就是匡正知道宝绽要去夜店伺候人，也不能同意，但他这两天没在家，熔合的项目进展很快，过了第一轮出价，正在准备管理层演讲。改稿子是VP的活儿，他干到半夜，从办公室出来，四周的灯全黑了，只有段小钧那儿亮着，傻小子正伏在桌上奋笔疾书。

"干什么呢？"匡正走过去，看他面前铺了一堆纸，上头密密麻麻的，全是算式。

段小钧抬起头，眼神锈蚀，白眼球上有几条血丝："我在算内部收益率。"

匡正深深地皱起眉头："你算这个干什么？"

"我听克莱门跟人聊天，说债券定价会用到这个，对以后的企业估值也有用……"他越说声音越小，显然在匡正这样的大神面前极不自信。

算内部收益率是个不算复杂的公式，但是有很多项，而且全是带指数的除法。"你是不是傻？"匡正扔下这么一句，扭头走了。

出来到电梯间，他刚按下按钮，手机响了。是资产管理部的一帮狐朋狗友，喝了酒，在嘈杂的音乐声中喊："匡正，出来！我们在翡翠太阳！"

翡翠太阳是金融街附近的一家高端夜店。匡正把手机拿远，喊回去："你们这帮老狗，多大岁数了，加完班还不回家，想猝死啊！"

那边换了个相对安静的地方，捂着话筒说："你还不知道吧，华银的李大头，他找了两个小姐在凯宾斯基玩双飞，让他老婆抓住了！就刚才的事儿，他老婆现在在华银52层，哭着喊着要跳楼，都打110了！"

匡正没忍住,扑哧一声笑了:"这小子傻吧。"

"就是,快来!"那边兴高采烈地,"好久没这种狗血戏码了,哥们儿开了一打好酒,我爱死金融街了!"

"你们真不是东西,"匡正这么说,兴致却被挑了起来,"等着。"

挂断电话,电梯也来了,他正要迈步,回头看一眼办公区那束光,又走了回去。

段小钧一条道走到黑,还在手算内部收益率。匡正拍了拍他的肩膀,握住鼠标随便打开他桌面上一个 Excel,找到 IRR[1] 公式,选定一组数据,创建工作区,确定。

一秒钟后,内部收益率结果显示在屏幕上。

段小钧愣愣看着那个数,又看看自己算出来的东西,匡正以为他要为这一晚上的愚蠢捶胸顿足,没想到这小子抓住他的手腕,激动地喊:"算对了!老板,我算对了!"

段小钧抓起手边的纸给匡正看,除了小数点保留的位数,手算结果和电脑上是一样的。匡正挑了挑眉,使劲儿撸了他脑袋一把:"别熬了,赶紧回家。"

他坐电梯下停车场,开车到翡翠太阳。

二楼的一个开放式包厢,七八个人,不都是万融的,还有国银和鼎泰证券的,匡正都认识,一排击掌过去,在沙发上坐下。

马上有女人走过来,他一把搂住,酒倒进面前加了冰的洛克杯。这种场合他并不热衷,但人在社会上,总要有一个圈子。

大家聊着李大头,你一句我一句,绘声绘色,好像都在现场观摩过一样,七嘴八舌间又翻出不少他过去的烂事儿。匡正边喝酒边听,忽然国银的一个家伙说:"真是开眼了,这么一比,千禧航空董大兴他儿子也不算什么了。"

匡正正好在他身边,问:"董大兴的儿子怎么了?"

"死了,"那人撇嘴,"吸毒过量,媒体没报。"

匡正迅速扫一圈众人,大家的注意力都在李大头的绯闻上,没人关注这么一件悲伤的"小事"。他把杯中酒一饮而尽,往包厢外望去,只一眼,就

---

1. IRR:内部收益率。

看见一楼的卡座区里一个熟悉的身影，松一样，鹤一样，匆匆闪过。

16

匡正望着楼下，左胸摸上来一只手，隔着衬衫轻轻地捏，两片大红色的嘴唇在耳边说："帅哥，胸肌好大……"

匡正往怀里看，她非常漂亮，漂亮得让人乏味："没你大。"

每个开放式包厢入口都站着一名服务生，匡正朝门口招手。

"先生。"服务生到身边，弯下腰。

匡正指着楼下："下头卡座区的服务人员什么时候下班？"

服务生往楼下瞧了瞧："这一班是三点，先生。"

匡正看一眼表，一点五十五分。他点个头，拍拍身边女人的屁股，让她起来。

"怎么着，老匡，要走啊？"资管部的人问。

"疯不过你们，走了。"

"没见你喝酒啊，"他们起哄，"喝一杯，喝一杯再走！"

"我开车了。"

他们不买账："合着我们都是坐公交车来的？"

匡正实话实说："我得去接个人。"

他们愣了一下："女朋友？"

好几个人一起吹口哨："女朋友！"

匡正懒得跟他们解释，挤出包厢，到一楼大略扫一眼，根本找不着人。他离开翡翠太阳，把车停在金融街西口的路灯下，给宝绽发短信："睡了吗？今天事儿特多，我还在公司呢，三点才能下班，明早不一定能送你。"

按下发送键，匡正把手机扔到副驾驶座上，把椅背放下来，披着西装假寐。睡了一个多小时，手机的提示音响，果然是宝绽："我也在市内，离金融街很近，方便搭你车回家吗？"

还"方便"吗？匡正受不了他，直接发地点："金融街西口。"想了想，又发过去一条："kzkendrick1987，加我微信。"

几分钟后，微信有新消息，胭脂宝褶请求添加好友，匡正通过。没一会儿，远远地跑过来一个纤秀的身影。

匡正提起中控，车门打开："跑什么？"

"怕你等着急，"宝绽上来系好安全带，"太晚了。"

匡正发动车子，装作不经意地问："干什么了，这么晚？"

宝绽停了一下才回答："朋友有事儿，让我帮个忙。"他垂下眼睛，"最近都挺晚的，你早上不用带我了。"

匡正单手转动方向盘，黎明前的街，空旷寂静："好。"

宝绽没再说什么，转头望向窗外，像是第一次穿过拂晓时分的夜色。

匡正瞄着他的侧影。"那个钱，"他小心地说，"不用急着还，我暂时用不到。"

"嗯，我明白。"宝绽知道他不差钱。

匡正有点心烦意乱。

"对了，"宝绽扭着腰从裤兜里掏东西，那个姿势，像折弯了一根新鲜的竹子，青葱柔韧，"这个给你。"

正好是红灯，匡正挂空挡，宝绽递过来一把钥匙，钥匙眼儿里拴着一条小红绳。"我下午配的。"他给匡正交代，"我不在家的时候你自己热饭，在冰箱里，用保鲜盒装的，我会多做几样，你挑爱吃的吃，碗筷不用管，我回家再收拾。"

匡正接过钥匙，有些意外，他大半夜出来打工，还想着给自己做饭："好……"把钥匙揣进兜里，他忍不住问，"这个房主……和你是什么关系？"

"啊？"宝绽愣愣的。

"就是……"匡正难得说话这么费劲儿，"你住在别人的房子里……"

"嗯，"宝绽还是没明白，"房主是个大老板。"

匡正知道那人是老板，不是老板也买不起这样的别墅。"房主……"他舔了舔嘴唇，"是男的女的？"

宝绽眨了眨眼睛，明白他的意思了。"男的！男的！"他急着解释，有点难堪，"只是借我住，没有任何别的关系！"

匡正点头，忽然后悔问他这个，宝绽的生活很简单，不像他，金玉其外，败絮其中。

他把宝绽送到家门口，看他进屋，然后掉头入库。

宝绽从窗子里等着对面的客厅亮起灯，才缓缓拉上窗帘。

一个人了，他坐在沙发上，浑身疲惫。头发有淡淡的酒精味儿，很难闻。这么些年，他在台上演秦琼、林冲，演出了一身傲气；下了台，却要去收拾打碎的酒杯，去擦别人的呕吐物，他不甘心，也委屈。掏出手机，这个时间，他只能给一个人打电话。

彩铃响了很久，那边才接起来："喂……宝绽。"

"师哥，"宝绽盯着天花板上的大吊灯，半天才说，"我睡不着。"

时阔亭从床上坐起来，打着哈欠搓了搓脸："还记得以前吗，你晚上睡不着总让我给你讲鬼故事。"

宝绽记得，他们的中学时代。

"有个挺吓人的，"时阔亭回忆，"一个男的，远房亲戚死了，他去奔丧。"

宝绽静静地听。

"半夜突然肚子疼，起来上厕所——是那种老式的蹲坑。他迷迷糊糊的，上完提裤子，怎么也提不上来。"时阔亭压低声音，想制造一种恐怖的氛围，"低头一看，厕所的窟窿眼儿里伸出来一只手，血淋淋的，把他的裤子拽住了！"

对，有这个故事，宝绽轻笑，他从小就不害怕。

那时他们十三四岁，上初中，时阔亭是学校的风云人物，个子高、长得帅，总和一帮学习不好的"富二代"打篮球。他不住校，但老喜欢往男生宿舍跑，一间屋子八个人，宝绽是其中之一。

一开始，他们并没有交集。宝绽读书时话不多，也瘦，是个没什么存在感的社交边缘人。直到那天，时阔亭来他们宿舍。他抱着个篮球，从左手传到右手，再从右手传到左手，几个哥们儿把他围着，听他神秘兮兮地问："咱们学校有四大禁地，你们听说过吗？"

初中男孩对恐怖探险最感兴趣，纷纷摇头。

"第四名，"时阔亭小声说，"是学校后身的洗手池子，左边第二个水龙头，据说到了半夜十二点，拧出来的不是水，是血。"

"哇！"一片惊呼。

宝绽从他们背后的上铺坐起来，垂着脚往下看。

"第三名，"时阔亭的声音更低了，"从水池子往老楼那边走，有个铁秋千，特别旧，要是半夜去玩，能听见有女人在背后笑，边笑还边往高推。听说前几年有人从那上头掉下来摔死过。"

"我鸡皮疙瘩都起来了！"男孩儿们挤在一起，来回搓胳膊。宝绽倒没觉得特别怕，一直聚精会神地听。

"第二名，"时阔亭用一双帅气的眼睛扫视每个人，"就是咱们上课的那个楼，五楼，平时没人的那条走廊，墙上有个祖冲之画像，据说，半夜十二点他会拿眼睛看着你。你被他看见，要是背不出圆周率前二百位，就完蛋了。"

有人开始数3.1415926……宝绽想了想，说："可是课本上写着，祖冲之自己也只算到小数点后七位。"

时阔亭玩球的手停了，转过头，一单一双两只贼眼盯着他："你是哪根葱？"

宝绽知道说错话了，没应声。

时阔亭走过来，仰头往上看，篮球一下一下拍在地上，一副不可一世的样子："四大禁地第一名，男生宿舍楼顶楼，东边的厕所，7号坑，半夜十二点蹲在那儿，会有人来敲门，然后问：'嘿，你看见我的头了吗？'"

这个有点恐怖，宝绽微微往后缩。

"既然你不信我说的，"时阔亭激他，"就是这栋楼，敢去验一验吗？"

这栋楼一直是男生宿舍，但屋多人少，顶楼封闭了很多年，没人住。

"不敢就是孬种，"时阔亭眯起眼睛，"我见一次，骂一次。"

他这样说，宝绽当然不能认厌，瞪着他："有什么不敢的——"

"好！"时阔亭不给他反悔的机会，一锤定音。

为这事儿，他们整个宿舍都很兴奋，时阔亭干脆猫下来，没回家。

当晚十一点半，宝绽从上铺下来，大伙给他找了只手电，目送他出门。

具体的过程宝绽记不清了，只记得自己上到顶层，进了东边的厕所。没有灯挺吓人的，每个隔间门上都有手写的号码，他借着月光找到7号坑，蹲进去。

当然了，十二点并没有人敲门，他从裤兜里掏出水性笔，摸黑在门上打了个叉。

回到宿舍，八双眼睛齐刷刷盯着他，他说："假的，没人敲门。"

"胡说！"时阔亭推了他一把，"你肯定是害怕，根本没去厕所！"

"就是！"其他人附和。

宝绽知道他们会有这一手，挺直了腰杆："我在门上做了记号，不信你

第一折 烟波致爽

们跟我去看！"

满屋子的人全没声了，只有时阔亭不怕："去就去，谁怕谁！"

他和宝绽离开宿舍，手电筒在阴森的长走廊上打出一道锥形的光。临上楼梯时，时阔亭笑了："我说，你别装了，我知道你没去。"

宝绽踏上一步，肯定地说："我去了。"

"你去个鬼啊，"时阔亭的语气里带着嘲讽，"顶楼东边的厕所只有六个坑，根本没有7号。"

宝绽停步，倏地转回头。

时阔亭得意地扬了扬下巴："什么水龙头、老秋千，都是我编的，骗你们玩的！"

宝绽唰地白了脸，腿一软，从楼梯上滑下来，时阔亭赶紧伸手接住他，他们的交情，还有宝绽和京戏的缘分，就从这一刻开始。

17

7号坑到底存不存在，这个问题至今也没有答案，后来时阔亭琢磨，是天太黑，宝绽又紧张，把门上的数字看错了。可他们白天一起去找过，东西两侧的厕所全看了，也没找到那扇用水笔打过叉的门。

这件事就和其他许多青春期的遗憾一起，留在了记忆深处，成了永远解不开的谜团，剥蚀成了一个小小的印迹。

从那以后，时阔亭和宝绽成了朋友。宝绽话少，时阔亭偏天天在他耳边叨叨，时阔亭不爱学习，宝绽就总用物理、化学题烦他，他们本不是一种人。

直到9月的一个星期五，赶上中秋节，也是住校生回家的日子。

放学后，时阔亭坐在操场看台上玩颠球，几个女生围着他闲聊天。远远看见宝绽拎着水壶去打水，他喊："嘿，那个小姑娘！"

满操场就宝绽一个人，他拐个弯过来，站在看台下冲上吼："你叫谁小姑娘？！"

"哎呀，我看错了，"时阔亭嘚瑟下去，蹲在最下一层看台上仰视他，"都这时候了，你怎么还不回家？"

宝绽瞄一眼他身后的女生，觉得他生活作风有问题："用你管？先管好你自己。"

时阔亭蹲得低，看见他下巴上有一块瘀青，像手指印："哎，你这——"他抬手要碰，被宝绽一巴掌打开，两个人都愣住了。

"怎么回事？"时阔亭扔下球，回头朝女生们摆手，让她们散开。

宝绽扭过身，不说话。

"你爸揍你了？"时阔亭贴着他非要看。

宝绽让他缠烦了，把水壶往地上一撂："他不是我爸！"

时阔亭没吱声，像条挨了打的狗，眨巴着眼睛瞧他。宝绽欲言又止的，低下头："我爸走得早，我妈又嫁了。"

时阔亭反应了一会儿："你后爸打你！"

宝绽立刻往周围看，没有别人。"喝了酒才打，"他闷着声，"不过……他天天喝。"

"那你妈呢，她不管？"

宝绽摇头："她十天半个月也不着家。"

怪不得他不回家，时阔亭想也不想："上我家吧。"

宝绽吃惊地抬起头。

"中秋节你一个人在学校，"时阔亭一脸同情，忧心忡忡地说，"我怕有女鬼来找你，吸你的精气！"

宝绽飞起一脚。

"不过，说好了，"时阔亭边躲边要他保证，"上我家，你不许笑话我！"

宝绽知道他是好意，腼腆地咕哝："有什么可笑话的……"

结果到了他家，见到时阔亭他爸，宝绽傻了，时阔亭不到十五岁，他爸却是个快六十的老人，时阔亭红着脸解释："老来得子！"

时妈妈做了一大桌子菜，客人不光有宝绽，还有一个姓邝的老爷子，是时爸爸的拜把兄弟，六十岁了没儿没女，后来宝绽才知道，他一辈子没成过家。

就是这么一个有些怪异的家庭，却让宝绽体会到了久违的温暖，这个晚上有月色、有欢声，还喝了一点酒，醉意蒙眬中，宝绽跟着大伙看了京戏——是中央台的中秋票友专场，浓墨重彩的《胭脂宝褶》。

宝绽着了迷——瑰丽传神的妆容、抑扬顿挫的声腔、惩恶扬善的故事，

第一折　烟波致爽

还有时老爷子不时的点拨。打这以后,他一放学就往时家跑,后来干脆把宿舍退了,和时阔亭挤一张床。

"老头儿,到底谁才是你亲儿子?"宝绽来后,时阔亭总是这么问。

时老爷子便笑着答:"你要是有宝绽一半,如意洲就有指望了!"

如意洲是时家的剧团,一百多年历史,传到时阔亭这一代,老生唱不了,小生又不爱唱,眼看着后继无人的时候,宝绽出现了。他有一条好嗓子,时老爷子用三个字形容:玻璃翠。高一声,响遏行云;低一声,雍容婉转;滑一声,一泻千里;掷一声,铿锵遒劲。宝绽就像他这名字,难觅的旷世奇珍,在这个没落的小剧团里绽放了。

时阔亭总是嘴硬,说京剧过时了没人要,打死他也不干这一行,但只要宝绽动嗓子,一定是他擎着胡琴坐在下首给他托腔。在行家耳朵里,时阔亭的琴拉得不算好,可说不清是什么理儿,只要是伺候宝绽,他手指头上就像开了花,每一字、每一韵,都裹得严严实实,毫厘不爽。

"咱俩真是天造地设的一对儿。"在学校,没人的地方,时阔亭搭着宝绽的肩膀,臭不要脸地感慨。

宝绽斜他一眼:"谁跟你是一对儿?"

"哎,你别不信,"时阔亭学着电视剧里的流氓恶霸,捏他的脸蛋,"你要是女的,指定得嫁给我。"

宝绽甩开他的胳膊,转身就走。

"哎!"时阔亭喊他,"按辈分我是你师哥,师哥没叫走,你上哪儿去!"

宝绽不情不愿地,站在原地。

"话说回来,"时阔亭拽了他一把,重新把他搭住,"你还没正经拜过师呢。"

"拜师"两个字让宝绽露出了向往的神情。

"得让我爸给你办一个,"时阔亭挑起他的下巴,"拜了师,你就是我家的人……"

宝绽拿胳膊肘狠狠给了他一下。

晚上回家,时阔亭替宝绽去提拜师的事,宝绽在门口等着。过了好一会儿,时老爷子才在屋里叫他,他深吸一口气,推门进去,见时阔亭低着头。

"宝绽,"时老爷子说,"我不能收你。"

宝绽立在那儿,一下子蒙了。

"京戏……"时老爷子叹一口气,"没落了,不光京戏,过去的玩意儿再好,现在的人不爱,也得死。"

宝绽想说"我不在乎",可心里难受,张不开嘴。

"我们时家是没办法,代代干这个,可你不一样,"时老爷子走到他身边,"你可以去考大学,读研究生,出国,到电力公司、银行去工作。"他摸摸他的头,"我们做长辈的,不能耽误你。"

宝绽乖乖点个头,说"知道了",可回到屋里,他红了眼睛。

之后的日子还是那样,每天和时阔亭上学、斗嘴、吊嗓子,一起中考,一起上高中。高三那一年的一天,课间,马上要响上课铃,老师已经进教室了,时阔亭接着个电话,书包都没拿就往外跑。

年轻的英语老师横眉立目:"时阔亭,你干什么去?"

时阔亭头也没回:"我妈让车撞了!"

宝绽一听,腾地从座位上起来,英语老师从黑板槽里拿起教鞭:"宝绽,他妈撞了,有你什么事?!"

宝绽收拾好两个人的书包,往背上一甩,从她面前跑过去:"他妈就是我妈!"

到了医院,人已经被白布盖上了,时阔亭冲进屋,宝绽手一松,书包掉在地上。

屋里站着很多人,除了时老爷子,还有两个警察,架着一个戴手铐的家伙,那人伛偻着背,满身酒味儿。

是酒驾事故。时阔亭疯了,揪着那家伙没命地打,警察把他往后推。宝绽想上去帮忙,这时手机响了,是他后爸。宝绽没管,那边却较劲儿似的打个没完。

"喂!"宝绽接起来就吼,没想到那边的嗓门比他还大:"小浑蛋!你妈呢?"

宝绽扭头看着时阔亭,顾不上跟他置气:"不知道!"

"不要脸的臭娘们儿!"

"不许你骂我妈!"

"你妈!"那边有磨牙声,"你妈跟人跑了!"

宝绽怔住了,耳朵里嗡地一响,什么也听不到了。

"我以为她能带着你呢!"他后爸还在电话那头咆哮,"小兔崽子!往后

第一折 烟波致爽　　　　　　　　　　　　　　　　　　　　　　　73

咱俩没关系，少让我看见你！"

挂了电话，宝绽扶着墙站不住，一屁股坐下来。屋里，时阔亭也坐在地上，满脸的泪水，两手拳峰上都是血。

从那天开始，一切都变了，时阔亭仿佛一夜之间长大了，不再开玩笑，也不再编鬼故事。时老爷子所剩不多的黑发全白了，他曾经笑着教宝绽唱、念、做，现在却拿着藤条，逼宝绽劈腿下腰。

宝绽彻彻底底没了家，时家就是他的家，时老爷子揪着他给他开胯的时候，他哭着去攥时阔亭的手，一声声喊着"师哥"，因为时阔亭会疼他，会在夜里给他揉腿，喂他偷偷买来的零食。

时老爷子和他后爸一样，染上了喝大酒的毛病，他早年就有肝硬化，很快发展到失代偿并发消化道出血。躺在病床上奄奄一息时，他对时阔亭说："把房子卖了，供如意洲……供宝绽上大学……"

宝绽没想到，都弥留了，老爷子还想着他。"师父……"宝绽一直这么叫他，时老爷子看着天花板，说："我最后悔的，就是没收你。"

"师父！"宝绽用力抓住他的手，那双摸过他的头、拿藤条打过他的手。

"能教你的，我全教了，往后……靠你自己。"

宝绽的泪像断了线的珠子，无声地打在两个人手上。

"唉……"时老爷子的眼睛不肯离开时阔亭——他唯一的儿子，"拉琴的挑不了大梁，宝绽……从今往后，你就是如意洲的当家……"

宝绽愣了，难以置信地跪在床边。

"记着……如意洲不能散，祖宗的玩意儿不能丢，交给你了……"

时老爷子眼里最后的一点光渐渐散去。

"阔亭也交给你……到了什么时候，你们这两股丝也要往一处绞……"

"师父？"

"老头儿？"

"师父！"宝绽眼看着时老爷子的瞳孔不动了，时阔亭的手颤抖着握上来，和宝绽头顶着头跪在床前，不舍地喊了一声："爸——"

18

匡正早上才睡，去公司时已经是下午了，他穿着一身闷骚的浅蓝色西装，在办公室门口问："年利润40亿元以上的航空公司，包括国有和私营，谁有空？"

这话听起来是要整理潜在买家列表，但最近并没听说有这个量级的航空公司要出售，办公区的人面面相觑。

段小钧从熔合的估值数据上抬起头，见大家都鸦雀无声，以为这是个没人愿意接的活儿，而匡正还戳在门口等着人给他回应。

想起昨晚撸过自己脑袋的手，段小钧从座位上起身："老板，我行吗？"整个办公区的目光都向他投来。

匡正挑起一侧眉毛，笑了："你的内部收益率算完了吗？"

段小钧被他损得已经习惯了："我买了有关Excel的电子书，休息时会学的。"

"行，"匡正点头，把西装下摆往后甩，两手掐腰，"就你了。"

虽然接了活儿，但段小钧其实压根儿没明白匡正要他干什么。

"具体怎么做问克莱门，"匡正转身进屋，"下午6点前给我。"

段小钧连忙去找他的经理。克莱门正在审查熔合提交的文件，包括历史财务报表、董事会决议、专利文件和业务合同等一大堆，头也不抬地说："咱们老板派活儿从来没让我们报过名。"

"啊？"段小钧没懂他的意思。

"就是说，如果真有活儿，都是根据能力指定到个人的，"克莱门抬头瞧着他，"而且现在根本没有航空产业的M&A项目。"

段小钧不理解："那他刚才——"

克莱门言简意赅："他可能是在玩你。"

段小钧的脸僵了一下，接过递来的样板文件，转身回自己的座位，半路看到办公区的磨砂玻璃墙外探进来一张小圆脸，微胖、阳光，是邦妮。

"你怎么来了？"段小钧放下文件走过去。

"嘿！"邦妮戴着一对大耳环，"你还好吗？"

第一折 烟波致爽

段小钧垮下脸："还行……"

"我懂我懂！"邦妮同情地拍着他的胳膊，"匡正把你要到M&A，我们都惊了，你没看那帮女的，一张张美梦破碎的脸！"

段小钧无语："你们女生的审美都这么乏味吗？他除了高一点，西装好一点，脸有棱角一点，没比别人帅到哪里去吧？"

"你没看到他的胸肌吗？"邦妮两手在胸前比画，"他帅炸了，好吗？"

段小钧无话可说。

"不能因为他对你魔鬼，就抹杀他作为一个性感尤物的价值。"邦妮如是说。

段小钧想了想，匡正对他其实不算魔鬼，虽然损他时绝不留情……但每次挨损，他好像都学到了新东西："他……还好，能来M&A，我挺幸运的。"

邦妮看傻子一样看他："你是让他连加班折磨带精神控制，斯德哥尔摩综合征了吧？"她压低声音，"我听人说，超级新人日那天他一看你的专业就火了，我们都觉得他要你是想不动声色地搞死你！"

匡正原来这么不喜欢他吗……段小钧有点小失落，转而问："你分到哪儿了？"

"信息部，"邦妮比了个V字，豆沙色的指甲上镶着闪闪发亮的水钻，"做数据和系统维护。"她的专业就是这个，段小钧羡慕她学有所用。

"今天来找你，"邦妮甩了下头发，一副职业范儿，"是有个投资想跟你谈。"

段小钧回想他们的第一次对话，她那时就想卖《2019万融大触全集》给他："投资？跟我？"他指着自己的破西装，"你没搞错吧？"

邦妮又是那个"不要998，也不要618"的架势，戳着他的胸口说："就是你。"

段小钧觉得脊背发凉。

邦妮打了个响指，搭住他的膀子："现在有个赚大钱的机会，池子很大，我一个人根本捞不过来，咱们这批新人里就你傻，我决定带带你。"

"……"

"这么说吧，"邦妮拉住段小钧的领带，"去澳门那次，在机场，换了别人不可能叫我，算我报答你。"

她说的是段小钧看她迷路好心叫他，结果她跟匡正尬聊了一路那次，即使她这么说，段小钧还是觉得她想诈他钱……

"战国红，"邦妮神秘兮兮地说，"听说过吗？"

段小钧摇头。

"一种金融产品，据说开发者是中国人，还没在国际投资圈叫响，我研究了那个算法，非常有发展。"

作为社会学毕业生，光是资本回报率、内部收益率就够段小钧头疼了，什么金融衍生品、投资圈、算法，简直是要他的命。

邦妮还在跟他叨叨："现在是初创期，战国红定价0.00025美元，我判断，不出三个月就能翻十倍。"

翻十倍也才两厘五，段小钧直接问："你要多少钱？"

邦妮正色："你能投多少？"

"就这个月工资，我们trainee都是一样的，留下饭费、交通费……"

"行，"邦妮替他决定，"你投一万八。"

段小钧一个月才一万九千五百块，他忍了："你投了多少？"

邦妮瞥他一眼："你的五十倍。"

段小钧震惊："我的天，你……你赔了怎么办？"

"不会赔的。"邦妮很肯定。

那些跳楼的人都这么想。

"你怎么知道？"

"我从十五岁开始玩儿钱，"邦妮自信地说，"从来没赔过。"

段小钧盯着她，从她眼里看到了一抹危险的贪婪，万融就是万融，连后台维护人员都要玩一玩资本游戏。

两人说定了，邦妮挥手离开，段小钧回办公室用微信给她转账。一万八，他只当帮朋友个忙。放下手机，他开始研究克莱门给的样板，是一沓公司列表，搜集了某个行业在某个利润区间的公司信息。

"年利润40亿以上……航空公司，"段小钧按匡正的标准在网上搜索，"即使加上私营的，也不多啊……"

华航、中航、千禧、万国……一共有九家，全是上市企业，上市企业信息在"浪涛数据"是付费资源，但万融已经全口径购买，段小钧直接用员工密码登录，下载好了九家公司的年报，选摘整理，形成一份详尽的概述性信息。

第一折　烟波致爽　　　　　　　　　　　　　　　　77

五点，VP办公室的门提前推开，匡正穿着轻薄的胶原蛋白衬衫，双手插兜："段小钧，滚进来。"

段小钧看表，明明还差一个小时："来了！"他赶紧打印文件，唰唰的机器声中，听到隔壁的两个分析师在嘀咕。

"我去，老板今天也帅到我了。"

"真的，简直是荷尔蒙旋涡，我们怎么才能像他那样啊？"

"特别是他给我改估值模型的时候，完全被他碾压！"

"你说我们这样是不是有点变态？"

"是，"段小钧说不清是紧张还是兴奋，没大没小接他们的话，"我要去被他碾压了！"

那两人一愣，关系似乎拉近了不少，段小钧经过他们的桌子时，其中一个向他伸手："加油，菜鸟。"

段小钧深吸一口气，和他击了个掌，走进匡正的办公室。

匡正坐在办公桌后，跷着二郎腿，像某种准备捕猎的大型食肉动物。段小钧把文件递给他，不经意瞥到他的电脑，屏幕上是千禧航空的财报分析。

"不愧是学社会学的，"匡正唰唰翻着公司列表，"归纳总结做得不错。"

被夸了，段小钧稍稍放松，匡正把文件扔到桌上："出去吧。"

段小钧回到工位，刚坐下，匡正穿着西装出来，边往外走边对大家说："熔合的全部资料再过一遍，明晚十二点前进数据室[1]。"

"是，老板！"参与项目的几个人异口同声。段小钧扭着头，一直目送那个浅蓝色的身影消失在电梯间。

匡正去了趟沃尔玛才回家，晚饭在宝绽那儿吃的，一个人吃没什么滋味，洗过澡就上床了。第二天睁开眼，不到六点，他悠闲地刮了胡子，挑了西装，选了配饰，七点多，打开宝绽的门，蹑手蹑脚走进去。

厨房在左边，楼梯在右边，他往右拐，到楼梯口脱掉皮鞋，穿着袜子踩上去。

二楼卧室的门开着，窗帘只拉了一半，清晨的光又轻又柔，洒在宝绽身上。

他穿着翡翠太阳的工作服——白衬衫黑马甲，衬得他清瘦，显然太晚回

---

[1] 数据室：用于存储重要文件的虚拟空间，有保密性，在兼并收购交易中，代表卖家的投行会开设数据室，便于潜在买家查看相关资料。

来倒头就睡了，屋里有淡淡的酒味儿。

匡正靠着门框看了一会儿，走下楼来，用手机下单了一冬一夏两双拖鞋，都是他自己的尺码，地址填的宝绽这里。

到厨房打开冰箱，粥碗放在正中间，罩着保鲜膜，还用牙签扎了几个眼儿，碗上贴着一张便笺："微波，2分钟。"

匡正把粥放进微波炉，设好时间，把那张纸翻过来，从西装内袋里掏出一支万宝龙大班笔，一笔一画地写下："我不在的时候，缺什么，去我家拿。"然后从裤兜里掏出一把钥匙，压在纸上。

那是他昨天去沃尔玛给宝绽配的。

19

匡正边吃粥边看手机新闻。突然，白寅午来电话，铃声不大，但在空旷的别墅听起来格外刺耳，他骂了一句，飞速接起来。

"喂！"他虚着声，往楼梯那边看，"干什么你，一大早打电话！"

"哟，"白寅午语带调侃，"和哪个女人一起呢？"

"滚蛋！"匡正继续吃他的粥。

"女朋友？"白寅午又问。

"不是。"

"不是你一副大气不敢出的怂样。"白寅午损他，"什么声音，吃粥呢？你不是不吃早饭吗？"

鸡丝粥，味道不错，匡正舀了一大口："现在吃了。"

"哦——"白寅午拖长了调子，"一起睡到早上，还给你做了粥，走心了？"

匡正受不了他："别瞎说行不行，跟你说了不是，就一邻居。"

白寅午轻笑："美女邻居，我也想要。"

匡正扔下勺子："男的。"

白寅午不跟他开玩笑了，正色道："赶紧过来，有事儿跟你说。"

电话断了，匡正喝了口苏打水，把粥碗放进水槽，边往外走边嘀咕："有事儿还扯这么一大堆废话！"

他开车到公司，上62层。白寅午在董事总经理室等他，一早就来了点

第一折　烟波致爽　　　　　　　　　　　　　　　　　　　　79

红酒，巨大的树枝状醒酒器里漾着一片紫红色的液体。

"来一杯？"他问匡正。

匡正摆手，在小沙发上坐下，今天他少见地穿了一身黑西装，修身款，肩线、腰线、领形都很考究，配上银灰色的真丝领带，一歪头，霸气侧漏。

白寅午吹了声口哨："你小子，帅得都发光了！"

"得了，"匡正知道自己帅，"说事儿。"

白寅午在他对面坐下："有个大案子——"

"我猜猜，"匡正打断他，跷起二郎腿，"千禧航空？"

白寅午愣了。

"董大兴就一个儿子，还吸毒过量死了，"匡正耸了耸肩，"他没兄弟，只有一个妹妹，二代里没有姓董的，这么大的产业他传给谁？"

出售套现几乎是必然。

"你什么时候知道的？"白寅午好奇。

"比你早一天，"匡正坦言，"前期工作已经在做了，就等你找我呢。"

干他们这一行，早一天，就能定生死。

白寅午呷了口酒，眯眼瞧着他："这么有干劲儿……"他说，"执行副总裁的位子，你铆上了。"

匡正歪了歪头，不置可否。"铆上的不只我一个人，"他向前倾身，"代善没动静吗？"

"他不是我这一路的，"白寅午悠悠晃着酒杯，"我当然挺你。"

说到代善，上次两人连狠话都撂了，这么长时间他却一点动静也没有，匡正觉得古怪。

"千禧是民营航空的龙头企业，"白寅午表态，"熔合是总行今年最看重的项目，这两个项目你做好了，执行副总的位子，我到上头去保你。"

明白了。匡正起身，跟白寅午要了杯酒，香气袭人，有持久的酒泪，是超过十年的勃艮第精酿，他一饮而尽。

从62层下来，匡正给人力资源部的汪有诚打电话，开门见山："大诚，千禧航空有你认识的人吗？"

"他们人力资源经理我熟，"汪有诚的回答耐人寻味，"但是高管层，特别是董事会，我没有说得上话的。"

匡正要约的就是千禧的董事高管，汪有诚能迅速捕捉到他的意思，说明他早就知道董大兴儿子的事，也猜到匡正要下手。

"不过我认识一秒公关的刘总，2016年千禧乘客候机楼猝死事件就是他们给做的危机公关，应该能搞定，"汪有诚说，"你等我电话。"

"谢了，哥们儿。"

"小意思。"

放下电话，匡正到57层自己的办公室，脱掉西装打开空调，刚把电脑开机，桌面还没加载完，汪有诚的电话到了："老匡，千禧的董事兼财务总监武国瑞的秘书，姓王，晚上八点，君悦2915房。"

这速度，说明对方也急于跟投行接触，匡正看着桌面上已经建立的千禧文件夹："知道了，改天请你吃饭。"

一个白天，匡正都在准备相关文件，包括段小钧那份"潜在买家列表"，把千禧的内容从中删掉，加入简单的金融分析，晚上八点，他准时出现在君悦29层。

王秘书是个微胖的中年人，对匡正很热情，他反映的是千禧高管层的态度。这种态度很好理解，一家市值上百亿元的公司，董大兴年纪大，死了儿子，不想干了，可高管们还想干，甚至希望公司易主后赚得更多，干得更好。换句话说，在出售公司这件事上，董大兴关心的是退出套现能拿到多少钱，而高管们则关心收购千禧的是谁，未来五年甚至十年的发展潜力如何。

双方谈得很愉快，从王秘书的话里，匡正判断，万融是第一家也是目前唯一联系他们的投行，双方初次接触，只聊了三个小时，握手道别。

匡正回到万融，十一点刚过，他的人还不知道有千禧这件事，都在准备熔合的材料。十一点三十五分，克莱门最后一次例行检查，发现营销文件里的净现值和之前给买方的有出入："小冬，这个NPV[1]用什么资金成本算的，怎么这么大？！"

一句话激起千层浪，项目组的全围过来，小冬就是之前和段小钧击掌的那小子，立刻打开Excel，刚把鼠标移到位置，唰的一下，整个办公区黑了。

"我去！这时候停电！"大伙抱怨。

五秒钟后，应急电力启动，小冬重新开机，这回桌面还没刷出来，电又断了。

---

1. NPV：企业净现值。

第一折　烟波致爽

"怎么回事！"克莱门慌了，"应急电怎么没了！"

五秒、十秒、两分钟过去，仍然没来电。

"是不是……应急电故障了？"这是最坏的情况，"没电怎么算，这也太寸了！"

十二点，熔合的资料必须进数据室。段小钧想起他到M&A的第一天，匡正对他说："分析师出的每一个错误，都是钱。"

他连忙问身边的人："什么是NPV？"

"企业净现值，和预期内部收益率一样的公式，只是反过来算。"

段小钧眉头一动，举起手："我能算！"

"我们全能算！"克莱门着急，火气很大，"没有Excel你用什么算，用手算啊？"

"对，手算，"段小钧打开手机灯，开始找纸笔，"我可以的。"

"你可以？"克莱门在一片渐次亮起的手机屏幕光中瞪过来，"这是收购交易，不是过家家！十来分钟你算得完吗？就算算得完，你能保证百分之百正确吗？"

"让他试试。"忽然，人群背后响起一个低沉的声音，是匡正，指了指小冬，"去，给他照亮。"

第一盏手机灯在段小钧头上亮起，接着第二盏、第三盏，他在重叠的方寸光影下奋笔疾书，笔尖在纸上擦出沙沙的声响，NPV比IRR好算得多，七八分钟过去，他拿出了一个数字。

"多大把握？"匡正在闪烁的手机光中俯视他。

段小钧仰着头，有些头晕目眩："和前天一样。"

克莱门不同意："老板！"

"你，"匡正把那张圈出了数字的A4纸拍到克莱门胸口："用这个数，找地方把营销文件给我改过来，"他看手机，"还有十二分钟。"

克莱门只得去办，聚着的人渐渐散去，没有一个人为段小钧鼓掌，但黑暗中，有人撸了他脑袋一把，他回过头一看，是匡正。

金融街的心脏暂时停跳，而与万融一街之隔的翡翠太阳灯火辉煌。三点钟，宝绽下班，换下工作服从员工间出来，拐一个弯，看到走廊上的男厕所门口躺着一个人，有个戴棒球帽的小子跨在他身上，应该也是刚下班的员工，正从他兜里摸钱包。

"喂！"宝绽喊了一声，冲上去，偷钱的家伙头也不回，顺着走廊跑到员工出口，一眨眼没影了。

宝绽反身回来，躺在地上的是个客人，身上的西装、皮鞋价值不菲，钱包没了，手机落在地上，人醉得不省人事。

"先生，"宝绽蹲在他身边，轻轻拍他的脸，"先生？"

是个年轻男人，发色比大多数人浅。宝绽用他的指纹解锁手机，点开通讯录，满满一屏全是外语，他往下翻，翻到L时终于找到一个中文名字，叫"梁叔"。

宝绽拨过去，那头很快接起来："Sir？"

"啊……"宝绽语塞，"H-hello, you……you speak Chinese？"（你好，你会说中文吗？）

"你好，"那边换成中文，"你是？"

"我是翡翠太阳的员工，"宝绽解释，"这位先生喝多了，钱包被人偷了，我只好用他的指纹解锁手机，你是他的家人吗，能来接他一下吗？"

那边说马上到，问了宝绽的名字和电话，双方约定在翡翠太阳的员工出口见。

宝绽把手机塞回客人兜里，扛着胳膊把他架起来。这家伙很高，压在身上重得要命，宝绽连拖带拽才把他从店里弄出去。

到了室外，宝绽搂着他坐到绿化景观的水泥台上。见了风，那人动了动眉头，睁开眼，一双淡褐色的眸子，从极近处和宝绽对视。

20

"先生——"宝绽刚要说话，那个人整个朝他压过来，嘴里叽里呱啦往外蹦英语，宝绽四级成绩还算不错，愣是一句没听懂。

两个人你推我搂，突然一股力量，把那小子从宝绽身上拽下去。"干什么呢！"是匡正，穿着一身黑西装，劲儿使大了，头发有点乱。

"酒蒙子"左右栽歪了两下，没骨头似的，往后倒在草坪里。

"你怎么来了？"宝绽惊讶。

"啊？"之前匡正待在停电的万融没走，快三点了开车过来，拐过交通

第一折　烟波致爽　　83

岗正好是翡翠太阳后身，撞见这一幕，"我和朋友来喝一杯，这是个什么东西？"

"客人，"宝绽把那家伙靠到自己身上，拍拍他衣服上的土，"钱包被人偷了，我等他家人来接他。"

匡正听联系上人了，点点头，按下车钥匙，帕纳梅拉头灯双闪："行，那放这儿吧，咱们走。"

宝绽睁大眼睛："这么放着哪行？你看他这身行头，没个人守着太危险了。"

"和你有什么关系？"匡正不自觉拿出工作中那副派头，"这地方他自己来的，酒他自己喝的，你帮他联系人已经够可以了，现在这世道好人没好报，赶紧跟我走！"

宝绽不动弹。

"叫你呢，"匡正又按车钥匙，帕纳梅拉不停在路边闪，"快点！"

宝绽觉得他冷血，嘴上不说，想了想，从兜里掏出十块钱："前头路口有个便利店，你帮我去买两袋方便面。"

"干什么？"匡正不接。

"家里没有，哪天不想做饭了正好对付一口，挑你喜欢的味儿。"

匡正刚毕业那两年吃方便面吃吐过："你爱吃？"

"嗯，"宝绽闷声，"你回来咱俩就走。"

匡正没拿他的钱，天太热，就把西装外套脱下来扔给他，绕过绿化景观，走上斑马线。

宝绽目送着他过马路，直到他进了便利店，才回头瞧着身上这人，一身酒臭，头发上还挂着草叶，怪可怜的。他帮他摘，那人嫌烦还是怎么的，迷迷糊糊攥他的手。

这时，一辆黑色保姆车在路边停下，一个四十多岁穿立领西装的男人走了下来。

"梁叔？"宝绽先打招呼。

"宝先生，"梁叔的眼皮微微一动，把他从上到下过一遍，"给你添麻烦了。"

跟他下来的还有两个保镖，一个抱头，另一个抱脚，把喝醉那小伙子往车上搬。宝绽的手被攥着，一直跟到车门口。

梁叔的视线扫过他们握着的手，投向面前的翡翠太阳："宝先生怎么在这儿工作？"

宝绽拽手，拽不脱："我……缺钱。"

梁叔笑了："买手机还是买球鞋？"

"啊？"宝绽完全没有这种超出生存需要的消费欲求，"我……欠别人点钱。"

梁叔非常敏感："多少？"

他问得有点多，但反正也不认识，宝绽说："两万。"

梁叔诧异："这年头还有人还不上两万块钱？"

有啊，有人每天推着小车去街上卖针头线脑，也有人靠捡西瓜车掉下来的碎西瓜度夏，还有人为了完成一个承诺、为了一点无妄的热爱，倾其所有投入一个没落的剧团……宝绽抿住嘴唇。

梁叔不说话了。宝绽觉得有点尴尬，伸手到那小伙子的西装里，没管梁叔惊不惊诧，在肋条上挠了两下，那小伙子一痒，缩起胳膊把他放了。

"再见。"宝绽转身就走。

绿化景观旁，匡正的西装掉在地上，他赶紧跑过去捡。刚弯下腰，他面前停住一双黑皮鞋，还有两个超市的购物袋，装着七八包各种口味的方便面。

宝绽抬起头："你怎么买这么多？"

"你不是爱吃吗？"匡正提了提那两袋东西，"都是你的，我不吃泡面。"

宝绽无比后悔让他去买东西，可钱都花了，舍不得也没用，他抖搂着西装跟他上车。中控锁放下，两个人并肩坐着，宝绽忽然反应过来。刚才他说喝醉那小伙子是客人，匡正丝毫没疑惑，连问都没问一句，难道……他知道自己在翡翠太阳上班？宝绽扭头看着他。

"干吗？"匡正拐上大马路，开始加速。

"你今天和朋友来喝酒，那么巧，碰到我？"

他这么问，是猜着了，匡正面不改色："是啊，咱俩巧的事儿还少吗？"

"那上次你三点下班——"问到一半，宝绽不问了，匡正明显是来接他的，没挑明，是不想让他难堪而已。

匡正继续装傻："什么？"

宝绽摇头，冷气上来了，他披着那件黑西装，领子上有股好闻的柑橘味

第一折　烟波致爽　　　　　　　　　　　　　　　　　　　　85

儿。一路畅通到家，宝绽拎着方便面下车，匡正在车里等他进屋，可他走到门口，忽然蹲下了。

"怎么了？"匡正跟着下去，走近一看。

是上次那条大黑狗，龇着牙躺在门前，折断的左后腿已经化脓发臭。它比上次更瘦了，薄薄的肚皮微微地动，只剩一口气。

"天这么热，它又有伤，肯定找不着吃的。"宝绽开门进屋，端来一碗水，"上次我们给了它两块肉，它可能是记住了，才来碰运气。"

匡正对流浪狗没有多余的同情心，他想的是，物业宣传的什么无人机巡逻，这么大的安全隐患搁在家门口，他们看不见？

那是条野狗，宝绽一靠近，它就发出警告的低吼，但是太虚弱，没力气咬人。宝绽喂了它一点水，想把它往屋里拖。

"喂，它都臭了。"匡正挡着门。

"没事儿，洗一下就行。"

"野狗，"匡正没让开，"真的会咬你。"

宝绽针似的盯了他一眼，冷淡地说："你回去吧。"

这是他们今天第二次为了这种事闹分歧。

"我说你是怎么回事，"匡正压不住火气，"人你捡，狗你也捡，你看看这狗，野狗！又脏又臭，眼看就要死了！"

宝绽把眼角挑起来，本来温和的眸子，却有股灼人的锋利在里头。"我就是流浪狗一样被人捡回去养的，"他声音不高，微有些发颤，"捡我的人教我本事，供我上大学，别管好赖，给了我一个家。"

匡正第一次听他说家里的事，愣住了。

"你们是有本事的人，用不着别人帮，所以你们也不帮别人，"宝绽垂下眼皮，倔强地说，"但我们不行，我们这种小人物就是互相帮着才走到今天。"他深吸一口气，"我就是这条狗，你不懂。"

匡正沉默，片刻，把门让开了。

宝绽把狗弄进屋，匡正跟在后头拿门口的生鲜，一起的还有一个小包裹，宝绽抬眼瞧见："那是什么？"

"拖鞋。"匡正把门在身后关上。

"我没买拖鞋。"

"我买的。"匡正开始脱西装拽领带，领扣袖扣都被摘下来扔到桌上，拖鞋被拆开放到鞋柜里,他走过来蹲在宝绽身边,"我能做什么?"他先服软了。

宝绽不大好意思,觉得自己刚才说话挺不留情面的,想关心他一下:"你饿不饿?"

匡正去储物间把医药箱拿来,挽起袖子。"你说什么也温暖不了我了,"他歪头瞧着宝绽的侧脸,"我现在觉得你喂我跟喂狗是一样的。"

扑哧,宝绽笑了,推了推他的膝盖:"去,帮我把水盆拿来。"

两个人围着一条狗忙活,清洁、涂药、喂食,匡正回去时已经快六点了,宝绽把狗安顿在客厅,用废纸箱搭了个临时狗窝,上楼睡觉。

感觉睡了没多久,手机响,他翻身接起来:"喂?"

"你好,我是梁叔。"

宝绽窝在被子里打哈欠:"谁?"

"梁叔,"那边笑了,"昨晚,不,今早,我们见过。"

"嗯……"宝绽皱着眉头回想,昨晚……"酒蒙子"、黑色保姆车、一个穿立领西装的中年男人,"啊,梁叔,你好。"

"一会儿有时间吗?"梁叔直接问,"请你出来坐坐。"

宝绽意外:"是有……什么事儿?"

"没有,"那边的语气颇正式,"替我们小先生谢谢你。"

小先生,很少见的称呼,宝绽推辞:"不用了,小事情……"

"宝先生,"梁叔很诚恳,"十二点,香格里拉酒店大堂,恭候大驾。"

他都这么说了,宝绽没再拒绝,挂断电话,瞄一眼手机上的时间,他呆住,居然已经十一点十五分了!他一骨碌跳下床,跑到一楼,找了块口香糖嚼上,经过窗边时见匡正的保时捷停在门外,仪表盘上的指示灯亮着。

大黑狗在纸箱里动了动,没出来,宝绽顾不上它,随便抓了套衣服跑出去,匡正看到他,打开中控锁。

"才十一点,睡够了吗?"

"我要来不及了!"宝绽上了后座,"方便送我去趟香格里拉吗?"

当然方便。匡正发动车子:"去那儿干什么?"

"昨天那个梁叔,"宝绽在后头换衣服,"说要见个面,谢谢我。"

"哦,"匡正从后视镜里看着他,"留个心眼儿,有钱人的坏——"

前头突然有刺耳的喇叭声,这是个黄灯长闪路口,匡正光顾着看宝绽,

第一折 烟波致爽　　　　　　　　　　　　　　　　　　　　　　　87

没注意左向车道，差点和一辆十二轮的大货车剐蹭。"我去！"他吓出一身冷汗，摆正方向盘，第一反应是问宝绽，"你没事儿吧？"

没等宝绽说话，手机响了，匡正接起来，是白寅午："小子，千禧那边正式提合作了，这把干得漂亮！"

21

十二点过五分，匡正把宝绽送到香格里拉："用不用我等你？"

"不用，"宝绽急着进去，"我一会儿坐公交车走。"

匡正想起什么，从车里出来："他跟你说什么你听着就行，别乱吃东西，别跟他去别的地方，不懂的事儿别答应！"

"知道啦！"宝绽的身影消失在转门对侧。

匡正反身要上车，看到后座上宝绽留下的衣服，叠得整整齐齐，放在米黄色的真皮座椅上，他弯腰拿出来，坐回驾驶室。

一套背心短裤，宝绽睡觉时穿的，已经让空调吹凉了，有股清爽的肥皂味，是小时候夏天的味道。

他从手套箱里找出一个纸袋子，把衣服装进去，放到副驾驶座脚下，发动车子拐出酒店停车场。

宝绽第一次来香格里拉，见到处是西装革履的商务人士和金发碧眼的外国人。他茫然地转了个圈，看到天井南侧的咖啡座有人朝他招手。

是梁叔，仍是一身立领西装，沉稳地从座位上起身。

宝绽跑过去："不好意思，我来晚了！"他穿着简单的纯色T恤、褪色牛仔裤，头发垂下来遮着额头，再自然不过。

梁叔抬手请他坐，已经要好了红茶，小小一壶，倒进透明的玻璃杯，有琥珀色的茶汤。"滇红，"他介绍，"版纳茶。"

"谢谢。"宝绽头上有汗，随意擦一把，端起杯抿了一口。

梁叔给他添茶："昨天谢谢宝先生。"

"不谢，"宝绽觉得是件小事，"谁看到都会帮一把的。"

梁叔挑眉瞧他一眼，放下茶壶，从随身的公文包里拿出一个信封，推过去："我们家的规矩，不欠人情。"

宝绽没明白，打开信封一看，里头是一沓人民币。

"昨天听你说缺钱，"梁叔摇着茶杯，悠闲地欣赏那抹深沉的汤色，"我就按你说的数准备的。"

两万块，宝绽打工才还得起的数目，用这么小一个信封就装下了。"这个钱，"他把信封合上，推回去，"我不能拿。"

梁叔以为他是客气："你帮我们的忙，作为感谢，我们也帮帮你，很公平。"

"真的不能要，"宝绽推辞，"我在店里打工就能把钱还上，不麻烦你了。"

"宝先生，"梁叔放下杯，不能理解他的坚持，"你有两万块的欠账，我帮你还掉，有什么不好吗？"

"我有两万块的欠账，"宝绽低下头，对方强加的慷慨让他难堪，"用你的钱还，然后呢，我再欠你两万块？"

梁叔笑了："不用还的，"他拍着那个信封，"是谢意！"

不，这不是谢意，是有钱人自以为是的傲慢，宝绽摇头："这样的谢意我不要。"

小茶桌静了，梁叔沉默了一阵，重新开口："放在这里的应该是二十万，怕你不舒服，我才改成两万，"他露出不悦的神色，"没想到你这么不给面子。"

宝绽不跟他争辩，抿住嘴唇，不吱声。

梁叔是个老练的人，故意换了一副挖苦的口吻："在翡翠太阳那样的地方工作，你有什么可固执的？"

宝绽倏地抬起头，一双眼睛雪亮："我有正经工作。"

"哦？"梁叔啜一口茶，"你做什么的？"

做什么的？这个问题不知从何时起变成了宝绽心上的一个痛点，他深吸一口气，挺直了背脊："我是京剧演员，老生。"

一个意想不到的职业，梁叔愣了。

"我有一个小剧团，"宝绽骄傲地说，骄傲过后，是无奈和酸楚，"算上我四个人，我们都有本事、肯吃苦，但是没有用，就是把身上的汗流尽了，把脑袋砸碎在台上，也没人来看我们演出。"

梁叔盯着他，被他话里的绝望攫住了。

"你明白吗，"宝绽想挤一个自嘲的笑，却挤不出来，"我差的不是这两万块钱。"

第一折　烟波致爽

说完，他从茶桌旁起身，尴尬地点了个头，转身离开。

梁叔看着桌上那个信封，皱着眉头若有所思。

匡正到公司时是午休时间，一进办公区，就看段小钧端着个大托盘在挨桌收水杯，他在这里的地位显然没有因为昨晚手算净现值而有所提升。

"段小钧，"匡正语气不大好，"把杯子放下！"

段小钧吓了一跳，整个办公区也是，瞬间安静。

匡正解开西装扣子，扬起头，俯视他手下这帮人，全是名牌大学的精英，但也是弱肉强食的浑蛋："熔合的案子做得不错，克莱门继续跟进。"

被点到名字，克莱门兴奋地抽紧领带。

接着，匡正说："下个目标，"他稍顿，"是千禧航空的出售案。"

"千禧航空"四个字一出，所有人都惊了，不约而同把目光投向段小钧，有心也好，无意也罢，他是最早介入这个项目的人。

"我们仍然锁定卖方，"任何一场兼并收购，卖家只有一个，而买家可以有五个十个，其中只有一家能够胜出，有实力的投行都力争代表卖家进行交易。匡正的目光扫过众人，落在段小钧身上："推介文件你来做。"

"啊？"段小钧毫无准备。

当着匡正的面，没有一个人表示异议，他们用安静代替不满。

但匡正进入办公室后，各种各样的声音冒出来："怎么让他进组……一个学社会学的外行……"

"人家运气好啊，关键时刻手算NPV，你行吗？"

"什么啊，当时太突然了，我们都没反应过来，NPV手机就能算，打开数字表格，新建投资回报表，两分钟搞定！"

"我说你们，进个组有什么了不起，千禧这次的潜在买家列表就是他做的，他进组很正常……"

"喂，不说话没人拿你当哑巴！"

段小钧放下托盘，走到克莱门桌前，想要推介文件的样板。克莱门特地站起来，拍拍他的肩膀："别听他们胡说，第一次进组好好干。"

短短两句话，段小钧的心就暖了。

"推介文件就是关于我们投行部，主要是兼并收购业务的介绍，"克莱门教他，"相关信息在公司首页能找到，你摘录一下，写得漂亮点。"

段小钧点头："谢谢经理。"

他回到位子上，按照克莱门说的新建 Word 文档，认真研究了公司的业务信息，初步形成一个三千字的初稿。刚喝口水歇一下，桌上的电话响，他到 M&A 这么长时间，这部电话是第一次响。

"你好？"他接起来。

那边只有两个字："过来。"

段小钧愣了一下，看鬼似的瞄了 VP 室一眼。"不是吧，开天眼了这家伙！"他嘀咕着，赶紧把文档打印出来，老板让他过去，肯定是要看他的成果。

VP 室里，匡正还是那副敏锐的猎食者样子，在电脑后忙着什么，瞧见段小钧手里的三页纸，神色明显不对。

"老板，推介文件……"段小钧把东西递过去，匡正接过来看都没看，直接撕成两半甩到他身上："出去。"

段小钧傻了，呆呆戳在那儿："老板？"

"业务能力不行，人际关系也处理不好？"

人际？段小钧不明白："哪儿不对，你告诉——"

"我没义务告诉你，"匡正嫌他浪费自己的时间，"我是 VP，你只是个分析师，你不会喝奶也得我教吗？去问你的经理。"

段小钧长这么大从没受过这种挤兑："可是我——"

匡正直接打内线："克莱门，把你的人给我领走。"

克莱门马上进来，抱着段小钧的肩膀把他带出去。VP 室的门一关上，办公区立刻响起一片窃笑。

段小钧完全是蒙的，回到自己的位子坐下，电脑上弹出一条通知，是内部系统发来了文件，文件名是"推介模板2019.07.22最新"，发件人是小冬。

段小钧意外，连忙点击消息，附件是个 PPT 文档。下载下来一看，他惊呆了，这个推介模板从目录到行业概要，从估值结论到参与人名单，足足有 87 页！正文里只有一句话："按这个做。"

当头一棒，段小钧明白了，什么"第一次进组好好干"，什么"你摘录一下，写得漂亮点"，都是克莱门在耍他！他目光如火，扫过半个办公区，落在克莱门脸上。那家伙在打电话，见段小钧瞪着自己，毫不示弱地瞪回来。

锋芒相对，段小钧先移开了视线——模板已经有了，完成推介文件不成问题，没必要和顶头上司硬碰硬。可被人摆了一道，就这么算了？以后再有这种事呢，还靠别人偷偷给他传文件？不，这不是他的性格。

段小钧在信息系统里回复："谢谢。"然后从座位上起身，径直走向克莱门："经理，我需要一份推介模板。"

办公区唰地安静下来，所有人的目光都集中在段小钧身上。

这小子没认怂，也没犯傻闹腾，克莱门没料到。"模板？刚才我没给你吗？"他故作惊讶，"你没有模板就开始做了？怎么这么草率！"

分析师要模板是合理诉求，克莱门只好打开内部系统，慢悠悠给他上传。

段小钧回到座位，桌面上出现一条"推介模板2018.05.17"的通知，他面无表情，确认下载后，用右键永久删除。

22

自从宝绽到翡翠太阳上班，匡正晚上也不想着往家跑了。七点多，他从办公室出来，看大多数人都去吃饭了，办公区只剩下几个初级分析师，包括段小钧。

白天推介文件的事他很清楚，是克莱门整人，但那又怎么样？作为VP，他只对工作成果负责，不管什么原因，在应该提交PPT时提交了一份Word，就是工作失误。至于段小钧和克莱门的矛盾，那是他们自己的事。

对于新人菜鸟来说，在投行工作，尤其是兼并收购业务，什么时候懂得把40%的精力放在Word、Excel、PPT上，而把其余的60%放在学习与人打交道上，就算入门了。

从段小钧的座位旁经过时，匡正见他已经在搞PPT，桌面上是公司排名的部分："万融集团投行事业部成立于1998年，作为第三家涉猎该领域的全内资银行，从事公司咨询业务二十多年来，已跻身中国大陆地区兼并收购交易第二名……"

匡正蹙眉："你这写的是什么？"

自从VP室的门打开，段小钧就处于紧张状态，现在听他这个口气，简直如黑云罩顶，整个人都不好了。

匡正本来懒得管他，可看他可怜兮兮的，想起宝绽昨晚说的那些话："你们用不着别人帮，所以也不帮别人……我们这种小人物就是互相帮着才走到今天……"

心里什么地方莫名柔软，他俯下身："这个不能这么做，推介文件的目的是让卖方聘用我们，所以公司排名只传达一个信息：我们是最强的。"

段小钧呼吸困难："可是——"

"没什么可是，"匡正依然强势，"什么'第二''第三'这样的词，不要让我看见，这句改成'跻身首都金融圈兼并收购交易第一名'。另外，千禧是运输行业，我们八百年前做过一单物流公司M&A，这些年这个领域只有这一单，所以再加上一句'运输行业兼并收购交易第一名'。"

这不是……文字游戏吗？段小钧长见识了。匡正拍拍他的肩膀，转身去电梯间，他前脚走，后脚闲言闲语又来了。

"老板怎么对他那么好啊……"

"就是，这种白痴问题他从来不管的！"

"别说白痴问题，就是上百页的估值分析，他心情不好的时候也不给我调……"

"人家是老板，亲自去人力资源部要的，和你们这些大路货一样吗？"

"他一个学社会学的，老板没事儿吧……"

段小钧窝在工位里，不甘地攥着水性笔，这时有人敲他的桌板，他回头看，是小冬。

"嘿，菜鸟，"小冬端着一碗泡好的海鲜拌面，"进组第一天就不行啦？"

段小钧凑过去，压低声音："模板，谢谢啊。"

"小意思，"小冬笑着把领带塞到衬衫胸袋里，"我刚来时也让克莱门整过。"

"啊？"

"投行这地方，怎么说呢，整人算是个传统吧，"小冬拿塑料勺搅着泡面，"我们M&A还好，资本市场部那帮玩股债的下手才黑呢。"

"哦……"

"我跟你说，"小冬趴下来，"你没来之前，老板对克莱门最好，分析师才干两年就给他提经理了。别人搞小动作那是拼业绩奔奖金，他纯粹是为了抢老板的注意力,"吸溜一口面,小冬傻笑,"不过我也是'老板控'啊,哈哈哈!"

段小钧满脸黑线。

"克莱门人不坏,以后你就知道了。"小冬鼓着腮帮子,"别那么大压力,咱们这屋是全楼氛围最好的,只要有事开口,大家就都能帮忙。"

段小钧点头,小冬拿塑料勺点着他的电脑屏幕:"推介文件除了估值部分,其他都是文字叙述,我一般是全写完再回头搞估值。"

"好,"段小钧记下,"我把估值和结论这两块先空着。"

"不是,"小冬咽下一口面,"结论一定是做,和估值结果没关系。"

段小钧简直惊了:"值都没估,怎么知道做不做?"

"你傻啊,"小冬一副老江湖的语气,"你熬了个大夜,出来的结果是不做,你这夜给谁熬的?买卖双方就是赔死,我们也得把估值结果调得花团锦簇,这就是分析师的工作。投行没有正确的估值,只有推动交易的估值。"

因为只有产生交易,投行才有佣金可拿。

段小钧呆了,进万融前,他对金融一窍不通,他以为这是个精英云集的行业,投行更是其中翘楚,最优秀的人在金字塔尖上指点江山,帮助跨国巨鳄进行投资决策,在风云变幻的市场中开辟出一条繁荣之路……

"方总!"背后忽然有人叫,段小钧回头,只见一个大腹便便的中年人走进办公区,黑西装红领带,头顶秃了一块。

"是谁?"段小钧小声问。

小冬赶紧收拾面碗。"执行副总,"怕段小钧搞不懂公司的管理层职务,他解释,"我们老板的上司!"

段小钧一听,赶紧坐回电脑前,一副兢兢业业的样子,继续做推介文件。

姓方的执行副总背着手,挂着和蔼的微笑,一张张桌子走过来,有点视察工作的意思:"你们匡总呢?"

马上有人答:"去白总办公室了。"

姓方的绕着办公区走一圈,回到段小钧桌前,好巧不巧,看见他正在做项目参与人名单,弯下腰一瞧,火了:"你搞什么!"

段小钧今天已经不知道第几次挨训,很麻木,很无奈,慢慢站起来。

姓方的点着他的屏幕,那里是董事总经理名字的下一行,执行副总裁一级:"你连姓名排序都不会吗,你们匡总是怎么教的?!"

大伙围过来看,分管M&A的执行副总一共有两名,段小钧把另一位姓王的排在了这位姓方的前头。"这是……"马上有人打圆场,"trainee不懂规矩,小段,快给方总道歉!"

特地点明他是新人,是想给双方台阶下。没想到段小钧忍了一天,到这个节骨眼儿上不忍了:"我是按姓氏笔画排的。"

这话一出,所有人的脸都绿了。

"姓氏笔画?"姓方的火冒三丈,拿指头在桌上啪啪比画,"老王四笔,我也是四笔,凭什么他在我前头?!"

赤裸裸地抢排位,背后是公司高层的权力斗争,大家偷偷在心里数,"王"和"方"确实都是四笔,段小钧要废了……

"'王'字第一笔是横,'方'字第一笔是点,"段小钧却有理有据,"按规则,笔画数相同时,横排在点前面,全国人大开会都是这么排的。"

"你——"

"方总!"关键时刻,匡正回来了,带着一脸职场文里霸道男主的笑,"怎么了,这么大火气?"

"小匡,你来得正好!"姓方的指着段小钧的鼻子,"你的人工作出纰漏,还跟我强词夺理!"

"怎么回事?!"匡正立刻站到方总旁边,冲段小钧发火。

段小钧本来好好的,匡正一训他,他的脸一下子垮了,所有人都看出他委屈。

小冬把事情说了个大概。

"哦,是这样,"匡正转过身,有些为难地说,"方总,老白的新政策,我们遵照执行而已。"

段小钧惊讶,姓氏笔画排序是他自己的想法,匡正不知道,更别提白总了。

姓方的果然不买账:"我怎么没听说?"

"私下跟我提的。"匡正面不改色心不跳,信誓旦旦撒大谎,"哥,我能骗你吗?"

姓方的百分之一百二十肯定,他在骗他。

"不信?"匡正低他一级,但仗着是老白的心腹,将他的军,"不信你问老白嘛。"

姓方的不强硬了，换上一副笑脸："向国家标准靠拢，白总这个决策对。"他抬手看一眼表，镀金的百达翡丽，"哎哟，和华银丁总的饭局！"

匡正连忙把他往外请："我送你到电梯。"

姓方的出去，段小钧一屁股跌回椅子上，衬衫领子湿透了，执行副总整整高他三级，他居然给人家讲什么点横撇竖！

匡正回来看到他的脸色，幸灾乐祸："小爷，吓尿啦？"

段小钧忧心忡忡："老板……方总要是真去问白总，怎么办？"

"让他问。"匡正一脸无所谓，"执行副总根本不参与项目的具体操作，一个空头排名还跟我在这儿叽叽歪歪。"

段小钧觉得给匡正惹事了，很自责："我们原来做田野调查出研究成果，都是按姓氏笔画排的，我以为——"

"你排得对，"匡正想了想，"全国人大都这么排，肯定有它的道理。"说着，他给大伙布置："从今天开始，我们M&A的所有文件，只要涉及排名，全部改用姓氏笔画排序，"他霸气地指着自己脚下这片办公区，"57层的规矩我说了算。"

周围先是肃静，接着响起一声口哨，整个办公区随之沸腾。匡正是帅的，不光因为他敢和执行副总对着干，更因为他挺身而出保了自己人，有这样的上司，底下人才肯为这个部门拼命。

"怕老方去问？"匡正潇洒地拍了拍段小钧的桌板，"现在M&A的规矩就是姓氏笔画排序。"

说罢，他穿过办公区走向VP室。段小钧在嘈杂的沸声中盯着那个高大的背影，心怦怦直跳，停不下来。

23

将近40摄氏度的高温，时阔亭汗流浃背，站在传达室外窄窄的一道阴影下，屋里的老大爷推开小窗，朝他摆手："喂，别站这儿！"

时阔亭往周围看，市京剧团门口只有这里有一点阴凉。

"岗亭周围不让待人，"老大爷屋里转着风扇，飘出来一点室闷的风，

"团领导的车马上过来——"

正说着,院里开出一辆黑色奥迪,擦过时阔亭时停住了。司机放下窗子,很不高兴地说:"老孙头,说了多少遍,门口五米内不要留闲杂人等!"

车子开走,时阔亭和老孙头异口同声骂了一句,两人对视一眼,笑了。这时院里快步走来一个人,五十多岁,身板笔直,头发茂密,嗓子宽亮:"阔亭!"

"郭叔!"时阔亭把脚边的大口袋拎起来。

郭叔是时老爷子的徒弟,按辈分时阔亭应该叫他师哥,但他在如意洲学艺时间不长,托人到市京剧团当了演员,后来不上台了,去行政处做了办公室主任。

郭叔到传达室填了单子,时阔亭再留下身份证、签字,才进入这个有六十多年历史的大剧团。

"好几年没见了,"郭叔感慨,"自从老爷子追悼会,你都成人了。"

"是啊,十年了,"时阔亭寒暄两句,问了郭叔的家人、身体,然后说,"如意洲……这几年不太好。"

"想来也是,"郭叔点头,"别说你们,我们的日子也不好过,要不是有国家拨款,怎么养活这一院子人?这不,"他指着前头的行政楼,楼前的停车场上叽叽喳喳聚了一群年轻男女,"又到招聘的时候了。"

时阔亭经过这群排队等着交材料的年轻人。全是戏曲院校的毕业生,一个个眨着大眼睛看他。郭叔说:"往年你还来团里拉拉琴,你的《夜深沉》是小一辈里最好的。"

时阔亭跟着他走进办公室,不错的一间屋,有空调有茶台,他把大口袋放在桌上:"师哥,家里没什么东西了,一方老砚台。"

唱戏的人都讲感情,郭叔坐到办公桌后,没碰那个口袋:"阔亭,东西你收着,有什么事儿,跟师哥说。"

时阔亭在沙发上坐下,伛偻着背,两手局促地握在一起:"如意洲挺不下去了。"

郭叔没出声。

"市京剧团家大业大,我想,能不能——"这是个非分之想,但时阔亭不得不开口,"把我们收编进来?就四个人。邝爷,你认识的,老鼓师!我和宝绽,还有一个唱青衣的乾旦,都有看家的本事——"

第一折 烟波致爽

郭叔抬起手："阔亭，"他低声说，"你如果想来，我就是这张老脸不要了，头抢地也让你有饭吃，但是如意洲——不行。"

意料之中，时阔亭闭了嘴。

"邝爷岁数大了，办他就是违规。"郭叔给他交实底，"宝绽也算是我的师弟，你先进来，踩稳了再办他。至于那个青衣，我知道，玩意儿不错，但是现在上头不鼓励男扮女装，我们这种正规院团，不用想了。"

时阔亭要的不是有碗饭吃，只是吃饭，他出去扛活儿、发传单、当服务员，就是给手机贴膜，也死不了，他要的是如意洲这块牌子不倒，他、宝绽、应笑侬、邝爷，大家还能在这块牌子底下并头唱戏！

从市京剧团出来，他仍拎着那个大口袋，坐上2路公交车回到如意洲。偌大的筒子楼，废弃了似的了无生气，他拖着步子上二楼，长长的一条走廊里，只有应笑侬一扇门开着，门里传来急促的说话声："……邹叔，我是你看着长大的，我不跟你要八千万九千万，只要十万！"应笑侬在求人，"八万也行，就是你平时去缅甸玩石头的一个零头！"

时阔亭长叹一口气，疲惫地靠在墙上，大口袋从手上滑下来，落在地上。

"我不是为了自己，是为朋友，邹叔，"应笑侬恳求，全没有平日里的傲气，"我从来没求过你，就这一次……我爸？"

"是啊，"电话里邹叔说，"你别怪叔叔狠心，小铎，没有段总同意，我们这帮老家伙谁敢给你一分钱？"

应笑侬不说话了，攥着手机，那头邹叔连声叫着"小铎，小铎"，他把电话挂断，翻开通讯录，段有锡的名字赫然在列。

爸爸。应笑侬的内心挣扎着，点下那个名字。

父亲的身影有些模糊了，高高瘦瘦的，总披着一件老皮衣，嗓子嘶哑，年轻时走街串巷喊坏的，操着这样的哑嗓子，他揪着应笑侬的长头发骂："看看你像什么样子！"

应笑侬被甩在地上，脸上是没化完的半面妆，不服输地喊："反串不是不要脸！这是艺术，是国粹！"

"什么艺术……"段有锡气得撸起袖子，随手抄着折叠桌就往他身上摔，"让我查出是哪个王八蛋勾搭你去学这个，我弄死他！"

"你先打死我！"应笑侬抱着头，在昂贵的雪松木地板上滚，"打不死我，我明天还去学戏！"

"我没你这样的儿子!"段有锡开始咳嗽,咳得满脸通红,"你以为他们看着你笑是喜欢你?那是在笑话你!全世界都笑话你不男不女!"

"嘟——"拨号音响起,应笑侬反应过来,立刻把电话挂断,"全世界都笑话你"……好啊,让他们来笑话吧!年轻气盛的应笑侬想,他干脆就改名叫"应笑侬",让全世界来看,等着他们来笑!

"唉……"年少轻狂,今天的应笑侬看向窗外野蛮生长的杂草,只有一抹苦笑。

匡融投行部57层。

匡正把段小钧叫到自己办公室,桌上放着一张A4纸:"估值,会吗?"

段小钧自学了《估值方法》,有概念,但没实操:"不太……有把握。"

匡正笑了,一个社会学菜鸟,有把握就见鬼了。"我把自己的估值模板发给你,"千禧这一单谈得差不多了,推介文件只是走个形式,"照着做,你北大毕业的,不成问题。"

被夸了,段小钧心里暗自高兴,这时匡正把桌上的纸翻过来,上头写着一个数字:"按这个数估。"

那是他和白寅午一起敲定的,满足三个条件:第一,离千禧的实际价值不远;第二,会比董大兴预期的高;第三,高得不离谱,还有后期叫价的空间。这种微妙的价格把控是多年行业经验积累的结果,不是简单的技术估值能比拟的。

但段小钧不理解:"老板,我觉得……还是不要给估值设定预先参照比较好吧?"

匡正靠向椅背,用扬起的下巴表示疑问,那个傲慢的样子很耀眼。

"千禧市值上百亿元,不管是现金还是股票交易,这么大一笔买卖,"段小钧担心,"我们应该对市场负责,实事求是——"

"少废话,"匡正听两句就烦了,"做完给克莱门,他看过没问题就下印,明天中午要成品。"

段小钧睁大眼睛,这个死线太紧了。

"董大兴跑到千禧的海南基地散心去了,我和老白得拿着文件过去跟他谈。"匡正指了指门,意思是让他出去,他还有一堆复杂材料要搞,董大兴拍板后,这笔生意才算是正式拿下,"明天下午的飞机,12点半从公司出发。"

第一折 烟波致爽

也就是说，段小钧只有不到二十四个小时。他看一眼纸上那个数，深吸一口气，领首出去。

匡正的估值模板非常漂亮，用的是可比分析法，一共两个Excel文件，分别建了52个和16个工作表。段小钧没直接套用，而是边分析边理解，结合之前书上学的内容，很快摸着了门道。

第二天早上八点，克莱门到办公室，打开电脑，内部系统弹出好几条通知，最上面一条是段小钧发的——"千禧估值1.0"。他看一眼发件时间，就在一个小时前。

克莱门挑眉，打开文件先看估值结果，在他预想的区间，再看估值过程，无论内容还是格式都非常完美，是典型的匡正风格。他顿时生出一股强烈的妒意，忌妒老板把自己的模板给了那个外行。

忽然，他目光一顿，快速在几个工作表之间翻看，接着拿起电话拨段小钧的号码，只拨了前五位，手就停住了。

这个估值有一个致命伤——没做溢价处理。

像千禧这样处于膨胀期的大型上市公司，买方为了成为有控制权的大股东，需要多支付30%左右的费用，这个溢出的部分被称为溢价，但在段小钧的估值里，看不到一处关于溢价的分析。

克莱门不意外，那小子的社会学脑袋里根本没装溢价这个概念，而匡正给他的是个标准可比分析模板，溢价不在估值过程中体现，要在估值结果的基础上单独计算，于是，问题出现了。这不是个小纰漏，但很难被发现，因为客户只关心公司能卖多少钱，根本不会去看枯燥的估值文件，但匡正会。克莱门缓缓勾起嘴角，把座机话筒扔回去。

随后，他在内部系统里回复："看了，可以，下印吧。"

24

段小钧早上没回家，窝到楼层会议室里眯了一觉，十点多回到办公区。看到克莱门的回复，他把估值结果装进PPT，最后检查一遍，去影印中心下印。

50份全彩文件，活页装订，封面是万融制式的双子星大厦航拍图，十一点拿到成品。他抽了一册往匡正办公室送,边走边翻,突然停住了。

克莱门盯着他,看他从VP室门口折回来,起身问:"怎么了?"

"错了……"段小钧嘀咕。

克莱门心下一跳,看了眼表,这时发现没做溢价处理,又是一场腥风血雨。手心微微出汗,他走过去,见段小钧指着内页边缘装饰性的双色背景:"偏色了。"

克莱门长出一口气:"偏色根本不算个问题。"

这时匡正从办公室出来,看他们俩凑在一起,问:"干什么呢?"

"内页偏色,"段小钧语气严肃,"黄色和蓝色是千禧的品牌色,我查了,蓝色代表天空,是千禧的行业暗示,这么重要的细节,影印中心居然给我搞成了绿色!"

"千禧不会发现吧?"克莱门看向匡正,"我们以前从没注意过这种——"

匡正看都没看他,问段小钧:"重印还来得及吗?"

"我这就去影印中心,"段小钧斩钉截铁,"十二点半之前肯定给你拿回来!"

他说走就走,抱着那摞文件冲出办公区。

偏色是黄色颜料漏墨造成的,影印中心承认出错,但他们不只给M&A一家服务,让段小钧等着。段小钧能等,飞机等不了,他一屁股坐在工作人员的电脑前,连央求带发火,终于在匡正去机场前把重印的文件搬回来了。

克莱门陪匡正下楼,公司的车已经在楼下等着,白寅午坐在后座,匡正要上副驾驶座,克莱门小声说:"老板,那……是我的座。"

匡正给他使眼色:"你上后头坐去。"

克莱门看一眼白寅午,魂都飞了:"老板……"

"匡正,"白寅午发话,"过来。"

匡正不情愿,开门坐到他身边,克莱门把文件装进后备厢,坐上副驾驶座。

车从金融街开出去,匡正没坐一会儿,就掏出手机打电话。"喂,"他扭着身,有点背着白寅午的意思,捂着嘴,"今天不回去了,出差……"

车上就那么大点地方,白寅午和克莱门听得清清楚楚。

"明后天吧,冰箱里的饭别给我留……"匡正这两天不回家,得告诉宝绽一声,"知道了,不乱吃东西……挂了啊。"

第一折　烟波致爽

电话放下,车里的氛围极其尴尬。不出匡正所料,白寅午果然损他:"是那个邻居?男的?"

"对。"匡正没撒谎,理直气壮。

白寅午问前头的克莱门:"你信吗?"

一个顶头上司,一个上司的上司,克莱门无语凝噎。

"对了,"匡正打岔,"M&A改成姓氏笔画排序了。"

白寅午皱眉头:"这种小破事儿告诉我干什么?"

"我研究了一下,"匡正不管他爱不爱听,滔滔不绝,"姓氏笔画排序非常科学,你记得原来汪总在的时候,每次排他和老王都费尽心机,以后没这种问题了,我建议在全投行部推广……"

白寅午瞥他一眼,一向只关注项目和奖金的万融第一估值手在意这些边边角角,感觉怪怪的。

宝绽放下电话,正琢磨《浔阳楼》的身段,忽然听到小小的一声"噗"。没一会儿,邝爷在走廊上喊:"阔亭!宝儿!快来快来,水管爆了!"

宝绽赶紧从屋里出去,远远地,就看厕所那边漫了一地水,时阔亭和应笑侬冲过去,淋成了一对儿落汤鸡。

"师哥!"宝绽喊,"堵管子没用,跟我下去拉总闸!"

总闸在一楼的洗手房,六七十年历史了,锈迹斑斑,时阔亭扳了半天也没扳动,后来应笑侬不知从哪儿找来一把大扳子,三个人合力才把水止住。

抬头往上看,走廊的墙皮已经湿透了,一块一块往下掉。"换水管又是一笔钱,"应笑侬来气,"这老天爷,逼死我们得了!"

"那也得修啊,"时阔亭无奈,"不修水都没的用。"

"修修修,拿什么修,"应笑侬这两天心情不好,"你有钱?"

"没钱想办法啊,"时阔亭和他一样,"你跟我吵吵什么!"

宝绽在他们的争吵声中低下头,想起前两天摆在面前的那两万块钱,他非常后悔,戏文里说"一分钱难倒英雄汉",他不是英雄,哪来的脸不要人家的钱?

他掏出手机,想着应该还能找着梁叔的号码,唰的一下,头上的灯灭了。

"哎?"应笑侬甩着湿淋淋的裤裙,去走廊上开大灯,啪啪摁了好几遍,灯也没亮,"怎么回事?"

"……我去,"时阔亭反应过来,"断电了。"

所有人都看着他。

"上个月没交电费，"时阔亭懊恼，"实在挪不出钱。"

应笑侬火了："你再没钱，电费得交啊！"

"你冲我吼什么，"时阔亭扯着脖子，"有本事你管钱！"

"如意洲又不是我家的，我管什么钱！"

"那你就少吱声！"

"我说你个——"

"好了！"宝绽吼了一嗓子，抬起头，目光从每一张脸上扫过，"都别吵了，"轻轻地，他说了三个字，"散了吧。"

散了吧，戏班子是不能说这三个字的，过去演《白蛇传》，许仙的那把伞从不许在后台张开，就是因为"伞"和"散"谐音。

大伙愣愣的，互相看着，宁愿把他这句话理解成"都给我滚远点"。宝绽握住左手上那只银镯子——他妈留给他的唯一东西，此时此刻变得千金重，重得他抬不起腕子，甚至要一头栽倒。

邝爷给应笑侬和时阔亭递眼风，让他们先走。

一个七十多岁的老人，在停水停电的筒子楼里怯声问："宝处，刚才那句'散了吧'，你不是那个意思吧？"

宝绽没吱声。他是那个意思，至少在刚刚那一刹那，他真的想如意洲散了，散了，就一了百了，解脱了。

老爷子伛偻着背，枯瘦的手指握住他的手掌："宝儿啊，你想散……就散吧。"

从别人嘴里听到那个字，宝绽蓦然心惊。

"你挺了十年，对得起老时，对得起如意洲，对得起你自己了。"

宝绽仿佛一下子变回了十年前那个没了家的中学生，委屈得想哭，但他忍着，再难再苦，不能叫老人家伤心。

"你倔，我知道，"邝爷笑了，露出两道掉了齿的牙缝，"老时走了，你接班，就因为没正式拜师，你怕别人挑我们如意洲没规矩，说什么也不让大伙叫你班主，而叫'宝处'，那是票友下海的称呼啊，你委屈自己了！"

宝绽哽咽："邝爷，我——"

"你为如意洲做得够多了，"邝爷打断他，虽是个老人，但语气铿锵，"不是你散了如意洲，是老天爷，是那些不看戏的人，是这个时代。"

第一折　烟波致爽

宝绽咬着牙，眼泪没出来，默默往心里流。

"你这个性子，"邝爷心疼地拍他的手背，"我怕你这么挺下去，不是把自己卖了，就是把自己逼死了！"

宝绽低下头。

"别着急，好好想想，真要散，我老家伙替你做这个主！"邝爷松开手，"记着，到什么时候，活人不能被一块旧牌匾压死。"说完，他沿着黑黢黢的长走廊，蹒跚着走了。

宝绽望着那个瘦小的背影，心里五味杂陈，他没有爸，妈也跑了，但他有"爷爷"，有"哥"，有关心他的朋友，有无声帮助他的邻居，他这辈子够了。

拿笤帚把二楼的水收拾干净，摸黑整理好屋里的戏本，他坐车去翡翠太阳上班。结果因为心里装着事，不小心给客人上错了酒，他被领班好一顿骂，幸好没扣钱。凌晨三点下班，他站在灯火辉煌的街头，茫然四顾，这么大的城市，竟没有如意洲的立锥之地。

绿灯，他过马路，兜里手机响。是匡正。

"喂……"在这样的夜，在如意洲即将走向死亡的时候，声音难免颤抖。

"喂，"那边的声音也很低沉，嘬了口烟，"下班了？"

匡正没兜圈子，也不装糊涂，宝绽有些意外："嗯，在去地铁站的路上。"

"注意安全。"说完这句话，匡正不出声了。

"你怎么了？"宝绽问。

"想你做的饭了，"匡正很累似的，叹了口气，"海南鸡饭一点也不好吃。"

宝绽走过十字路口，路边的便利店恰好有人出来，吹出一点凉风："哥，你是不是……有什么事儿？"

"工作出了点纰漏，"匡正笑笑，故作轻松，"明天一早回去。"

"那我给你做个面，肉丝面。"

"回不了家，"匡正站起来，看着酒店窗外南国的夜色，椰树、星光、海浪，"公司一堆事儿等着我呢。到地铁站了吗？"

"到了，"地铁站的红色标志灯就在前头，宝绽跑起来，"哥，你要是有烦心事儿，一定说啊，别憋着。"

干并购这些年，匡正什么风浪都经过了，只要不是银行户头一夜清零，什么对他来说都不算事儿，但这种有人担心有人问的感觉还是挺好的。

"晚安。"他说。

25

下午一点，匡正穿着昨天那身西装出现在57层办公区。大伙看到他很意外，克莱门有种不好的预感——他不应该这么快回来，即使回来，也应该先回家换一身衣服，现在这样显然是一下飞机就来公司了。

"克莱门、段小钧，"匡正径直走向VP室，"给我进来。"

段小钧起身，回头看看克莱门，一脸茫然。

两人先后进入VP室，匡正坐在大班椅上，西装扔在桌上，领带也解下来了，敞着领口说："这单黄了。"

段小钧瞠目："怎么可能？！"

匡正摘袖扣："你说呢？"摘到一半，他把推介文件甩到桌上，"一个没做溢价处理的估值，怎么可能不黄？！"

"溢——价？"段小钧下意识去看克莱门。

克莱门冷汗都下来了，赶紧说："老板，客户向来不看估值过程的——"

"董大兴找了个私募股权经理，"匡正拿指头点着他们，"因为你们，我和老白当场让人损得像狗一样！"

"PE[1]？"克莱门反应很快，"他是想出手给财务买家？"

"无论什么买家都和我们没关系了，"匡正铁青着脸，"万融败了，败得很难看。"

这是段小钧真正参与的第一个项目，他不明白到底哪里出了问题："我明明估到了那个数——"

匡正站起来："我高看你了。"

段小钧急着争辩："可是经理看过，说没问题——"

克莱门唰地白了脸。

"错了就是错了，"桌上电话响，匡正握住话筒，"我不想听借口。"他瞪住段小钧，拿起电话："是，我马上上去。"

---

1. PE：私募股权，即下文出现的财务买家，与战略买家相对。

他连西装都没穿，就那么落拓地走出办公室，一只袖扣孤零零地留在桌上。段小钧两手扶住桌沿，才一个晚上，事情竟变成了这样："经理，怎么会？"

克莱门说不出话。

"老板嘴上损我，可工作上从没歧视过我，这么重要的项目也让我参与，"段小钧抱住脑袋，"我真对不起他……"

克莱门才是对不起匡正的那个，这么显而易见的事，他不信匡正拎不清。"分析师出错是常有的，"他狡猾着，想把自己往外摘，"你不用太——"

"这不是谁出错的问题，"段小钧打断他，"是分析师出错，还是经理、VP出错，有差别吗？千禧这个项目没了，我们付出的那些努力全白费了！"

克莱门张着嘴，这时才意识到自己干了什么，就因为那一刹的忌妒，那片刻的猪油蒙心，他做了天底下最愚蠢的事。

"不行，"段小钧往外走，"我要去找老板，想办法补救！"

克莱门拉他："你别添乱了，他肯定上白总那儿去了！"

白总……是呀，匡正不只有他们两个笨蛋下属，还有一班难缠的大佬上司，段小钧挣开他，跑向电梯间。

上到62层，他踩上高管办公区的长绒地毯，那么软，那么厚，好像到了这一层人生都截然不同了，这里与其说是办公区，更像星级酒店的客房，幽暗曲折的小走廊上传来隐约的说话声。

"……这种低级错误居然是我们万融犯的，传出去我都没脸见人！"声音很熟悉，段小钧前两天刚听过，是方总。

"谁也不想出这种问题，千禧这个案子本来就是匡正争取来的，得而复失是可惜，但没必要上纲上线……"

"老王，你这么说就不对了，千禧是什么量级的公司，几百亿啊！M&A给公司造成这么大的损失……"

白寅午一直没说话，段小钧在门口听着，两个执行副总你来我往，一番嘴仗打过，匡正缓缓开口："这次的事故，责任在我，"他用了"事故"这个词，段小钧睁大眼睛，"我应该承担一切后果，并在部门内公开检讨。"

段小钧的心霎时揪紧。

接着，匡正的声音低下去："今年的奖金……我不要了。"

在投行，拼死拼活一年，就为了那笔丰厚的奖金，段小钧脑子一热，咬牙闯进去:"不是匡总的错!"

一面弧形落地窗,窗前坐着几位老总,对面是引咎站着的匡正,回头看过来,一副狼狈的样子,只有一只袖子上有袖扣。

"错误是我造成的,"面对一帮大佬,段小钧腿软,但仍执拗着,深鞠一躬,"要罚别罚匡总,罚我吧!"

"谁让你进来的?"方总看见他就来气,"一个trainee,给我出去!"

白寅午知道段小钧,说难听点,这小子就是通过他的关系进来的,他压住火气,开了金口:"管理层的事和你没关系,出去吧。"

"怎么能和我没关系?"段小钧上前一步,站到匡正身边,"推介是我做的,估值是我估的,我是直接责任人!"

"但我是项目负责人。"匡正一锤定音,扭头看着他,"段小钧,出去。"

段小钧紧紧抿着嘴唇,满脸写着"我不"。

"你给我出去!"匡正吼了一嗓子,吓得方总打了个哆嗦。

白寅午从沙发上站起来,嗓门比他还高:"你这么大声喊给谁听呢?!跟了我十年,一百个案子没出过错,现在是什么时候,你给我出这种错!"

是争执行副总位子的时候,匡正知道,白寅午生他的气,不是气一个千禧,是气他关键时刻掉链子,没把握住机会。

"滚,"白寅午指着他们俩,"都给我滚!"

匡正也痛快,让他滚,他转身就滚了。段小钧反应了一会儿才跟上他,两人乘同一架电梯下楼。对着镜面般的金属门板,匡正先捋了捋头发,然后把衬衫扣子系好,那个不紧不慢的样子,简直像刚下戏的影帝。

"老板,"段小钧有一个大胆的猜想,"你刚才……不会是在卖惨吧?"

匡正挑眉:"你们小年轻把这叫卖惨吗?"他一本正经,"我们老一辈叫战略性示弱。"

段小钧恨不得一头撞死在电梯墙上,他真情实感地跟人家"同生共死",结果人家只是在"战略性示弱"。

"胆子挺大啊。"匡正说,

段小钧瞥他一眼,没搭腔。

"没白疼你。"

匡正难得开玩笑,段小钧没绷住,闹了个大红脸。

回到57层,匡正进办公室把门一关,再没出来。晚饭时间,克莱门照

第一折 烟波致爽　　107

例出去吃,段小钧不知道和谁商量这件事,正抓心挠肝,见角落里一帮经理在闲聊,他凑过去,想听听有没有有用的信息。

"……所以说,上次老方来,跟视察似的,到底要干吗?"

"高层的想法摸不透,可能是闲着没事儿吧?"

"喂,我听说老王要退了……"

"啊?"经理群小爆了一下。

"他到六十了吗?"

"搞笑,他们这个级别,要享受还用等六十吗?"

"怪不得……老王要退了,老方一爽,按捺不住内心的喜悦,来咱们这儿巡视一圈地盘,Bingo(回答正确)。"

"这么迫不及待吗?"

"他们俩争老二争多久了,都想往咱们M&A插一脚。"

"哎哎哎,你们等等!两个执行副总裁,退了一个,那……"

"我去!"大伙反应过来。

"你们说谁能上?"

"必须我们家啊!"

匡正?执行副总裁?段小钧心脏狂跳,好像升职加薪的是他一样。

"熔的案子老板做得多漂亮,还有这回的千禧,一点风声都没有,潜在买家列表已经弄出来了,这眼光,他不上谁上?!"

段小钧的心一下子跌到谷底,千禧……砸了。

"不过,我看老板今天不太对劲儿,在海南就待了一晚上。"

"是啊,现在还在屋里闷着呢。"

"不会是千禧出什么问题了吧?"

这时VP室的门打开,匡正穿着一身西装出来,经理们一哄而散,段小钧连忙迎上去:"老板!"

匡正看都没看他:"干什么?跟我回家啊。"

两人进电梯,正是下班时间,人挤人,段小钧不好说话,直愣愣地盯着匡正。一个项目砸了,他还能说服自己下次好好干,可要是影响到匡正这次升执行副总,他真的不能原谅自己。

到了地下停车场,匡正大步如风,段小钧追着他的屁股问:"老板,还有没有补救的办法?只要有办法,我就是登天,也把千禧给你拿回来!"

"登天！"匡正嗤笑，掏出车钥匙。

段小钧出乎他的意料，冲过来两手摁住帕纳梅拉的车前盖，大声说："我有这个能力！"

他透底了——他的背景，匡正眯起眼睛："你爸、你妈、你大姑、你二姨或者你家邻居是谁，我一点不感兴趣。"

段小钧刚才那句话是一时冲动，没想到匡正一听就明白了："你……知道？"

"一个普通trainee怎么敢跑到62层跟董事总经理叫板？"换作一般人家的孩子，看到白寅午窗外那片云都要晕了。

段小钧神色几经变换，最后问："你是因为知道……才要我的？"

匡正觉得现在说这些一点意义都没有："你到底有没有搞清楚，你的估值究竟错在哪儿？"

段小钧不知道，他这一下午都在为匡正在62层会议室说的那些话烦心，根本没心思去找答案。

"我要是你，现在就上楼打开电脑，把这件事搞明白。"匡正拉开车门，坐进去，"我让你进组，和你是怎么进来的没关系。"

砰的一声，他带上车门。

26

匡正回到家，看了一眼宝绽那边，灯黑着，但门口的生鲜包裹不在。别墅区的治安一直很好。他走过去，摁门铃。

屋里马上有回应："来了！"

匡正蹙眉，宝绽在一楼客厅里，但是没开灯。

门锁响，转到一半停住了，门里问："谁？"

匡正笑了："我。"

门打开，宝绽穿着背心短裤站在门口，匡正问："今天怎么没上班？"

"请假了。"宝绽有浓浓的鼻音。在门廊昏暗的光线下，能看到他微红的眼眶和鼻头。

匡正猜，他一个人在黑着灯的客厅里哭了。二十八岁的男人，又不是个软弱的人，什么事能让他这样？

匡正进屋换鞋，宝绽有点背着他，匡正假装没发现："狗没在？"

"腿好多了，待不住，有时候来找我要口吃的。"宝绽拿着大剪刀，蹲在地上拆生鲜包裹，"你晚饭吃了吗？"

匡正还没吃，但让一个刚刚情绪崩溃的人给他做饭，他可狠不下心："吃过了。"

包裹里有芹菜、猪肉、一些小葱，还有一盒叫不出名字的水果，将近一个成年男人拳头大小，紫红色，覆着一层蜡似的白霜。

"恐龙蛋。"匡正见宝绽拿着盒子看来看去，脱掉西装挽起袖子，"没吃过？"

宝绽抬起头，眼睛里有种纯粹的东西："像李子。"

"美国李子，智利也产，"匡正拆开包装，把大李子拿到流理台去洗，"很甜。"

宝绽走出厨房。片刻后，客厅里响起电视机的声音，是广告，嘈杂，听不出所以然。匡正洗水果的手停了停，这种感觉很像家，一个人洗吃的，另一个人开电视，不用说什么话，彼此温暖安然。

宝绽坐在沙发上，眼睛盯着屏幕，脑子里却是如意洲的结局，是他、时阔亭、应笑侬和邝爷的未来。

"记着，到什么时候，活人不能被一块旧牌匾压死……"

可没有这块匾压着，他宝绽还是宝绽吗？

匡正把水果拿来，扔一个给他。宝绽两手接住，咬一口，脸上有了表情："好甜啊！"他拿着恐龙蛋的手指修长，衬着紫红色的果肉，像陶瓷，水珠顺着腕骨滑向小臂内侧，流过那只老式银镯子，红线拴着的小铃铛动了动，异常鲜活。

匡正挨着他坐下，两个人一起吃。水果品质不错，不光甜，口感也细腻。电视上播着椰树椰汁的广告，匡正拿遥控器把声音关小："我从海南给你带了个礼物。"

宝绽边啃李子边看他："什么？"

匡正觉得没引起他的兴趣，要是他以前那些岁数小的女朋友，一定瞪圆了大眼睛，跳到他身上扯着领带问："口红？香水？包！"

匡正稍稍偏头，放低了声音："哗啦——哗啦——"

宝绽愣了，费解地盯着他。

"海浪声。"匡正自己没憋住，扑哧，笑了。

"什么啊！"宝绽让他这么一搞，也笑了，"你这哪是海浪，我以为你在学下雨……"

正说着，屋里真的响起了波浪声，哗哗的，有海水漫过沙滩时的孤独寂静。宝绽往匡正身后看，他把手机拿出来了，偷偷放着录音，是昨晚在三亚海边录下的一段音频。那时他也正失意。

匡正把手机递过去，一般人会拿起来听，但宝绽没有，他侧着身，把耳朵朝手机俯下来，仿佛真的有一片海藏在手机里，让他轻轻接近，侧耳倾听。

匡正说不清这种感觉，第一次，他体会到了淡然的安定，一种难得的依归。垂下眼，他看到宝绽脖颈下凸起的锁骨，顶灯的光照上去，微微有点闪亮，也许是眼泪留下的盐分。一不小心，匡正把心里的话说了出来："你需要多少钱？"

宝绽倏地抬起头，惊讶地看着他。

既然说了，匡正就把话说到底："多少都行。"

宝绽难以拒绝这样的诱惑，喉结上下滑动。

"一百万？两百万？"

"不，"宝绽让这个数吓住了，"十万……"

匡正没想到这么少："你账户给我，我现在给你打过去。"

事到临头，宝绽却退缩："我还不起……"

匡正追着他："不用你还。"

"我怕你这么挺下去，不是把自己卖了，就是把自己逼死了……"邝爷的话在耳边响起。宝绽捏起拳头，他真的要把自己卖了，十万块够如意洲挺多久，一年、两年？那是个填不满的无底洞。

匡正看出他的挣扎，伸出手，掌心向上。他是想击个掌，宝绽却理解错了，郑重地，把手放上去。

匡正笑了："借钱这事不着急，你慢慢想，"他握住那只手，不大，但有筋骨，"到什么时候，你无路可走了，退一步，哥就在你身后。"

宝绽缓缓地回握住他。

匡正看着他的眼睛，那双鹤似的、纯粹的眼睛："咱们是朋友。"

第一折　烟波致爽

宝绽低下头，有些话说不出口，如意洲要是真散了，他就会从这间大房子里搬出去，他们各回各的世界，不再是邻居，也谈不上朋友。

吃完恐龙蛋，又看了会儿电视，匡正回家，饿得不行，找了两块夹心饼干咽了，上楼洗澡睡觉。第二天送宝绽到市内，他到57层时神清气爽。克莱门看他那个样子，显然一晚上他就被治愈了。

"小冬，熔合的第二轮报价汇总了吗？"匡正大步穿过办公区。

"啊？"这种问题他从来都问克莱门，小冬一愣，从座位上站起来，"还差一家，我这就催！"

"不用，齐了发我。"匡正一向不废话，开门进入VP室。

办公区马上开始议论："老板怎么回事？"

"是呀，原来他是要时刻掌握项目节奏的。"

"万融第一估值手佛了？"

"他佛了，我们这些被他放下的屠刀怎么办，会寂寞的呀！"

大伙嘻嘻哈哈，只有克莱门一言不发，走到段小钧桌前："跟我来一下。"

段小钧昨天心烦意乱，早早下班了，这会儿正想研究控制权溢价，不得不放下那本《估值方法》，跟克莱门到休息室。

确定周围没人，克莱门问："老板昨天……有没有说什么？"

段小钧不知道他具体指的是什么："他把责任都揽下来了。"

克莱门不意外，他跟着匡正两年多，从没见他把底下人推出去挡枪。

"当着白总、王总和方总的面，"段小钧垂头丧气，"他说事故责任在他，他会在部门内公开检讨，还要……放弃今年的奖金。"

克莱门瞪大了眼睛。

"我说了，估值是我做的，错在我，可他们——"

克莱门没听他说完，反身冲回办公区，径直走到匡正门前，敲了敲，没等里头回话，开门进去了。

匡正斜倚着扶手，正在看一家化工企业的年报，稍抬了下眼皮："来啦。"

克莱门深吸一口气："溢价……是我的责任！"

匡正定定瞧着他，没说话。

"我发现估值错了，但没纠正，"克莱门说出这些话，是有被解雇风险的，"我会亲自到62层说明！"

匡正啪地合上年报："你们一个个都上天了，他去完62层你去，62层是你们这些小虾米随便去的吗？！"

克莱门绷着咬肌，不敢看他。

"为什么？"匡正问，就这三个字。

"我不平衡，"克莱门不服气地说，"不光我，M&A所有人都不明白你为什么信任那个菜鸟，他明明屁都不会，根本没有独立估值的能力，你却让他进组做项目，还让我给他擦屁股！"

"说完了？"匡正靠向椅背。

"说完了！"

"他屁都不会，他没有独立估值的能力，不适合做推介文件，"匡正反问，"我干了十年并购，你告诉我，我怎么敢这么干？"

克莱门被问住了，他就是不理解匡正为什么……

"为什么段小钧做出来的东西，我敢看都不看就让他下印？"

因为……克莱门张大了嘴，因为那个把关的人是自己。

段小钧的估值就算做得像屎一样，匡正也不用操心，因为有他最器重的下属在前头清扫战场。

匡正看白痴似的看他："所以我到底是信任他，还是信任你？"

克莱门怔住了，匡正把什么都不是的段小钧交给他，等于把自己最脆弱的后背让他cover（掩护），他却没cover住："老板……"

"行了，出去吧，"匡正把年报翻开，继续看，"这事儿过去了。"

羞耻、懊悔、感动，克莱门戳着没动。

匡正加上一句："今天你要是没来，明天就不用来上班了。"

克莱门明白："老板，我保证不会有第二次！"

"漂亮话少说，"匡正损他从不留情面，"这么大人了，我还得给你们做心理辅导，一届比一届难带！"

克莱门从VP室出来，虽然丢人了，被狠狠调教了一回，但整个人焕然一新。回到自己的座位，他一眼瞄住埋头苦读的段小钧："菜鸟，搬把椅子过来。"

段小钧正在看书，一脸茫然。

"坐过来！"克莱门拽开领带，摆开不把人虐哭誓不罢休的架势，"我教你什么叫控制权溢价！"

27

匡正又早下班了,似乎提前进入了倦怠期,钱和高级职位他仍然爱,但远没有过去那么热衷。现在他渴望一点个人时间,比如和宝绽聊聊天,哪怕闲坐着也好,慢慢享受分秒的流逝。

回到家,对面的灯亮着,他过去摁门铃,门禁系统亮起黄灯:"哥,马上来!"

匡正听到哗哗的水声,应该是在洗澡。

"你洗吧,"他掏出钥匙,"我自己开。"

说不清这种感觉,一进这个门厅,他好像回的是自己家,拖鞋早不放在鞋柜里了,而是和宝绽的鞋子并排摆在门口,一大一小两对儿,挺有意思。

换好鞋,他啪嗒啪嗒去开电视,看了一会儿新闻频道,宝绽下来了,背心短裤,湿漉漉的头发,洋溢着一派生气。

"今天又请假?"匡正边摘表边换台。

"没有,"宝绽擦着头发看他换台,"今天上头有检查,提前闭店了……哎,看这个吧,《动物世界》。"

匡正仰头看着他:"饿了。"

宝绽低下头,湿毛巾软塌塌地罩在脑袋上,像个偷地雷的:"难得这么早,咱们做顿好的吧,大餐。"

匡正笑了:"菲力牛排还是露杰鹅肝?"

"那些没有……"宝绽不懂什么菲力、露杰,"家里有排骨和五花肉,还有牛肉……完了,我昨天好像化冻了一块里脊!"

他去开冰箱,拿出一只小碗,里头放着一块粉红色的瘦肉:"这个今天不吃不行,反复化冻就不嫩了。"

他头上罩着手巾,大短裤配着大背心,看背影像个老大爷。匡正越瞧越乐。

宝绽蹲在地上翻冰箱:"丝瓜、土豆……"

说实话,大三伏天,甭管土豆炖牛肉还是排骨红烧肉,匡正都提不起兴趣,他现在就想痛痛快快吃一碗炸酱面……

"炸酱面,"宝绽捧着那碗小肉,"行吗,哥?"他挺不好意思,"大餐,咱们改天——"

匡正愣了，这一定是个巧合："啊……好。"

"我炸的酱可香了，"宝绽拿出一子儿挂面，把黄瓜、胡萝卜、绿豆芽洗净，甩甩手，"哥，你帮我剁个肉。"

匡正懒洋洋地过去。宝绽已经把里脊洗好，切成小丁，面在锅里，浮起厚厚一层白沫，满眼的人间烟火。

匡正人生中第一次接过刀。那摊肉软软的，他摸了摸，微微有些腥气，正要下手，宝绽走过来，两手是干净的，给他解衬衫扣子："哥，你这衬衫贵不贵？"

匡正记不住："三五千吧。"

袖子挽到胳膊肘，领子也反窝进去了，宝绽一听还是说："快，脱了。"

他要扒衬衫，匡正挓着两只油手："哎，我说——"

这时门外有狗叫，汪汪地，很吓人，宝绽认得那声音："是它。"说着就要去开门，匡正拿肩膀把他挡住："太凶了，别开。"

"没事儿，"宝绽绕过他，"它就样子凶，是个温柔狗。"

"你怎么不听话呢？"

宝绽没多想，顺嘴撑回去："那你也挺凶的，我们现在不也处得好好的？"

匡正皱眉："我凶吗？"

"凶啊，"宝绽边说边开门，"开豪车住大房子，还什么卖茄子卖公司，一脸的'老子牛掰，离老子远点'，比狗吓人多了。"

匡正惊讶地发现，和这小子熟了以后，他话也挺多的。

狗跋着进来，又黑又大，比上次胖了点，毛还是很稀疏，黄绿色的眼睛看见匡正，没敢往里走，谨慎地在门口蹲下。

宝绽知道它是没找到吃的，饿了。他就把冰箱里给匡正留的饭拿出来，用微波炉稍热一下，倒在小盆里，喂给它。

"宝绽，"匡正反应过来，"它这几天吃的一直是我的饭？"

"不分谁的饭，"宝绽看它吃得挺香，回来切黄瓜，"谁赶上谁吃，你快剁肉啊。"

和狗一个待遇还得干活儿，匡正的心态有点崩。宝绽一手黄瓜切得如行云流水，边码丝边问："你在海南的时候说工作出了纰漏，没事儿吧？"

"没事儿。"匡正有点小脾气。

宝绽瞧他一眼："怎么了？"

和狗闹不痛快这种话，匡正说不出口："没什么大事儿，公司丢了一单生意，我损失了一笔奖金，还有升职，可能上不去了。"

"这么严重？"宝绽放下刀，"你没再争取一下？"

"累了，"匡正跟他说气话，"拼死拼活也就多赚个几千万，我现在的钱足够和家里人悠闲一辈子，早点下班和你做做饭，也挺好。"

宝绽却当真了："你以后还得成家，养老婆养孩子，孩子还有孩子，操不完的心花不完的钱。"他脸上闪过一丝担忧，"再说，你和我这种人不一样，你有大好的前程……别让我把你带坏了。"

"说什么呢？"匡正觉得他越说越离谱，刚想发火，宝绽打断他："哥，那个钱……我不借了。"

匡正剁肉的手停了下，有点意外："啊……行。"

结束了，宝绽暗暗抿住嘴唇。这个决定，他是深思熟虑的，为了自己的执念，让匡正替他养着如意洲，没这个道理。此时此刻，他心里有把刀在绞，如意洲的牌子将从剧团二楼的大排练厅摘下，大伙也将各奔东西，而他，会从这个家里搬出去，这顿炸酱面也许就是他和匡正最后的晚餐。

"开瓶酒吧，"他扯出一个易碎的笑，"今天的包裹里送了一瓶梅子酒。"

匡正想了想："今天好像是七夕。"

"是吗？"宝绽去冰箱拿酒，特地到门口摸了摸大黑狗的头，"那祝咱们三个光棍儿七夕节快乐。"

第二天，宝绽把邝爷和时阔亭、应笑依请到那块"烟波致爽"中堂下，这是时老爷子留下来的两件"重物"之一，据说过去曾挂在袁世凯的书房，临的是颐和园"烟波致爽"殿那块黄匾。

"今天当着这块匾，"宝绽的声音不大，但有千钧重，"我有话说。"

大家都知道他要说什么，邝爷抢上一句："宝处，还是我来吧。"散剧团要担骂名的，他老了，一抔黄土就什么都不知道了，"你还有大把的日子……"

"邝爷，"宝绽没听他劝，"我是师父临终前亲自定下的如意洲当家人，这里除了我，谁也没位子说那句话。"

"你这孩子怎么这么倔！"邝爷是打心眼儿里疼他，"如意洲在的时候，没见谁伸一把手,可它一旦不在了,那帮老家伙、剧团里吃编制的徒子徒孙,所有那些叫不上名字的张三李四,就都会叹一口气说老时选错了你!"

"我不在乎,"宝绽说,"如意洲没了,我也就没了。"

邝爷红了眼圈:"宝儿……"

"邝爷,"时阔亭开口,"你让他做主吧,他是当家的。"

这屋子里四个人,只有时阔亭身上流着如意洲的血,宝绽把目光投向他,颤颤地叫了一声:"师哥……"说着就要跪,被应笑侬一把拦住:"宝绽!你怎么这么欺负自己,你给我起来!"

"你不懂,"宝绽推开他,"时家对我的恩、给我的情,太重了,就是这辈子断骨头抽筋,我也还不起。"

应笑侬挺傲气的一个人,让他们搞得想哭:"你们……我没告诉你们,"他很激动,满身找手机,"我有个贼有钱的老爸!他不让我唱戏,逼我向他低头,我……只要我一个电话——"

正说着,宝绽的电话响,他本来不想接,邝爷硬把手机从他身上翻出来。宝绽看那个号码有点熟,拿到耳边:"喂?"

"宝先生。"一把沉稳的嗓音。

宝绽诧异:"梁——叔?"

"上次见面不太愉快,我很抱歉。"梁叔的语气温文、和缓,带着些许笑意,"我有个朋友,是做基金会的,专门赞助面临失传的文化技艺,做过比较有名的项目是山南藏戏面具的保存性开发,上次和他聊了你的困境,基金会愿意给你的剧团一个机会。"

宝绽瞪大了眼睛,霎时失语。

邝爷见到他的样子,吓坏了,两手捧着他:"宝儿,你怎么了,宝儿!"

"基金会是正规机构,有严格的遴选程序,不是我个人的人情,这点你可以放心,"梁叔介绍,"他们会聘请专业人士对你的剧团进行评估,通过面谈和技艺展示判断是否进行注资,结果不敢保证,你愿意试试吗?"

"我……"宝绽哽住了,在山穷水尽的时候,在凭一己之力已经救不回如意洲、救不回京戏的时候,他怎么可能放弃,"愿意!我愿意!"

"好,"梁叔明白了,"我们再联系。"

电话断了,宝绽甚至没来得及说一声谢谢。

第一折　烟波致爽

28

匡正少见地穿着一件小领黑衬衫,一片迷人的乌云那样站在克莱门桌前,手里是千禧的推介文件。他不甘心,他嘴里叼过的项目,就是没吃进去也得刮走一层油,这才是他,万融并购业务的老大。

段小钧和克莱门坐在一起,这几天他一直被魔鬼特训,搞得一闭上眼就是估值倍数、β 再杠杆和完全稀释股份数。

电话响了。是宝绽,匡正秒接:"嗯?"

"哥!"电话里宝绽很激动,"我……我刚刚……接着一个电话!"

匡正把推介文件放下:"别着急,你慢慢说。"

宝绽深吸一口气:"有人愿意给我注资了!"

"注资"这种词从宝绽嘴里说出来,匡正的第一反应是担心:"什么人,可靠吗,有没有附加条件,什么时候的事儿?"

宝绽向邝爷他们说明情况后,第一个就给匡正打电话:"就五分钟前,是梁叔,他不会骗我的。"

"梁叔?"

"上次翡翠太阳那个酒鬼,你记得吧?我等他家人来接……方便面!"宝绽语无伦次。

匡正凑合着听,听明白了:"哦……"他不喜欢那个酒鬼,厌屋及乌,包括什么梁叔。

"哥,"宝绽小了声,有点腼腆,"我晚上想请你吃个饭。"

匡正笑了:"你晚上不上班了?"

"再请一天假。"宝绽下了个大决心。

匡正玩着克莱门桌上的一个小摆件——限量版死侍,玩得克莱门的心在滴血:"不用了吧,天天在你那儿吃。"

宝绽坚持:"这回不在家,出去吃。"

"行吧,"匡正勉为其难似的,"时间、地点发我。"

"嗯,"宝绽带着笑,"晚上见。"

"晚上见。"

匡正挂断电话,发现周围的人用一种怪异的眼光看着他,他眉头一皱,换上一副恐怖的VP相："看什么？"

所有人都把脑袋低下去，他拍了拍桌子："段小钧，上次你做的那份潜在买家列表，拿来。"

段小钧赶紧回座位去翻，翻出来给他。匡正抄一支笔，边看边做记号，然后甩给段小钧："按这个顺序打电话，怎么说让克莱门教你。"他扔下笔，点了点克莱门："我什么意思，你明白吧？"

从他要潜在买家列表，克莱门就猜到他想干什么了，但仍觉得难以置信，匡正竟真要这么玩："明——明白！"

匡正转身回VP室，克莱门还没从震撼中回过神，段小钧茫然地问："经理，老板要我干什么？"

"我们要从卖方变买方了，"克莱门太兴奋，以至声音有点抖，"给所有潜在买家打电话，让它们雇我们，万融要在管理层会议上和千禧再次见面！"

什么？段小钧愕然，同一笔买卖，卖家的生意没做成，匡正居然想转到买家去，这真是……凶猛得毫无人性。

接下来的一天，段小钧暂时脱离了估值苦海，掉进了推销地狱，这种推介电话并不容易打，中间有繁复的沟通环节。"话术"，克莱门都教了，他打出来贴在桌板上，重点是听出对方话里的意思，有价值的转给克莱门，由克莱门再沟通，通过了克莱门这层，再报给匡正，由管理层进行公关。

M&A的效率非常高，到下班时间，目标企业已经锁定，经白寅午审定后，确定是老牌空中运输集团万国航空。

匡正走出57层时，又是那个叱咤风云的并购大神了，他看一眼微信，宝绽的信息："八点，世贸步行街南口。"

这个时间开车去世贸就是找死，他盯着那行字，默然无语，咬牙走向金融街地铁站。至少五年，他没尝过做沙丁鱼罐头的滋味了，一瞬间被打回原形，有种这些年的钱都白赚了的错觉。

匡正到世贸时，时间刚刚好。地铁口正对着步行街入口，隔着一条行车道，还有川流不息的人群，他一眼就看到了宝绽——褪了色的牛仔裤，简单得不能再简单的T恤，挎着一个大帆布包，独自坐在路边的石阶上。

盛世繁华中一道寂寞的侧影。

匡正快步过去："嘿！"

宝绽见到他，笑了，拍拍屁股从地上起来，亲热地叫了一声："哥。"

匡正喜欢听他叫"哥"，特别真，没有一点套近乎的世故："哪家店？"
宝绽指着前面："小店，你别嫌弃。"
匡正跟他过去。真的是小店，在步行街尽头一个蹩脚的旮旯，客人倒不少，门口摆着好几张桌子，坐着左青龙右白虎的膀爷。
"宝绽，"匡正不想进去，衬衫已经湿透了，捂在西装里很难受，"换一家吧，我请。"
"屋里有空调，"宝绽有些难堪，"我跟老板说好了，给我们留了座儿。"
匡正瞥一眼周围的客人，那些人也看着他，双方格格不入。
"他家的烧鸽子挺好吃的……"宝绽说不下去了，局促地低下头。
烧鸽子，匡正一听就饱了，加上是路边摊，他只能联想到禽流感，换了别人，他扭头就走，也就是宝绽，他硬着头皮进去了。
屋里还可以，算是干净，老空调嗡嗡响，老板是个女的，有股快手主播的豪爽劲儿。宝绽点了菜，从帆布袋里掏出一个信封，郑重递过来。
"什么？"匡正打开一看，是一沓钱。
"刚才去请假，正好赶上发工资，"宝绽不太好意思，"我抽了两百出来。"
匡正没数，看样子有七八千："那两百是这顿饭钱？"
他当面拆穿，宝绽的脸微红："先还你这些。"
匡正了解他，没推辞，刚把信封揣进西装内袋，宝绽敞开帆布口袋："哥，你热吧，西装脱下来，我特地带了兜子。"
他很细心，匡正有点被暖到，但架不住天生嘴损，他边脱西装边说："刚给的钱，这就要回去啊？"
"回家就还你！"宝绽瞪他，接过西装叠好放进口袋，"这回要是真能拿到赞助，以后经济宽裕了，我一定请你去吃好的！"
他走心了。匡正后悔自己刚才没绷住。
"我现在只能请得起这里，"宝绽挤出一个笑，那么灿烂，却掩不住自卑，"我尽我最大的能力谢你。"
"哥，"他倒满啤酒，一口干了，"谢谢你对我的照顾。"
匡正怕这种真情实感，做他们这行的，真心早让钱烧没了。
"认识你，我看到了另一个世界，"宝绽端着空杯，感慨地说，"世界那么大，有那么多没见过的东西，我想努力，变得更好。"说完，他又笑，"可我没能耐，这辈子也成不了你那样的人。"

"我这样的人?"匡正眯起眼睛,开好车、住大房子、挥金如土的人?原来宝绽想要的不过是……

"你能用英语打电话,"宝绽回忆他们认识以来的点滴,"从没瞧不起我,还借我钱,你帮助我,用一种默不作声的方式。"

匡正愣住了。

"你半夜三点在翡翠太阳等我,什么都不问就到派出所来接我,还有每天吃的那些东西,都是钱支撑的,但你从来不提钱。"

我去!匡正的眼眶有点热,赶紧低下头,摆弄桌上的塑料碟子。

"哥,我不会总让你照顾我的,等我好了,我也给你买恐龙蛋,请你吃腓力和那什么鹅肝。"

"不说这个了……"匡正给自己倒酒,根本不管那是不是劣质假酒。

"哥,"宝绽握住他的手,"我喝,你还得开车呢。"

匡正大学毕业十年,总是被物化成一个符号——"投行的""有钱",即使在亲戚眼里,他也是个没有面目的标签。但宝绽看到了他最真实的自我——在行业里凶猛如野兽,会算计对手,必要时也用骗术,但他骨子里是个普通人,也有同情、善意,会向人施以援手。

烧鸽子和烤串上来了,准确地说叫黄土泥烧鸽子。匡正一看,面前四个大黑疙瘩,他两个,宝绽两个,突兀地横在盘子里,完全不知道怎么下手。

"哥,你不会不知道怎么吃吧?"宝绽有点取笑的意思,精彩的眼神投过来,像一道月光,似曾相识。他向匡正倾身,两手捏着那个黑疙瘩,从中间一掰,炭泥的气味混着鲜美的肉香最先飘散,烧得板硬的泥土下是淡粉色的嫩肉,有蒸腾的热气和淋漓的汁水。

"世贸一绝。"宝绽忍着烫,把鸽子给他扯碎,指尖红了。

29

八月的最后一个星期,梁叔介绍的文化基金会代表来到如意洲。

一共三个人,两个三四十岁,一个二十出头,都穿着成套西装,戴眼镜。宝绽看他们的西装比匡正差远了,派头却十足。

"您好,"宝绽领着大伙在剧团门口迎接,"我是如意洲当家的,这是我们团员。"

"您好,"他们依次伸手,冷淡地寒暄,"就是这个楼?这么老了,怎么还没拆迁?"

宝绽尴尬地笑笑:"这儿附近有不少文物保护单位,拆不了。"

他们互相对视,然后打官腔:"先面试吧,我们需要个小房间。"

宝绽请他们进去,楼里前几天就打扫好了,但因为断电,整个一楼黑洞洞的,什么也看不清。

"怎么不开灯?"他们问。

"停电。"宝绽带他们上二楼。

他们想不到这个剧团穷得连电费都交不起:"真不巧。"

时阔亭他们跟着上去。邝爷走在最后,老爷子没经过这个,拉着应笑侬说:"小侬啊,那个什么试,你们先上。"

"放心,"应笑侬搀着他,"我和老时先进去,您老和宝处殿后。"

到宝绽那屋,桌子已经摆好了,在"烟波致爽"中堂下,桌上放着三瓶矿泉水,基金会的人入座,闲聊了两句。他们一个是学艺术史的,一个学艺术品投资和管理,还有一个是金融专业,搞了半天没一个懂戏的。大伙的心不禁沉了几分。

"一个一个来,"他们领头的说,"其他人先回避。"

时阔亭走上来:"我第一个。"

宝绽他们出去把门带上,时阔亭挺胸抬头,在老木椅上坐下。

"怎么称呼?"

"时阔亭。"

基金会手里有个表,之前宝绽提供的,在时阔亭那栏打上钩:"你在剧团做什么?"

"我是琴师。"

他们是真不懂,居然问:"什么琴?"

时阔亭有一种被侮辱了的感觉,拉了半辈子琴,却要被一帮"棒槌"[1]判断够不够专业:"京胡,京剧的主要伴奏乐器。"

"哦,"他们懂了,"乐队的。"

---

1. 棒槌:京剧行话,指外行,略带贬义。

"我们行话叫'场面',"时阔亭解释,"有一把胡琴,角儿就能吊嗓子。"

他们点头:"那你和如意洲是什么关系,或者说,你为什么到这个剧团来?"

时阔亭想了想,照实答:"如意洲是我家的剧团。"

那些人意外,推着眼镜问:"那怎么当家的是宝绽?"

"他也是我家的,"时阔亭骄傲地说,"我师弟。"

"那你们这样——"他们笑了,"没钱的时候还好,一旦资金进来,不怕剧团内部不稳定吗?"

"我的钱就是他的钱,我们一家子,没什么不稳定。"

那些人不理解传统戏班子的生存模式,和学校里教的现代管理概念相去甚远:"那你……对剧团的未来有什么愿景?"

愿景,说得跟电视剧台词似的,时阔亭觉得好笑:"有戏演,有观众,活下去。"

那三个人同时抬头,似乎被这九个字镇住了,"有戏演,有观众,活下去",当代京剧演员最卑微的愿望,也是最狂妄的雄心。他们提笔记录,然后让时阔亭叫下一个进来。

下一个是应笑侬,风华绝代的脸,拔群的气势,将将往椅子上一坐,自报家门:"应笑侬,青衣,怕你们不懂,就是戏里的女主角。"

那几个人是见人下菜碟,看他这范儿,改了尊称:"您是……男旦?"

应笑侬微微颔首。

"现在这个时代,"他们交换一个眼神,"您觉得男旦和女旦相比还有什么优势吗,或者说,男旦存在的价值是什么?"

这是个下马威,应笑侬笑了:"如果你们看过坤旦戏,也看过乾旦戏,自然会明白。"

这些人什么戏都没看过:"怎么说?"

"第一,男人的小嗓儿天生比女人宽、高、亮,气息也足,听戏谁不想听漂亮的?第二,同样是水袖、剑舞,女人的力量能跟男人比吗?"

说到这儿,他停了,引得那些人问:"还有第三吗?"

"当然,"应笑侬跷起二郎腿,眉目一动,有种阴阳莫测的冷艳,"女人永远不知道自己真正美在哪儿,只有男人知道。"

嚄!基金会的人笑了,气氛顿时轻松下来:"您为什么到这个剧团来?"

第一折　烟波致爽　　　　　　　　　　　　　　　　　　　123

应笑侬不假思索："因为宝绽在这儿。"

他们诧异。

"在我没路走的时候，宝绽拉了我一把，"应笑侬是个旦角演员，说这话时却很爷们儿，"现在他有难了，我肝脑涂地也得给他撑着。"

传统戏曲演员之间有种用金钱难以衡量的情义，基金会的几个人心生敬佩，亲自送他出去，请下一位进来。

邝爷颤颤巍巍，深鞠一躬，在椅子上坐下。

"老人家，怎么称呼，您在剧团里具体做什么？"

"邝有忠，七十多啦，鼓师。"

那些人皱眉："鼓师……能解释一下吗？"

邝爷合计合计，整了个洋词："就是乐队指挥！"

那些人笑："您和刚才那位琴师，哪个重要？"

"当然是我了，"邝爷伸着脖子，"过去鼓师坐的地方叫九龙口，现在角儿上台都得在那儿站一下，亮个相，你们说鼓师重不重要？"

那些人一听，立刻在表格上邝爷那栏里打了个9.5分："那老人家，您为什么到这个剧团来？"

"我就长在如意洲，"邝爷说，"打小学戏唱老生，后来倒仓了，干了两年二路[1]，还是不行，只能去掂鼓槌，这一掂就是四十多年。"

"那您对剧团的未来有什么愿——期望吗？"

"哎呀，"邝爷一双苍老的手摸了摸膝盖，"说实话，没啥希望，现在戏不好唱，我看年轻人都追星听演唱会，可那些明星唱得也不好，跳两下舞就没气儿了，哪像我们唱戏的，翻个跟头起来还得满宫满调……不说了，没意思，我就希望我们宝绽开开心心的，别再为了如意洲发愁！"

老人家的话不掺假，听得基金会的人有些黯然。他们去请宝绽，见他施施然进来，蓬勃得像一棵树，有青葱的枝丫，枪杆儿似的正襟危坐。

"宝绽，文武老生，如意洲第五代当家人。"

一句话，就让那些人肃然起敬。关于宝绽，他们在其他人那里听了太多，似乎没什么可问的了，短暂交流一下意见，只问了一个问题："宝先生，您对如意洲的未来有什么希望吗？"

1.二路：二路老生，次要的老生角色，可以理解成男配角。

宝绽沉默良久，苦笑："惭愧，你们来之前，我只想着这栋楼的租金怎么办、水电费怎么办、大伙的生活费怎么办，至于未来……没敢想。"

基金会的人哑然。

"如果非要说，"宝绽抬眸，"可能不是如意洲的未来，而是京戏的未来吧。"

京戏好了，如意洲自然就好了。

"可是，宝先生，"那些人不得不泼冷水，"京剧艺术的未来有专业院团去弘扬，和市京剧团、国剧院这样国家扶持的专业机构相比，如意洲存在的意义又是什么呢？"

这个问题宝绽反复想过，当即回答："一种可能性。"

基金会的人不解。

"据我所知，市京剧团已经没有文武老生了，他们的老生只能唱不能打，唱也只是那几出，他们和我们不一样，不是挨着板子登台的，他们的身子、脸面都比我们金贵，在他们那个玻璃罩子里拼出来的戏，和我们这种'野路子'不是一个味儿。"

他嘴上说"野路子"，其实是暗示如意洲这样非院团的师承才真正保留了京剧的原汁原味："如果有一天我们这种私人团不在了，恐怕翻遍全城，再也找不到一个文武老生。"

基金会的人认真记录："好的，我们明白了，宝先生，请准备一下你们的表演。"他们翻开资料，技艺展示那一栏写着《坐宫》。

《坐宫》是传统戏《四郎探母》的一折，说的是杨四郎大战不死后流落番邦，改名换姓做了辽国铁镜公主的驸马，十五年后，佘太君押送粮草来到边疆，杨四郎请求公主盗取令箭，乔装改扮出关见母的故事。

展示地点在二楼大排练厅，北墙正中挂着一块裂了缝的老木匾，写着龙筋凤骨的"如意洲"三个大字。

由于是老楼，窗户太小，白天光线仍然不足，基金会的几个人眯着眼睛看时阔亭递来的唱词。邝爷坐在下首，面前是一只单皮鼓，一手鼓槌一手檀板，平时昏茫的眼睛此时炯炯有神。

时阔亭坐在他旁边，活动了一下手指，以一个不羁的姿势架起二郎腿，胡琴落在大腿根，一手开弓，一手控弦。

随着几声鼓点，全套行头的"杨四郎"踏着方步上台来。

宝绽胭脂满脸，眼尾高挑，一身大缎红蟒，头戴驸马套，珍珠点翠之外是十三只大小绒球，两三米长一对翎子一步一颤，似还端端活在雉鸡身上。脑后挂一双白狐狸尾，江崖水袖潇洒俊俏，端玉带唇齿轻碰："金井锁梧桐，"一句引子，寓柔于刚，语气流走，"长叹空随一阵风——"

30

匡正从62层下来，就近把一沓文件甩在段小钧桌上："万国签了。"他解开西装扣子，开始点将："克莱门、小冬，"他指了指小钧，"还有你，万国项目组是这一年多唯一的买家组，具体怎么做，还记得吧？"

"记得，"小冬哭丧着脸，"做不完的估值建议！"

代表卖方参与交易，投行只做一次详细估值，而为买方服务则不同，首先要给千禧估值，其次要建立严谨的财务模型分析千禧未来的盈利能力，数据室打开之后，还要更新估值甚至推翻重做，最恐怖的是，M&A要分析这笔交易对万国的影响，在此基础上计算各种融资方案。

"上次——"段小钧想起来，在匡正办公室，"经理，你说千禧可能想卖给什么……财务买家？"

克莱门砸了下拳头，他差点给忘了。

"董大兴有可能想出手给财务买家，"匡正分析，"但他的管理层不一定这么想。只要是还在千禧领工资的人，就一定希望能够快速平稳过渡，在保持盈利增长的前提下，最大限度扩展业务、提高薪酬。"

"可董大兴是千禧最大的股东，"克莱门提醒，"他占股40%以上，有决定权。"

"那他也不能不考虑管理层和股东的意见。"匡正断言，"我们做M&A的自己首先要搞清楚，同行业有成熟民航管理经验和国内顶级航线资源的万国，是千禧管理层目前最优的选择。"

这番话要逻辑有逻辑、要气魄有气魄，全办公区的人都在心里默默叫了一声："老板好帅！"

"段小钧，"匡正又是那个习惯性的掐腰动作，别人掐腰可能不是娘气就是土气，他是王霸之气，"做收购方要考虑融资方案——"

"老板，你不用管了，"克莱门已经在电脑里找样板文件，"菜鸟，我罩了。"

匡正话说到一半有点不爽，正要继续，段小钧又说："经理，能不能不叫菜鸟——"

"你什么时候把优先股给我算明白，什么时候我就承认你是个分析师。"

"我上次算对了！"

"你用了半个小时，"克莱门打击他，"什么时候你熬夜加班困得眼睛都睁不开了，还能利利索索搞出优先股成本，你就是个合格的分析师了。"

他们俩你一句我一句，匡正完全插不上嘴，有种孩子大了不由娘的无奈。

"今晚又得加班……"小冬也加进来。

"上次那家鳗鱼饭不错哟。"段小钧已经在考虑消夜。

"太贵了。"小冬抱怨。

"哥请你俩，"克莱门把所有买方案例打了个大包，发给段小钧，"再加一份海胆。"

他们仨聊上了……匡正仿佛一个寂寞的老父亲，默默回到VP室。他走了一会儿，段小钧才发现，不知不觉间，自己已经融入了57层这个群体。

"哎，不对呀，"他突然想到，"推介文件我还没做呢，万国怎么就签了？"

克莱门头都不抬一下："小冬，你告诉他。"

小冬从桌子挡板那头探出脑袋："推介文件就是走形式，投行没有一单生意是因为推介文件做得好成交的。"

"但有因为推介文件出错而告吹的……"段小钧汗颜："那是因为什么？"

小冬眨了眨眼："大佬们的私人关系。"

"哦……"

怪不得匡正敢让他这个菜鸟搞推介呢……段小钧边郁闷边下载克莱门的文件包，解压缩后双击文件夹，密密麻麻一屏幕全是Excel文件，他两眼一黑，干脆扑到桌上装死。

"经理，"小冬笑得直颤，"菜鸟崩溃了。"

万国项目安排妥当，熔合项目也按部就班，匡正七点准时离开办公室，没去取车，而是挤地铁去了世贸步行街。

宝绽还是在那个路边等他，挎着帆布包，逆着光向他挥手。

第一折　烟波致爽　　127

匡正小跑过去，两个人默契地并肩，沿着热闹的马路向步行街尽头走。入秋了，风没那么热，搔着头发痒痒的。

还是那家黄土泥烧鸽子，匡正吃了一次就爱上了，这回他请客，进屋先把西装脱下来给宝绽，然后招呼老板娘点菜。

四只鸽子、几串青菜、一瓶啤酒，宝绽不能喝，上次一杯半就满脸通红，小姑娘似的不能看。

"意思一下，"匡正嘱咐老板娘，"一定要正规厂家的。"

"哎呀，大哥，"老板娘一嘴东北味儿，"你这话说得，你弟弟不能喝，和俺们酒有什么关系，都是真酒，防伪的！"

匡正很少和这个层次的人打交道，憋不住笑："行，你多给费心。"

宝绽在桌子那头说："哥，我们又出来……大黑会不会找不到吃的，饿着了？"

"大黑？"匡正把菜单交给老板娘。

宝绽两手放在头上，比了个狗耳朵。

匡正惊了，打死他都不相信有人能可爱到这份儿上，他勾起嘴角，觉得自己就是一分钱都没有，和宝绽在一起也能穷开心。

"要不……"宝绽想了想，"养它吧，我们一起养？"

"你想养狗，咱们买好的，"匡正掰开一次性筷子，学着周围的人反复蹭，"野狗不行，从小没养成好习惯，万一咬你一口，狂犬针就得好几千块。"

"好几千啊……"听到这个数，宝绽有点犹豫。

蹭好筷子，匡正的手机响，屏幕上显示"欧阳女士"，他接起来："喂，妈？"

匡妈妈听见电话里的嘈杂，不太高兴："在哪儿呢，这么吵？"

匡正也嫌接电话费劲儿，很不耐烦："外头吃饭。"

匡妈妈听见他的口气，更不高兴了："你什么时候在这种环境吃饭？"

匡正一烦就犯了大忌，居然问："妈，你有事儿吗？"

"当然有事儿了，没事儿能给你打电话吗？"匡妈妈的嗓门一下子高出好几倍，"有时间和狐朋狗友吃饭，没时间讨老婆，你个小浑蛋！"

她一提这个，匡正就脑仁儿疼："讨呢讨呢。"他敷衍着，灵机一动，"未来老婆就坐在我对面，不跟你聊了。"

"噗——"宝绽刚含了口水，全喷了出来。

匡正面不改色心不跳，微仰着头，拿食指碰了碰嘴唇，让他别出声。

"骗鬼哟,"匡妈妈不信,"哪个女孩子,带到那种地方吃饭,人家能嫁给你?!"

"她和别的姑娘不一样,"匡正胡诌,"不在乎我的钱,看中的是我这个人。"

"我不信……"匡妈妈有点信了,"拍张照片来妈妈看。"

烧鸽子端上来,匡正扯松领口:"她害羞。"

"那拍包,拍高跟鞋,"匡妈妈不依不饶,"反正今天我要看到这个儿媳妇!"

匡正自己挖的坑,有点填不上了,他垂下眼睛,忽然看见宝绽手上的银镯子,红丝线拴着一对小铃铛:"挂了吧,发你照片。"

说完,他站起身。

宝绽警惕地盯着他:"你要干吗?"

"帮哥个忙,"匡正俯身下来,把宝绽往里挤了挤,和他坐在一张椅子上,握住他的左手腕,"我妈想儿媳妇想疯了。"

手机对焦,镜头里一只大手,显得宝绽的腕子很细,汗毛也浅,再加上缠红绳的银镯子,滤镜一罩,娇娇嫩嫩。咔嚓,照片有了。

"你这不是骗她吗?"宝绽不赞成。

匡正也没办法:"等你天天被催婚就理解了。"

解决了四只烧鸽子,两人从小店里出来,并肩走在去地铁站的路上,周围是恍如白昼的灯火和嬉笑着跑过的年轻男女。

"一直想问你,"匡正说,"你怎么戴着个女孩镯子?"

宝绽下意识握住左手,半晌才说:"是我妈留给我的。"

匡正懂了,默默点个头。

"我很小的时候我爸就不在了,我妈……"宝绽叹息,回忆起过去那些灰暗的日子,"我妈不是个过日子的人,我饿得在床上哭,她在梳妆台前吹头发,桌上有个CD机,总是放凤飞飞的《巧合》。"

匡正皱眉看着他。

"《巧合》,你听过吗?"宝绽偏着头,夜风吹起半边额发,轻轻地唱,"'世上的人儿这样多,你却碰到我……'"

世上的人这样多,在霓虹下,在人流中,匡正有些恍惚。

"后来她又嫁人了,是个酒鬼,打她也打我,"宝绽低下头,"没两年就

第一折 烟波致爽　　　　　　　　　　　　　　　　　　　　　　129

把她打跑了，但她没带着我。"

匡正愣了，他以为宝绽说的"留下"是指遗物，没想到是被亲生母亲抛弃后的念想。

"那天她破天荒来学校，隔着大铁门把镯子从胳膊上撸下来，硬是套到我手上，"宝绽的声音有些颤，"但她一个字都没说。"

"宝绽。"匡正叫他。

"嗯？"宝绽从鼻子里哼出一声。

"别说了，"匡正搂住他的肩膀，拍了拍，"都过去了。"

熙熙攘攘的大街上，并没有人在意这对并着头的路人，大千世界，各有各的悲欢。

坐地铁到金融街，匡正回公司去取车，然后回家。俩人到家后开了生鲜盒，今天的水果是福建荔枝王，一人吃一个都嫌撑，窝在沙发上看了会儿电视，各自回家睡觉。

第二天匡正把宝绽带到市内，转道去公司，上午万国组织咨询师团队去千禧总部做尽职调查，克莱门带段小钧去了，留小冬在家里做营销文件。

小冬本来挺郁闷，十一点刚过，匡正打内线，没头没尾扔给他一句话："别干了，咱们去探班。"

老板一向这风格，话不说明白。小冬反应了一会儿，立刻两眼放光给段小钧发信息："老板要带我去找你们，兜风！二人世界！"

隔了一会儿，段小钧回复："少年，至于这么激动吗？"

小冬："……少废话，哪儿见？"

段小钧："千禧对面，置业广场停车区。"

匡正开车，小冬坐副驾驶座，一路往西郊浮蓬山开。这一带是新规划的开发区，千禧大楼就坐落在苍翠的山脚下。

段小钧坐的是克莱门的车——沃尔沃V90，远远看见骚蓝色的帕纳梅拉，两人一起下来。

"老板，"一见面，克莱门先汇报，"有G&S的人，代表的是华航。"

G&S是美国老牌投行，21世纪初进入中国，做成了几单赫赫有名的IPO，其中就包括千禧上市，两边是老交情，这次代表的又是号称"国际航线第一家"的华航，他们夺标的可能性很大。

"G&S……可不好办。"匡正锁车，回头问段小钧："对尽调有概念了吧？"

尽职调查是并购前期比较重要的一项工作，在卖方交易中，分析师需要做大量研究以准确估值，但买方投行参与相对较少，匡正让克莱门带段小钧来是想给他扫扫盲。

"证照合规，环保标准、劳动合同都看了，千禧做得滴水不漏，很难压价。"段小钧打量匡正，他今天没穿西装，只是一件简单衬衫，日常搭配风格，头发也没怎么抓，风一过微微地动，有种虚假的温和。

"还不够，"匡正点上一根烟，"让万国想办法搞到千禧合作伙伴和供应商前五名的合同，过给我们分析上下游依赖性，杀他的价。"

段小钧挑眉，匡正下手是真的狠。

"惊讶吗？"匡正瞧见他的样子，"都是常规手段，你那个推介文件要是做溢价了，你现在正在首都机场数飞机呢。"

段小钧没懂，用眼神询问克莱门，克莱门给他解释："通过几天内飞机起降数的变化分析千禧的运营效率和管理成本。"

段小钧恍然大悟，这帮投行的为了做成一单生意，真是无所不用其极。

"今天除了我们和G&S，还有哪家？"

"还有银海证券，代表的是丽泰航空，基本是陪跑。"

"丽泰，"是段小钧的买家列表里规模最小的一家，匡正却不掉以轻心，"看看他们的财报。"

"丽泰，我查了，"段小钧说，"咱们数据库里的资料是去年的。"

"不算事儿。"匡正把烟掐灭，"万融楼里是个喘气儿的都玩股票，丽泰肯定有人买，群里问一圈，要最新的季报。"

克莱门和段小钧对视一眼，服了。

31

晚上五点多，应笑侬从练功房里出来，擦把汗，下楼买饭。

楼道里黑黢黢的，他天天走，很熟了，三步并着两步下来，在一楼半的缓步台一转弯，见门口飘进来一个穿着白裙子的长发女人。

没有电的老筒子楼，一身白、黑长直，应笑侬冷不防叫了一声："啊啊啊啊！"

二楼马上喊:"小侬?"

这是宝绽。

"浑小子号什么号!"

这个没良心的是时阔亭。

应笑侬缓过神,冲楼上喊:"没事儿!"

"女鬼"缓缓向他飘来,袅袅娜娜上楼梯。应笑侬看清了,是个很漂亮的女孩子,邻家小妹似的清纯长相,身高却有一米七五以上,站到他面前,几乎和他平视。

她也看清了应笑侬,这种脸蛋,放在哪儿都是一等一的:"你是班主?"

应笑侬刚才让她吓了一跳,这时候没好脾气:"你谁?"

"这楼里什么味儿,"她没回答,而是夸张地翕动鼻子,"像拿什么臭抹布沤了十天半个月似的,还有一股厕所味儿,这是剧团?"

原来是来挑刺儿的,应笑侬架起胳膊,扬着下巴:"是抹布是厕所和您有关系吗,您哪儿凉快哪儿待着去!"

"电也没有,"她仰头往上看,"快黄摊儿了吧?"

"黄摊儿"激着了应笑侬:"小丫头片子,你说话注意点!"

"女鬼"越过他往楼上走,那身形,一看就是同行:"你们这种混日子的剧团,没上台还好,万一上了台,嘴都张不开吧?"

应笑侬饭也不买了,一个箭步冲到她前头,拿钥匙去开练功房的门:"咱俩谁是混日子的,比一比才知道吧?"

"女鬼"瞥他一眼,高中小女生的脸,却一副"御姐"派头:"来吧。"

应笑侬从衣架上拽下彩裙水袖,往腰背上一系,指着她:"身上见功夫,《贵妃醉酒》三件套,咱俩速战速决。"

《贵妃醉酒》又名《百花亭》,是脍炙人口的花衫戏,青衣行必唱,最出名的是"卧鱼闻花,衔杯下腰"三处身段,被应笑侬戏称"三件套"。没等"女鬼"说话,他直接来了,水袖横空一甩,拍到她肩头叫她退后,然后几个醉步蓦然回首,见百花亭"群芳争艳",联想到明皇闪了自己去找梅妃,他且娇且嗔,且羞且怒,缓缓蹲身嗅花,走一个卧鱼。

傍晚的光线昏暗,小小的练功房里却光彩四溢,应笑侬没有妆,没贴片子没戴凤冠,只是一条女裙一双水袖,以男子之身摹女子之形,便柔情似水,惟妙惟肖。他拂袖而起,走碎步到对角,这一回是见牡丹,国色天香却无人来赏，他摆摆摇摇，出右手翻兰花指，将摘不摘之时，左手一个亮袖，脚下顺势一扭，第二个卧鱼翩若惊鸿。

"女鬼"一眨不眨地盯着他，这样韵致十足的"丽人"，没人舍得转睛。

应笑侬端醉态娉婷而起，走到她面前，斜着眼尾徐徐转身，转到将要看不见脸，他陡然一个下腰，又稳又飒，定在原地。

他颠倒着脸，勾起一个笑："您来？"

"女鬼"面无表情："我来不了。"

应笑侬满意了，腰杆柔韧地一抖，直起身："醉酒都不行，你还能来什么？"

"女鬼"清了清嗓子，提一口气，突然大喝："好奴才！"

应笑侬一惊。

接着，她沉稳高亢地唱："见包拯怒火——"

应笑侬没料到，她竟然是……

那嗓子又宽又亮，带着金属般的堂音："满胸膛！"

"见包拯怒火满胸膛"，花脸老旦戏《赤桑镇》的一段。时阔亭在屋里听见，跑来惊讶地问："哪儿来这么好的老旦！"

他一到，"女鬼"就闭嘴了。

应笑侬上下瞧她，这身材，这长相，他以为是个大青衣，再者是花旦、刀马旦，没想到居然是老旦，嗓子还这么透："行啊，丫头！"

她和刚才有点不一样，抿着嘴稍显腼腆："还比吗？"

"比！"宝绽也到了，拎着时阔亭的琴，兴致勃勃地进屋，"姑娘你唱，我给你操琴。"

天色越来越暗，屋里快看不清人了，她挺轻蔑地："你谁呀？"接着指了一下时阔亭，"我要他给我拉。"

三双眼睛同时落在时阔亭身上，他没接茬儿。应笑侬贴过去，拿指头戳他的心口："把这丫头给我拿下，咱们团正好缺个老旦。"

时阔亭推他："少动手动脚的。"

应笑侬瞪眼，从牙缝里说话："皮痒了你，痛快的！"

时阔亭回头去看宝绽，拿眼神问他："老旦，你要吗？"

宝绽把胡琴递过来：当然要了。

"得嘞。"时阔亭接着琴，找把椅子坐下，"什么调，姑娘？"

那姑娘全没了方才的傲气，有些羞涩地说："你定。"

好一个"你定"，时阔亭按着她刚才的调子起西皮导板，一小段过门后，她大气磅礴地开嗓："龙车凤辇——进皇城！"

大伙一愣，这不是《赤桑镇》，而是《打龙袍》，同样是西皮导板开头。《打龙袍》是传统老旦戏，讲的是北宋年间，包拯去陈州放粮，偶遇仁宗的生母李氏，借元宵节观灯之机，由老太监陈琳道破当年狸猫换太子的真相，迎接李后还朝，并杖打仁宗龙袍，以示责罚的故事。

她嗓子是真的好，波涛汹涌一样，有用不完的气。西皮导板转三眼，三眼又转原板，她不紧不慢，韵味十足，唱李后御街巡游，接受汴梁城文武百官的朝拜。

"耳边厢又听得接驾声音——"她端着架儿摆着谱儿，时阔亭一个小过门跟上，她青眼一扫，却没唱下一句，哗啦啦又一个过门过去，她还是不开口。

时阔亭和应笑侬摸不着头脑，宝绽灵光一闪，迈着方步上去，躬身念白："臣王延龄见驾，国太千岁！"

王延龄是宋仁宗的宰相，戏里由老生扮演，在这里有两句垫词儿，果然，姑娘脸上露出笑意："平身！"

小丫头有点意思，宝绽躬身再接："千千岁！"

姑娘被伺候舒服了，高高在上地唱："王延龄在我朝忠心秉正！"这句唱完，她又不唱了。

下头见驾的是老太监陈琳，也有两句垫词儿，时阔亭操琴，宝绽扮了王延龄，就剩一个应笑侬，他那脾气哪肯扮太监，过门拉了一个又一个，他和那姑娘大眼瞪小眼，谁都不肯服输。

宝绽从背后握住他水袖里的手，应笑侬不言语。

宝绽又拉了拉，应笑侬甩开他，忍气吞声上去，学着丑角的嗓子："奴婢陈琳见驾，国太千岁！"

姑娘这下心满意足了，一脸得意："平身！"

应笑侬恨恨地啐："千千岁！"

她四平八稳地唱下去："老陈琳是哀家救命的恩人！"

后面还有一个包拯见驾，时阔亭本来想搭一嗓子，结果人家姑娘没用他，行云流水一气呵成："好一个忠良小包拯，"原板转流水，"你为哀家巧办花灯，待等大事安排定，我把你的官职就往上升！"她一双桃花眼牢牢盯着时阔亭，似有无限的柔情在里头。

时阔亭收琴起身，应笑侬拿胳膊肘顶了顶他的心窝，小声咕哝："我怎么觉着……她对你有点意思？"

"这么黑你能看见什么？"时阔亭转身问那姑娘："你让我操琴，知道我是琴师？"

姑娘捋好一头长发，清脆地说："我是陈柔恩。"

答非所问，时阔亭皱眉。

"你不记得啦……"姑娘挺失望的样子，"前两年你到市京剧团示范，我跟你说过我名字的，"她急着补充，"我那时候是短头发！"

时阔亭真不记得了，每次去市团交流都有一帮戏校的学生来观摩："你怎么知道我在这儿？"

陈柔恩低下头："上个月你去市团找郭主任，我正好去交应聘材料，看见你了……"然后问郭主任要了如意洲的地址。

时阔亭点点头："唱得不错，有空来玩。"

陈柔恩见他要走，连忙拦到他前头："我要加入你们！"

这正中宝绽和应笑侬的下怀，时阔亭却没应承："你不是要上市团吗？"

"郭主任一说你在这儿，我就把材料要回来了！"她看看宝绽他们，一咬牙一跺脚，"我认准你了！"

应笑侬欠欠儿地吹了声口哨，时阔亭立刻把胡琴甩过去："也不看看是什么时候，没个正形！"

应笑侬两手将那把宝贝琴接住，抱在怀里。宝绽知道时阔亭在犹豫什么，如意洲前途未卜，这时候来个女孩子，他不忍心收她。

"姑娘，我们这儿——"宝绽实话实说，"生活费都给不起你。"

"我不在乎，"陈柔恩干脆利落，盯着时阔亭，"我倒贴都成！"

时阔亭尴尬地背过身："让我们当家的定吧。"

陈柔恩瞟一眼应笑侬，不甘心地放下身段，别别扭扭鞠了老大一躬，有些娇蛮地说："当家的，求你收下我！"

应笑侬抱着时阔亭的小京胡笑得乱颤："这丫头，嗓子、做派什么都好，就是眼神不行。"说着，他朝宝绽那边努了努嘴。

陈柔恩反应过来，脸唰地涨红了："你个臭青衣，我——"她从应笑侬怀里抢过胡琴，追着他打，"我跟你没完！"

第一折　烟波致爽

32

段小钧吃过早饭,坐在位子上做财务建模,说不清从什么时候开始,他再不给大伙倒咖啡,也不会再问什么是NPV,短短两个月,他就被匡正从零基础的社会学菜鸟调教成了用数值思考问题的投行人。

这个过程周折、艰难,但段小钧凭着一股不服输的韧劲儿熬过来了,个中转变他自己都感到惊奇,仿佛身体里藏着另一个段小钧,被匡正用冷酷和老练活活挖掘了出来……

说曹操曹操到,匡正一进办公区就指着段小钧,没废话,歪了歪头,让他进VP室。

"My Gosh!"小冬又开始了,扒着段小钧的桌板,"老板的歪头杀帅惨我了!"

段小钧也觉得帅,但绷着脸没说话。

小冬一脸艳羡:"我也想被老板用荷尔蒙翻牌。"

段小钧瞥他一眼,整理好材料,拢了拢头发走进VP室。

匡正正在脱西装,海军蓝带暗花的轻薄款,别着一只银杏叶领针,他转过身,给段小钧下任务:"我要万国的估值。"

段小钧愣了一下,万国是收购方,除了必要的协同效应分析,没必要做详细估值,但他已经学会了服从匡正,只是问:"目标价位?"

"没有目标价位,"匡正拉过椅子坐下,"我要真实估值。"

真实?段小钧有点蒙,他进组学到的第一件事就是投行没有真实估值,只有推动交易的估值,所有技巧、手段,都为了得到更高的佣金服务。

之前匡正逼着他假,现在又让他真,他一时费解。

"蒙了?"匡正跷起二郎腿,"技术是分析师手里的刀,既然是刀,就不分善恶,你可以用它杀人,也可以救人。"

段小钧不明白,有些估值需要作假,有些则可以存真?

匡正接着说:"只要你的估值能给公司带来最大利益,就是好估值。"

说到底还是利益为先,段小钧点头。

"拿出你的本事来,"匡正像对一个真正的分析师那样,要求严苛,"我午饭前要。"

段小钧走出VP室，克莱门刚好放下电话，边向这边走边说："定了，万国的团队下午到，研究对价方案。"

他进VP室去汇报，段小钧回座位做估值，小冬分析千禧的CIM[1]文件，大家的节奏都很快，快到去方便一下都是浪费时间。十一点前，段小钧做最后一次敏感性测试，把文件打印出来给匡正送去。

"按你这个数，"匡正看完分析过程，点着最后一页的估值结果，"给我把每股价格算出来。"

每股价格就是股价，上网搜就能搜到，段小钧不明白为什么要算这个。他回到座位上，克莱门已经在和小冬研究第一轮出价的时间表，他把数据填入Excel，用模板计算每股价格，回车键漫不经心一敲，数值出来，他呆住了。

居然比大盘价低了近20%！

段小钧发慌，难道他一上午的估值都是错的？可他反复检查了好几遍，该做的测试全做了……他硬着头皮，把这页Excel打出来，走向VP室。

匡正等着他，一副捕食者的样子，段小钧忐忑："老板，我刚才……估值可能错了，"他把结果递过去，"这个每股价格偏差很大。"

匡正拿过纸，瞄了一眼什么都没说，打克莱门的内线："你过来。"

段小钧唰地白了脸，耷拉着脑袋。等克莱门进来，匡正把那页Excel给他："直觉没错，万国的股票被市场高估了。"

段小钧猛然抬头。

"没想到高估得这么严重，"克莱门看完段小钧的分析，咂了下嘴，"不过，老板，全部用股票对价还是风险太大。"

对价是指并购交易中的出价方式，包括现金、股票、现金与股票混合，一般来说，买方更倾向于用股票付费，而卖方无一例外更喜欢现金，所以完全用股票报价是有被挤出竞标的风险的。而高估，意味着万国每用股票支付一笔费用，都会额外赚取20%的利润，这使他们相比其他买方具备更灵活的报价空间。

"可以报个小天价出去，"匡正玩着手里的万宝龙大班笔，"下午的会，克莱门，你做说明，听听万国的意见。"

---

1. CIM：信息备忘录，也叫招标备忘录，是详细介绍卖方情况的营销文件。

第一折　烟波致爽

"是，老板。"克莱门领着段小钧出去，回各自的座位前，拍了拍他的肩膀："做得不错。"

听了这四个字，段小钧心里暖暖的，在这个M&A，匡正、克莱门、小冬，每个人都是他的伙伴，可以一起冲锋，也能够共同进退。

下午的会在楼层大会议室，白寅午亲自参加。万国来了一个高管、一个中层，还有两个初级员工，匡正这边全组出席，整整谈了四个小时。双方反复论证后，拟定以88%的股票加12%现金的方式报万国董事会审议。

双方握着手从M&A出来，白寅午一路送到楼下，他看一眼表，推说有事，临走时和匡正交换了一个眼神。

万国的司机把车拐过来，匡正却把他们的高管请到一边，耳语了几句，趁对方犹豫，招呼万融早准备好的商务车，把这几个人接上。

段小钧坐上克莱门的沃尔沃，一头雾水："经理，这是要干吗？"

克莱门笑笑，跟上匡正的帕纳梅拉，缓缓开出万融停车场："小子，坐过游艇吗？"

当然坐过，但段小钧不会这么答："啊？"

"带你去见见世面。"克莱门心情大好，打个轮儿，跟着车队往出城高速的方向开。

此时正是晚高峰，一行人在市里耽误了不少时间，跨市到最近的出海口时是晚上十点半。青山湾的私人码头上停着一排游艇，穿制服的管理人员引着匡正，把他们领上最大的一艘。

艇上有西式冷餐，有摇着波士顿壶的调酒师，还有小型管弦乐队，月色和星光倒映着海面，几个最近正火的小明星从底舱出来，穿着五颜六色的小礼服，像草莓，像樱桃，点缀在匡正和他的客户之间。

海风吹来，段小钧眯了眯眼，很舒服。

游艇没完全出港，在港口附近荡了一阵，绕到另一处码头，抛下锚，接上来几个人。段小钧在船尾看见，那是三男一女，打头的年纪不小。克莱门给他端来一杯酒，和他并肩："是千禧的武国瑞。"

原来是这么回事。

段小钧咕哝："没想到老板也搞这套。"

"明的暗的两手抓，"克莱门呷一口酒，"两手都要硬。"

"小冬呢？"段小钧想起来。

"陪老板伺候人呢，"克莱门摇了摇杯里的冰块，"以后是你的活儿。"

说实话，段小钧有些失望，匡正在他心里是个凶猛率性的人，不用也不屑于搞这种小动作："为了一单生意，弄这么大阵仗。"

克莱门误解了他的意思："几百万的公关经费，咱们老板还是有的。"

段小钧没作声。

船开出海湾，风声和浪声大起来，管弦乐声和小明星的笑声似乎远了。克莱门去吃生蚝，段小钧独自绕着船舷漫步，一转弯，在船头看见匡正，他正举着手机拍头上的星空，风鼓起西装外套，像个浪漫的赤子。可段小钧知道，匡正不是个浪漫的人，他不可能在意什么海风和夜空，在意这些的另有其人。

果然，匡正把手机话筒对着嘴："看到了吗？天琴座。"

段小钧往天上看，初秋的海面，夜空密密麻麻，根本分不清哪个是天琴座。

匡正听了一会儿微信语音，温柔地说："家里也能看见？你发过来。"

段小钧忽然想起那句诗："海上生明月，天涯共此时。"

匡正回头看见他，从船头下来，又恢复了平时那个酷、冷的样子："你在那儿傻站着干什么？"

段小钧怔了怔，问他："老板，你怎么没在底舱？"

"有些我们参与，有些不，"匡正低头发微信，"这次是给万国和千禧制造机会，让他们加深了解。"

"让他们绕开正式谈判，私下达成某种个人协议？"

匡正终于抬头看向他。

"我们帮他们做这种事，"段小钧环视这艘千万级的豪华商务艇，"你不觉得像拉皮条的吗？"

匡正收起手机，眯起眼睛，事实上，只要对生意有利，他们就什么都做。

"我们不应该参与这种没有意义的事！"

匡正盯着他，神色冷峻："段小钧，你觉得万国，包括华航、丽泰那些，他们为什么收购千禧？"

为什么……段小钧进万融两个月，做了那么多估值，从没想过这个问题。

"如果交易达成，"匡正系上西服扣子，"我猜，万国的CEO会这样告诉公众：收购千禧是拓展网络的最佳途径，能有效降低运营成本，更低廉、快速地为顾客提供优质服务。"

"对,"段小钧赞同,"规模效应。"

匡正轻蔑地笑:"我干了十年并购,负责任地告诉你,万国收购千禧只有一个目的,那就是干掉竞争对手,提高飞机票价。"

段小钧瞠目。

"收购这件事,"匡正说,"本身就没有意义。"

因为它只是少数大佬们的游戏。

"对了,"匡正补充,"也有防御性收购,比如华航,它这次参与交易就是为了阻止万国买下千禧,从而扩大规模跟它形成竞争态势。这里边有老百姓什么事儿吗?没有。"

和大多数人福祉无关的事,就没有意义。

"所以别在你的工作里找意义,"匡正擦过他,"推销保险的、卖楼的、炒玉石的从不问他们的工作有什么意义,工作就是工作,赚钱、升职、退休,你什么时候懂这个道理了,就不是公子哥儿了。"

公子哥儿?段小钧最厌恶的词,他去学社会学、拒绝家里的岗位到万融应聘、穿廉价西装,都是为了和这个词撇清关系,没想到到了匡正这儿,他还是挣不脱这重桎梏。

33

今天是基金会来如意洲宣布评估结果的日子,宝绽很重视,大伙都穿了长衫,在二楼"烟波致爽"那间屋,时阔亭和应笑侬一左一右,傍着他坐在侧首,头发用梳子蘸水拢过,一水儿的风华正茂。

"来个电话就得了,"应笑侬掀起长衫,跷起二郎腿,"万一不给钱,多尴尬。"

时阔亭摆弄长衫领子:"说是不通过也要给我们个说明。"

"谁用他们说明?"应笑侬开始抖腿,"一群棒槌!"

甭管抖腿还是拽领子,都是紧张的表现,只有宝绽,正襟危坐,一言不发。

应笑侬拿胳膊肘碰他:"你怎么不说话?"

"没什么说的，"宝绽两手攥在膝盖上，脸色发白，"等着吧。"

他是当家的，如意洲今天是死是活，这一刀先砍在他脖子上。

"紧张也没用，"应笑侬给他捋长衫袖子，"谁让咱们没钱，只能把小命交到人家手里攥着。"

"怎么能不紧张？"宝绽把手伸过去，"你摸我手都是凉的。"

那手应笑侬没碰着，被时阔亭一把抓住拽到腿上，两手团着给他焐。

"嘿！"应笑侬不服气，握住宝绽另一只手，拉到自己那边，也十指扣住。

宝绽皱眉头："我说你们——"

这时陈柔恩拎着一兜香蕉、橘子进来，看见他们仨连体婴似的死样子，不乐意了："你们这帮大老爷们儿可真行，抱团闲待着，让我一个女孩子出去买水果！"她穿着一身面试用的黑套裙，长头发绾起来，用几块钱一个的发套盘在脑后，像银行前台的营业员。

"本来老时要去的，"应笑侬逮着机会就撑她，"是你争着抢着非去买。"

"我去买，是我风格高。"陈柔恩回嘴，拿眼睛瞄着时阔亭，"你们总得出个人陪我去吧，万一我拿不动呢，万一缺斤短两让人欺负了呢，万一——"

"咱团可算又有女的了，"应笑侬拿小手指头掏耳朵，"再也不愁楼里太静了。"

"姓应的，你什么意思？"

"对不起，我不姓应，应笑侬是艺名——"

笃笃笃，楼下有拐棍敲地的声音，是邝爷的暗号，基金会的人到了。宝绽腾地站起来，边往外走边嘱咐："小陈，一会儿你往前站。"

"干吗……"陈柔恩从小长得漂亮，最烦被人当门面。

时阔亭陪着宝绽出去，听见她这口气，回头瞄了她一眼。

陈柔恩嘟嘴，冲着那对儿背影说："我是来唱戏的，又不是来卖笑——"

应笑侬使劲儿拽了她一把。

"少碰我，"陈柔恩有点小脾气，"不就是个破基金会吗？！"

"没有基金会这笔赞助，"应笑侬盯着她，脸上是从未有过的严肃，"你就哪儿来的回哪儿去吧。"

"为什么？！"

"如意洲，"应笑侬想做出一副洒脱的样子，却做不出来，"山穷水尽了。"

第一折　烟波致爽

基金会只来了一个人，上次见过的，笑着和宝绽握了手，寒暄着上二楼。进了屋，他从公文包里取出一个大信封，封口盖着基金会的印章。当着大家的面，他把信封拆开，拿出一张对折的白纸。

宝绽呼吸困难，头上那把刀近了，将落不落的，生与死的界限变得分外鲜明。

对方展开纸，稍瞥了一眼，郑重地说："宝先生。"

宝绽盯着他的嘴，只听见沉重的三个字："很抱歉……"

后头的话听不清了，像是失聪，耳朵里一片空白。

陈柔恩无措地看向应笑侬，邝爷垂着头，时阔亭把一直让他不舒服的扣子解开，将长衫从身上剥下去……宝绽几乎站不住。基金会那人点了下头，拎上皮包离开房间，陈柔恩追出去，撞了宝绽的肩膀一下。

"丫头！"应笑侬的声音在耳边响起。

听觉回来了，宝绽恍然转身，看时阔亭也在往外走，他着急迈步，腿却是软的，打了个趔趄向前扑倒。

时阔亭追到楼下，见陈柔恩扯着胳膊岔着腿，本来挺文静一姑娘，拽着基金会那家伙死活不让他上车。

"你不许走！"她那嗓子，中气足得吓人。

"小姑娘……"那人扒着车门哭笑不得，"你到底要干什么？"

陈柔恩仗着自己年纪小，胡搅蛮缠："你给我说明白，为什么不给我们钱？"

"评估结果说得很明白，你们没有资助价值——"

"狗屁！"陈柔恩一米七多的个子，再加上高跟鞋，一身黑套裙乌云罩顶，"我们有最好的琴师，有百里挑一的大青衣！我们没价值，谁有价值？！"

那人拧不过她，干脆不挣了："你是什么人，上次评估的时候没见过，现在跑出来闹，是他们雇你来的？"

"说什么呢你？"陈柔恩瞪起一对桃花眼，"我是如意洲新来的演员！"

那人一愣，剧团都破成这样了，居然还有人飞蛾扑火。

"你先放开。"他指了指自己变形的西装领子。

"不放！放开你就跑了！"

"你不放我就报警了！"

"你报！"陈柔恩一把扯掉脑后的发套，长头发甩下来，"你报我就说你非礼我！"

时阔亭一听这不像话了，赶紧上前。陈柔恩就着那个混不吝的劲儿，红着眼睛："我今儿就要弄明白，如意洲这么好的团怎么就没价值了！你们轻飘飘一句抱歉，他们就得砸脖儿死在这儿，你们这是作孽，知道吗？！"

时阔亭顿住脚，怔怔看着她。

基金会那人叹了口气："我们经费有限，每年只能资助一到两个项目，今年的指标给了土家族的打丧鼓——"

"你少唬我！"陈柔恩的气势凶，声音却抖了，"大领导讲话都说要弘扬中华传统文化，京剧就是传统文化，奥运会开幕式都上了，你那什么鼓上奥运了吗？"

那人无奈，死鱼一样靠着车门："我们的资助目标是濒危文化生态，京剧连奥运会都上了，死得了吗？没了一个如意洲，还有市京剧团、国剧院、各省各市的京剧团体，可打丧鼓呢，没了就是没了，都是艺术，我们救谁不救谁？！"

陈柔恩懂了，她不是个不讲理的人，只是想不到，夺走如意洲生存希望的，竟是另一个"如意洲"、另一些和他们一样处于困境的人。

"小姑娘，你先放开，"那人很规矩，不碰她的手，"你说的我会反映……"

陈柔恩松开他，低下头，对那些话一句也不想听。她扭身往回走，一抬头，看见时阔亭站在前面不远处。肩宽腿直的高个子，一单一双的贼眼皮，若隐若现的小酒窝儿，她喜欢的人，为了他，她把自己搞成了个泼妇。她觉得丢人，闷头擦身过去，时阔亭却叫住她："头发……"

她挑起眼梢，一副恶狠狠的模样。

时阔亭连忙移开目光："拢一拢再上去。"

宝绽一头摔到地上摔破了脸，左眼尾划出了一道小口子。楼里没有水，应笑侬小心翼翼拿唾沫给他擦，一抬眼，见陈柔恩风似的从门口掠过。

"我说，"他捅了捅宝绽，"那丫头别是哭了吧？"

"不能吧，"宝绽站起来，"我看她性子挺硬的。"

"再硬也是个小姑娘，"应笑侬掰了根香蕉，递给他，"你去看看。"

陈柔恩在原来红姐那屋，算是楼里数一数二的好房间。宝绽敲了敲虚掩着的门，轻手轻脚进去。

第一折　烟波致爽

她坐在窗前的桌边，背影逆着光，一颤一颤的。

完了，宝绽想，真哭了。

"小陈？"

人家没理他。

宝绽不会和女孩儿打交道，幸亏应笑侬给了根香蕉，他递过去，那边没要，他再递，又没要，他实在没办法，硬着头皮问："……哭了？"

"你才哭了！"陈柔恩凶巴巴转过来，哭是没哭，但气得够呛，鼓着胸脯呼呼运气，"我长这么大就没受过这种委屈！"她咬着一口银牙，"唱戏就唱戏，练功就练功，凭什么看一个基金会的脸色，哎呀妈，气死我了！"

扑哧，宝绽笑了。

"你笑什么？！"

宝绽笑她还是个孩子："我们不是戏校，更不是市团，没人没钱的小摊子，这么多年苟延残喘，"他苦笑，"看人脸色的事儿，多了去了。"

陈柔恩静下来，默默看着他。宝绽拍拍她的肩膀，把香蕉塞到她手里。

"你的脸怎么了？"陈柔恩扒开香蕉皮，咬了一口。

宝绽不大好意思："刚才没站住……摔了。"

"当家的，你可真行！"陈柔恩哪知道，在她今天的快人快语之前，宝绽已经经历了多少冷暖磋磨，这是最后的一根稻草，彻底压垮了他毕生的梦。

忽然，宝绽的手机响了，他掏出来一看号码："基金会？"

陈柔恩一听这仨字，把香蕉往桌上一拍，抢过电话就嚷嚷："喂！你们还找我们干什么？我告诉你，你们那什么资助老娘不稀罕！我们如意洲有的是人脉，有的是资源！东边不亮西边亮，黑了南方还有北——啊？"她猛地站起来，直勾勾盯着宝绽。

宝绽让她吓着了："怎么了？"

她两手握着手机："你再说一遍？"

宝绽凑过去听。

"再说一遍！"

陈柔恩捂着嘴，眨巴着眼睛，真的要哭了。

模模糊糊地，宝绽听见电话那头说："……小姑娘，我再重复最后一遍！我替你请示过了，资助是不可能的，但可以提供一个场地，水、电、物业费由我们基金会负责，地点在市中心……"

戏文里常说："天无绝人之路，地有好生之德。花有荣枯之期，水有无尽之流。"宝绽捏着发酸的眼角，古人的话没错，坚持就有希望，只要有那么一丁点微茫的光，就值得他赴汤蹈火。

34

"丫头，"宝绽收起电话，由衷地说，"你真行。"

陈柔恩骄傲地昂起头，一溜烟跑出房间。不一会儿，楼道里乍然响起欢呼声，时阔亭和应笑侬交错喊着："搬家！搬家！"

宝绽缓缓在窗前坐下，上午的阳光正好，融融照着他的脸，心脏和缓地跳着，一团火热的东西慢慢在里头膨胀，越滚越热，越烧越旺。他捂住胸口，想压抑这份狂喜，可压抑不住。这一瞬，他特别想告诉匡正，告诉他绝望中生出了希望，灰蒙的困境竟被生生豁出了光亮。他站起来往外走，穿过人群。

"宝处？"邝爷叫他。

"我出去一趟。"

他快步下楼，越走越急，几乎要跑起来，仿佛成了一只鸟，乘着风就要飞。112路公交车正好到站，他跑上去，看到满车人的目光，才意识到自己还穿着长衫。他低头握住吊环，随着车身轻轻地晃，冷静下来想一想，其实打个电话就行了，可他想去，想亲口告诉匡正，他的梦有了曙光。

到金融街站下车，他又犹豫，这么不声不响地来了，是不是太唐突，会不会给匡正添麻烦……万融双子星大厦擎天柱般矗立在眼前，仰着脖子才能看到顶。他茫然徘徊了一阵，大胆拦住一个穿西装的年轻人："你好，请问——"

那人扫一眼他的长衫，露出轻蔑的神色。

"卖公司的……"宝绽能感觉到他的傲慢，"是哪栋楼？"

"卖公司的？"那人拿腔拿调，故意说英语，"M&A吗？"

宝绽不懂："好像是……叫投行部。"

"这个。"年轻人不耐烦地指了指身后的西楼，擦过他，匆匆向公交站

第一折　烟波致爽　　145

走去。

宝绽觉得不舒服,人和人的阶层在这里壁垒分明,只是一件衣服,就被人从骨子里看低。他走向万融西楼用大片金属构件装饰的入口,穿着职业套装的男女进进出出,他一身素白的长衫显得格格不入。

豪华酒店似的大堂,有前卫的装饰艺术,有咖啡座,还有阳光灿烂的天井和蓬勃生长的绿植,他在许多道异样的目光中走向前台。烈焰红唇的接待小姐看到他,牵出一个标准的微笑:"先生,您好。"

"我——"宝绽这才发现,除了名字,他对匡正一无所知,"我找匡正。"

找的是VP。接待小姐多问一句:"请问您是匡总什么人?"

"我是他——"宝绽想说邻居,出口却成了,"朋友。"

接待小姐似乎很意外,露骨地挑了挑眉毛:"您贵姓?"

"免贵姓宝,宝贝的宝。"

"好的,您稍等。"她拿起内线电话,眼睛不由自主盯着宝绽的长衫。

他这个打扮其实很漂亮,一身素练,衬着乌云般的短发,身姿、步态都是一流,微一领首,有儒雅隽秀的风骨,让人想起"低头乍恐丹砂落,晒翅常疑白雪消"的仙鹤。

"匡总,"电话通了,接待小姐细声细气,"有位姓宝的先生找您——"

宝绽不由得紧张,他怕万一匡正忙,万一他不想被同事知道有自己这样一个穷朋友,踏上公交车那刻的雀跃没有了,只剩下不安和忐忑。

接待小姐看向宝绽,含着一抹意义不明的笑:"匡总挂了。"

宝绽眨了眨眼:"啊?"挂了,心里一下子空落落,"啊,好……"

突然,手机在长衫口袋里响,他连忙掏出来,是匡正的号码:"喂?"

"怎么也不打个电话?"匡正的声音有点远,听不大清。

"我——"宝绽语塞,什么"希望""绝望""梦想""曙光",一句也说不出来,他嗫嚅着,"我正好路过……"

"我手头有点事,等我半个小时,"匡正语速很快,"你把手机给前台。"

宝绽的脑子还蒙着,把手机递给接待小姐。是三流的国产机,她微妙地隔着一段距离:"您好?"

那边冷冷的一声:"匡正。"

"啊,匡总!"她大眼睛瞪得溜圆。

"领他去二楼贵宾室,记我的工号,大吉岭茶,还有你们都说好吃的那个……覆盆子慕斯蛋糕，"匡正想了想，"空调给他弄高一点。"

"是……"接待小姐头一次听匡正嘱咐这么多话，诧异地拿笔在纸上做记录，"好的，匡总，知道了。"

放下电话，她仍然微笑，只是这回有雨过天晴般的灿烂："先生，请跟我来。"

宝绽跟她绕到大堂一角，走上一截带围栏的缓步台，一连穿过两扇隔音效果极好的软包门，来到一个静谧的空间。脚下是柔软的长绒地毯，四周是朦胧的小壁灯，接待小姐拉开一扇有天花板那么高的门，做了个"请"的手势。

宝绽走进去。房间不小，没有窗，却拉着厚厚的丝绒窗帘，帘下是一排血红色的复古沙发。他转着圈瞧。

一个戴领结的服务员端着热茶和蛋糕进来："先生，您的大吉岭和覆盆子慕斯。"

宝绽没听清他说的是什么，道一声谢，撩起长衫在红沙发上坐下。半个小时里，他两手攥着手机，隔几分钟就看一眼，说不清看了多少遍。

匡正姗姗来迟。一见到宝绽的样子，他愣了，炫目的大红色中有一点雪亮的白，如纹银，似宝珠，平肩细颈，松竹般站起来："哥。"

"我以为你穿的是T恤……热吗？"匡正问。

"不热。"宝绽垂着两手，羊脂玉似的站在那儿。

匡正走过去："怎么穿成这样？"

他没别的意思，宝绽却自卑地低下头："着急……忘换了。"

着急？匡正皱眉："有事儿？"

"没——没有。"气氛有点古怪，宝绽拉着他坐下，"哥，我不是还欠你一万块钱吗，想晚点还……"

等匡正这半个小时他想了很多，如意洲有了新地方，可旧的地方已经超期，房主没催他，但他得给人家补上，眼下只有打工的钱是活的。

"嗯，"匡正没走心，钱还不还，他根本不在意，直盯着宝绽云似的长衫下摆，弯腰摸了摸那个布料，"你穿这个是——"

"哥，"宝绽吸一口气，"我是京剧演员。"

他终于说出来了，一个日薄西山的行当，在这间豪华的金融大厦里，听起来分外可笑。

第一折　烟波致爽

匡正反应了一会儿："京剧？"

他完全没概念，什么京剧、昆曲、二人转，直到记起两个月前他去南山区那趟，50年代的破房子，肮脏发臭的水洼，一幅"烟波致爽"的老字，一个累瘫在肩头的艺人，那样糟糕的环境，那样艰难的一些人，宝绽居然是其中一员。

"我……从中学开始学戏，青衣、花旦、老生都唱过，十多年了。"

匡正没说什么，心狠狠地揪紧。

宝绽垂下眼，睫毛、鼻梁、嘴唇甚至连薄薄的眼皮都那么漂亮："我这辈子就这么一个念想，就算粉身碎骨，也不回头了。"

匡正心疼他，疼他的倔强、坚持，疼他一直在绝境中挣扎，却没对自己说过一个字，疼他像一株逆光的小草，那么柔弱，却顽强地追逐着光。

"走，"匡正站起来，"咱们回家。"

"啊？"宝绽抬头望着他。

匡正要回家是完全没逻辑的，他很少做没逻辑的事，但此时此刻是个例外，他给克莱门打电话："下午千禧的管理层演讲我不去了，你带段小钧去。"

克莱门惊了："老板？"

"还有熔合的收尾，总结你写。"

"不是，老板——"

匡正挂断电话，扶着宝绽的肩膀，把他领出贵宾室。万融的大堂阳光充沛，电梯间聚着不少人，见到他们都先叫一声"匡总"，然后把好事的目光投在宝绽身上。

坐电梯到B2，匡正领着宝绽在停车场穿梭："看见咱家车了吗？"

"咱家车，"他头一次这么说，宝绽心里像升起了彩虹，一眼瞧见车海中那抹游艇蓝："那儿呢。"

两人上车，系好安全带，大中午从金融街开出来，像自习课逃课的坏学生，一路飞驰向西。

到了家，宝绽开门，客厅沙发上放着一个用细麻绳系着的牛皮纸包，纸上印着大大的彩色图案，是一只鹅。匡正好奇："这是什么？"

宝绽回头看："衬衫，昨天到的。"他去直饮机那儿接了两杯水，放在大理石纹路的小托盘上，"你打开，有一件是你的。"

宝绽给他买东西，匡正的嘴角不自觉上扬，可打开包装一看，白花花的棉布，谈不上版型的版型，是件老头衫："你觉得我能穿这个？"

"可舒服了，你一件我一件，"宝绽把水端过来，"你穿上试试。"

匡正不动弹。

"你每次来都没衣服换，西装衬衫那个料子多难受，"宝绽从茶几底下拿上来一个小盒子，是包水果剩下的，洗干净了，装着匡正的不少领扣和袖扣，"扣子放这里，我都给你收着呢。"

匡正盯着那盒东西，说不出是什么滋味儿，有个亲弟弟大概就是这种感觉。他三两下把衬衫脱了，套上那件廉价的老头衫，上头印着"鹅牌"两个字，最普通的料子，却比上千块的真丝还让他觉得贴心。

35

如意洲要搬家了，满楼的东西等着收拾，宝绽他们戴着口罩，两手套着塑胶手套，楼上楼下地搬家具。

多少年的破烂儿也舍不得扔，全打包堆在一楼走廊里，重活儿三个男的干，陈柔恩负责整理零零碎碎的，灰土扬尘中，邝爷颤巍巍从楼上下来。

"您这身子骨下来添什么乱？"时阔亭摆手让他回去。

"你们来看看，"邝爷挺着急，拿拐棍点着地，"门口有个人！"

仨男的停下手里的活儿，跟他上楼，到邝爷那屋。窗户正好对着楼门，只见一个戴墨镜的帽子男躲在门外，鬼鬼祟祟往里瞧。

"哎哟喂，"时阔亭摘下口罩，"咱这是让贼惦记上了。"

"就咱们这破地方还能招贼呢？"应笑侬嗤笑，"比谁穷吗？"

"行了，你俩，"宝绽忧心忡忡，"可能看咱们搬家，东西多顾不过来，想占点便宜。"

"如意洲的便宜那么好占的吗？"时阔亭磨牙，把手指骨捏得嘎巴嘎巴响，"也不瞧瞧马王爷几只眼！"

"怎么搞？"应笑侬很来劲。

"这小贼白天不敢动，肯定晚上下手，"时阔亭看向宝绽，征求他的意见，"咱们三个留下来，会会他？"

第一折　烟波致爽

"行，"宝绽颔首，"只要他敢进来，就别想走。"

仨人回去继续干活儿，该怎么的还怎么的。

五点多，太阳下山，邝爷和陈柔恩按时回家，宝绽他们随便吃口东西，等天黑。

一直等到晚上九点，有动静了。时阔亭守在一楼门口，听见锁响，响了老半天也没打开，他的兴奋劲儿都过去了，暗骂这贼基本功不到家。

九点二十分，那人可算鼓捣开门了，缩脖哈腰摸进来。

时阔亭上去就是一脚。他是练过的，速度非常快。那人一个扭身，居然闪开了。时阔亭没料到，紧接着又是一拳，只听啪的一响，那人挡了一下，几秒钟后，时阔亭整只胳膊都麻了。这个力道绝不是生手，时阔亭惊讶，自己的身高在这儿呢，对方用的要是腿，这一脚踢得该多飒！他马上改变策略，不攻了，单守着门，不让这小子走。对方一看走不了，飞身上楼。

应笑侬在一、二楼之间的缓步台等他，待他一到，扫堂腿立刻盘出去。这一下突如其来，一般人躲不开，没想到这小子身轻如燕，一个垫步，竟跳上了楼梯扶手。应笑侬有点蒙，眼看着他在四十度斜角的扶手上如履平地，几个小跳跨，轻松上了二楼。

守二楼的是宝绽，两人在伸手不见五指的楼梯口狭路相逢，出拳声、踢腿声、关节和关节的碰撞声，肩背在黑暗中摩擦，呼吸在咫尺间相遇，活脱脱一出《三岔口》。

时阔亭和应笑侬跑上来，那小子一看要三打一，感觉不好，摆开宝绽就往走廊逃，随便掀一扇窗户，纵身跳了下去。

"我去！二楼！"时阔亭惊了，扒着窗台往下看，只见月色下一个敏捷的身影兔子似的消失在巷子里。

"练家子，"宝绽擦了把汗，"二楼对他不是事儿。"

"什么人……"应笑侬疑惑。

"什么人也不敢再来了，"时阔亭说，"看我们不好偷，偷好偷的人家去了。"

"走走走。"他们转着膀子松着筋骨，摸黑下楼。

第二天还是打包家什，邝爷撑着个小拐棍，颤颤巍巍又下楼来："阔亭啊，宝处！你们来看看，这回门口——"

"又是什么鬼？"三个人撸着胳膊上楼，仍然是昨天那个位置，这回不是帽子男了，是个奇装异服的小姑娘。

"这穿的……"时阔亭咋舌,"什么玩意儿?"

黑长直齐刘海儿,头上戴一顶插满了羽毛的西洋小帽子,身上是蓬蓬的黑色蕾丝裙,裙子上好多花边和蝴蝶结。

"Lo娘[1]。"应笑侬眯细了眼睛,从头到脚打量"她"。

"什——什么娘?"时阔亭一头雾水。

"Lo,Lolita的Lo。"应笑侬朝他噘嘴巴。

时阔亭一听是英语:"行了,别跟我说。"

"没什么看的,一个小姑娘。"宝绽转身要走。

"啧,什么小姑娘,"应笑侬轻哼一声,"还是昨天那家伙。"

"啊?"时阔亭和宝绽差点惊掉了下巴,异口同声,"你怎么知道?"

"论男扮女装我可是专业的,"应笑侬拿眼瞄着楼下那小子,"就这水平,我撑死给他六十分。"

"男的……"时阔亭抻着脖子瞧,"冲咱们来,他想干什么?"

"这人可真够二的,"应笑侬翻个白眼,"昨天让咱们仨围追堵截,也不想想自己是怎么被人发现的,今天还躲这儿!"

"得,"时阔亭两手撸一把短发,"我去。"

他拎着一袋垃圾当掩护,下楼出门,丢了垃圾转过身,假装凑巧看见"她",很好奇的样子,笑呵呵过来:"嘿,美女。"

可能是怕被识破,那小子马上低下头,挺腼腆的。

"有事儿吗?我就是这剧团的,"时阔亭单手撑着墙,贼眼皮含笑,一个小酒窝儿,"有事儿跟哥说,哥全给你办咯。"

这是把他当妞儿泡了,那小子心里窝火,表面上将计就计,害羞似的,两手掩着鸡血色的红嘴唇,大眼睛唰唰冲他放电。

时阔亭心中冷笑,他看惯了应笑侬那个级别的美色,对这种不入流的劣质货,六十分都给他打高了。

"你说话啊,"他继续逗"她","你不说话,我怎么帮你?"

那小子摇头,可能是想撒个娇,浑身都在扭。时阔亭犯恶心,还得强忍着陪他演:"要不……我带你进楼看看?"

这正中那小子的下怀,他点了点头,穿着黑皮鞋小白袜的脚动了,乖巧

---

[1] Lo娘:即洛丽塔,一种穿衣风格。

地凑过来。

"走。"时阔亭勾起一抹笑,领他上二楼,一路油嘴滑舌分散他的注意力。

到"烟波致爽"那屋,时阔亭让他进去,自己把在门口,突然大喊一声:"瓮中捉鳖!"

那小子猛回过头,只见宝绽和应笑侬一左一右从隔壁冲过来,三个人把他堵在屋里。

"嘿,"时阔亭一脸坏笑,"小子,你翻船了!"

那人涨红了脸,转身又想跳窗户,应笑侬反应最快,扑上去揪住他的裙子。

四个练家子碰到一起,场面根本控制不住,裙子裂了,假发掉下来。还真是个男孩子,岁数不大,一张娃娃脸,身手好得出奇,三个人压着他,愣是让他逮着个空,蹿了出去。

宝绽他们立马追,那小子卷地风一样从走廊上掠过,眼看要下楼梯,空旷的楼道里有人喊了一嗓子:"萨爽!"那人登时不动了,懊恼地攥起拳头,停在原地。

陈柔恩拎着个大塑料袋,一步一步从楼梯走上来,经过他身边,桃花眼瞪了瞪:"跟我过来。"

大伙到宝绽那屋,姓萨那孩子站在屋中央,宝绽他们围了他一圈,等着他解释。

"我来找我师姐。"他委屈巴巴瞄陈柔恩一眼,脸上还带着妆,幽幽怨怨的。

"我们一个戏校的,"陈柔恩说,"他小我一级。"

"找师姐干吗不好好找,"应笑侬嘴上不饶人,"非得大白天扒门缝,大晚上闯三关,今天又来了个男扮女装,您老戏好足啊!"

萨爽瘪着嘴不出声。

宝绽冲应笑侬皱眉头:"你别急,你让他慢慢——"

"你们哪个是时阔亭?"萨爽忽然问。

众人一愣。

"我就是来看看,到底哪个王八蛋把我师姐给拐跑了!"

这话一出,陈柔恩腾地红了脸:"小浑蛋,你别瞎说啊!"

时阔亭一张脸煞白，平白无故当了回"王八蛋"，他这枪躺得有点狠。

"我怎么瞎说了？"萨爽不服软，"咱俩青梅竹马，本来明年我一毕业就能扯证的，结果你不声不响把市团辞了，跑到这鬼地方来，你闪死我了，姐！"

"谁跟你扯证——"陈柔恩气得要往上冲，"没有的事儿！"

"我听明白了！"应笑侬横在中间，"别激动，都别激动！不就是个三角恋——"

"哪来的三角恋！"他这么一说，时阔亭和陈柔恩更激动了。

"这不是吗？"应笑侬先指着萨爽和陈柔恩，"他喜欢你，"再指时阔亭，"你喜欢他，这么大个三角都要闪瞎我了。"

"都是单箭头！"时阔亭使劲儿推他，"你是真瞎！"

应笑侬把他扒拉开。"既然这么有缘分，"他嬉皮笑脸问萨爽，"你这么好的刀马旦，不考虑加入我们如意洲吗？"

屋里瞬间静了，五个人你看看我我看看你，各有各的盘算，萨爽啪地拍了把大腿，娃娃脸凶起来："谁跟你说我是刀马旦？！"

因为搬家，墙边摞着两张桌子，上头还有一把椅子，萨爽一个箭步上去，眨眼到顶，没等大家反应过来，又一个后桥翻下地，稳稳当当，没有一点声音。他这两下子，俨然是《挡马》的焦光普、《雁翎甲》的时迁，迅捷机警，灵动轻盈，从戏里走了出来。

萨爽屈膝耸肩，右手"握扇"，左手"握绢"，做了个飘步，眼神给出来，大拇指缓缓点着胸口："老子是丑儿！"

宝绽心跳加速，他们如意洲一直缺一个丑儿，他当即给应笑侬使眼色，让他无论如何都得把人拿下。

36

这几天宝绽忙着剧团搬家，匡正那边也到了千禧二轮报价的关键时期，两人手头的事都不少，三四天没见着面。

星期五一大早，匡正拿着手机钥匙，穿着睡衣，过马路到宝绽门前。熟门熟路地开门，一低头，见屋里蹲着只大黑狗，匡正吓了一跳，狗也是，两边默默看了对方一眼，不约而同移开眼睛。

大黑狗像是想出去，在门口转悠，匡正给它把门推开，它摇着尾巴站起来，后腿基本好了，动作很灵活，只是稍微有点跛。

匡正换鞋进屋，生鲜包裹放在厨房地上，没来得及拆，沙发上丢着几件换洗衣服，茶几上有两片干瘪的橘子皮。

他蹑手蹑脚上二楼，来到卧室门口，淡蓝色的床上横着一条大长腿。匡正抿着笑进去，站在床头。

"嗯……"宝绽翻了个身，微微睁开眼，恍惚瞧见床头罩着一片黑云，他全身的肌肉悚然绷紧，猛地从床上坐起来。

匡正穿的是丝绸睡衣，奢靡的石墨色。

"哥？"宝绽揉着眼睛躺了回去，"你吓死我了。"

"好几天没见着，来看看你。"

"你来，你叫我啊，"宝绽显然不想起来，哼哼着翻个身，"你那么大的个子往床边一戳，我差点踹你。"

匡正乐了，在床角坐下："来，你踹一个。"

"别闹，"宝绽往被子里钻，"哥，我这两天又搬东西又打工，累死了。"

这小子会撒娇了，匡正觉得好玩，更不想让他睡了："起来，快点，哥饿了。"

宝绽在床上磨蹭了半天，还是怕他哥饿着，不情不愿从床上爬起来，去刷牙。

两人一起下楼，你拍我一下，我顶你一句，笑闹着经过客厅，宝绽看墙边的纸箱子空着："你把大黑放出去了？"

"能不能不叫大黑，"匡正不喜欢这名，"太村。"

"那叫什么？"

"威廉、沙沙、斯图尔特，"匡正给个范围，"你挑吧。"

"哥，"宝绽斜他一眼，"你起名的品位好差。"

"我差？"匡正冷哼，"我上学的时候选修过欧洲和阿拉伯文学史，还有20世纪存在主义文学，我是大师品位。"

宝绽把前一晚的绿豆粥从冰箱里拿出来，又打了几个鸡蛋："什么史和大黑的气质也不搭啊。"

匡正想起什么，解锁手机，打开蓝牙设置，一列新刷出来的设备列表，找到"客厅及厨房音响"这一项,改个名叫"你匡哥说叫威廉就叫威廉",然后点击连接。

宝绽正打鸡蛋,头上忽然响起音乐声,是阿姆斯特朗的老爵士 *What A Wonderful World*[1]。他第一次听,耳边一把沙哑的男音缓缓地唱,像低吟,又像倾诉,即使听不懂英文,也知道这是首幸福的歌。

"I see trees of green, red roses too. I see them bloom for me and you."[2] 匡正边洗碗边跟着唱,"And I think to myself, what a wonderful world……"[3]

What a wonderful world,这句宝绽听懂了,"多么美妙的世界",他扭头去看匡正,匡正哼着歌也看他,两颗心灵贴近了彼此,相视而笑。

宝绽说:"哥,你热粥,我炒鸡蛋。"

匡正无奈地抓了抓头发:"其实……我不会热粥。"

"啊?"宝绽想起他们第一次见面,匡正信誓旦旦说他会,"那你之前……"

"那时候不熟,"匡正扬着下巴,有股懒洋洋的劲儿,"我没说实话。"

宝绽并不在意他说的是不是实话,只是怪他把自己饿着了,接一舀子水倒进锅里:"开火,"然后把汤勺塞给他,"搅一搅就不糊了。"

匡正长这么大没干过这种"体力活儿":"粥里不是有水吗?"

"米是吸水的,放一晚上就干了。"

"哦。"匡正懂了,笨拙地抓着勺子,有一下没一下在锅里搅,粥香慢慢飘出来。

粥,还有宝绽的炒鸡蛋,最粗糙的淀粉和油脂,健身教练禁忌名单上的第一名,匡正却迫不及待,只想大快朵颐。

两人边吃边聊,八点多才离开家。匡正到公司时已经十点了。停车场没什么人,他在B3区停好车,对面F区突然开进来一辆奔驰大G,轰隆隆的引擎,暴躁的刹车声,头灯熄灭,代善穿着一身橄榄绿从上头下来。

匡正紧了紧领带,稍一歪头,推开车门也踏出去。两个人远远看见对方,都是手工制作的牛皮鞋、高订的好西装,不同的只是风格,一个浪在表

1.《多么美妙的世界》。
2. 我看见绿树和红玫瑰,我看见它们为你和我绽放。
3. 我情不自禁地想到,这是一个多么美妙的世界。

面上,另一个骚在骨子里。

"匡总。"代善先打招呼。

"代总。"匡正毫不示弱。

他们并肩走进电梯,各按各的楼层,代善的香水味儿依旧刺鼻,匡正打心眼儿里鄙视他的喜好:"代总最近低调了不少。"

"哦?"代善翻着手机里美股和港股的行情,"宝贝儿,你放心,我盯着你呢。"

宝贝儿,这种露骨的挑衅让匡正皱眉。

电梯先到资本市场部,代善下去,忽然转身,在徐徐闭合的电梯外冲匡正笑:"听说你把千禧的单丢了,"他拿舌尖点着齿龈,发出啧啧的声响,说了一句意味深长的话,"你的下场,我等着看呢。"

啪嗒,电梯门合上,轿厢快速上行,匡正脸色铁青,千禧那次失误可能让他和执行副总裁失之交臂,但代善用了"下场"这个词,似乎话里有话。

叮的一响,电梯门在57层打开,匡正调整呼吸,昂首阔步走出去。

迈进办公区,视线正前方站着一个亮眼的背影,阿玛尼最新款,奢华的银灰色,箍出一道肩宽腿长的优雅身影。那人转过来,一张斯文脸,头发用啫喱仔细抓过,服帖地叫了一声:"老板。"

是段小钧。

匡正惊讶地挑起眉毛。他往VP室走,目光还留在那小子身上,特别是他胸前的奶油色领带,一定是什么厂牌的限量款。克莱门迎面走来,匡正拉住他:"段小钧怎么回事?"

"可能受刺激了。"

"嗯?"

"他最近跟我在万国做报价,一直这种打扮。"

匡正好奇:"谁刺激他了?"

"不知道,游艇出海回来,"克莱门说,"第二天就这样了。"

游艇……匡正想起来了,是自己刺激他了。他让段小钧放下那些没有用的意义,还说他是个公子哥儿,看来是戳中了他的痛处。

"老板,"段小钧向他们走来,手里拿着个深红色的纸制品,"熔合的交易纪念品,打样出来了。"

万融的传统,每笔交易达成后,M&A都要定做一款纪念品,有时是设计师公仔,有时是轻奢珠宝,送给所有参与交易的人。这项工作由初级分析师负责,但因为这身西装,段小钧看起来一点不像个分析师,和匡正并肩站在一起,气势相当。

"什么理念?"

"灵感是今年很火的日本3D便笺,"段小钧逐页展示打样的3D效果,"以熔合大厦为主体,做成2020年日历,颜色采用熔合标志性的火焰红,如果概念可以,我打算请二线奢侈品设计师操刀,限量500份。"

"可以,"匡正当即拍板,"做单子吧,我签字。"

他转身推开办公室的门,背后有几个经理来找段小钧,那个热络的口气,和几个月前叫他菜鸟时判若两人。

门轻轻合上,匡正笑都懒得笑。这就是投行,扩展朋友圈最好的方法,就是把几万甚至十几万块钱直接穿在身上。

没一会儿,段小钧进来,拿着一张财务的请款单据,匡正只看了一眼钱数,落笔签字:"怎么,不穿你那身破西装了?"

和匡正独处,段小钧有点没大没小:"你不说我是公子哥儿吗,我本来就是公子哥儿,还是本本分分当个公子哥儿好了。"

一句话三个"公子哥儿",他明显在耍脾气。匡正抬起眼,拿钢笔点了点他:"恃宠而骄。"

段小钧立刻问:"你宠我吗?"

匡正蹙眉,把单据朝他推过去:"我是你上司,说话注意点。"

段小钧不吱声了。

"领带什么牌子?"匡正靠向椅背。

段小钧低着头,咕哝一句:"不告诉你。"

"真是个公子哥儿,"匡正摇头,"换了任何一个人,都会讨好地说:'老板,我正好买了两条,明天把另一条给你拿来。'"

然后火速再去买一条,自己这条永远不戴了——段小钧又学了一课。

"熔合的收尾,千禧的估值,"匡正转而说,"一来就接触两个大项目,我还不够宠你吗?"

段小钧没跟上他的节奏,瞪大了眼睛。

"出去吧。"匡正摆手。

段小钧一句话都没来得及说,悻悻离开。

第一折 烟波致爽 157

匡正从大班椅上起来，走到窗边打电话，拨的是白寅午的号，一句废话都没有，开门见山："老白，那个执行副总，你无论如何都得帮我想想办法。"

37

熔合的收尾基本完成，夜里十一点半，段小钧从万融大厦出来，匡正发善心给了他三天假。这是段小钧到M&A两个月以来第一次休息，他订了一张第二天飞北海道的机票，想去泡个温泉放松放松。

他坐上出租车，掉个头，刚开出金融街西口，克莱门打来电话："喂，小钧，"没有一点铺垫，"回来，休假取消。"

"经理，别整我。"段小钧以为他在开玩笑。

"老板的命令，马上回来。"

不是吧……段小钧看表："他半个小时前刚给我的假！"

"嗯，现在没了，"克莱门似乎习以为常，没有丝毫意外或遗憾，"万国需要一个融资方案。"

段小钧静了两秒钟："我机票都买了，明天飞日本！"

"退了，"克莱门的声音很平静，能听见他在匀速打字，"以后老板再给你假，别冲动买机票，浪费钱。"

"什么意思？"

"我来万融两年半，有七次假，五次没休成，其中一次临登机被叫回来，"克莱门不跟他多说了，"回来聊。"

电话挂断，段小钧发了会儿呆，想起他刚到M&A时，匡正告诉过他，"你和你的时间都是公司的"，"除了工作，你一无所有"，真是所言不虚。他气笑了，跟司机说："师傅，回金融街，万融。"

坐电梯上57层，他把西装脱下来往椅子上一摔，走进VP室。克莱门正和匡正商量着什么，见他回来，通报情况："千禧刚才来电话，鼓励我们提高报价。"

段小钧一愣。

"知道这是什么意思吗？"匡正靠在椅背上，大长腿风骚地翘着，领带拽开了，衬衫微敞，手疲惫地捏着眼角。

段小钧没概念,摇了摇头。

"二轮报价是最后一轮报价,鼓励我们提价就是对我们感兴趣。"匡正睁开眼,犀利的目光投过来,"在这个环节,卖家想从最后的买家身上榨出更多钱来。"

"按照以往的经验,"克莱门说,"被通知提价的公司不会超过两家。"

"也许只有我们一家。"匡正笑了。

克莱门也一样:"千禧跑不出我们的手掌心。"

这俩公司杀手……段小钧刚明白过来,匡正又说:"咱们稍微提点,融资不搞那么复杂了,分对面一杯羹。"

对面?他指的是万融东楼。段小钧敏感地意识到,匡正是想从这笔交易里搞出一项贷款业绩来:"过桥贷[1]?"

匡正拿指头点着他,意思是够聪明:"做方案去吧。"

段小钧转身开门,暗骂这家伙吃肉连骨头渣子都不吐,还临时取消自己的休假,一句解释都没有……

"等等。"匡正叫住他。

段小钧停步,嘴角不自觉上扬,转过身,下一秒一个文件夹迎面砸来,不厚,几十页而已。

"新案子,"匡正把电脑关机,收起桌上的文件,"财务买家收购新兴自媒体公司,你先研究,有不懂的问克莱门。"说完,他从椅背上拎起西装,"下周末是熔合的庆功宴,"等克莱门把材料拿好,他关灯锁门,"穿漂亮点儿。"

他撤了,段小钧还要留下加班:"你压榨新人!"

匡正笑笑,他一向压榨新人,在楼里是出名的,穿起做工精良的定制西装,一副衣冠禽兽的样子,向电梯间走去。

从万融出来,他拐到翡翠太阳。宝绽调班了,六点半到十一点半的档,匡正收工,正好接他回家。

两个人在车上天南海北地聊,不知怎么聊到男人的社交上。匡正一直觉得宝绽的圈子窄,想带他出去见见世面:"正好下周末我公司有宴会,你过来。"

1.过桥贷:简单理解,就是用于融资的过渡性贷款。

第一折　烟波致爽

"我不去。"宝绽盖着匡正的西装，两手伸到袖筒里。

"让你去就去，"匡正打个轮儿，"哥能害你吗？"

"你们那儿都是有钱人……"

匡正忽然想到一个问题："你有正装吗？"

宝绽没有，脸埋进匡正的西服领子："哥，你别替我操心了，你有你的圈子，我有我的朋友，两池子水混不到一块儿去。"

匡正不爱听他说这种话，心里有股劲儿似的，别人有什么，宝绽也不能少："明天带你去做一套。"

"都什么年代了，"宝绽轻笑，看向窗外，"哪还有做衣服的地方？"

结果还真有。剪刀、皮尺、铁熨斗，纯手工缝制，在走马湾，匡正常去的高定店，老板是台湾人，四五十岁，很瘦，一头早白的短发，话不多，笑容亲切。

店面不大，装潢也不豪华，反而有种旧时代的内敛，木质墙面上挂着各式各样的西装和马甲，有些款式和风格出乎宝绽的意料。

"我以为……"他出神地打量这个洋派绅士的世界。

"什么？"匡正靠在沙发上玩手机。

"我以为只有女人穿衣服才这么多花样。"

匡正翻看着这几天的基金指数，他前一阵买了不少，行情不错："男人女人都一样，人靠衣服马靠鞍。"

宝绽点头："我之前觉得你有点娘娘腔，现在一看，是我不懂。"

匡正从手机上抬起头："你说什么？"

宝绽说错话了，马上把嘴一抿，不吱声了。

"你说我，"匡正危险地眯起眼睛，"什么？"

"哥，我说走嘴了……"

匡正黑着脸站起来："我要是娘娘腔，这天底下还有男人吗？"

宝绽下意识往后退："不是我……我以后不了……"

"不是你以后，"匡正从没想过自己能跟"娘"扯上关系，简直是侮辱他的胸肌，"你以前这么想就有问题！"

"你是有一点……"宝绽咕哝，"那么多好看的小扣子，衣服上总有股香味儿，还穿滑溜溜贴身上那种睡衣……"

"我那是——"匡正想说那是有品位，恰巧老板忙完别的客人过来，连

窄红

连道着"久等",请宝绽去量身。

匡正压着火气,跟他们到店角的试衣区,拉上墨绿色的厚天鹅绒布帘,置身在一片怀旧的私密空间。

"先生,"老板的背有些弓,胳膊上挂着一条皮尺,"请您脱一下外衣。"

宝绽把手机给匡正递过去,匡正没接,转个身,到旁边野鸭造型的脚凳上坐着去了。

宝绽心里打鼓,边脱衣服边瞄他。

匡正发现他三不五时瞧自己,小样儿怪可怜的,气也就消了。

宝绽把T恤和牛仔裤脱下来,露出里头纯白色的棉布短裤。老板一见,眼里闪过一丝惊讶,他店里从没来过这么寒酸的客人。虽然只是一刹,匡正还是捕捉到了,心跟着一紧。宝绽穿的是不好,但被别人用这种眼光看,他还是不舒服。

"先生的身材真好,"老板边掐皮尺边说,"匀称,漂亮。"

夸奖客人是服务的一部分,宝绽不懂,红着脸没接茬儿。

"尤其是腿,"老板继续说,"我量体裁衣这么多年,也服务过不少模特,但比例这么恰到好处的,不多见。"

匡正拿眼把宝绽从头到脚打量了一遍,肩是肩胯是胯,腰细腿长,没一点多余的地方,默默赞同。

"老板,你……"宝绽禁不住人这么夸,很不好意思,"过誉了。"

"过誉",现在很少有人用这么旧的词。老板微微一笑:"您的身体有东方人特有的韵味。"

他这么一说,宝绽明白了,和匡正那种健身教练加蛋白粉练出来的肌肉不同,他的身体是亚洲人最健康、最自然的状态,柔韧且有力。

轻轻地,他说了一声:"谢谢。"

38

今天是如意洲乔迁新址的日子,白天市中心不让走厢货,大家伙约好了晚上运家什,宝绽先去翡翠太阳请了假,然后赶到白石路。

雇的车已经到了,时阔亭和应笑侬正往车上搬东西,萨爽也在,一个个满头大汗。宝绽挽着袖子跑上去,帮着把立柜扛上车。

一整楼的东西,全装完已经七点多了,宝绽叫时阔亭跟他进楼再看一遍,留应笑侬和萨爽在外头看车。陈柔恩长头发一甩,追着时阔亭去了。

"哎,师姐……"萨爽一脸落寞。

应笑侬凑过去:"谢谢啊。"

萨爽斜他一眼:"又不是为你们。"

热脸贴了冷屁股,应笑侬一口气顶到嗓子眼儿,但为了宝绽,他忍了。

萨爽接着说:"是为了我师姐。"

应笑侬眼珠子一转,有主意了。

"你说她,"萨爽靠着车厢板,一副恨铁不成钢的样子,"小姑娘家家的,往市团一待多好,非得出来跟你们受这种罪。"

"谁说不是呢,"应笑侬挨着他,也靠在厢板上,"就咱们这团,没爹疼没娘爱的,往后烂事儿指定少不了,她一个小丫头,真缺一个护着她的人。"

萨爽耳朵一动,转头瞧着他。

应笑侬那张脸是真漂亮,月光下千娇百媚的,下巴一扬,朝他抛了个媚眼:"小哥哥,来吗?"

萨爽推了他一把:"你自己都说这破团没指望,我来了,不是掉大窟窿里了?"

"又不是为我们。"应笑侬学着他的话。

萨爽的眼皮开始跳。

应笑侬呵呵笑:"为你师姐嘛。"

宝绽和时阔亭从楼里出来,没落下什么,只捡着两个坐垫。应笑侬转身上驾驶室,陈柔恩和萨爽跟他坐前头,时阔亭和宝绽发扬风格,到后头和家什坐在一起。

基金会那房子地点好得吓人，在萃熙华都正对面，一颗珠子似的落在十字路口，算是市中心的中心，据说是前两年有个华侨花大价钱买的，一通装修捐给了昆剧院，后来昆剧院土地置换，这戏楼倒了好几手，成了基金会的资产。

到了地方，宝绽他们也没顾上细看，七手八脚忙着卸车，安顿下来时都十一点多了，这时候抬头一瞧：古色古香的小三层，从里到外一水儿的中式装潢，连洗手间都雕梁画栋。

时阔亭拿胳膊肘碰了宝绽一下。"我的宝处，"他笑起来，嘴角一个小酒窝儿，"打今儿起，这就是您的江山了。"

宝绽仰头站在金碧辉煌的双龙莲花藻井下，难以置信地张大了嘴巴。

这是栋为戏而生的楼，布局、装饰、风格，无一处不透着百年粉墨的味道，只是一直没碰到懂它的主人，平白荒废了岁月。

大伙簇拥着宝绽走进一楼正厅的戏台，不大一个空间，极尽浮华，池座的座椅外罩全部是缎面。二楼一周只有七个包厢，但每个包厢都是独立的天地，有碧瓦重檐，有花墙小帘，挂着喜气的红灯笼，一派豪奢气象。

戏台高高耸在中央，台两侧的照明灯亮着，朦朦胧胧一点光，照出了旧时代的味道。台前是一圈木雕栏杆，守旧[1]是俏丽的粉白色，绣着繁复的百鸟朝凤图，上场门出将，下场门入相，全照着老规矩来。

"我的妈……"萨爽惊得眼睛都直了，"这地方……是我们的了？"

"是我们的，"应笑依抱着膀子气他，"不是你的。"

萨爽斜他一眼。

"你什么时候加入了，"应笑依冲他笑，"才是你的。"

"这台子有点小，"时阔亭说的是舞台尺寸，和现在剧院的标准舞台不同，走的是传统戏台的规制，类似话剧的小剧场。

"台子倒没什么，正好我们也没有跑场的龙套，"应笑依转身看向观众席，"就是座儿太少了。"

大伙随着他回头看，观众席只有一、二两层，除却二楼的包厢，整个一

---

1. 守旧：旧时戏台的背景布称为守旧。

第一折　烟波致爽

楼拢共一百来个座儿,这意味着满场也才能收一百张门票,按一张票二十块钱算,累死累活唱一个晚上,最多收入两千块。

"别想太远了,"宝绽瞥向应笑侬,眼神执着而坚定,"一个座儿我们都唱。"

他说得对,这是如意洲的最后一口气,哪怕有一个观众,这口气也得挺着。

萨爽兴奋得不得了,嘴上说着不进团,口气却跟团里人一样:"宝处,亮一嗓子?"

新台子,宝绽是该上去踩踩,他迈步走向那个富丽的高台,仿佛迎向一个梦,鼻子发酸,胸口发热,一个跨步,跳了上去。

时阔亭亦步亦趋,把胡琴从琴囊里拿出来,在一排侧首坐下,瞧一眼宝绽的姿势,右手虚拢着,像握着一把扇,于是拉弓走弦,一段西皮二六。

宝绽开嗓,果然是《空城计》,没有一兵一卒的诸葛亮在西城城头迎接兵强马壮的司马懿:"我正在城楼……"

只半句,大伙就愣了,他是清唱,没有麦,更谈不上音响效果,可耳边的声音那么洪亮、华美,这样细腻丰富的人声,是高保真器材无法比拟的。

"我去……"萨爽胳膊上的汗毛都立起来了,"这台子不用麦!"

应笑侬缓缓点头:"真正的传统戏台。"

每个人的眼神都认真起来,没有演员不爱这样的舞台,咬字、吐息都货真价实,演员和观众之间没有距离,我一张口,就到你那儿。

宝绽提起气接着唱:"我正在城楼观山景,耳听得城外乱纷纷,旌旗招展空翻影,原来是司马发来的兵……"

胡琴走着,他突然抿了嘴,时阔亭立起弓子等着他,只见他望向这无人的座席,苦笑着摆了摆手:"不吉利。"

大伙面面相觑。

"不吉利,"宝绽重复,"空城、空城,别真给唱空了城。"

应笑侬反应过来:"对对,"他忙给萨爽使眼色,"招牌呢,咱把招牌挂上!"

萨爽不知道如意洲之前那些周折,也想象不到,茫然地看着陈柔恩去找招牌。

如意洲的招牌用红布包着,宝绽一路抱着,眼下立在台边。应笑侬和萨爽去拖了两张桌子，摞起来放在台前，宝绽爬上去，踮起脚还是够不着。

这是萨爽的强项，他挽袖子要上："我来——"

应笑侬却把他拉住了，那是如意洲的匾，是宝绽和时阔亭的命，不是随随便便谁都能挂的。

时阔亭登上桌，拽了拽裤腿，在宝绽脚边蹲下："上来。"

宝绽抱着招牌，有些迟疑。

"上来，"时阔亭说，"你举着'如意洲'，我撑着你。"

这话一语双关，叫宝绽眼热："师哥，不是小时候了，我怕把你压着。"

"没事儿，"时阔亭指着自己的脖子，"硬着呢，正好够撑你的分量。"

他们是最亲的师兄弟，歧路一起走，酸苦一起尝。宝绽跨上去，坐在他肩头，时阔亭一猛劲儿站起来，两手握着他的大腿，咬着牙，稳稳把他撑住。

萨爽和应笑侬在下头伸着手，生怕时阔亭撑不住把宝绽摔下来，在众人的注目中，"如意洲"越升越高，最后悬在戏台中央。

时阔亭放下宝绽，护着他跳下桌，两人回头看，只见历久弥新的三个字，终于在这方借来的舞台上找到了一席之地。

宝绽想笑，又想哭，强忍着激动，颤声说："二楼给大伙用，一人一间屋。"看他们都愣着，他大声催促，"还傻站着干什么，挑屋去啊！"

萨爽反应最快，转身就往外跑，应笑侬一把拉住他："你跑什么，又没你的屋！"

"谁说没我的屋，"萨爽推他，"我出力了！"

"你又不是如意洲的，"应笑侬死死把他揪住，"编外人员没有屋！"

"加入不就一句话的事儿嘛，"萨爽傲气地昂着头，"小爷入了！"

他们俩在这儿拉扯，陈柔恩翻个白眼一掠而过，应笑侬赶紧喊："哎，丫头，长幼尊卑啊！宝处、老时的屋子留出来，然后就是我的！"

"我说小侬，"宝绽笑着拆他的台，"还有邝爷呢！"

他们嘻嘻哈哈，推着搡着抢房间去了。时阔亭和宝绽对视一眼，抱起戏台边一个小纸箱，并肩穿过应急通道，向反方向走去。

这栋楼不大，但规划很合理，一楼绕着大厅有一圈小房间，他们走到深处，推开最里面一扇门。打开灯，挺不错一间屋，中间摆着一套中式桌椅，原来可能是个茶室。

第一折　烟波致爽

"这儿行吗？"时阔亭问。

这里是大厅后身，和戏台一墙之隔，宝绽点头："挺好，以后咱们每一场演出，师父和师娘都能听见。"

时阔亭把纸箱放下，拿出一对红漆牌位，立在桌子中央，然后是盘子和供果，还有一瓶酒、两只小盅，布置好，拉着宝绽在桌前跪下。

两个人手攥着手，咚咚咚磕了三个响头。"爸，"时阔亭抖着肩膀，"十年了，我们这杯酒来晚了……"

"师父，"宝绽没忍住，滚烫的眼泪打在地上，"是我没能耐，没把如意洲领好……"

"不怪宝绽，"时阔亭也偷偷抹眼泪，"实在是难，难……"

"往后会好的，"宝绽哽咽着说，"咱们有新戏楼了，把您和师娘安在这儿，天天听我们唱戏，听如意洲越来越好！"

又是三个响头，哥俩站起来，把小盅满上，两双红通通的眼望着彼此，将酒泼在地上。

"来，"时阔亭抓住宝绽的腕子，把盅给他满上，"师哥敬你一杯。"

宝绽二十八岁了，哭得稀里哗啦，吸着鼻子抬不起头，端着盅一口闷了。酒是街边买的散装酒，没有名字，是真辣，辣得腔子疼，辣得嗓子里起了一团火，这些年的艰难隐忍、勉力支撑，全在那团火里烧。

"十年，委屈你了。"时阔亭一仰头，也干了。

"师哥，"宝绽抢过酒瓶，自己倒，"我也敬你。"

第二杯，两个人破涕为笑，轻轻碰了一下，异口同声："祝君好。"

两人脸对着脸把酒吞了。宝绽一迈步，脚有些软，时阔亭扶着他出去，回到大厅，应笑侬他们都在，正张罗着搭伴儿一起走。

宝绽拎着酒瓶到观众席坐下，默默地，冲着这个奢靡的剧场发呆。时阔亭知道他心里装着太多东西，没吵他，招呼大伙先离开。

静谧的午夜，空荡荡的戏台，这些年的苦闷压抑，宝绽不知道哪来了一股劲儿，咕咚咕咚灌自己酒，果不其然呛着了，咳了好一会儿，掏出手机打电话，是通话记录里的第一个号："哥……"

"嗯？"匡正在宝绽家，没睡，开着电视等他。

"你来接我一下吧。"

这是宝绽第一次求他，匡正挑了挑眉，没意识到自己笑了："好。"

宝绽把定位发过去，匡正一看是萃熙华都附近，挺纳闷。等到了地方一瞧，这么玲珑一栋仿古建筑，他更纳闷了。

推门进去，黑洞洞的走廊，只有大厅那边有一点光，循着这光，他向曲径幽处走："宝绽？"

偌大的剧场寂然无声，光线昏暗，逆光的过道上站着一个人，匡正停住脚步，隔着一段距离和他对望，只听一把酒醉的嗓子似幻似真地叫："哥。"

匡正的心像被一只看不见的手攥住了，轻声应："哎。"

宝绽没过来，翩然转身，向着戏台上的暖光走去，匡正连忙跟上，在那道缥缈的背影后闻到一股浓烈的酒精味儿："你……喝酒了？"

宝绽咯咯笑，稍侧过头，青葱的侧脸被台上的小灯映着，漾出珍珠色的流光。"喝了一点，"他拉着匡正的衣服，把他往观众席上带，一排一座，正对着舞台中央，"浊酒动人心，唯感君盛情。"

匡正怔怔看着他，像看一个不认识的人，那么瑰丽，闪闪发光。

"哥，"宝绽的眼睛红着，恰似揉了胭脂，"你是这戏楼的第一个观众，"他笑了笑，微微摇晃，"这个座儿，我永远给你留着。"

匡正看他快站不住了，伸手要扶："宝绽……"

宝绽没让他碰，骄矜地摇了摇头，转身一个小跳，踉跄着登上舞台。"今儿是个好日子，"他搭腕端手，"我给你唱一个《游龙戏凤》。"

匡正不知道什么龙什么凤，也不感兴趣，只是置身在这碧瓦朱甍的幻境，仿佛穿越了时空，陷入了一个绮丽的梦。

宝绽含着醉意起范儿，用小嗓儿，清唱西皮流水："月儿弯弯照天涯，请问军爷你住在哪家？"

这是和哥哥开店卖酒的李凤姐，偶遇微服巡游的正德皇帝，两人你问我答，暗生了情愫。匡正瞪大了眼睛，他不懂戏，只知道宝绽唱的是个女孩儿，声音又娇又美，像加了冰的糖水，甜，但不腻，清冽冽渗进心里。

宝绽开蒙时青衣、花旦兼通，这么一小段唱信手拈来："骂一声军爷理太差，不该调戏我们好人家！"

匡正入迷，恍惚间以为他真是个姑娘。

俄而，宝绽大嗓一起，从花旦赫然转老生，一把馥丽的嗓子，一副雍容的气派："好人家来歹人家，不该斜插海棠花，"他眉目多情，唇边含笑，

"扭扭捏，多俊雅，风流就在这朵海棠花！"

匡正不禁起身，出神地望向台上，女的是宝绽，男的也是宝绽，两个宝绽一刚一柔、交相辉映，叫人迷乱了阴阳。

宝绽酒劲儿上来，趔趄得厉害："忙将花儿丢地下，从今后……不戴这朵海棠花！"

匡正向他走去，在台下伸着两手，像是准备迎接一枝花。

宝绽见他接近，醉眼如水，英气一笑："为军将花忙拾起，来来来，"他几步踏到栏杆边，"我与你插，"他登上去，"插——"然后纵身一跃，"插上这朵海棠花！"

第二折

挂 帅

39

宝绽皱着眉头睁开眼,脑袋里嗡嗡的,不是疼,是胀,胀得太阳穴突突跳。

"醒了?"床边的沙发上有人说话。

是匡正。宝绽睁开眼:"嗯……我怎么在你这儿?"

"你以为我想?"匡正疲惫地撑回去,"昨晚你像块牛皮糖似的,把着我不撒手。"

"啊?"宝绽愣了,昨晚的记忆模糊不清,午夜的戏台子、一段没唱完的《空城计》、高高挂起的"如意洲"、他和时阔亭的三杯酒,之后就是那瓶劣质白酒,一切都模糊难辨,"我耍酒疯了?"

匡正无奈地点头,捏着眼角。宝绽瞧见他手背有个伤口,牙印似的,半月形:"你手怎么了?"

匡正放下手:"没事。"他把衣服扔过去,"刷牙去吧,牙刷给你准备了。"

"哦……"宝绽光着脚去洗手间。匡正的家布局和他家没什么不同,只是大理石台面像网上那些美妆博主一样,放着数不清的瓶瓶罐罐。

宝绽盯着那堆东西,全是不认识的外语,他咋了咋舌,拧开牙膏。

他牙刷到一半,匡正踱了进来,和他背对着背站在马桶前,没有一点点防备,哗啦一通水声,宝绽咬着牙红了脸:"我还在这儿呢!"

匡正一脸无所谓:"能怎的,公共厕所不也这样?"

"哎呀,你……"宝绽吐一口泡沫,"这是在家!"

匡正尿完过来洗手,宝绽躲着他,拿水抹了把脸就要出去,被匡正叫住:"回来,"他递上一条毛巾,"脸擦擦。"

"不用,"宝绽怕把他的毛巾弄脏了,"风一吹就干。"

匡正抓着胳膊把他拽过来，拿毛巾蹭他的脸，然后从那堆瓶瓶罐罐里挑出三瓶，戳在他面前："基本的保湿。"

宝绽鸡皮疙瘩都起来了："我不。"

"为什么？"

"女的才抹这些。"

匡正的眉头直跳，想起宝绽昨天说他娘："你活得怎么这么糙呢？"

"老爷们儿就是应该糙一点！"宝绽想跑，却被匡正老鹰抓小鸡似的抓住，箍着摁着往脸上涂东西："保湿水、乳液、润肤霜，这个顺序，每天早晚各一次，从今天开始我监督你！"

宝绽从二楼下来时，满脸憋屈，拿手背碰碰脸，感觉怪怪的，好像用砂纸打过，比煮熟的鸡蛋还滑。

匡正在楼上打扮，宝绽想着等等他，结果一等就没完没了：第一次催，上头说在抓头发；第二次催，上头在挑西装；第三次催，匡正说是没搭好领扣和口袋巾的颜色……宝绽绝望地坐在沙发上，感受着时间一点一滴流逝。

匡正好不容易下来，宝绽一回头，呆住了——海军蓝的双排扣西装，米白色的领带，头发分的位置和平时不一样，有种耳目一新的潇洒。

"走，"匡正拿好手机钥匙，"饿了。"

宝绽本来想说他两句，可这么精致的人戳在旁边，什么批评的话也说不出口，半个小时的等待仿佛一下子有了价值。

他们一道去对面，宝绽上楼换衣服，让匡正把粥从冰箱里拿出来，先熬着，等他下来再煎鸡蛋。

匡正熬粥已经熟门熟路，坐锅、添水、开火，一气呵成。粥很快开了，噗噗地，蒸汽喷在脸上，送来清甜的米香，叫人莫名惬意。他掏出手机，对着热腾腾的粥锅拍照片，挑一张最好的调个色，发朋友圈，没配什么肉麻的话，只发了一个闪闪的小太阳。

宝绽下来煎鸡蛋，一人打一杯果汁，面对面坐在桌边，边吃粥边聊。

"我昨晚没干什么出格的事儿吧，"宝绽拿筷子挑了一小块白腐乳，"吐了吗？"

匡正摇头，反常得没说话。

宝绽追问："真的？"

"真的。"匡正端起碗，没瞅他。

第二折　挂　帅

"不对，"宝绽把他的碗抢过来，"我到底干什么了？"

匡正抬眼看着他，欲言又止地："你……"

宝绽等着他说。

"你搂着我脖子，非说我是你女朋友。"

宝绽像只被踩了脚的小狗，整张脸扭起来："胡说！"

匡正没和他争，俯身咬了一口鸡蛋，油香四溢。

"不可能！"宝绽脑子里就没这些东西，"我从没想过什么女朋友……"

"信不信由你。"匡正把粥碗拿回来，"酱油递我。"

宝绽瞪他一眼，把桌角的酱油瓶给他："我发现你真烦人……"

匡正沉默以对，他确实没说实话，昨晚宝绽喝醉了，搂着他的脖子号啕大哭，先是喊师哥，抽噎着说腿疼，那么可怜。匡正问他哪儿疼，他又管他叫师父，说什么自己没能耐，辜负了他老人家的嘱托，那个自责劲儿，搞得匡正的心都碎了。他哄小孩似的哄他，宝绽咕咕哝哝又撒娇，一声声叫师娘，说要吃她做的葱爆肉。匡正差点没让他折腾死，好不容易他不闹了，把他安顿到床上，宝绽拽住他的袖子，轻轻叫了一声："妈。"

妈，他那个狠心的妈，丢下他一个人跑了的妈。

匡正俯身看着那张脸，又红又肿，没人要似的可怜。他给他抹眼泪，抹到嘴边，宝绽突然抓住他的手，在手背上狠狠咬了一口。

鲜明的疼痛，匡正忍着，他知道宝绽咬的不是自己，是那个不负责任、让他又爱又恨的母亲。

"晚上……"匡正呼出一口气，"咱们吃葱爆肉吧。"

听到"葱爆肉"三个字，宝绽怔了怔，然后和缓地笑起来，像是有幸福的回忆："你想吃葱爆肉啦，好啊，我给你做……"

匡正看他端着碗去厨房，那个背影直得漂亮，貌似坚强，其实早就伤痕累累，他真的需要个人来疼、来爱："你喜欢什么样的？"

"啊？"话题跳得太快，宝绽没反应过来。

"女朋友，"匡正抽了张纸巾，慢慢擦嘴，"我给你介绍一个好的。"

"不用……"宝绽先是推辞，然后腼腆地说，"一般人就行……聪明，人好，不嫌我没钱，本地外地的没关系。"

匡正掰着手指头对号入座："聪明、人好、不嫌你没钱，"他乐了，"那就只剩你哥我。"

"你可不算，"宝绽先是嘘他，接着想了想，"你要是女的，我肯定天天给你做葱爆肉，掏心窝子追你！"

匡正站起来，理了理西服。"掏心窝子，听着这么吓人呢。"他拿上车钥匙，在指头上打了个转儿，"走，送你上戏楼。"

萃熙华都和金融街顺路，匡正在戏楼前把宝绽放下，嘱咐两句，一脚油门到公司，电梯里男男女女全偷偷盯着他，海军蓝的布雷泽西装正适合初秋的天气，配上米白色的领带，有迷人的英式优雅。

到57层，他单手插兜穿过办公区，边往VP室走边朝克莱门勾了勾指头。克莱门马上过来，进屋关门，准备听工作安排，没想到匡正往办公桌上一靠，挺认真地问："认不认识好女人？"

"啊？"克莱门愕然。

匡正的手机忽然响了。是白寅午。他接起来："喂，老白。"

"立刻上来，"白寅午的声音透着喜气，"63层。"

匡正挑眉，63层在董事总经理楼上，只有一间大会议室和几间小会客室，平时没人用，总行高层来人才打开。

"马上到。"匡正挂断电话，紧着领带往外走，坐上电梯，他心怦怦跳，听白寅午的语气，像是有好事临头。

工作人员在电梯口等着，待他一出来立即把他往会客室领。左右对开的木门，匡正走进去，屋里坐着几位公司年会上才见得到的大佬。

"匡正，"白寅午站起来，微笑着介绍，"投行事业部推荐的执行副总裁人选。"

40

匡正从63层下来，在电梯里就给宝绽打电话。

这次总行高层是来听投行部三季度业绩汇报的，白寅午就着这个机会强势推荐了匡正一把。双方只是简单见个面，说了两句话，匡正给每位大佬倒了一杯酒。白寅午送他出会客室时，拍着他的肩膀说："执行副总，有戏。"

匡正翘起嘴角，同时又隐隐觉得奇怪，老总们过来，不应该只有老白一个人在场，老王、老方为什么没作陪？而且最近代善静得很反常，想起他上次说的什么"下场",心里总有点……

"你好。"听筒里响起一个陌生的男声,年纪不大,有些低沉。

匡正愣了一下:"宝绽呢?"

"你是哪位?"

匡正不喜欢他的口气:"我是他哥。"

"哥?"对方很惊讶,"什么哥,我怎么不知道?"

匡正笑了:"他有几个哥都得你知道?"

"我……"那边的声音远了。接着,宝绽接过电话:"哥!"

他喘得厉害,匡正皱眉头:"你干什么呢?"

"练功,"边说,宝绽边跟那边的人解释,匡正模糊听见,什么邻居大哥、对他很好之类的,"翻跟头翻到一半。"

匡正绽开一个笑,走出电梯:"那人是谁?"

"我师哥。"

哦,就是那个"师哥,我疼"的师哥,匡正不咸不淡地说:"晚上空出来。"

"干吗?"听语气,宝绽不大乐意。

"高兴,想叫你出来开心一下,"这种话匡正是不会在公司说的,走进办公区,他还是那个高高在上的VP,"让你空出来就空出来。"

"我晚上有打工……"

匡正扫一眼自己那帮鬼灵精的下属,放低声音:"打工重要还是我找你重要?"

那边静了片刻。"……好吧,"宝绽挺勉强,少打一天工就少一份收入,他肉痛,"你几点来接我?"

"七点半,"匡正进入VP室,放下百叶窗,"等我。"

挂断电话,他解开西装扣子,长出了一口气。这个执行副总职位来来去去、反反复复,折腾他够久了,终于要拨得云开见月明。

接下来的一整天,匡正有些坐立不安,很难说是兴奋,更像是焦虑,他也不知道自己焦虑什么,也许是第六感,总有种不落底的担忧。

七点一到,他准时从万融出发,七点二十五分到莘熙华都对面。宝绽拎着个帆布包,已经在路边等着。

匡正放下中控:"怎么下来这么早?"

"我怕你空等，"他坐上车，系好安全带，"这条道上警察多，万一挨罚不值当。"

"没事儿，"匡正闪左转灯，单手打轮儿，"下次在楼里待着，等我电话。"

宝绽点头："到底什么事儿，神秘兮兮的？"

匡正笑了："神秘吗？"他不直说，拿眼尾瞟着宝绽，故意逗他，"没事儿不能找你出来溜一圈？"

"穷溜达我可不去，"宝绽看他卖关子，也拿一把乔，"你正好送我去翡翠太阳，我还能上会儿班。"

"你的班六点半，时间早过了，"匡正对他的生活细节了如指掌，忽悠不了，"哥耽误你上班了，带你去看海。"

"海？"宝绽一双水波眼瞪得老大。哪儿有海？

正好是红灯，匡正把西装脱下来给他："盖上睡会儿，到那儿得半夜了，到地方叫你。"

"不是，"宝绽觉得难以置信，和匡正在一起好像什么神奇的事儿都能发生，他就像个魔术师，无所不能，"半夜……咱们去看海？"

匡正靠过来教他调座椅，然后把手机蓝牙打开，找个肖邦钢琴曲合集，点击播放："睡觉。"

宝绽乖乖闭上眼，心里莫名期待，车水马龙的夜，和要好的朋友一起，开着车去看一片不知名的海，这是他想都不敢想的生活。

七点半从市内出发，跨市到上次应酬万国的那处海岸，全程三个半小时，开进海滩停车场时十一点刚过。匡正给车熄火，转头一看宝绽，脸半埋在西装外套里，睫毛微微地眨。

"你睡着了吗？"匡正问。

"没有，"宝绽探出头，"兴奋，睡不着。"

"没睡着你躺什么尸？"匡正无语，"跟我说会儿话啊，听肖邦听得我直犯困。"

"我怕打扰你开车。"宝绽把座椅拉起来，"我听人说上了高速不能和司机说话，容易出事故。"

"睡着了比说话还危险。"匡正开门下车，去后备厢把在公司吧台买的啤酒和炸鸡拎出来，啪地拍上箱盖，他忽然想到，"你没上过高速？"

海风吹来，匡正的西装在宝绽身上啪啪响。"没有，"宝绽吸一口海边的空气，激动地说，"我第一次出城！"

匡正默然。这个人一直生活在最低消费线，二十八岁没上过高速，没离开过从小长大的城市，他的世界太窄了，窄得让人心疼。

"以后带你去马尔代夫、夏威夷、大堡礁，让你看全世界最好的海。"匡正指着天上，上次给他发过照片的，"天琴座。"

宝绽仰头看星，海上的星像少女的眼，一眨一眨的，当空闪耀。他们并肩走向海滩，北方的海没有柔软的细沙，没有椰树和比基尼，有的是嶙峋的礁石和击碎在礁石上的海浪，扬起白色的泡沫，飞过月光，如轻雪。

两人随便找块地方坐下，把啤酒和炸鸡拿出来，啤酒不凉，炸鸡也不热，啪嚓拉开易拉罐，轻轻碰一下，咕嘟咕嘟解渴。

"好爽，"宝绽抹一把嘴，"大海、啤酒、炸鸡，完美。"

"要是西装做出来就更完美了。"匡正胳膊肘支在膝盖上，迎风看向他，头发被海风吹乱，"这周的宴会赶不上了，下次吧。"

宝绽并不可惜什么宴会，平凡拮据的生活让他学会了知足："有戏楼，还有西装，"他感叹，"我真是个幸福的人！"

匡正笑，掏出手机，边吃炸鸡边看微信。七八十条朋友圈通知，他点进去，全是点赞早上那张粥锅照片的，下面各种各样的回复：

"行啊你，这是要定下来了？"

"你这什么狗命？？？我老婆连碗都不给我洗！"

"老弟什么时候办事儿，我下半年在挪威，明年回国！"

"你这藏得也太好了吧，哪天领出来兄弟们见见？"

……

"什么鬼……"匡正傻眼，其中还有一条是他妈发的，头像是朵含苞待放的兰花："小正，妈妈的好儿子！"

匡正哑然，立刻往上翻那张照片，就一锅粥，他们是怎么联想出那些事儿的，他回复："我就不能自己煮锅粥吗？"

宝绽凑过来："看什么呢？"

匡正赶紧扣下手机。

"哦，"宝绽撇嘴，"不让看就不看呗。"

朋友圈马上有人回复：

"不能，你这种人这辈子都不可能自己煮粥。"

"不能，除非黑天鹅[1]出现。"

"不能，理由同上。"

匡正来气，飞速打字："大半夜不睡觉跑网上来聊什么骚！"

41

第二天，匡正送宝绽进市内，上了车，他照旧把西装递过去。

昨晚去了海边，平时又总是被照顾着，宝绽有些过意不去："哥，总是让你担待我。"

"什么担不担待的，"匡正把西装扔到他腿上，"披上。"

宝绽摸着那昂贵的料子，心里堵着好多话，一句也说不出来。

匡正像是知道他怎么想的："你呀，就是心思太重。"他挂挡打轮儿，无论姿势还是神态，都透着成熟男人特有的魅力，"你冷，你哥给你衣服，你披就完了。"一连三个"你"。

宝绽抬头看着他。

"不光是衣服，做事儿也一样，"匡正把自己十年职场打拼的经验告诉他，"一个男人，不能太在意别人的眼光，不能缩手缩脚，更不能犹豫不决。"

又是一连三个"不能"，一针见血，刺破了宝绽的心防。

这些年经济上的拮据、事业上的惨淡，不知不觉消磨了他的傲气，甚至让他在同龄人面前抬不起头，这么大一个社会，他找不到自己的位置，仿佛一朵飘浮的雨云、一株寄生的杂草，在彷徨中日渐憔悴。

"你得立起来，"匡正指着自己的胸口，意思是从心里头、从精神上，"和你的背一样，立得溜直。"

一句话，宝绽的心就被他牢牢抓住了。

到戏楼门口，匡正把他放下，宝绽一直目送帕纳梅拉开远。良久，他才转身进楼，一抬头，见朱漆的楼梯扶手上坐着个人，悠游地跷着腿，一身蓬勃的朝气。

是萨爽："宝处！"

1.黑天鹅：指毁灭性的小概率事件。

第二折 挂 帅

"怎么又来了，"宝绽仰视他，"你不是还没毕业吗，学校不管你？"

"我们那儿就那样，"萨爽嘿嘿笑，一纵身滑下来，"再说最后一年，大家都踅摸着找下家，早放羊了。"

他把一张彩印的宣传单亮在宝绽面前："我印的，你看看。"他那个献宝的样子，是真拿如意洲当东家，"小爷亲自操刀设计，印了500份，咱们今天就出去发吧！"

宝绽接过单子，边上楼边看："钱你出的？"

萨爽不当回事儿："小钱儿。"

"跟老时报账，"宝绽一点也不含糊，"等团里有钱了给你。"

"啧，"萨爽撇嘴，"谁要跟那家伙报账？"

宣传单上是个卧鱼儿的贵妃，珍珠冠五彩帔，背景是大红色，用行草，左边一句"赏生旦净丑国粹旖旎风采"，右边一句"与男神女神共度心动瞬间"，中间七个大字"百年剧团如意洲"，下面还有一行小字："萃熙华都店盛大开业，限量酬宾，池座票价30元，更有情侣优惠套餐！"

宝绽忍不住笑，揉了揉这小子的脑袋："行啊你，"他一锤定音，"就这么办了！"

全团的人除了邝爷，都出去发传单。大家七嘴八舌分工，说不清是谁出的幺蛾子，应笑依被推出来，披上粉褶子，插上水钻头面，穿上花边裙子和彩鞋，一副《春闺梦》里"莫辜负好春宵一刻千金"的小媳妇扮相，被迫到如意洲大门口"营业"。

"女的我们爷们儿负责，你专招呼男的哈。"大伙走时，萨爽特意交代他，"千万别张嘴，你一张嘴真的梦碎。"

"碎你个大头……"应笑依想骂，但顶着这身行头，再大的火也得压下去，这是他作为乾旦的基本修养。

"哎，对，对！"萨爽还气他，"就这样，美起来，媚起来！"

"滚！"应笑依从牙齿缝里挤出一个字，翻个眼皮转过身，马上换了一副风华绝代的柔媚情态，袅袅婷婷向十字街头走去。

戏楼附近是最热闹的商业街，时阔亭个子高，一边脸上还有酒窝儿，不少小姑娘打这儿过特意往他前头凑，领张传单后嚼着笑离开。

"小哥哥，"背后一个娇滴滴的声音，"能给我一张传单吗？"

时阔亭立刻回头："如意洲，请多关——"

面前站的是陈柔恩，一米七几的大个子，一头漂亮的黑长直发，时阔亭别开眼："你不是在东街吗，过来干吗？"

　　他擦过她，继续去找小姑娘"下手"。陈柔恩连忙跟上："我想过来和你一起发，不行啊？"

　　"你一来，女孩儿都不往我跟前凑了。"时阔亭抱怨，确实，来往的小姑娘一看他身边站着个9分美女，都不愿意靠近，"赶紧，自己找地方去，咱俩都清净。"

　　他的话音还没落，两个踩着四轮滑板的街头男孩嗖地在面前停下："小姐姐，能给张传单吗？"

　　陈柔恩斜时阔亭一眼，眼里是满满的得意：瞧，没有小姐姐，咱们有小哥哥上门！

　　她挂上一脸营业般的笑容："如意洲，请多关照。"

　　拿了传单，他们不走，又问："小姐姐，能给个微信吗？"

　　陈柔恩仍然一脸营业笑容。"好呀，"她特自然地挽住时阔亭的胳膊，"我的码在我男朋友手机上。"

　　听见"男朋友"仨字，那俩人去得比来得还快，脚底生风，一溜烟没影了。时阔亭冷着脸把胳膊从她手里抽出来："咱们一个团的，你自重。"

　　陈柔恩带笑的嘴角微微抽动，她在别人面前一向自重，甚至高傲，只有对着时阔亭才这么"不值钱"。到底岁数小，她没沉住气，把心一横挑明了："你又没有女朋友，为什么不理我？"

　　这样的大胆、热情，时阔亭招架不住："我没心思交女朋友。"

　　陈柔恩追问："那你的心思在哪儿呢？"

　　时阔亭躲着她："宝绽和如意洲。"

　　如意洲就算了："宝处什么鬼？"

　　"我兄弟，我班主，"只剩最后几张传单，时阔亭一抽，纸边割破了手，一滴血冒出来，"我一辈子都放心不下。"

　　陈柔恩没想到宝绽在他心里这么重："你不找，人家还找呢！"

　　"什么时候他有人儿了，"时阔亭决绝，想彻底断了她的念头，"我这个当哥的再想这事儿。"

第二折　挂　帅　　　　　　　　　　　　　　　　　　　　179

42

时阔亭回如意洲,还隔着一个路口,就看前面熙熙攘攘围着一群人,个个举着手机,像是出了什么事。

他跑上前,人挤人地看不清,只见大大小小的手机屏上全是一个身影——淡粉色,一对杏眼,两抹红脂,是顾盼生辉的应笑侬。

时阔亭翻个白眼,这小子,玩含情脉脉真是一把好手。

路人轮番等着合影,争争抢抢少不了吵几句。时阔亭看场面挺乱,没走开,掏出手机在旁边待着。

男的女的都有,搭个肩碰个背,都很规矩,只有两个老外拽着应笑侬的手非要跟他贴脸,应笑侬不干,围观群众也不干,两边你一言我一语,吵起来了。

时阔亭收起手机往里挤,那俩老外不会说中文,用英语跟大伙吵,叽里咕噜一句也听不懂。时阔亭喊应笑侬,让他赶紧出来。

应笑侬扬起水袖作势要走,那俩老外可能是气急败坏,也可能是借题发挥,一把抓住他的腕子,拉住了,死活不放。

这下人群翻脸了,这是明目张胆欺负人,是当街耍流氓,是在我们的大街上公然调戏我们的"女人"。好几个大学生已经撸胳膊挽袖子,要上去干一架。

一看这形势,时阔亭气沉丹田,大吼了一声:"都给我靠边儿!"

那嗓子亮得,把这么多人全镇住了,趁着这个当口儿,他挤进去,揽着应笑侬的腰把他往外带。

最先有反应的是外围的女孩子们,虽然看不清,但她们知道"救美"的是个高个子帅哥,少女心发作,响起一片不小的尖叫声。

那俩老外也反应过来,一左一右搭住时阔亭的膀子,没说话,但眼神发狠,显然是不让他好走。

时阔亭也不是吃素的,练了这么多年功夫,学了那么多"两肋插刀"的戏码,把应笑侬往外一推,反身瞪回去:"怎么的,金毛儿,想练练?"

那俩外国人比他矮，但很壮，胳膊把T恤袖口撑得满满的，人群里马上有人喊："小伙子，别跟他们硬碰，外国人，出了事儿你倒霉！"

"外国人怎么了！"年轻一点的咽不下这口气，怂恿时阔亭，"外国人就能侮辱我们的国粹？大哥，揍他！"

时阔亭的脾气，应笑侬知道，关键时刻根本搂不住火。果然，他一手掩胸一手跨步，眼看要出拳，下一秒，应笑侬搭住他的胳膊，使了点小劲儿，眉含春眼含笑，抖着水袖走上去。

"Hey，pussy！"那俩外国人乐了，满脸的无耻下流。

"他骂人！"有听得懂英语的，立刻喊。

应笑侬弯起海棠色的嘴角，把时阔亭往身后拽，也不顾萨爽的嘱咐，一张嘴，一句流利的英语："Get out of my face，pervert!（离我远点，变态！）"

让人惊的不是传统戏曲演员说英语，而是那把嗓子，清脆明亮，婉转低沉，分明是个男孩子。

那俩外国人有点蒙，围观群众很快回过味儿来，大家伙你看我我看你，不约而同哈哈大笑，笑这俩外国人跑到中国来耍流氓，还耍错了对象，被人家当面嘲了一脸。

"He's a boy!（他是男的！）"有欠儿的，凑上去告诉他们。

"Yeah，you bloody blind!（对，你们什么眼神儿！）"

"这下 you know（你们知道）了吧！China 文化 big big deep deep（博大精深），你们连公母都分不清，还跑这儿耍 what liumang（什么流氓）！"

中国人的嘴损起来毫不留情，那俩人又茫然又懊火，一分钟也待不下去，转身想走，大伙哪那么容易放过他们，追着赶着，看相声似的，发出持续的嘘声。

时阔亭的劲头还没过去，也要上前掺一脚，应笑侬硬把他拉回戏楼："干什么你，自己家门口发什么疯！"

"你管我呢，"时阔亭把手拽回来，"他们活该！"

"宝处不在，"应笑侬边上楼边摘鬓花，"我要是不管，你这孙猴子不成精了？"

"还不是你惹的是非？"时阔亭看他偏头摘花那个样子，柔媚娇丽，配着红漆的栏杆，着实漂亮。

"唉，"应笑侬叹一口气，很自责，"没办法，天生丽质难自弃，红颜祸

第二折 挂帅　　　　　　　　　　　　　　　　　　　　　　　　　　　181

水起纷争，我以后注意。"

时阔亭一口痰堵在嗓子眼儿，特别想呸他一下，什么柔媚、娇丽，通通叉掉，这就是个戏精上身的糙老爷们儿。

"宝处还没回来？"到二楼，应笑侬往宝绽那屋瞧。

半圆的一条弧形走廊，休息室按着资历排，宝绽的在最里头，然后是邝爷、时阔亭的，接下来是他和陈柔恩、萨爽的。

"可别碰上什么事儿，"应笑侬有点担心，"他要是有事儿，我可得去拼命。"

"得了吧，"时阔亭掏出钥匙，"你以为他是你？"

应笑侬瞪他一眼，开门进屋。

"阿嚏！"宝绽抱着一沓传单，狠狠打了个喷嚏。

他在如意洲后身的步行街，街面很宽，两旁是鳞次栉比的高端奢侈品店。他是土生土长的本地人，但来这条街还是第一次，街上的人和别处不大一样，个个都像匡正，有种不屑于把眼睛往下瞧的样子。那些人看见他和他手里的传单，先是蹙眉，然后绕着走开，好像他身上有什么细菌病毒，沾上就甩不掉似的。

宝绽局促地站在繁华的街头，宣传单递了几次，都被不着痕迹地躲开。他一抬头，看前边有个咖啡座，客人不多——三两个先生，一位女士。

他鼓足勇气走过去，尽量不惹人厌，低声说一句"传统文化，请多支持"，然后把传单压在烟灰缸底下。

即使这么小心，那些人也不给面子，仿佛有种天然的傲慢，宝绽还没走，他们就把传单抽出来，翻手扔在地上。

一瞬间，宝绽的脸白了，虽然只是微不足道的一页纸，但那上头是如意洲，是他和大家伙的希望，这么被人甩在脚下，他心里头疼。

拳头攥了又攥，好半天，他弯腰把纸捡起来，没说什么，默然转身，这时背后有人叫他："哎，等等！"

宝绽绷着嘴角回过头，见是座上唯一的女客人，四十多岁，一头利落的短发，灰蓝色的指甲间夹着一根香烟，朝他招了招手。

宝绽平复一下情绪，走过去。

"坐，"她说，弹了弹烟灰，"传单给我看看。"

听她说要看传单，宝绽的表情缓和了一些，递一张给她，但没坐。

"坐，"她又说，指着自己身边的位子，"坐这儿。"

宝绽不知道她是什么意思，犹豫着没动。"你那堆传单都给我，"她吐着烟圈冲他笑，"姐帮你全发了，能坐了吧？"

匡正从桌边起身，不太舒服，可能是领带系紧了，也可能是盯电脑的时间太长，他转着脖子走向窗边。天上是一片巨大的乌云，低低压在城市上方，驾着风，缓慢移动，有山雨欲来风满楼的气势。

安静的室内，手机突然响了，他接起来："喂？"

"上来。"是白寅午。

就两个字，电话挂断，这么多年上下级，匡正了解老白，越是大事，他的话越短。

走出VP室，太阳穴隐隐在跳，他坐电梯上62层，敲开白寅午的门，深吸一口气，强装着精神焕发："找我什么事？"

白寅午靠在桌边，没穿西装外套，桌上有一个空杯子，显然刚喝了酒。匡正有种不好的预感，默不作声在沙发上坐下。

白寅午没过来，他松了松领带，像是难以开口："执行副总的命令下来了。"

匡正两手握到一起，说不紧张是假的，微侧着头，等着他往下说。

白寅午没马上露底，又给自己倒了一杯，端到嘴边："匡正，我——"

"行了，老浑蛋，"匡正强忍着头疼，没耐心跟他兜圈子，"是死是活一句话。"

"恭喜你。"白寅午说，语气有些疲惫。

匡正握在一起的手陡然松开："是我，你废什么话？"他勾起一个志得意满的笑，抬手搭上沙发背，"大恩不言谢，弟弟慢慢报答你。"

白寅午却没笑，把那杯酒一饮而尽，叮地放在桌上："这个执行副总裁暂时挂在投行部下头，工作地点在——"

"什么意思，"匡正聪明，而且敏锐，腾地从沙发上起来，"什么叫'暂时'？什么叫'挂在'？！"

"你也知道，商行那边的业绩这几年持续下滑，"白寅午的口气变了，不再是对自己人的推心置腹，而是对下属的公事公办，"国家的利率控制，如意宝、余利宝的冲击，城商行的挤压，万融这几年存款规模萎缩了近三分之

第二折 挂 帅

一，利差——"

"够了啊，"匡正的太阳穴越跳越厉害，他想笑，想把这当成一出恶作剧，但皱起的眉头有几分可怜，"有意思吗你？"

"大笔的钱在富豪们手里攥着，太浪费了，"白寅午没接他的茬儿，继续那份准备好的说辞，"所以总行决定成立万融私人银行部，由一名执行副总裁挂帅，以吸纳高净值客户的资金为目标，正式进军财富市场。"

狗屁高净值客户！狗屁财富市场！匡正最瞧不起的就是那些没命公关有钱人的人："我一个干并购的，被打发去搞私银，你直接扇我一巴掌得了！"

白寅午没说话，他除了是匡正的老大哥，还是万融投行部的董事总经理，于私，他有痛惜，但于公，公司的决策必须执行。

"我是这条街上最好的估值手！"匡正的头疼得要炸了，挣扎着，想挽回局面，"万融那么多废物，为什么不派个——"

"因为他们是废物，"白寅午直说，语气异常冷漠，"你在千禧这个案子上的嗅觉，从卖方转买方的果断，还有借融资机会给商行搞的那笔贷款，上头都看见了。"

匡正盯着他，心头一下雪亮，上次总行那几个高层来，根本不是什么例行会面，是专门来和白寅午密会的，他们要揪出一个冤大头去接私银这口没人要的烂锅！

"白寅午……"第一次，他直呼老白的名字，仿佛一头被骗进陷阱的野兽，眼眶充血发红，"我跟了你十年，你他妈阴我！"

43

白寅午面无表情，回到办公桌后，从桌上的扁木盒里夹了根雪茄，慢慢预热："匡正，你别忘了，当初是你给我打电话，让我无论如何帮你一把。"他抬起眼，从炙热的火苗后头看过来，眼睛里像有一块冰。

"我他妈让你帮的是投行部的执行副总！"匡正碾着牙，刀子似的瞪着他，"你明知道我对M&A的感情，明知道估值和交易带给我的骄傲！"他深吸一口气，"可你没阻止，我他妈就像堆垃圾似的被你扫出去了！"

白寅午低着头烤雪茄，一言不发。

"就为了让上头高兴吗？啊？"匡正逼问他，到现在他都不相信，白寅午真的不要他了，"我对你就屁都不是吗？！"

白寅午啪地熄灭火机。"匡正，"他夹着那支烟，手指微有些抖，"你跟了我十年，拿我当师父当大哥，可你想想，我也有师父有大哥！现在公司遇到困难了，需要有人去破冰，我师父找到我，我能跟我师父说'不'吗？"

匡正哑然。

"到底是跟你的十年重，还是跟我师父的十年重，我不比较，也比不了。"白寅午扔下烟站起来，"我只知道这是公司的决策，这个决策在当前的形势下刻不容缓，而我，作为投行部的董事总经理，必须推动！"

"董事总经理"几个字，他咬得很重，在这栋楼里，他先是投行部的老大，然后才是匡正的师父。匡正明白了，白寅午是站在高管层的角度看这件事的，在公司利益面前，他个人的得失微不足道。

"我要是不干呢？"

白寅午没直接回答，而是换了另一种说法："匡正，私人银行部是个全新的部门，你是它的奠基者，它将按照你的意志塑造，所有的人、财、物，尽在你一手掌握，说白了，你是那片财富的王。"

匡正心里很乱，太阳穴的血管一鼓一鼓的，好像随时要爆开。

"这是个战略决策，公司对私人银行寄予厚望，之所以挑你过去，是希望你能开天辟地，"白寅午郑重地说，"因为你是万融最好的VP。"

他说得太好听了，好听得匡正都要信了。"老白，你不用给我洗脑了，"他斩钉截铁，"我不干。"

"不干，"白寅午也是M&A出来的，虽然坐了几年高层办公室，但狼性仍在，"你就什么也别干了。"

这是赤裸裸的恫吓，如果拒绝，匡正可能会失去万融的工作，他震惊地盯着白寅午，想从他脸上看出些什么——真情、假意、狠毒，或是歉疚。

"出去吧，"白寅午却背过身，声音低沉，"我给你时间，好好想想。"

匡正攥起拳头，转身离开，太阳穴胀得疼，他出门拐个弯，在中厅的大飘窗下，与正在抽烟的代善和方副总狭路相逢。

"哟，小匡，"方副总一扭头，看见他，笑了，"恭喜啊。"

匡正的脸瞬间僵硬，尚未公布的机构变化和人事安排，这家伙居然知道！

方副总和代善聊了两句,笑着回自己的办公室,在跟匡正错身而过时轻哼了一声,仿佛是嘲弄。

匡正耳朵里响起尖锐的嗡鸣。面前,代善喵着烟向他走来,一身庸俗的米黄色西装,一颗油头,不怀好意地叫:"匡副总。"

匡正耳鸣得厉害,皱着眉头:"你叫谁呢?"

"别装傻了,"代善歪头看向窗外,"这条金融街上就没有我不知道的事。"

匡正绷紧了脸,没说话。

"记着,"代善把眼睛转回来,上挑着看他,有种尖锐的阴狠,"这个执行副总是我让给你的。"他想在匡正的伤口上再撒把盐。

"让给我?"匡正如打碎了牙吞口血,硬挺着,"要真是你嘴里的肉,打死你你也不会吐出来。"

"啧,"代善冷笑,"如果我真想要这个执行副总,就凭你千禧那个失误,我能弄死你信不信?"

匡正信,这两个月里他不止一次觉得代善过于安静,安静得让他发毛。"我信?"他强作轻松,"我信你就有鬼了!"

"匡正,"代善直接把烟掐灭,他喜欢这种微烫的热度,"我早知道这个执行副总的位子是留给私银的。"

匡正的心理素质再好,再能演,这时候他也愣了。

"人有人道,鬼有鬼道,"代善把烟头扔在地上,"我的道,你不服不行。"

什么道能那么早就知道设立新部门这样的异动,两个月前,恐怕白寅午还被蒙在鼓里,人力资源部?总行高层?董事会?

"你的聪明劲儿用错地方了,"代善一副幸灾乐祸的口气,"做成十个二十个千禧又能怎么样,自己的事儿没整明白,你还混什么混?"

匡正铁青着脸,即使刀已经架在脖子上,他仍顶着一口气,不服输:"代善,你当我是第一天认识你?"他挺起背,居高临下觑着他,"你和我根本不是一种人,扔给你块骨头你就叼,私银的副总我不想去,你未必。"

代善瞧着他,缓缓笑了。"哥们儿,真了解我,"他朝匡正贴过来,"这个私银我不争,是因为——"

匡正目光灼灼地盯着他。

代善忽然问:"白寅午没跟你说?"

这给了匡正一记重拳,他是白寅午的心腹,全万融都知道,最能击溃他的，就是被信任的上司抛弃的悲哀。匡正艰难地滑动了一下喉结，在全线崩溃的边缘。

代善就等着他崩溃。"那哪是什么正经单位？"他搭住匡正的膀子，"是比利时一个外资私银在咱们这儿干不下去了，退出时留的烂摊子，要人没人，要钱没钱，除了办公楼地段还不错，就是个赔本买卖。"

匡正难以置信，等着他的居然是这么一个泥潭，怪不得上次代善说要看他的"下场"，原来这就是他的下场，被从金融街流放。

"买入都没通过你们M&A吧？我猜，是走的债务程序。"代善给他透底，"一开始是想让商行接，商行那帮孙子，你也知道，不是这个的儿子就是那个的女婿，没一个顶得了雷，上头就想塞给我们投行部，老白这才把你——"

他没说完，匡正就已拂袖而去。他真的不行了，入行十年，第一次一败涂地，不是败给项目、败给对手，而是败给了情分、败给信任。

走进电梯，鼻子里发热，接着下巴有点痒，他下意识一摸，摸下来一手血，低头看，白衬衫胸前落着几点新鲜的血迹。他连忙拽口袋巾捂鼻子。血流出来，太阳穴的疼痛缓解了不少，头脑随之清晰，一清晰就特别怕这时候有人进电梯，看见他的血、他的狼狈，他甚至不敢回57层，神经质地不停按着B2。

从62层到地下停车场，一路急转直下仿佛他的人生，心脏被失重感攫住，血从鼻腔流进咽喉。他把手机掏出来握在手里。可是打给谁呢？家里人想都不用想，工作上的人只会暗笑他失势，这种时候只有一个人——宝绽。

他点开通讯录，拇指悬在那个名字上，迟迟按不下去，跟他说什么？说自己的事业受挫，一个人在电梯里鼻血不止？他说不出口，在宝绽面前，他一向是被依靠的强者，让他卸下光环，把最难堪的失败和脆弱给他看，他做不到。

收起手机跨出电梯，匡正上车发动引擎，脑子里像是空了，只想着冲出万融，冲出这个丑陋的水泥森林，出去喘一口干净的空气。

汇进繁忙的车流，他在偌大的城市里漫无目的地游荡，从南到北，从东到西，不知道绕了多久，恍然回过神来，发现置身在南山的老城区。

一片低矮的民房，富有特色的红砖楼。他记得这地方，前不久来过，附近有一个萧条的剧团，那里有一个令人难忘的演员，他有一双猛虎啸月般的

第二折 挂帅

漂亮眼睛。那眼睛让他想起宝绽,同样是唱戏的,不免有一种莫名的亲近,他打个轮儿,左转拐进白石路。

凭着记忆在小巷间穿梭,他七拐八拐,终于找到了那栋50年代的建筑。106巷56-2号,门口停着一辆厢式货车,几个工人正搬着家具进进出出。

匡正锁了车,走过去,往楼里看。整个楼道灯火通明,两个包着纱巾的中年女工正站在木架子上刮大白。

"你好,"他跟门口歇着的工人打听,"这里是不是一家剧院?"

"不知道,"工人舔着冰棍儿,"我们就管搬东西。"

旁边不远处立着两块崭新的牌子。匡正扫一眼,是个什么儿童培训中心。老掉牙的京剧团果然敌不过时代的摧折,支撑不住,搬走了。

他走进大楼,穿过忙碌的工人上楼梯,向左拐。上次那间挂着"烟波致爽"中堂的屋子,如今人去楼空,只有斑驳的墙面和两把掉腿的椅子,地上零零碎碎一些杂物,落着一张照片。他捡起来,上头是一对儿戏曲演员:左边的穿红裙子,包蓝头布,扮相匡正见过,是离家出走的应笑侬;右边的人挂着一副黑髯口,身上是藏蓝色的仙鹤补子官袍,眼睛正对着镜头,神采斐然。

44

匡正盯着那双眼睛,像要被吸进去,细看眼角眉梢,似乎有些熟悉……这时手机响了。是欧阳女士。他叹了一口气:"喂,妈,我现在忙,一会儿给你打回——"

"妈妈就一句话!"匡妈妈大声说,周围环境嘈杂,能听到一帮小姐妹在叽叽喳喳,"我未来儿媳妇姓什么呀?"

匡正把照片放在一张破椅子上,转身往外走:"什么儿媳妇?"

电话那边静了。匡正马上想起来,那天在吃黄土泥烧鸽子,他信誓旦旦地撒大谎:"啊,你说她……我这忙得,脑子没转过来,"他只能继续骗,"姓宝。"

"宝?"匡妈妈没听清,"姓包啊?"

"宝贝的宝,"匡正下到一楼,从杂乱的老楼里出来,"他满族。"

"哎哟,"匡妈妈感叹一声,跟小姐妹们说,"我儿媳妇连姓都这么好听,宝贝的宝,你们听听!"接着,她又跟什么人说:"小姐,是宝贝的宝。"

匡正顿住脚:"妈,你干什么呢?"

"和小姐妹们逛凤华楼,银镯子免费刻字。"匡妈妈咂了下嘴,"上次看你发过来的照片,那个镯子样式太老了,小姑娘好招人疼的。"

匡正愣了一下,只是一张照片、一只半露的镯子,他妈就看出了宝绽的不幸。

"她家里人不疼她,妈妈要替你疼她的。"

匡正佩服妈妈的细心,也怕她是真上了心:"妈,不用,我们在一起才没几天,还不到你送东西的时候。"

"一个银镯子三五百块的,"匡妈妈给未来儿媳妇花钱一点不心疼,"将来娶到手了,金镯子十个八个的,妈妈眼睛都不眨一下!"

匡正有种骑虎难下的无奈:"不是,妈——"

那边不理他了,就听电话里七嘴八舌:"……满族好哇,少数民族有优惠政策的,将来孙子上学、评优、高考,都快人一步!"

"欧姐,你好福气哦,儿子娶了个'宝'回家!"

"人家儿子也优秀啊,年纪轻轻就住大别墅,我见过照片的,帅得嘞,简直电影明星一样!"

这一通吹捧,把匡妈妈高兴得合不拢嘴:"小正啊,妈妈不跟你说了,差不多就定下来,妈妈爸爸等着抱孙子呢!"

电话断了,恰好一阵秋风吹过,匡正心头有点凌乱,拉开车门坐上去。他在方向盘后发了会儿呆,然后给宝绽打电话。

又是好半天才接,那头呼哧带喘地:"哥!"

这种感觉很奇妙,只是普普通通一声"哥",匡正的心却像被抚慰了,安定下来:"练功呢?"

"嗯,踢腿,"宝绽抹一把汗,"过两天想试演一场。"

"唱戏……"匡正骨子里是个高傲的人,他一直认为投行的职场才是职场,别人的都不值一提,今天他挫败了,才第一次问,"是不是很辛苦?"

宝绽察觉到他的不同,认真答:"嗯,挺辛苦的,力气活儿,"接着,他笑,"不过我们这些人都是苦过来的,习惯了。"

所以才有股打不断折不弯的韧劲儿。匡正点头,没说话。

"哥,"宝绽试探着问,"你怎么了?"

"没事儿。"匡正呼出一口气,"我在想,我可能一直都太顺了,其实很多人的职业比我更不容易。"

他很少自我怀疑,宝绽有些担心:"哥?"

"宝绽,"匡正叫他的名字,像有什么重要的话说,结果出口只是一句,"我晚上不回去吃了。"

如果是平时,宝绽一定说"好",这次却追问:"那你什么时候回来?"

"得下半夜了。"匡正发动车子,"我请部门的人出去疯一晚上。"

宝绽感觉他要挂电话,连忙叫:"哥!"叫住了,又不知道说什么,只吐出三个字,"我等你。"

"我等你",再简单不过的一句话,却胜过千言万语,匡正此时此刻最需要的,也不过是一盏亮着的灯、深夜里一个等他回家的人。

放下电话,他从南山区开回市中心,先到商业街买了件衬衫换上,之后回万融。近七十层的大楼伫立在云端,漆黑的停车场入口像一只贪得无厌的嘴巴,吞吐着无数人的野心和欲望。

到57层,他走进办公区,克莱门立刻站起来,两手拍了拍,接着,每一个工位上都响起热烈的掌声。

匡正第一反应是任执行副总的事公布了,这帮小的都知道他要被调去私人银行,他忽然怕,怕他们会同情他——一个即将被从总部扫地出门的领导……

"恭喜老板!"克莱门由衷地笑,"万国顺利通过千禧的二轮报价!万融无悬念胜出!这是我们M&A本年度的第七次成功交易!"

整个办公区一片经久的喝彩,匡正又做成了一单,曾经汲汲以求的成功,时至今日,却成了一场辛辣的讽刺。他看向面前这些年轻人,每张脸都那么鲜活,他们还有热情,有希望,有不可限量的大好未来。

"你们这帮小子,最近辛苦了,"匡正挂上一个笑,"下班都别走,老板买单,带你们去翡翠太阳放松!"

"翡翠太阳"四个字一出,办公区先是肃静,接着山呼海啸,"老板,我们爱你!"的吼声响彻整个57层。

匡正转身走向VP室,笑容慢慢淡去,没人看得出,那其实是个落拓沮丧的背影。

那个私人银行的执行副总裁职位，匡正无论接还是不接，今晚都将是他和M&A最后的告别派对。

灯光、音响、娇艳欲滴的女人，还有酒，一打接一打，走马灯似的往桌上搬。匡正喝得太凶，简直像是发泄，女人在他手里换了一个又一个。克莱门和小冬对视一眼，谁也不敢上去劝。

匡正放下杯，开始对瓶吹，这时一只手抓住酒瓶。"老板，"这么胆大包天的，除了段小钧，没别人，"别喝了。"

匡正眯起眼睛瞧他，白白净净一张脸，一看就没怎么喝。"喝酒去！"他吼，"十瓶啤的、一瓶红的，没这个量别在M&A混！"

克莱门和小冬见有人出头，赶忙过来，你一言我一语帮腔："小钧说得对，老板，咱们出来高兴，别多了……"

匡正不理他们，埋头在作陪美女闪着金粉的长发上，那个放浪的样子，段小钧看着来气："你们接着玩，"他掏出手机叫车，"我送他回家。"

克莱门也掏手机："我给你地址。"

叫的车在这儿附近，五分钟就到。克莱门和小冬帮段小钧把匡正拽起来，架着胳膊往外送。

"你一个人行不行？"克莱门扛着左胳膊。

"他喝了多少？"段小钧扛着右胳膊。

小冬在背后扶着："十八瓶啤的，半瓶红的，还有五六罐参茸酒。"

段小钧回头瞧他，打心眼儿里佩服，不愧是M&A第一"迷弟"。

路边，车已经到了，一辆宝马7系。克莱门惊讶："你叫这么好的车？"

"正好有优惠券，"段小钧连扯淡带吐槽，"可惜用这醉鬼身上了。"

三个人七手八脚把匡正弄上车，段小钧随后上去，朝克莱门和小冬挥了挥手，酒红色的宝马缓缓驶离翡翠太阳。

密封性极好的车内，匡正昏死了似的靠着一侧车窗，另一侧窗边，段小钧无声地观察他。在斑斓变幻的霓虹灯下，这个强大冷硬、无所不能的男人似乎变得柔和了，让人产生一种触手可及的错觉。

"老板。"段小钧叫。

匡正没反应。

"老板？"段小钧又叫。

匡正一动不动。

第二折　挂　帅

确定他睡着了,段小钧大胆地叫了一声:"哥……"

几乎同时,匡正从车窗上抬起头,皱着眉头向他看过来,那样一双专注的眼睛,仿佛看进人的灵魂。

"段小钧?"匡正看清了他,不耐烦地合上眼,重新靠回去,"叫老板。"

"这里又不是公司。"段小钧别过头。

"不是公司也叫老板。"

车开进别墅区,速度慢下来。凌晨两点,草木丛生的山路上只有一家还亮着灯,他们朝着那道光驶去,离着还有一段距离时,门打开了,宝绽披着外衣跑出来,站在路中央朝这边张望。

看路上站着个人,司机隔着几米停车。段小钧正要下车,匡正那边自己已经把车门推开,趔趄着走下去,向着宝绽,向着这个深夜等着他的朋友,还有他背后那个温暖的家,醉醺醺张开双臂。

"哥!"夜风中,宝绽的声音清晰可辨。

宝马车头灯交叠的扇形光晕下,宝绽用戴着银镯子的手慢慢抚着匡正的背,像抚一个受了委屈的孩子。

段小钧探身给司机递了两百块钱,让他多等一会儿,他自己准备下车去帮忙。

45

段小钧帮宝绽把匡正架进屋。到了家,匡正放松下来,酒劲儿有点上头,迷迷糊糊搂着宝绽的腰,说什么也不撒手。

"小段,"宝绽狼狈地扒拉他,"麻烦你帮我倒杯水,在冰箱那边。"

段小钧头一回见匡正这么黏人,眼珠都要从眼眶里掉出来了,一步三回头地去厨房。凉水壶和一对倒置的玻璃杯放在小托盘上,壶里是再普通不过的凉白开。

他端着水回客厅,沙发上没人了,往楼梯那边走几步,在一楼侧首的洗手间看到一对并排坐在地上的身影。

匡正吐了,抱着马桶呕得厉害,宝绽挨着他,手插进头发里给他揉头皮:"没事儿,吐干净就舒服了。"

匡正吐了一轮儿，难受地耷拉着脑袋。宝绽一点没嫌他脏，帮他把西装外套脱掉，隔着薄薄一层衬衫，耐心地给他顺胸口："好受点了吗？"

匡正皱着眉头看他，显然没认出来，凶巴巴地嚷："你们这儿……什么服务！"他抓着宝绽的腕子，"我要的酒呢！"

"酒……"宝绽忙给他喂水，"来，"他怕他呛着，动作很慢，"漱漱口。"

匡正听话地含着水，漱了漱，突然咕咚一下，全咽了。

"哎，祖宗！"宝绽气得拍了他一把，在瓷砖地上跪起来，托着他的下巴，"这回不许咽了啊，听话！"

"那个，宝哥……"段小钧一看匡正这状态，不好再待下去，"人我送到了，那什么，车在外头等着，我先走了。"

宝绽头也不抬，闷声说："不送你了。"

匡正没说话，似乎酒还没醒。

匡正漱了口，宝绽捋着他凌乱的头发，心疼地说："你到底怎么了？"

"喝……"匡正咕哝，一头撞在他身上，"少废话，陪我喝……"

"好，"宝绽叹一口气，"我陪你喝！"

他回身去找水杯，匡正却不让，像是怕他跑了。

宝绽纵容了这个醉鬼："等你明天酒醒了，看我怎么收拾你！"

"我难受……"匡正忽然呢喃，一改平日的嚣张，有几分少见的脆弱。

宝绽愣住了。

"我难受，"匡正重复，箍着他的肩膀，"我他妈难受得要炸了！"

"哥，你怎么了？"宝绽看着他的脸，"你跟我说！"

那么近，匡正自然而然把额头抵在他的肩膀上。"我跟了十年的大哥，"他优秀惯了，要强惯了，如果不是借着酒劲儿，根本说不出这些话，"像扔垃圾一样把我扔了，扔到一个破裤子缠腿的地方，让我自生自灭！"

他说得不是很明白，宝绽猜，是事业上出了事，他才会喝这么多酒，把自己折腾成这个不堪的样子。

"谁也不能信……"匡正说，"这个社会，除了亲妈亲爸，谁也不能信！"

宝绽温柔地拍他的背。

"宝绽……"匡正像是叫他的名字，其实不然，"还有唱戏的宝绽，他不会骗我，他对我好……"

宝绽倏地睁大眼睛。

第二折 挂帅

"都他妈是浑蛋……"匡正从他肩上滑下去,滑到他剧烈跳动的胸口,"我也是个浑蛋,全是浑蛋……"

从一个醉鬼嘴里听到被这样评价的自己,宝绽说不清心里头的感受,睫毛颤了颤,眼底热得像有一滴泪要涌出来。他赶紧瞪圆眼睛,挽起匡正的胳膊:"哥,起来,咱不在这儿待着,咱回屋!"

匡正醉得烂泥似的,不受他摆弄,他架着匡正,跳舞似的往客房挪。屋子里,宝绽每天都打扫,很干净,被褥是现成的,他们双双倒在上头,漆黑的房间,柔软的床垫弹了弹。

宝绽歇了一阵,爬起来给他脱衣服,衬衫、西裤、臭袜子,叠好了放在脚凳上,然后去洗手间拧了条热毛巾,坐在床边,一点点擦他身上的汗。

人和屋子都收拾停当,宝绽上楼把自己的被子抱下来,铺在匡正旁边,他怕他晚上再吐,呕吐物万一堵着呼吸道,身边没个人不行。

躺下的时候已经三点多了,宝绽冲着匡正睡,听着那粗重的呼吸声,缓缓闭上眼。

这一夜很短,梦却很长。匡正梦到了自己的学生时代,最好的大学,最让人艳羡的专业,最漂亮的女朋友,他是所有人眼中的骄子。

收到万融入职通知那天,他用攒下来的零花钱买了一只万宝龙计时码表,戴着这只表,他第一次走进白寅午的办公室。那时的老白意气风发,拍着他的肩膀说:"小子,跟着我干,我给你全世界!"

匡正蓦然醒转,像是识破了虚假的梦境,在十年后的今天,那家伙许诺过的世界已然支离破碎。

眼前是一片陌生的天花板,宿醉带来轻微的恶心和肌肉酸痛,他慢慢伸了个懒腰,一转头,对上的是宝绽柔和的脸。

他一动,宝绽也醒了,卷着被子咕哝:"哥……"

昨天的记忆纷至沓来,白寅午在办公桌后烤雪茄的眼睛,方副总错身而过时的一声轻哼,代善鬣狗般阴险狡诈的笑容,还有南山区那个剧团,一张被遗落的旧照片,翡翠太阳的狂欢,和狂欢过后等他回家的宝绽。

这一瞬,匡正心里生出一股强烈的幸福感,他庆幸在这个失意的早晨,宝绽能陪在他身边,因为这个人的存在,他不用在卫生间的地板上醒来,不用穿着被呕吐物弄脏的衬衫,偌大的独栋别墅里,他不用一个人吞咽职场上难言的酸楚。独来独往的生活,他已经过够了。

"哥，"宝绽眯着眼睛不起来，"脑袋疼吗？"

"还行，"匡正也没起，和他脸对着脸裹在被窝里，"我把你折腾够呛吧？"

"嗯，"宝绽点头，"你可太烦人了。"

匡正听他这样说，却笑了，笑得很开心。

气氛不错，宝绽想，也许可以趁机问问他的心事："哥，你工作上……是不是碰着什么难事儿了？"

他以为匡正会回避，会搪塞，结果并没有。"我升职了，"他坦率地说，"不过是以调动部门为代价的。"

宝绽朝他又挨了挨："调去什么部门了？"

匡正凝重地说："私人银行。"

宝绽不懂："什么是私人银行？"

"就是专门为有钱人服务的银行，"匡正一脸嫌弃，"帮富豪和富豪家庭管理资产，还要处理离婚、移民、生老病死之类的烂事儿。"

"那——"宝绽天真地问，"你不卖公司了？"

匡正想了想，决然地说："我不会去的。"

宝绽等着他往下说。

"我在考虑跳槽，"匡正对他毫不隐瞒，"或者辞职。"

"哥，你别冲动。"宝绽露出担忧的神色。

"不是冲动不冲动的事儿，"匡正想起代善的话，"那地方就是个死胡同，全万融没一个人愿意去，"他垂下眼睛，"他们却让我去。"

屋子里静了，窗外的鸟叽叽喳喳，叫得人心烦。

"哥，"宝绽拉了拉他的被子，"你知道英雄和普通人有什么不一样吗？"

匡正不知道，也没兴趣知道，摇了摇头。

"戏文里有那么多盖世英雄，"宝绽娓娓地说，"我看他们和普通人也没两样，只是走了普通人都不愿意走的那条路。"

匡正眼眉一挑，咫尺之隔，惊讶地注视他。

"有时候命来了，甭管好坏，"宝绽不讲大道理，也不给他权衡得失利弊，只有朴朴实实的一句话，"咱们先迎头赶上。"

人生在世，如果真能在骇人的噩运中僻出一条生路，那就离惊世的大成功不远了。

第二折 挂帅

46

  两人起床时已经中午了，宝绽做了两碗清汤面，撒一小撮葱花，滴几滴香油，再煎一个鸡蛋，很香。
  小餐厅放着阿姆斯特朗的 *What A Wonderful World*，这么美妙的时光，匡正舀一勺面汤，微白的汤色徐徐冒着热气，抿一口，从胃到心都暖了。
  "哥，你吃快点。"宝绽看他不紧不慢的，着急。
  "干吗？"
  "你吃完了还得打扮，又是一个小时，"宝绽看一眼手机，"都这时候了，我排练全耽误了。"
  "这小事业心把你强得，"匡正把他的手机扣过去，"今天不打扮，咱们吃完就走。"
  宝绽不信，吸着面条瞧他。
  匡正瞥他一眼，低声说："我今天不去公司。"
  哦……宝绽明白了，他还过不去"私人银行"那道坎儿，但没说什么，夹起一块白腐乳放到他的面上。
  匡正知道他心疼自己，拨了拨碗里的东西，没什么能给他的，只有已经咬了一口的煎鸡蛋："我把清吃了，黄给你剩下？"
  "省省吧，"宝绽扑哧一声笑了，"怪恶心的！"
  吃完饭，匡正果然换身衣服就过来了，说是不打扮，可那个身材、长相，不打扮胜似打扮，休闲西装配孟克鞋，头发松松散下来，口袋巾随便一塞，就一副风度翩翩、有型有款的雅痞样。
  开车到大戏楼，宝绽拎着帆布袋下去。一只脚踏出车门，他回头问："哥，要不你跟我一块儿上去？"他是怕匡正一个人回家又想烦心事。
  匡正明白他的心意，但认识这么久，他从没想过介入宝绽的生活，或是结识他的朋友，他不知道京剧演员是怎样的世界。
  "来吧。"宝绽邀他。
  匡正没动，宝绽又说："来嘛。"

"来嘛"，就是铁石心肠也化了，匡正忍不住嘴角往上翘，连忙侧身下车，做好充分的表情管理绕到他身边。

美轮美奂的大戏楼，上次来是午夜，正午时分站在楼下往上看，日光从檐脊上的吻兽间打下来，有梦幻般的古典美。

匡正跟着宝绽上到二楼。高耸的藻井，红漆的栏杆，窗外投进来的光线被古朴的内饰一筛，仿佛一眼千年，难以想象在车水马龙的市中心会有这样一个小小的京剧团闹中取静。

"这里叫如意洲，"宝绽的声音不大，但在奢华的雕梁下有种别样的郑重，"取'愿君如意'的意思，我是第五代当家人。"

他是当家的？匡正有些意外，他眼里小草般的弟弟，居然扛着这么重一副担子，宝绽之前的那些彷徨、无助和挣扎，这一霎都可以理解了。

正是午休时间，弧形走廊上只有时阔亭那屋开着门，宝绽拉着匡正过去："师哥，给你介绍个人！"

时阔亭正仰在椅背上打瞌睡，迷迷糊糊睁开眼，见挺高一个人影跟着宝绽进来，他撸了把头发走过去，眉头皱得能把人吓死。

"电话里打过交道，"匡正见他这样，一点也不怵，优雅地伸出手，"初次见面，匡正。"

他带着投行精英特有的那个范儿，要不是时阔亭身高跟他差不多，真被他这个气势压下去了："哦，就你呀，我们宝绽在外头新认识的'哥哥'，"他握住那只手，上下甩了甩，"久仰。"

"瞧你说的，"他们俩之间有股劲儿，匡正扬着下巴，有意把身量拔高，"好像我是什么野路子似的。"

时阔亭觉得他眼熟，一时却想不起来："这可是你自己说的。"

"嘀，"匡正浅笑，"敢情您是家养的？"

宝绽看他俩你一言我一语，都不是什么好话，赶紧拽时阔亭的袖子："师哥，你怎么话这么多！"

"哎？"时阔亭不乐意了，"你怎么不说他？"

"人家是客人，"宝绽正式给匡正介绍，"我师哥时阔亭，也是我的琴师，这剧院，"他半开玩笑，"他家的，我现在给他打工。"

这话时阔亭就不爱听了。"再说一遍，谁家的？"他揉了一把宝绽的脑袋，"什么你家我家，连你都是我家的！"

匡正烦他动手动脚那个劲儿，移开眼睛没说话。

时阔亭以为把他镇住了，笑出小酒窝儿来，不大礼貌地弹了弹他的西装领子："这行头，够漂亮的。"

匡正低头盯着他逾距的手，克制地保持了沉默。

宝绽看出他们俩不对盘了，拉了拉匡正的衣角："那师哥，你歇着吧。"

"得嘞。"时阔亭转身翻个白眼，回椅子上眯着去了。

邝爷那屋没人，老人家可能是身子乏，回家了。宝绽领匡正去应笑侬那屋。半道上，匡正不咸不淡地说："以后别让人摸你脑袋。"

宝绽敲了敲应笑侬的门，也没人："啊？"

"摸人不摸头，"匡正严肃地说，"再说了，摸头长不高。"

宝绽恍然大悟："我说呢……"没长过一米八一直是他的遗憾，"师兄从小就摸我头，活活摸到大！"

匡正脑袋有点胀，想说句什么，木楼梯上响起脚步声，一轻一重，噔噔噔往上跑，跑到楼梯口吼了一嗓子："你离我远点！"

是陈柔恩，条纹衬衫配牛仔裙，长头发扎起来，右耳朵上戴一只很显眼的耳环，是一把小菜刀。

萨爽追着她上来，娃娃脸红扑扑的："师姐，你等等我！"

陈柔恩在楼梯口猛一转身，差点把他从楼梯上挤下去："再说一遍，我对穿洛丽塔的小屁孩不感兴趣！"

"我就穿了那一次！"萨爽委屈巴巴，"别人家是为爱装爷们儿，我是为爱穿女装，哪个爱得深沉、爱得伟大？"

陈柔恩伸出手，在他们俩头上比了比："你还没我高呢。"

"我这不是正长身体嘛！"萨爽踮着脚，语重心长地说，"师姐，你别看有些男的一米八几，好像挺爷们儿挺骚的——"突然，他住了嘴，陈柔恩身后的走廊上正站着一个一米八几挺爷们儿挺骚的大哥。

陈柔恩顺着他的视线回头，一眼瞧见宝绽，立刻想起时阔亭说那什么"一辈子的放心不下"，心里酸溜溜地不痛快，狠狠冲那边剜了一眼，"哼"了一声回屋，砰地甩上门。

场面有点尴尬，匡正歪着头，在宝绽耳边说："你这团队可不好带。"

"那个……"宝绽一时不知道说什么好，指了指陈柔恩的门，"我们团的老旦，小陈，很热心一姑娘，这楼就是她帮争取来的。"

萨爽看当家的带朋友来了，特乖地冲匡正笑："大哥好！"然后蹭蹭鼻子，"哥，我刚才不是说你，别误会哈。"

匡正看他们团这几个人，一米八几的只有时阔亭一个，立马明白是怎么回事儿，会意地笑笑。

"这是我们团的丑儿，萨爽，"宝绽很骄傲地说，"功夫一顶一的棒，下次上他的戏叫你来看。"

"好。"匡正发自内心地答应。这是个有故事的团，成员不多，但各有各的风采，各有各的性格，好像一盘叫不出名字的中式点心，酸甜苦辣咸，每一口都是满满的人情味儿。

萨爽正好问宝绽几句演出上的事儿，匡正溜达到一边。走廊墙上挂着几幅扇面，他一幅幅看，忽然听萨爽在背后说："……那明白了，宝处，我这就去。"

宝处？匡正蹙眉。这说法他在哪儿听过，一个"处"字，既不像名字，也不像职务……他赫然转身，是在南山区白石路，一栋50年代的老楼，一个艰难度日的剧团，"烟波致爽"四个大字，眉间额上一道窄窄的胭脂红。

他难以置信，径直走向宝绽。萨爽下楼了，宝绽回身迎向他，看见他脸上的表情，下意识后退了一步："哥？"

匡正不相信命运，不相信缘分，更不信什么天注定，但站在宝绽面前，托起那张脸，手指按着太阳穴轻轻一提，宝绽的眼角眉梢随之吊起，整张脸的气韵顿时变了，从一捧水变成了一团火，神采奕奕，直刺人心。

是他，那个如月光似猛虎的人，他曾经凄凉地累瘫在台下，是自己弯腰将他背起，深红色的油彩弄脏了西装领子……那才是他们的初相识！

"哥……"宝绽不明就里，"你怎么了？"

"宝绽，"匡正吞一口唾沫，"其实我们——"

突然啪地一响，什么东西打在后背上，匡正回过头。是一袋绿豆饼。前头大红的楼梯上站着个人，一双流波的美目，此时怒火中烧："手给我松开！"

匡正一下就认出来，是那个姓段的小子，男扮女装的应笑侬。

应笑侬走到跟前，也认出他了，打横插进他和宝绽之间："干什么你？！"他使劲儿推了匡正一把，"竟然找到这儿来了，还想打我身边人的主意！"

第二折 挂帅　　　　　　　　　　　　　　　　　　　　　199

他气势汹汹，但匡正感觉得出来，他在害怕，是那种很宝贝的东西受到了威胁的害怕。"离如意洲远点！"应笑侬咬牙切齿，"你这种投行打工的小催巴儿，我一个电话就让你身败名裂！"

时阔亭听到声音也从屋里出来，见着这局面，不论对错，先站到应笑侬那边，拦着匡正问："怎么了？"

"哥？"宝绽隔着两个大男人和匡正对望，"你和小侬认识？"

"是你我——我们认识，"匡正自己都不敢相信，深吸了一口气，什么应笑侬、时阔亭，全不在他眼里，"我是那个送你去医院的人，你还记得吗？"

47

这几年宝绽就去过一次医院，两三个月前给人摔吊毛那次，活活累得，但谁送的他、怎么去的，他一点印象都没有。可时阔亭有印象，那是个穿西装、挺帅的男人："是你啊，"拦着匡正的手放下，他态度立马变了，"我说看你挺眼熟——"

"时阔亭！"应笑侬冲他瞪眼睛，"熟什么熟，你跟他套个鬼近乎！这种时候你给我分清敌我！"

"不是，"时阔亭往匡正那边站了站，"当时宝绽都休克了，他二话没说背上就往医院送，咱得谢谢人家——"

"谢什么谢！"应笑侬生怕他被匡正的金玉其外骗了，"你以为他是好人？钱堆儿里打滚儿的能有什么好人！"他恶狠狠地说，"要不是打我的主意，他能管宝绽？"

这话一出，在场的全愣了。

时阔亭有点不敢问："打你……什么主意？"

匡正满脸黑线："你们别乱说话啊……"

宝绽茫然地眨了眨眼："小侬？"

连陈柔恩那屋的门都嘎吱一声，开了一道小缝。

应笑侬这话有歧义，他想说的是匡正替他爸来做说客，没安好心："你们他妈——想哪儿去了！"

这时宝绽的手机响了，掏出来一看，是个不认识的号码："喂？"

他嫌这边吵，去旁边接电话。时阔亭和应笑侬放嘴炮放个没完，只有匡正注意着宝绽的动静，听他挺勉强地叫了一声："……姐。"

哪儿冒出来一个姐？匡正回过头，见宝绽为难地抿着嘴唇："……晚上不太方便吧，明天白天不行吗？"

"看哪儿呢你？"应笑侬不让他瞅宝绽，好像瞅一眼就给瞅坏了似的，"憋什么坏水儿，你冲我来——"

匡正"嘘"了他一声，给时阔亭使眼色，让他注意宝绽的电话，应笑侬也静下来，三个人暂时休战，一起听宝绽的墙角。

"……姐，我们是个小剧团，出名什么的没想过……啊？去你家啊……哦……"

电话挂了，宝绽回过头，见那仨人像一窝刚出洞的土拨鼠，齐刷刷盯着他："干吗？"

"谁的电话？"匡正问。

"前两天发传单认识的一个大姐，"宝绽收起手机，"人挺好的，帮我把传单放在咖啡店前台，全发了。"

匡正拿眼瞟着时阔亭，那意思是"你认识吗"，时阔亭摇头。

"她找你什么事儿？"应笑侬问。

"她是做娱乐公司的，说想包装咱们团，让我晚上去一趟。"

"这种事儿干吗不白天说？"应笑侬翻眼皮。

"说是白天上班挺忙的，晚上特地给我空出来的时间。"

匡正和应笑侬对视一眼，统一战线迅速形成，接着朝时阔亭歪个头，让他跟他出去。

匡正比他们大几岁，人也压场，说话很好使，应笑侬挑个眉表示知道了，时阔亭立刻跟他下楼。

到楼外，匡正点上烟，递一支给时阔亭："那女的没安好心。"

时阔亭好些年没碰烟了，匡正这烟劲儿又大，抽得他脑袋疼："不至于吧，万一是真想提携我们呢？"

这帮唱戏的太单纯了，匡正吸一口烟："天上没有掉馅饼的事，她给这点甜头，就是想引宝绽上钩。"

时阔亭觉得他说得太邪乎，像狗血电视剧："不能吧，再说宝绽一男的，那女的能把他怎么着？"

第二折 挂帅　　201

"大半夜让他上家里，"匡正眯细了眼睛，"你觉得是想把他怎么着？"

时阔亭瞠目结舌，他只听说过有钱大老板骗不懂事的小姑娘，还没听说过四十来岁女的出来骗小伙儿。

"你们这个地段，"匡正指着眼前这片街面，"前头是萃熙华都，后头是高奢街，往西五百米是全市最大的富豪社区，往东半个小时车程是使馆区，金融街离这儿也不远，在这种地方立牌子，不多长个心眼儿你们还想待？"

时阔亭从没想过这些，整个人蒙了。

"再说你们团这几个人，"匡正弹了弹烟灰，"身材长相不说了，个顶个地漂亮，岁数还都不大，万一出点什么事儿怎么办？"

"你跟我说这些，"时阔亭吞一口唾沫，"什么意思？"

"没什么意思，"匡正缓缓吐一口烟，"就是让你平时多给宝绽透透。第一，那个什么姐别搭理；第二，团里这些人看紧了，你们唱你们的戏，机会和钱别看得太重，看重了，早晚有窟窿等着。"

时阔亭凝重地点头，点完又觉得不对："这些话，你怎么不自己跟宝绽说？"

"我不是你们团里的人，指手画脚地，不好。"匡正把烟掐灭，在职场这些年，什么话该说、什么话不该说，他掂得很明白，"你和宝绽十几年师兄弟，你说话——"

他稍顿，时阔亭等着。

"肯定比我有分量。"

时阔亭笑了，这话说到了他心坎里。

匡正随着他笑，如意洲这一伙人，除了应笑侬，没一个玩得过他的，两句话就让他收拾得服服帖帖。

时阔亭和他一般高，挨过来，指着匡正的西装领子，由衷地说："你这身行头，是真漂亮！"

"谢了。"匡正把烟蒂收进随身携带的小烟灰缸，揣回兜里，搭着他的膀子，哥俩儿并肩上楼。

宝绽站在楼梯口，透过栏杆旋转的缝隙往下望。匡正一抬头看见他，一片炫目的大红中珍珠似的一点白，居高临下。

"师哥，"宝绽说，"拿上琴，走一出《逍遥津》。"

一楼的戏台子上，宝绽一身便装站在台中央，时阔亭一把马扎坐在下首。胡琴走起，一段二黄导板，宝绽起范儿开嗓："父子们在宫苑伤心落泪，"回龙一转，"想起了朝中事好不伤悲！"

空阔的观众席上只有匡正一个人。台上的人没化妆也没穿戴，可举手投足俨然已不是宝绽，一束昏暗的光打下来，一把玻璃嗓、一双含情目，一悲一叹、一嗔一怒，都叫匡正移不开眼睛。

这就是京剧，中国这片大地上兴盛了两百多年的瑰丽艺术，它经历过巍巍盛世，也饱尝了战乱艰辛，如今暗哑无声，像一个日渐沧桑的老人，在眼前这方小小的舞台上发出最后一声叹息。

匡正走向一排一号，那是他的位子。他还记得那天宝绽喝了酒，拉着他的手醉眼蒙眬："哥，你是这戏楼的第一个观众，这个座儿，我永远给你留着。"

他徐徐坐下，像一个真正的京剧观众，准备迎接一场跨越时空的对话。

《逍遥津》是传统戏，讲的是曹操挟汉献帝刘协以令诸侯，刘协密诏孙权、刘备起兵讨伐曹操，无奈血诏败露，曹操带剑入宫，斩杀皇后及其两个幼子。宝绽唱的这一段正是刘协丧妻后的独白，悲痛欲绝，凄凉激愤。

匡正翻着网上的介绍看，配图的男演员身穿团龙黄帔、戴甩发和一面绒球牌子，单膝跪地一脸仓皇，耳边是宝绽珠翠般的嗓子："恨奸贼把孤的牙根咬碎！"

匡正听着那唱，一行行往下看唱词：

　　欺寡人在金殿不敢回对，
　　欺寡人好一似猫鼠相随；
　　欺寡人好一似家人奴婢，
　　欺寡人好一似墙倒众推；
　　欺寡人好一似风摆芦苇，
　　欺寡人好一似孤灯风吹；

一千八百多年前的旧事，用两百多年前的艺术演绎，匡正却刹那间感同身受，他不是汉献帝，也没有逼他的曹操，可宝绽唱的仿佛就是他——一株快被江风吹断腰的芦苇、一盏暗夜中奄奄一息的孤灯，白寅午、私人银行、万融高层，所有这些重量压在他头上，让他凄凉，让他悲愤，让他看不清自己的未来。

第二折　挂　帅

而宝绽定定地看着他,从迷离朦胧的台上,四目相望间,声腔抑扬顿挫:

　　欺寡人好一似孤魂冤鬼,
　　欺寡人好一似扬子江心,
　　一只小舟,风狂浪打,浪打风狂,波浪滔天,难以挽回。

　　一口气八个"欺寡人",唱得人汗毛直竖,唱得匡正眼窝发烫,什么湿热的东西滑下眼角,他连忙用手掌盖住,像被一道闪电、一声雷击中了,久久不能平静。
　　琴声停止,灯光熄灭,良久,身边的世界好像消失了,只留下他一个人,和急促的心跳声,在这急促的心跳声中,他听到了一个声音:"哥,没有什么坎儿是过不去的。"
　　匡正睁开眼,面前是一张温润如玉的脸。
　　宝绽蹲在他身前:"再难的坎儿,我陪着你过,"他伸出一只手,"就像你之前陪着我过一样。"

48

　　排练结束,时阔亭按匡正教的,把宝绽叫到屋里,让他别理那个搞娱乐的什么姐。宝绽笑他小题大做,但还是听劝,答应了。
　　难得今天匡正过来,宝绽张罗请大伙去吃串儿。匡正想掏钱,宝绽说什么也没让。"我打工赚钱了,"他从牛仔裤兜里掏出一个挺旧的小钱包,"什么时候欠你那一万还清了,你再请我吃饭。"
　　露天的摊儿,折叠桌子塑料凳,流浪狗围在脚边,还有背吉他的马路歌手缠着非让他们点歌。时阔亭点了个《那些花儿》,朗朗上口的老歌,大伙都会唱,一桌传一桌最后传成了大合唱。
　　中间那个什么姐不停打电话,匡正知道宝绽心软,给时阔亭使眼色,让他把手机拿过去,直接关机。
　　这顿饭吃得很尽兴,收杯时宝绽吹了一瓶,他好久没这么开心了,开心朋友们聚在一起，开心如意洲有了一片打拼的天地，匡正拦都拦不住。时阔亭拿肩膀碰他："没事儿，有你呢，让他喝吧。"

"有他？"应笑依在一旁说小话，"我才信不过他呢……"

"哪儿那么多废话，"时阔亭嫌他扫兴，"喝酒！"

应笑依翻着眼皮："宝处喝多了有人送，我喝多谁管啊？"

时阔亭跟他碰了下杯："我送你。"

散的时候九点多，匡正把宝绽架上副驾驶座，把西装脱下来给他盖身上。两人一路很安静，好像彼此的难过、委屈都随着酒、随着歌蒸发掉了，宝绽闭着眼，满脸通红，靠在椅背上傻乐。

"我说，你换个表情行不行？"匡正边开车边打量他，"怪吓人的。"

"我高兴。"宝绽醉醺醺地嘟囔。

"高兴什么？"

"不知道，"宝绽搂紧了身上的西装，"就是特幸福。"

匡正没觉得吃大排档有什么幸福的，但笑这种东西好像会传染，他打着方向盘，不自觉勾了勾嘴角。

到家门口时，宝绽晃晃悠悠地下车，匡正过来扶他，宝绽靠着他的肩膀，趁他不注意一下跳到他背上，搂着他的脖子哈哈大笑。

"祖宗！"一个大活人这么蹿上来，匡正差点没趴下，但怕宝绽摔着，他第一时间想的是抱住他的腿，"你哥腰断了你就高兴了！"

宝绽两腿夹着他，伸手去够桂花树下的路灯："你之前就是这么背我的吗？"

匡正连车都没锁，用指纹开门："上医院那次？"他微哈下腰，绷紧大腿的肌肉，"小心头……你那时候可比现在安分多了！"

进了屋他没把人放下，而是直接背上了二楼："幸亏你哥身体好，这要是个不锻炼的，还收拾不了你了。"

"哥，像假的似的，"宝绽趴在他肩头不安分地乱踢，真喝多了，"我们竟然早认识……"

匡正把人往上驮了驮，一脑门子汗："摔下去就唱不了戏了！"

宝绽没理他，还不安分，匡正让他折腾得没脾气，猛一把劲儿上了二楼，进了卧室，把人往床上一扔，靠着墙喘粗气。

宝绽翻了个身，屋里没开灯，他在一片黑里问："哥，你明早来吗？"

匡正喘得厉害:"来。"

"我们一起上班吗?"

"嗯,"匡正换一口气,"上班。"

静了良久,宝绽说:"哥,你真棒。"

匡正看着床上那个起伏的侧影,他做成过那么多大案子,如意洲的忙也帮过几回,但宝绽从没夸过他,这是头一遭:"这有什么棒的?"

"特别棒,"宝绽舒服地蹭着床单,说着乱七八糟的醉话,"过别人的坎儿容易,过自己的坎儿难……哥,得大坚固力、金刚不坏身,你往后肯定顺风顺水……"

这都什么跟什么?匡正让他逗笑了,别的酒疯子又吵又闹招人烦,宝绽这个酒疯子傻乎乎的,招人喜欢。

床上传来均匀的呼吸声,匡正听了一会儿,撑着腰,慢慢走出卧室。

可能是累了,他这一夜睡得很实,第二天一早到宝绽那儿吃了饭。两人一起进市内,到戏楼停车,正好碰上时阔亭,匡正打了个招呼,拐个弯去万融。

万融双子星巍然耸立在金融街的中心,那么高,甚至狰狞,有多少人在这里成就过,就有多少人粉身碎骨,匡正平静地想,他只是千百人之一,没什么稀奇的。

他今天穿一套笔挺的黑西装、蔷薇色的领带、红底皮鞋,坐电梯直上62层,到白寅午门前,咚咚咚敲了三声,推门而入。

白寅午坐在办公桌后,正打电话,是万国和千禧的合同细节,谈判扯皮的环节总是很漫长。见到匡正,他敷衍了几句,匆匆挂断电话。

"白总。"匡正规规矩矩站在桌前。

他从不这么叫他。白寅午陷入了沉默,眼角疲惫地垂下来,空空盯着桌面上的某一点。

匡正忽然发现他老了,额头上爬满了细纹,鬓角也多了银丝,他怎么能放自己去私银呢?他身边已经没有得力的人了。

"我相信,"寂静的办公室里,白寅午的声音低沉,"我不会害你的。"

他说的是"他"相信,而不是让匡正相信。

"我在这一行二十多年,金融街的风一吹,我就知道钱从哪儿来,"白寅午抬起眼皮，眸子里仍然有股慑人的力量，"我知道给你选哪条路是正确的。"

匡正盯着他，一句话也不相信。

"只是你不相信我，"白寅午替他说，"我们十年的情分，到头了。"

匡正的心钝痛，但他倔强着，不肯说一句软话。到这一刻他才发现，入行十年，他和段小钧那种菜鸟也没什么不同，在崇敬的上司面前，仍然是个任性的孩子。

"既然来了，"白寅午换了种口吻，淡漠、疏离，不掺杂个人感情，"我就当你接下了私人银行的位子。"他站起来，"给你一周假，假期过后，你就是万融的执行副总裁、万融臻汇私银的第一把交椅！"

万融臻汇，真是个好名字，匡正笑了笑，喉咙里卡着许多话，愤懑着吐不出来。

"出去吧。"白寅午背过身，望向窗外滚动的云层。

匡正昂起头，最后看了一眼那个背影，决然转身。

门合上的一瞬间，他知道，结束了，在M&A的这十年、和白寅午的师徒情、他所熟悉的一切，从这一步开始，他将独自走向一条前途莫测的路。但他是匡正，万融最优秀的VP，他绝不会向逆境服输，哪怕是头破血流，也要从绝地里闯出一条路。

一颗颗系好西装扣子，他大步穿过62层豪华的长走廊，他深信，有一天他会回来，带着非凡的成功和荣耀，回到这个赶走他的地方。

坐电梯到57层，匡正进入办公区，一刹那，空气仿佛凝固了，敲键盘的声音、翻文件的声音、经理骂人的声音，全消失了，只有电话铃声突兀地响着。

匡正挺起背脊，不得不面对这些年轻人，他们已经知道他们老板的"下场"，被从重要岗位调离，即将流放到一片"蛮荒"之地。

这是个凝重的时刻，也是个伤感的时刻，小冬突然从复印机那边冲过来，手里的文件扔了一地，一头撞进匡正怀里："老板！"

匡正被一男的结结实实抱住，两手一下子举起来，伸在半空中。"怎么着，"他挑眉，"要搞临别告白啊？"

"老板！"小冬真告白了，"我一直特别特别特别崇拜你！我进万融，最幸运的就是分到了M&A，被你厚颜无耻、毫无人道地压榨了一年！"

第二折 挂帅

下头响起一片轻笑。

小冬红着脸松开他，吸着鼻子转过身。"谁说梦想不能实现，"他冲大伙喊，"我终于抱到老板的大胸了！"

一屋子小伙子，纷纷从座位上起身，吹口哨的、拍巴掌的，用夸张的热闹掩饰掉眼泪的冲动。匡正紧了紧领带，打个响指，办公区立即安静下来。

"我要走了，"他坦然地说，"会有新的VP接替我的岗位，接管你们这帮小浑蛋，然后继续厚颜无耻、毫无人道地压榨你们。"

很多人拿起手机，开了录音。

"你们每一个都很聪明，是金字塔尖上的那一撮，技术、策略、手段，我教了你们很多，"匡正扫视他们，卸任在即，仍然霸气十足，"最后我只教你们一件事。"

克莱门从桌柜里拎出一个小袋子，里面是一只拼装好的乐高死侍，昨天知道匡正要调走，他熬夜拼到了今天早上。

匡正说："别像个傻瓜似的只知道追着钱跑，"他告诫他们，"多看看身边的人，等到了一无所有的时候，你就知道他们有多重要。"

这是他从宝绽身上学到的，平凡的快乐给了他安慰，小小的温柔给了他支撑，宝绽就是他的坚固力，赋予了他不坏身。

"结了婚的，对家庭要忠诚；"匡正像个认识许久的朋友，真挚地说，"还没结婚的，对朋友要仗义。"他笑起来，从头到脚闪闪发光，"希望有一天你们赚到大钱了，仍然能感觉到最朴素的幸福。"

他微微颔首，阔步走出办公区，那么蓬勃，那么骄傲，M&A会记住他最后的样子——他没有被这个世界打败，他仍然所向披靡。

49

匡正坐电梯到停车场，放眼望去，上百个密密麻麻的车位，停着各种各样的好车。他向自己的帕纳梅拉走去，掏出车钥匙，背后突然有人喊："老板！"

是段小钧。匡正转过身，那小子站在十几步外，是坐另一部电梯追下来的，手上拎着一个纸袋子。

"经理让我给你的。"他走过来,把袋子递给匡正。

匡正打开一看,是个拼装好的乐高死侍,擎着双枪,一副贱兮兮的样子:"克莱门怎么不自己给我?"

"他接了个电话,"段小钧说,"万国那边沟通合同的事儿。"

匡正点头:"替我谢谢他。"

他转身要走,段小钧再次叫住他:"老板。"

"怎么着,"匡正扭过头,嘴角挂着一抹笑,"你又要'登天'啊?"

他说的是上次——千禧的估值失误,也是在停车场,段小钧摁着他的车前盖说:"我就是登天,也把千禧给你拿回来!"

"破事儿能别提一辈子吗?"段小钧咕哝,"我已经不是那时候的菜鸟了。"

匡正回身看着他。

"我想过,"段小钧说,"去找白寅午,找我爸,翻天覆地也把你留在M&A,"他自嘲地笑,"但我想明白了,那是胡闹。"

匡正挑了挑眉,这小子成长了。

"谢谢你,老板,"段小钧忽然深鞠了一躬,"把我从一个自以为是的公子哥儿变成了今天这样,让我越来越像个成熟的男人。"

"没那么夸张。"匡正一笑而过。

"不,"段小钧很认真,"在M&A这三个月,足以改变我的一生。"

匡正没否认,他也是从菜鸟过来的,他知道,出社会的第一份工作、跟的第一个老板,对塑造一个人的职业生涯有多重要。

"我爸很有钱,"段小钧说,"他给我别墅、游艇、纯种赛马,但他没有时间,一年里他和我说的话十根指头都数得过来,所以我去学社会学,就是想气他。"

匡正猜到了,段小钧的性格里有种叛逆的东西,但又缺乏安全感,渴望获得年长男性的肯定。

"我今年毕业,他让我去家里公司,他说——"段小钧深吸一口气,"他说,我学的那些东西,除了自己家公司,根本没人要,我不服气,我说我是北大的……他说:'你北大的,有本事进万融啊。'我就给万融投了简历。"

真是个小屁孩儿,匡正嗤笑。

"可弄了半天我还是靠了他,"段小钧无奈地耸肩,"如果不是他,我连匹配度面试都过不了。你说得没错,我就是个不懂事的公子哥儿。"

匡正这时摆了摆手:"你做得很好,"分别时刻,他实话实说,"是我带过最聪明也最努力的新人。"

这是货真价实的夸奖,段小钧像吞了兴奋剂,顿时拔高了音量:"我会照着你的样子努力,迟早有一天,成为比你更优秀的男人!"

"哦?"匡正不羁地歪着头,"这你可想多了,有些人天生就是吃草的。"

"老板……"段小钧垮下脸。

玩笑过后,匡正敛起笑容:"我不在……老白那边,你帮我照应着点。"

段小钧意外,全公司都在传,把匡正踢出M&A、踢出万融总部的,就是白寅午。

"他要是有什么事儿……"匡正低声说,"给我打个电话。"

他放不下老大哥,放不下十年的师徒情,段小钧或多或少能够理解:"你放心吧。"

匡正点个头,转身走向帕纳梅拉,走出老远了,段小钧扯着脖子喊:"哥!"

匡正停住脚,隔着好几排车,段小钧拢着音,像头不听话的小豹子,大声嚷:"你不让我叫,你也是我哥!"

匡正笑笑,没回头,抬手挥了挥,俯身坐进驾驶室。

从万融开出去,他没看后视镜一眼,面前是一条宽阔的大路,熙熙攘攘,车水马龙,他一路疾驰,把荣耀和挫败全甩在身后。

他先去了老如意洲,想找宝绽那张照片。等到了地方,屋里已经粉刷了,他问了好几个工人,谁也没注意一张什么京剧照片。他出来后抽了一支烟,空手而归。

回到别墅,远远看见宝绽家门口趴着一个挺大的黑影,随着帕纳梅拉接近,它一骨碌坐起身,专注地盯着这个方向。

匡正下车,大黑兴奋地吐着舌头,眼巴巴等着,等了半天却没见宝绽下来,它呜呜地耷拉下尾巴,失望地躺回草坪上。

匡正掏钥匙,没开自己家门,而是过来开宝绽家的门。钥匙上的小红绳垂下来,搔得手心痒痒的,他蓦然发觉,等着宝绽的何止大黑,还有他自己。

宝绽不在,大黑没有进屋的意思,匡正换上拖鞋,去厨房找吃的。冰箱里两盒留好的饭菜,一盒烧排骨,一盒青椒炒肉。他拿出排骨,放到微波炉里正要加热，想了想，把那盒青椒炒肉也放进去，两份一起加热。

三分钟，食物的香味带着水蒸气，从小小的微波炉里散发出来，匡正拿上筷子，把热饭盒摞在一起，开门出去。

大黑还在，瞧见他，识趣地往旁边挪了挪，匡正在台阶上坐下，把青椒炒肉放在它面前。

一人一狗，一样的饭盒，同一片地方，狼吞虎咽地吃起来。

远处，秋天的柳林一片凋敝，一大群椋鸟飞过，响起热闹的振翅声，匡正望着那片秋景，不禁有些寂寞。

把骨头扔给大黑，他给宝绽打电话。正是吃饭时间，那边很快接起来："喂，哥！"电话里乱糟糟的，能听到应笑侬和萨爽在互撑。

"干什么呢，"匡正问，"这么吵？"

"今儿晚上第一次试演，"宝绽到处走，终于找到一个安静的地方，"大伙都挺重视，说戏有点激动。"

"哦，公司给了我一周假，"匡正戳着排骨，"我现在在家，你什么时候回来？"

"八点半下戏，出地铁得九点半，"宝绽告诉他，"冰箱里有排骨和炒肉。"

"吃着呢。"匡正看一眼大黑，"你吃饭了吗？"

"我也正吃呢，外卖，"宝绽扒了口饭，"晚上开唱，中午这顿得吃饱，特意给大伙订的排骨饭。"

"现在吃饱，"匡正皱眉，"晚上就不吃了？"

"饱吹饿唱，吃饱了唱不动，"宝绽怕他担心，"回家再吃。"

他饿着肚子唱戏，匡正心里不舒服，这时电话那边传来一个苍老的声音："宝儿啊，怎么坐楼梯上了，别着凉……"

匡正一低头，看自己也正坐在台阶上，一个小小的巧合，他笑了。

"哥，不跟你说了，"宝绽捂着话筒，"邝爷说我了。"

"嗯，"匡正上次没见着邝爷，但听宝绽提过，是如意洲的老鼓师，"上地铁了给我打电话，我去红石站接你。"

"好，"宝绽急着挂电话，"晚上见。"

"等等，"匡正叫住他，"演出成功。"

宝绽顿了一下，似乎很久没听到过这句话，鼓一口气，自信地说："必须的！"

电话挂断，匡正抓着手机出了会儿神，剩下的排骨全倒给大黑，他拿着空饭盒进屋，用清水冲了冲，去沙发上看电视。

在M&A这十年，从没有过这样闲适的午后，无事可做的白昼显得格外漫长，他并不觉得放松，反而有点心烦意乱，不禁担心以后到了私银是不是会有很长一段时间被这种熬人的空虚感折磨。

关掉电视上二楼，他去洗澡。宝绽这边真是一穷二白，除了香皂、洗发水，什么都没有，他懒得回家再拿一趟，凑合着冲了冲，上床睡觉。

床都是一样的，匡正翻个身，却觉得这里比他家舒服，盖上被子，定好闹钟，他抱着枕头睡过去。

宝绽的家，宝绽的床，连梦里都有宝绽——桂花树下一双笔直的长腿，伴着海浪声握住掌心的手，黄土泥烧鸽子敬过来的酒，喊着妈妈时流下眼角的泪，带着醉意咬在虎口上的牙齿，唱着海棠花，还有"烟波致爽"中堂下一对猛虎般精彩的眼睛……

匡正打了个战，醒过来。

窗外的天已经黑了，闹钟还没响，他看看表，八点半刚过。床头扔着一件鹅牌衬衫，他抓过来往身上套，套上去才发现是宝绽的，小了一圈。

还行，不算紧，他翻身下床，边下楼边扯着衬衫前襟闻，是那个味道——小时候青草茂盛的夏天。

到厨房，他连上蓝牙音响，手机里放着阿姆斯特朗的歌，上网找个菜谱，他觉着凭自己的学习能力，让宝绽进门吃上热乎饭绝对没问题。

可他太高估自己了，生肉化冻、大葱切段、淀粉稀释，没一步他能做好，前一分钟放在手边的盘子下一分钟就啪嚓打翻，流理台上乱七八糟，水淌了一地，拖鞋一踩，满地都是黑脚印，正忙乱的时候，门开了，宝绽拿着大黑舔干净的饭盒走进来。

匡正愣了，看一眼表，九点四十五分，他居然在这小破地方折腾了一个多小时："你怎么……没给我打电话？"

看见厨房里的狼藉，宝绽瞪大了眼睛："你让大黑进屋了？"

匡正像个做错了事的孩子，支支吾吾："啊……对，它……"他赶忙转移话题，"演出怎么样？"

"挺好的，就是观众少，只有二三十人，"宝绽瞧见匡正身上紧巴巴的小衬衫，扑哧一声，笑了，"你干吗穿我的衣服？"

"睡了一觉，穿错了，"匡正拿身体挡着流理台，"你怎么回来的？"

宝绽不大好意思："我打了个车。"

"哟，"匡正逗他，"我宝贝弟弟都舍得打车啦？"

"哥，"说到这儿，宝绽两眼放光，"下午有个口红品牌找到戏楼，说要挂广告，外墙的收入归基金会物业，室内海报的收入全给我们，整整五万块！"

匡正没惊讶，他早想到了，就萃熙华那地段，随便一笔广告费就够戏楼全年的物业运营。

"我和师哥他们商量了，留出买切末的钱，大伙这些年不容易，就当剧团福利，一起出去旅个游。"宝绽换上拖鞋，什么好事儿都想着他哥，"你正好有假，咱们去散散心。"

50

宝绽走过来，匡正觉得挡不住了，赶紧承认错误。"宝儿啊，"他学着邝爷的口气，"我那什么——"

宝绽越过他，看见流理台上的情况，眼睛直了——耗子啃过似的里脊肉，两截剥秃了的葱白，还有一大碗不知道是什么的糊糊，锅碗瓢盆全不在原来的位置，化冻的血水顺着柜门滴滴答答往下淌，宝绽颤着声："哥……"

"你饿着肚子唱戏，"匡正立刻解释，想争取个宽大处理，"这么晚了，我想把饭做好再去接你……"

宝绽一低头，看见垃圾桶里的盘子碎片，他最喜欢的大白盘子，还是房主的："打了几个？"

"啊？"匡正顺着他的视线看，"就——就碎了俩……"

宝绽从肩上拽下帆布包，冲着他的屁股就抡，里头不知道装了什么，特别重，拍在屁股上啪啪响。

匡正从厨房往外躲，边躲边喊："真下手啊，宝儿！你哥你也舍得打！"

"客厅待着去！"宝绽吼了他一嗓子，把包直接扔过来。匡正两手接住，抱在怀里，夹着尾巴去客厅沙发上坐下。

宝绽撸起袖子收拾残局，唱了一晚上戏，回来没口热饭不说，还一堆活儿等着。他边干边抱怨,匡正乖乖听着,没回嘴,包里方方正正的像是一本书,他掏出来一看:《从摇篮到坟墓——私人银行业务详析》。

匡正愣了,新书,小票还夹在扉页里,专业书不便宜,打九五折还要五十二块六:"宝儿,你买的?"

他举着书晃了晃,宝绽从厨房那边扫一眼,冷冰冰地:"萃熙华都有书店,我看卖的书挺全的。"

他不愿意承认,但匡正知道,他是怕自己调到新部门不熟悉业务,特意去买的。"花这钱干什么,"心里头暖烘烘的,他有些轻率地说,"私银那套我都懂,弄几个漂亮小姑娘,公关就完事了。"

"瞧你说的,"这话宝绽不赞同,"等开场锣鼓的时候我翻了两页,私人银行这工作还挺有意义的,你多了解,就喜欢了。"

意义?匡正冷笑,帮有钱人在英属维京群岛[1]开户、给各色小情人秘密购置境外房产、暗中替私生子做财产分割,这些见不得人的事儿能有什么意义?不过是高级点的臭帮闲罢了。但这些话他不会对宝绽说,他希望他纯粹、阳光,只知道世界灿烂美好的一面。

匡正翻开书,开篇是这么写的:

> 随着中国经济的跃迁式发展,中国的富豪阶层正以令世界吃惊的速度急遽扩大,以创业精英、行业翘楚、科技新贵为首的新兴富豪阶层正成为财富管理领域争相角逐的对象,而传统富豪家庭也开始面临企业和财产传承的关键时期,中国即将迎来私人银行业蓬勃发展的黄金十年。

这段分析,匡正认同,中国富豪市场的广度远超世界上绝大多数国家,但缺乏深耕,很多身家过亿的有钱人还在靠炒股买房来做财富保值。他接着往下看:

> 近年来,境外私人银行大举入侵中国高净值客户市场,除G&S私银部、新加坡德班凯略、中国香港富荣银行外,有着百年历史的瑞士老牌私银也纷纷登陆内地,对新兴的本土私人银行业务造成了一定程

---

[1] 英属维京群岛:BVI,全球富豪的避税天堂。

度的冲击，但与此同时，以财富规划师、家族律师、税务师为主的高端金融和法律服务人才仍然严重缺乏，私人银行市场正处于供不应求的初级阶段。

"哥，"宝绽端着两个碗过来，"今晚吃方便面。"

匡正听见那仨字儿就生理性反胃，皱着眉头刚想拒绝，宝绽已经把面碗放在茶几上，金黄的面汤、几片煎过的里脊肉、微焦的葱花，挑动人的味蕾。

"这是泡面？"匡正不信，拿筷子挑了挑，面条真是弯弯的。

"葱香排骨面，"是上次在翡翠太阳匡正自己去买的，宝绽挨着他坐下，"你糟蹋过的葱我全放里头了。"

匡正随他说，这么亲的弟弟说两句，死不了人。"说吧，你痛快了就行，"他放下书，低头吃面，"只要你不生气，我就任你家暴。"

"谁家暴你了？"宝绽咕哝。

"刚才，"匡正扭个身，把屁股冲着他，"现在还火辣辣的。"

"不要脸……"宝绽瞥他一眼，"那个旅游，明天下午出发，你带几件换洗衣服。"

"这么快？"匡正意外，"落地签吗？"

宝绽听过"落地签"这词儿，但不清楚具体是什么意思。匡正反应过来，五万块的广告费，还要留出买道具的钱，算上他六个人，根本不够出国的："香港？澳门？"再不就是，"海南？云南？"

他的思想还是太局限了，宝绽上下嘴皮一碰："北戴河。"

"哪儿？"面条从筷子上滑下去。

宝绽冲着他，一字一顿地说："北、戴、河。"

三百公里外那个北戴河？匡正蒙了，他小时候，北戴河还是远近闻名的度假胜地，爸爸妈妈带着他，一家三口坐在拥挤的海滩上的画面记忆犹新，暗蓝色的海浪冲过来，把别人扔掉的塑料袋拍在自己大腿上。

"上次你带我去看海，"宝绽搅着面汤，"那天的星星真亮，我就想……不知道师哥见没见过这样的海。"他抬起头，抿着嘴唇看匡正，"师父过世后他没读书，一心一意供我上大学，他……真的很不容易。"

匡正哑然，想起时阔亭那张胡同帅哥的脸，十七八岁，他自己还是个孩子,却要像父亲、哥哥那样,负担起宝绽的人生。

客厅一时安静下来。

"对了,"匡正转移话题,"剧团的人为什么叫你'宝处'?"

一个"处"字,戳到了宝绽的痛处。"我没拜过师,"他吃了一大口面,含混地说,"不算科班出身,'处'是对下海票友的称呼。"

匡正似懂非懂,他不在京剧行里,不知道"科班"和"票友"之间泾渭分明,就像他做并购的瞧不起私银一样,梨园里也有一条看不见的鄙视链。

填饱肚子,匡正回去睡觉,宝绽洗个澡也爬上床。

这一觉睡得很好,第二天日上三竿了才起来,他玩了会儿手机,下床收拾东西。听应笑侬说,宾馆都给准备洗漱用品,他只带了几件换洗衣服和应急药品,往背包里一装,扔在沙发上。

宝绽刚煮好饭,匡正就过来了,拖着一只老大的旅行箱,黑色纯牛皮,有一个复古的一字形把手。他把箱子在客厅中央打开,最上面一层是几件秋天的便服,还有一堆叫不出名字的瓶瓶罐罐。

"哥?"宝绽跟着他上楼,看他把衣服往自己衣柜里挂,那些乳啊霜什么的,一样样立在洗手间的置物架上,"你给我拿的什么?我不要。"

"不是给你的,"匡正手里还剩一瓶空气香氛,清雅的白茶味儿,放在床头,"我昨天在你这儿洗了个澡,什么都没抹,今天皮肤都糙了。"

"我皮肤又没事,"宝绽把香氛塞回给他,"你快拿走。"

"你不用,我还用呢,"匡正一副登堂入室的狂样,"说不定哪天又在你这儿过夜,什么都没有太蹩手了。"

他转身下楼,宝绽追着下去。到客厅一看,黑皮箱空出了一角,宝绽提议:"哥,你换个小箱子吧,空这么大地方,拎着挺笨的。"

"你的行李呢?"匡正四处看。

"那不?"宝绽指着沙发,匡正看过去,上头只有一个篮球大的背包:"你东西带全了吗?"

"衣服、药、身份证,全带了。"

"不行,"匡正抓起背包,往自己箱子里塞,"护肤品可以用我的,睡衣你得带一套,毛巾、床单也得带一套,牙刷最好用自己的。"

宝绽不以为然:"哪那么麻烦——"

"不是吓唬你,"匡正很严肃,"就我身边的事儿。去年,商行那边一个副总,全家出去玩,住的五星级酒店,还是总统套,回来七口人全得病了。"

匡正没说是什么病,但一想也就是那个病,宝绽的表情不大自然:"又没那个……怎么能染上?"

"手巾、浴巾,接触传染,"匡正压一压箱子,给他腾地方,"他孩子才两岁半,现在这社会,不防着不行。"

宝绽蚊子似的嘀咕:"是不是你们有钱人才有那个病……"

"说什么呢!"匡正朝他瞪眼睛,"咱俩一起住了这么久,你得病了吗?"他凶巴巴地,"少废话,赶紧拿床单去。"

"哦。"宝绽不情不愿地,上二楼扯床单去了。

收拾好行李,俩人吃过午饭,匡正叫的车到了——宽大的真皮座椅,还有免费的矿泉水和小零食,放着舒缓的钢琴曲,直奔火车南站。

时阔亭他们到得早,远远看见匡正和宝绽两个人拖着一个行李箱过来。时阔亭是如意洲管钱的,也是这趟出门的总管事,把一个小本扔给应笑侬:"我心粗,你记账。"

另一边萨爽围着陈柔恩,怎么看怎么喜欢:"姐,你今天的裙子真好看!"

陈柔恩横他一眼:"没你穿裙子好看。"

51

坐高铁到北戴河两个小时车程,时阔亭统一买的二等座,匡正是个靠窗的位子,但看那一排三个连着的座位,他还是觉得挤。

宝绽的座儿在他旁边,眼下坐着一个挺漂亮的女孩儿。宝绽给她看了票,她冷着脸正要起身,一抬眼瞧见匡正,屁股一沉又坐回去了。

匡正今天穿得很随意,一身浅驼色的休闲西装,系了一条波洛领带,带扣是小巧的金属驯鹿头,因为是假期,他稍喷了点香水,Profumum Roma[1]的"苔原",在微苦的广藿香和薄荷之下,凶猛的麝香气味缓慢扩散。

火车二等座,这种男人确实少见,女孩儿看直了眼。匡正见宝绽没坐,扫了扫身边这女的:"抱歉,这是我朋友的座儿。"

---

1. Profumum Roma:罗马之香,意大利香水品牌。

女孩儿一看跟他说上话了，开始撒娇卖萌，什么"我是女孩子嘛""火车好乱，坐中间有安全感""男生就应该让着女生啊"，嗲得人起鸡皮疙瘩。

应笑侬把箱子扔给时阔亭，转身要上前，匡正没用他："大小姐，大家都是成年人，既然有票，就按座儿坐好吧。"

见她是个娇滴滴的小姑娘，宝绽有点心软："哥，要不算——"

"算什么算？"匡正在这儿，不可能让宝绽挨欺负，"麻烦你起来，"他告诉那女的，"你不起来，我叫乘警了。"

女孩儿一听这话，变了脸色，大概觉得自己还不错的颜值受到了侮辱，把包一拎，甩着长头发说："有钱了不起啊！有钱就欺负人啊！"

高跟鞋噔噔噔走远了，搞了半天，她根本不是这节车厢的。

宝绽挨着匡正坐下。接下来的旅程乏善可陈，听着歌眯一觉就到地方了。

北戴河的空气中飘浮着一股淡淡的海腥味儿，他们打车去应笑侬找好的宾馆——大红色的门脸，电子屏上反复滚动着"大床房一晚188"。

正赶上周末，前台办入住的人不少，匡正把身份证递过去，盯着墙上的营业执照："你们这儿几星？"

服务员横他一眼，一看是个帅哥，嘴没太损："标准间一晚上168，您还想要星哪？"

气氛有点尴尬，时阔亭连忙说："咱们小剧团搞团建——"

应笑侬把话头抢过去："小剧团委屈您匡总了。"

匡正知道他记仇，第一次见面，他呲儿过他爱穿女装。"段少爷，"他低着声，"都是明白人，一起出来玩，别让宝绽为难。"

应笑侬往宝绽那边瞥一眼，大人有大量，不跟他计较了。

五男一女四间房，都是标准间。

"小陈自己一屋，"时阔亭分房卡，"匡哥也住单间吧，你是客人。"

匡正没接房卡，按这个分法，肯定是时阔亭和宝绽一屋，应笑侬和萨爽一屋。"我还是和宝绽挤挤，"他立起箱子，"我们东西都在一起，两个屋不方便。"

也是。时阔亭对应笑侬说："那咱俩花钱管账的一个屋。"他把单张房卡扔给萨爽："小子你爽了。"

卡飞过来，萨爽两指夹住，帅气地冲陈柔恩抛个媚眼："姐，你晚上要是害怕，可以来我屋……"

陈柔恩凭借着身高优势，狠狠托了他下巴一把，萨爽咬了舌头，瘪着腮帮子物理性闭嘴。

宾馆只有一、二两层，没有电梯，四间屋两两相对，很紧凑。匡正和宝绽进房间，不大的地方，两张床、一张桌、一个洗手间，没别的了。窗外正对着一家发廊，楼上在搞装修，电钻嗡嗡地响。

说实话，这是匡正最糟糕的一次旅行体验，不像是来散心的，倒像是来糟心的："你先洗洗？"

"你先洗吧，"宝绽把行李箱打开，拿出自带的床单，"你要哪张床？"

"你挑，"匡正进洗手间，小是小，还算干净，"拖鞋用咱们自己的。"

"好。"宝绽把两张床铺好，过去冲杯子，看匡正来回转着脖子，像是不舒服，"哥，你怎么了？"

"火车那座儿，"匡正常年对着电脑，颈椎不大好，"太硬了。"

"高铁的座儿还可以吧，"宝绽嫌他娇气，"前排那大姐都说和飞机差不多。"

匡正云淡风轻来了一句："我从不坐经济舱。"

宝绽白他一眼，踢了踢他的小腿肚子："上床趴着，我给你揉揉。"

匡正乐了："你行不行啊？"

"我十多岁练功，"宝绽松着手指，"绝对给你揉到点儿上。"

匡正把衬衫从裤腰里拽出来，解开扣子，宝绽两手抓着他的膀子肉，在脖子根那儿缓缓地推，推着推着，隐约听见隔壁有争吵声。

是时阔亭和应笑侬。他们俩进屋分了床，把东西一样样归置好。时阔亭去上厕所，顺便洗了把脸，出来看到应笑侬抖开一张被单，正往床上铺。"你真的假的，"他挺惊讶，"还自己带床单？"

"我带了俩，你要不要？"

"我可不要，"时阔亭撇嘴，"大老爷们儿哪那么矫情。"

这话应笑侬就不爱听了："你说谁矫情？"

"不敢说你。"时阔亭大大咧咧的，把T恤脱了，光着膀子换拖鞋，"您老是大青衣，如意洲的角儿，咱们小琴师没胆儿跟您讹。"

"算你识相。"应笑侬铺完床去洗手间，"这种小破店，你知道咱俩来之前住的是什么人？男的女的，干不干净，一个人睡的还是找人一起睡的？他

第二折　挂　帅　　　　　　　　　　　　　　　　　　　　　　　　219

走了，床单被罩换过没有，换的消没消毒，用什么消的毒？"

时阔亭让他一通问得心烦。"能怎么着，"他冲洗手间嚷，"还能染上艾滋啊？！"

洗手间静了，静没有两秒钟，猛地爆出一声吼，应笑侬拎着一条湿手巾冲出来："时阔亭，谁让你用我手巾的？！"

时阔亭刚才洗完脸，确实拿东西擦了："那是你手巾吗？"他没注意，"一条手巾，你不至于吧？"

"怎么不至于？！"应笑侬不依不饶，"手巾和内衣裤一样，不能混着用，全是细菌，还传染病！"

"你意思我有病是吧，花字头还是梅字头的？"时阔亭把球鞋往地上摔，"嫌我脏，你别跟我住一屋啊！"

"你以为我愿意跟你住一屋啊？！"应笑侬话赶话，扯着床单要走，"我看你和那姓匡的处得挺来，你俩睡吧，我去和宝绽一屋！"

"我还想跟宝绽睡一屋呢！"时阔亭抢到他前头，"要去也是我去那屋！"

他们俩就这么掐上了，你推我搡，砰砰拍隔壁的门。宝绽最怕他们俩吵架，手心手背都是肉，不知道该向着哪边，赶紧给匡正使眼色，让他去开门。

匡正打开门，假装压着声音："宝绽睡了，什么事儿？"

小破旅馆隔音不好，他们俩吵的什么，左邻右舍其实听得一清二楚。对面陈柔恩开门出来，敷着竹炭面膜，嘴巴张开一道缝："住不到一起去，就换屋呗。"

她隔壁，萨爽的门嘎吱一声也开了："就是，师姐，"他贴着一对果冻眼贴，"要不咱俩凑合一下，你给侬哥腾个屋——"

砰！陈柔恩使劲儿把门甩上，萨爽讨了个没趣，反省一下，是路子太油腻了，一跺脚拍上门。时阔亭和应笑侬忽然觉得好心累好疲惫，有气无力说了声"没事儿"，转身回屋。

匡正把门关好，很不赞同地跟宝绽说："你们团真乱。"

晚上宝绽张罗大伙去海滩喝啤酒吃炸鸡，想复现一下他和匡正那晚的怒涛飞雪、星空璀璨，谁知道这是个多云天，坐在潮湿的海滩上仰头看，一颗星星也见不到，周围还没什么游客，连炸鸡和啤酒都凄凉了。

六个人各有各的心事，谁也不说话，萨爽灵机一动："刚才路上有卖西瓜的，"他拍拍屁股站起来，"我去找根棍子，咱们玩打西瓜！"

什么玩意儿？匡正觉得自己可能是老了，和这帮小屁孩儿玩不到一块儿去，要不是宾馆的电钻声实在太吵，他立刻抬屁股走人。

没一会儿萨爽回来了，真拎了根棍子，还抱着个挺大的西瓜。他把西瓜往沙地上一放，给大伙讲规则："蒙眼打西瓜，两人一组按屋分。"他叫陈柔恩："师姐，咱俩一组。"

"行，"难得陈柔恩没嫌弃，还把丝巾解下来给他，"你打。"

太阳打西边出来了，萨爽感动得差点热泪盈眶，把丝巾往眼上一蒙一系，开始原地转圈。他数了十圈，晃晃悠悠停下来："师姐，走起！"

"往左，慢点，然后往前……"陈柔恩跟他从没这么柔声细语过，匡正直觉有问题。果然，她越指越偏，生把萨爽指到一片小孩儿堆沙子形成的水坑边。"行了，"她放话，"正前方，使劲儿！"

萨爽像个小傻子，铆足了劲儿一棍子下去，连沙子带海水，拍了自己一脸。大伙哈哈笑个不停，他呸呸吐沙子，抓下丝巾委屈地嚷："姐，你怎么坑队友？！"

陈柔恩下巴一扬，有点刁蛮的样子："以后跟我说话再没大没小的，我弄死你！"

萨爽彻底蔫了，把丝巾往应笑侬手里一塞，上一边吹冷风去了。

第二组是应笑侬和时阔亭，他们俩属于嘴炮型队友，走一步必须得戗两句。匡正和宝绽并肩坐在一起，好几次笑得靠在对方身上。

这俩人要说不默契吧，最后没打着下场的时候，抱怨却是一样的："要不是猪队友，这玩意儿我能打十个！"

两组过去，西瓜还好好地待在地上。轮到匡正了。他脱掉西装站起来，掂了掂棍子，这么幼稚的游戏，他却有种要为宝绽挣面子的必胜劲头。

眼睛被蒙上，世界顿时一片漆黑，只有迎面吹来的风和一把清脆的嗓子："哥，"宝绽就在前边不远，"听着我的声音，来。"

匡正向着他走，这一刻仿佛一切都消失了。

"往左一点，对，"只有这一个声音，像风中的灯塔，又像黎明前的小星，那么微弱，却足以点亮他的人生，"别着急，向前，再向前——"

匡正双臂充满了力量，棍子伸直，高举过头顶。

"好了，"宝绽的声音温柔，却坚定，"打吧。"

匡正向下振臂，冥冥中，他觉得宝绽在前头，他一定能打中。

52

匡正把西瓜打碎了，大伙分着吃，起沙的红瓤，很甜。

浮云渐渐散去，满天的星斗若隐若现，他们走在回程的路上，匡正惬意地搭着宝绽的肩膀，大部队在后头，宝绽回头喊："师哥！小侬！"

时阔亭和应笑侬跑上来，一左一右勾着他们的膀子，还有萨爽，扒着应笑侬的后背朝陈柔恩招手，陈柔恩抿了抿嘴，赶上几步，走到时阔亭身旁，六个人一横排，浩浩荡荡回宾馆。

窗外的电钻声停了，星夜静谧，海浪声随风而至，匡正和宝绽洗了澡，躺在干净的被窝里，聊着天慢慢睡去。

第二天是个大晴天，教科书上说的那般"阳光明媚，万里无云"。出门前，匡正对着镜子满身抹防晒霜，宝绽看得直撇嘴："脚指头缝里你也抹抹呗，"他学着应笑侬的口气，"全抹上你就能变身花仙子了。"

"来，"匡正把泳裤套上，"给你也抹抹。"

宝绽像只夯了毛的猫，立刻往后跳："我可不抹那玩意儿！"

"快点，"匡正来抓他，"海边的太阳毒，一晒脱一层皮！"

"我不！"房间小，宝绽跑不开，被匡正揪着脖子杀猪一样叫，"啊！你摸哪儿呢！"

"露着的地方全得抹，哥是为你好！"

"师哥！"宝绽冲着隔壁喊，"小侬！救命啊！"

"叫吧，"匡正又挤了一大坨防晒霜，"叫破了嗓子也没人来救你！"

从房间出来，宝绽觉得自己不能要了，浑身油亮亮的，像头等着烤的乳猪，隔壁正好开门，应笑侬擦着太阳镜问："你刚才号什么呢，吓得我防晒霜都掉了。"

宝绽眉头一跳："你——你也抹防晒霜啊？"

应笑侬拔高音量，像是说给时阔亭听："保湿、隔离、防晒，一样也不能少！"

"小侬，"宝绽叹了一口气，语重心长地说，"你以后别跟老匡过不去了，其实……你俩挺像的。"

"啊？"应笑侬费解地蹙眉。

今天的海滩和昨天截然不同，人山人海摩肩接踵，互相搀扶的老夫妻、吃着同款棉花糖的一家三口、为了饮料口味闹别扭的小情侣，他们六个人挤在平凡的游客大军里，像珍珠落进了沙子，异常惹眼。

匡正和时阔亭那身材就不说了，宝绽除了白点，没别的毛病，还有应笑侬和萨爽，都是一身漂亮的小肌肉，陈柔恩一枝独秀，一件浅蓝色的连体泳衣，头发飞扬起来，令人心动地清纯。

日光融融晒着，海浪冲上脚背，温度正好，六个人手拉着手，欢呼着向海里冲，一个浪头拍过来，他们尖叫着往回跑。

宝绽攥着匡正的手，使劲儿喊："哥，抓紧我！我不会游泳！"

匡正纵身把他抱住："别怕，哥教你！"他把宝绽往水浅处带，水波轻摇，将将托起两个成年人，匡正拉着他的手，缓缓地踩水："憋气，会吗？"

宝绽摇头，他没去过游泳池，动辄几十块的票价对他来说太贵了："我试试。"他吸一大口气，闭着眼睛扎进水里，两手抓着匡正的腕子，指尖发白。

"放松。"隔着晃动的海水，匡正的声音听不真切，"你要相信我，把自己交给我，然后浮起来。"

宝绽试着按他说的做，可骤然的失重感总是让他恐慌，一慌就下意识出水。海水在他的唇上、颔角、锁骨上流淌，溢了水的瓷瓶似的，在太阳下闪光，匡正不自觉放轻了力道，像是劲儿大了怕把他碰碎："咱们再试一次，你行的。"

宝绽点头，闭上眼第二次入水。巨大的水体包裹着他，像要把他往什么不知名的地方拽，身如飘萍，只有匡正的手让他有一丝安全感……忽然什么东西从脸上擦过，他睁开眼，是匡正的手指，还有他鲜明的五官，阳光从晃动的水面射下来，给那张脸罩上了一层斑斓的翠色。匡正稍稍松手，宝绽随着海浪飘动，要松开了，匡正又把他抓回来，这么反复几次，直到空气耗尽，两个人同时钻出水面。

"不怕了吧？"匡正歪着头掏耳朵里的水。

宝绽撸一把头发："嗯！"

说不上为什么，宝绽的心怦怦跳："还有点怕。"

匡正揽着他，让他再试一次。

陈柔恩隔着一段距离看着，羡慕得不得了："瞧瞧人家，"她往时阔亭身上泼了把水，"我也不会游泳，你教教我？"

时阔亭愣了，表情变得不大自然："让小依教你吧，那什么我——"他转个身，蹚着水上岸，"我去趟厕所。"

"哎，你……"陈柔恩瞪着他远去的背影，俏丽的脸蛋难掩失落。

"傻丫头，"应笑依仰面往水上一躺，拍出一片不小的水花，"老时和宝绽一块儿长大，他要是会游泳，宝绽能不会吗？"

陈柔恩眨了眨眼，明白过来，原来时阔亭那么大一帅哥居然不会游泳，怕丢面子还不承认，借口上厕所跑了……

"扑哧！"她掐着腰大笑，这男的也太可爱了吧！

"姐，"萨爽照例这时候出现，"我是我们小区少儿组狗刨式随便泳的第三名，你要是不嫌弃，我教教你？"

陈柔恩没理他，长头发一甩，侧身扎进水里，标准的自由泳泳姿，以百米冲刺的速度游出去。

这么小一片海滩，他们足足玩了一天，水仗打了，棉花糖吃了，带弹珠的波子汽水喝了，红日西斜，并排躺在有点扎人的沙滩上，看着金色的霞光洒满海面。

清风徐来，宝绽呓语般问："哥，开心吗？"

"开心，"匡正微微一笑，偏过头，抖了抖他头上的沙子，"晚上我请大家吃饭。"

应笑依一骨碌爬起来："听见没有，匡总请吃饭，海参、鲍鱼、龙虾、鱼翅通通安排上！"

大伙懒洋洋的，谁也不想起来："走不动了，外卖能不能送海滩啊？"

"我腰底下好像有个小螃蟹，总夹我。"

"你翻个身能死啊？"

"你要是让我抱一下，我就有动力了。"

"你让螃蟹夹死吧。"

他们一个拉一个，到底还是起来了，搭着膀子走成一排，走出如血的残阳,走进喧腾的夜色。一整条街的大排档,烟熏火燎的,老远就听见鼎沸的人声,还有偶尔的争吵和零星的狗叫。

参鲍虾翅全点了,参是白了吧唧的进口参,鲍是两块五一个的小鲍,虾是小龙虾,翅是烤鸡翅,不是匡正抠门儿,而是这条街上实在没别的。时阔亭要了两瓶没标的白酒,说什么也要给匡正倒,匡正不敢喝,挨着骂拿啤的跟他碰。

大伙都喝多了,不知道谁提议的,要唱街边卡拉OK。那歌单,匡正一看就头疼,宝绽醉醺醺蹭着他的肩膀:"我要唱这个……哥,你陪我唱!"

他点的是《知心爱人》,熟悉的旋律一出来,匡正一秒回到学生时代,不过不是大学,是小学……

旁边陈柔恩跟时阔亭也要唱,时阔亭醉得连妈都不认识了,大着舌头嚷嚷:"《心雨》……我要唱《心雨》!"

陈柔恩听都没听过这歌,但为了和他心动一刻,狂催着老板加歌,等《知心爱人》快收尾的时候,她连麦都拿好了,肚子忽然不舒服。

《心雨》比《知心爱人》还老,迷笛合成器的前奏响起,她实在挺不住了,把麦往应笑侬手里一塞,转身去找厕所。

53

匡正架着时阔亭回宾馆。陈柔恩去厕所还没回来,萨爽要留下等她。应笑侬怕他们俩这个那个地闹起来,就让萨爽走,自己留下。

送时阔亭回到房间,安顿好,宝绽他们和萨爽各自回屋。掏出房卡要开门时,匡正一把拉住宝绽。

"哥?"宝绽的酒醒得差不多了,脸还红着。

"嘘——"匡正瞄一眼萨爽的门,拉着他下楼。

从"大床房一晚188"的滚动屏下走出来,一抬头月明星稀,路上还有些行人,烧烤一条街那边仍然灯火通明。

"干什么去?"两个人离群偷跑,宝绽莫名激动。

"陪我走走。"匡正迎着风扬起头,"这两天都是大伙一起,咱俩还没单独出来过。"

匡正伸手搭住他的肩膀,俩人搭着膀子走向海边。

远处有人唱歌,铜锣嗓子,唱的是《灰姑娘》,看来到这片海滩来的都是有故事的人。宝绽忽然问:"哥,你说咱俩要是不认识,现在会是什么样?"

"嗯?"匡正没想过这个,皱起眉头。

"你虽然在剧团见过我,"宝绽假设,"但我没搬到你家对面,那天晚上你也没来借电脑,此时此刻你不知道我,我也不知道你。"

匡正第一反应是不可能。"不可能,咱俩肯定要认识。"他假想出一个场景,"比如我去萃熙华都买东西,看见对面有个大戏楼,过去看看,一进门,正好碰上从红楼梯下来的你,我们就认识了。"

"拍电视剧哪?"

"可不跟电视剧一样?"

"瞎说,"宝绽轻笑,"你才不会来。"

"是吗?"匡正确实不会,但不承认。

"不会。"宝绽摇了摇头,很感慨,"就差那么一点点,我们就是陌路人。"

"陌路人"三个字,匡正不喜欢,紧了紧手臂。"一切都是命中注定,"他说,"不这样认识也会那样认识。"

宝绽没说话,前头是无人的黑色海岸,万籁俱寂。

他们走向海浪,黑色的、澎湃的浪涛,整个沙滩只有他们两个,满天的星辉和月色全是他们的。匡正兴致来了,迎头跑向潮水,一个猛子扎进去,不见了。宝绽面向那片起伏的海面,在沙滩上坐下,等他上来。

没带手机,时间的流逝变得异常模糊,可能是五分钟,也可能过了半个小时,匡正还是不见人影,宝绽腾地站起来,朝着翻滚的巨浪喊:"哥!"

当然没有回应。

他这时再看那海浪,凶猛得像在咆哮,夜风凉了,月色也被云层遮蔽。"哥?"他蹚进水里,放声大喊,"哥——"

那么亮的嗓子,在呼啸的海风中,却像是呜咽。

他往水里跑,瞪大了眼睛,每一根汗毛都立起来。"哥!"他不管不顾地往前扑,忘了自己不会游泳,"哥,你在哪儿呢?你别吓我!"

海水越没越深,到了宝绽的胸口,到了下巴,他还是不停地向前,直到一个浪头打过他头顶，他整个人浮起来，扑腾在无边的黑暗中，吐着气泡喊："哥——"

一只手臂在他绝望时伸来，耳边是有力的心跳声，还有和着浪音的呼吸声。

宝绽睁开眼。月光出来了，清辉下是匡正的脸，湿头发拢向脑后，滴着水的五官棱角分明。宝绽一点力气都没有了，想揍这家伙一拳都抬不起手来。

到了水深齐腰的地方，匡正把他放下，大手摸上他的额头："没事儿吧？"

短暂的茫然过后，一切的恐惧、委屈全来了："你这个……"

砰的一声，海面随着大地震动，接着砰砰砰一串巨响，一团接一团烟花在他们头顶的天空炸开，红的、绿的，漫天闪烁，照亮了整片海面。

宝绽从没见过这么大的烟花，近得像一伸手就能够着，斑斓的虚幻之花一朵朵绽放、盛开、零落，在流星般璀璨的烟花雨里。

"今天是周末，应该是景区管理处放的……"匡正不知道自己在说什么，简直像个傻小子。

"嗯……"宝绽也傻傻地应道。

烟花还在不停升空，满耳是轰隆隆的震响，仿佛大海的心跳，让水中的人跟着颤抖，头上的天幕如火，洒下金色的碎屑，装点了他们的夜。

湿淋淋地回到宾馆时，已经十二点了，他们蹑手蹑脚上楼开门，溜进房间，洗漱，睡觉。

睡到后半夜，宝绽被一阵冲水声吵醒，匡正在洗手间，他没多想，翻个身继续睡。可没多久，冲水声再次响起，洗手间的灯亮着，宝绽看了一眼手机，才三点："哥？"

"没事儿……"匡正有气无力，"你睡你的。"

宝绽扭亮床头灯。这时洗手间里传来呕吐声，他跳下床跑过去，只见狭小的空间里，匡正抱着马桶吐得昏天黑地。

"哥！"宝绽赶紧拍他的背，"你怎么了？"

"出去，"匡正推他，满屋的消化液味儿，他自己闻着都恶心，"一会儿就好，别管我！"

"是不是下海着凉了？"宝绽不走，抓过手巾给他擦脸上的汗。

"我让你出去！"匡正火了，扶着洗手台站起来，哈着腰像是肚子疼。

第二折 挂帅

"哥,"宝绽知道是怎么回事了,"你是不是上吐下泻?"

匡正三十好几,从没这么丢人过。"肚子有点不好,"他咕哝,"五六趟了。"

"晚上这顿你是不是没吃大蒜,"宝绽问,"也没喝白酒?"

匡正肚子又开始给劲儿,连忙把他往外推,关门坐在马桶上。"我喝的啤酒,"他隔着门板说,"而且我不吃生蒜。"

"都怪我,"宝绽后悔没提醒他,"大排档的海鲜不新鲜,最容易犯胃肠炎了,得吃点大蒜、白酒杀菌!"

现在说什么都晚了,这一晚的快乐全葬送在一顿小烧烤里,匡正蜷在马桶上:"你帮我去买点药。"

"这病吃药不好使,怎么吃进去,怎么吐出来。"宝绽穿好衣服,拿上小钱包,"走,我带你打针去。"

匡正,男,三十二岁,万融银行执行副总裁,万融臻汇私银总裁,凌晨三点,被干弟弟从北戴河的小旅馆里搀出来,打着黑车上医院。

诊断结果出来,果然是急性胃肠炎。医生给开了三瓶点滴。二人进病房一看,横七竖八的床上全是人,一问,都是吃海鲜吃坏的。正好有一个大妈出院,腾出一张床,褥子、被罩都没换,匡正直接躺了上去。

隔壁床是个老大爷,看着也像来旅游的,笑呵呵地问匡正:"小伙子,拉了几回啊?"

匡正转身闭上眼,肚子不疼了,头疼。

匡正睡得很沉,直到一束强光照上眉心,他皱着眉头睁开眼,窗外的天大亮了,满窗白亮的灿阳,窗帘被风吹起,宝绽坐在帘下的木椅子上,抱着椅背睡得正香。

匡正翻个身想起床,铁架床嘎吱一响,宝绽轻轻一颤,醒了,揉着眼睛问:"哥,上厕所吗,还是饿了?"

他没怎么睡,两只眼睛微红。

"上厕所。"匡正穿上拖鞋,"你上床睡会儿。"

"不用,"宝绽揉了揉脸,屋里这么多人也睡不着,"该起了。"

打点滴的人太多,输液杆不够用,宝绽要给他举吊瓶,匡正不让:"又不是什么大病,我自己来。"

"走吧,"宝绽边打哈欠边说,"我人在这儿,还能让你费劲儿吗?"

"不是，"匡正有点磨不开，"你看着……我怕尿不出来。"

"得了吧，"宝绽斜他一眼，"不是你自己说的嘛，公共厕所也这样。"

那次是在匡正家，宝绽正刷牙，匡正大大咧咧地进来尿尿。

厕所是公用的，在病房走廊尽头，宝绽陪他到小便池，举着吊瓶背过身，这时手机在兜里响。

"喂，"他接起来，"师哥？"

"你屋里怎么没人？"时阔亭问。

"老匡胃肠炎了，我陪他在医院呢。"

"咋晚吃坏了？"空荡荡的厕所里，时阔亭的声音听得一清二楚，"大老板这胃肠欠锻炼啊！"

"打上针了，医生给开了三瓶点滴。"

"我让他喝白的他非不喝，"时阔亭还记得昨晚，"这下遭罪了。"

"我们今天都得在医院里，你们玩你们的。"

"知道了，我一会儿过去。"

电话挂断，宝绽扶着匡正回病房。

屋里的人基本都起来了，洗漱的洗漱，吃饭的吃饭。匡正上床，微微哼一声，宝绽细心地注意到了："哪儿不舒服？"

"没事儿，"匡正躺下，盖上被，"肚子胀，里头全是气儿。"

"肠子伤了，"宝绽拉过椅子，"我给你揉揉。"

"小伙子，"隔壁老大爷又说话了，"你弟弟对你真好。"

"啊。"匡正皮笑肉不笑。

"是亲的吗？"老大爷又问宝绽。

宝绽边揉边说："干哥。"

干哥，这是在匡正那个圈子绝对听不到的词儿，带着一种世俗、一种亲昵。

揉了一会儿，宝绽怕匡正饿着胃受不了，拿上钱出去买早点。

匡正一个人无聊，刚想躺下睡一觉，门口响起一把透亮的嗓子："找着了，这屋！"

是应笑依，欠欠儿地进来，往宝绽坐过的椅子上一跨，抱着椅背笑话匡正："你说你匡总，请顿龙虾鲍鱼不就没这事儿了？"他撇嘴，"做人不能太抠门儿！"

第二折 挂帅

他后头是拎东西的时阔亭和萨爽，那俩家伙不知道怎么回事，都光着膀子，在人满为患的病房里格外扎眼。

匡正靠上床头："你们怎么不穿衣服？"

"别提了。"时阔亭把豆浆、米粥放在小柜上，水果撂在地下，"海边这太阳也忒毒了，你瞅给我晒的，"他转过身，那背上红一块白一块，像得了什么恶性皮肤病，"又疼又痒，也不知道什么时候能好。"

萨爽跟他一样，后背掉了一层皮，看得人直发麻，这下应笑侬有话说了："也不知道是谁，看我涂防晒冷嘲热讽的，现在好嘛，变身花仙子了。"

"花仙子"这仨字，匡正熟，憋着没笑出声。

时阔亭没搭理他，把一个小塑料袋扔给匡正："咱俩身材差不多，你试试。"

是替换的背心短裤，匡正有点意外，他跟时阔亭不过两三面交情，刚才电话里宝绽也没嘱咐，他却把这些小事都想到了。

打开塑料袋，果然是宝绽同款纯棉大裤衩，匡正笑了："谢谢哥们儿。"

萨爽眼尖，瞧见吊瓶快见底了，跑到门口去喊护士："小姐姐，4床换药！"

这帮人是真热心，看见了就帮一把那种热心，没有任何图谋、计较，他们是没钱，但善良，能把普通的日子过得有滋有味。

宝绽提着米粥咸菜回来的时候，匡正都快吃完了。大伙热热闹闹聚在一起，宝绽发现少了个人："小陈呢？"

"她呀，"不提她还好，一提她应笑侬就乐，"小丫头也在这儿呢！"

"别笑啊，"萨爽不乐意，"谁也不许背后笑话我姐。"

"她怎么了？"宝绽担心。

"在楼上病房，"应笑侬扒了个香蕉，"和匡总一样，让小海鲜闹的。"

宝绽回想昨晚，她一个小姑娘没喝什么酒，更不可能吃大蒜，中招是难免的。

"唱歌的时候她就不行了。"应笑侬边吃香蕉边说，"你们走了之后，我在厕所外头等她，她出来的时候腿都软了，我给背到医院——"

"哎哎哎，说谁呢！"门口传来响亮的一声，陈柔恩下来了，扶着输液杆进屋，六巨头终于在这间嘈杂的病房里聚首。

"姑奶奶，我错了！"应笑侬赶紧把椅子让出来，她一副拄着龙杖的皇娘派头,施施然在床前坐下:"匡哥,怎么样?"

同是天涯沦落人,匡正尴尬地点点头:"还行……"

大伙你一言我一语,从昨晚的海鲜聊到今早的豆浆,宝绽看一眼手机,快中午了:"师哥,别在这儿耗着了,你们没事儿的去玩吧。"

时阔亭不动弹:"你们仨都在这儿,我们还玩什么?"

"就是,"应笑侬也说,"哪有心思?"

"斗地主吧,"又是萨爽出主意,"我去买副牌!"

匡正不会斗地主,被如意洲的人好一顿损,结果没玩两把就上手了,好歹干了十年金融,概率论、博弈论烂熟于心,来一个杀一个,来一双杀一双,直接在316病房封神。

小扑克一打,一天就过去了。三瓶点滴输完,大伙一块儿回宾馆。匡正进洗手间洗澡,宝绽在外头收拾东西,时阔亭订的明天的高铁,返程回家。

忽然手机响,是匡正的,宝绽拿起来一看。"老白"来电。

"哥,"他去敲洗手间的门,"你电话,'老白'。"

门里静了一会儿:"放假,不接。"

铃声断了,宝绽把手机扔回床上,没过一分钟电话又响,他本来不想管,可"老白"催命似的打个没完,他怕有什么重要事,偷偷接起来。

耳边一个威严的声音:"你小子,脾气不小啊。"

大领导的气势,宝绽被镇住了:"你好,匡正……他在洗澡。"

白寅午一愣:"你是?"

"我是他朋友,"宝绽解释,"我们现在没在家,出来玩了。"

没在家,出来玩,白寅午更搞不懂了:"国内还是国外?"

宝绽直接报地点:"北戴河。"

白寅午以为自己听错了:"哪儿?"

宝绽重复了一遍:"北戴河。"

白寅午好半天没接上话,那个一条领带都要配半天的匡正,十年难得一次的假期,他去北戴河?

"你们俩……住一套房?"

宝绽不是很明白这个"一套房":"标准间,我俩一屋。"

酒店的廉价双人间……白寅午简直怀疑他这电话打到平行世界去了,匡正那么狂的人,居然和别人住一间房:"匡正……同意住双人间?"

"我们都是两人一屋。"

"你们？"

"我们六个人，"他照实说，"一起出来玩。"

白寅午意外，干他们这一行，二十五岁以后就没有真朋友了，匡正失意的时候还能找到一伙一起玩的朋友，管他是北戴河还是夏威夷、标准间还是总统套，都是被雷劈了的好运。

匡正洗完澡出来，看宝绽拿着他的电话，啪地拍了他屁股一下。宝绽知道错了，赶紧把手机还他，匡正接过去懒洋洋一声："什么事？"

熟悉的声音，熟悉的腔调，白寅午轻笑："怎么不叫白总？"

"放假，"匡正语气冰冷，"没有白总。"

他还在怪他，白寅午试着缓和关系："哪儿找的朋友，傻乎乎的，"他开玩笑，"没安好心吧你？"

"姓白的你别乱说话啊，"匡正狠狠顶回去，"我弟弟。"

白寅午的脸僵住了。

"那个顶账的私银，"匡正开始跟他谈工作，"独立核算的？"

白寅午压着火儿："对。"

"账上还有多少钱？"

"我一会儿发详细资料给你。"

"我要那家比利时银行退出时的全部历史记录，"匡正周身的气场陡变，尖锐、锋利，像一把刀，直刺问题的核心，"人员、账目、资产，还有成交记录和客户名单，我要看看你扔给我的到底是个什么鬼东西。"

54

回程路上，宝绽靠窗，匡正挨着他，看着窗外渐行渐远的北戴河，忽然感慨，一个热闹的滨海小城，有些扎脚的沙滩，突如其来的烟花、烧烤、医院，斗地主，最奇葩也最难忘的三天，离别时竟有些不舍。

到家时是下午四点多，宝绽家门口撂着好几个生鲜包裹，匡正帮他搬进屋，顺手把箱子也拖了进去："菜不新鲜，别要了。"

"扔了多可惜，"宝绽蹲在地上拆包裹，"烂的切了还能吃。"

"跟我过不用这么省，"匡正去客厅收拾行李，"咱们吃好的。"

宝绽看了看，除了叶菜有点蔫，茄子、土豆什么的都还好好的，便拿纸包起来放进冰箱："我管做饭，不听你的。"

匡正打开箱子，宝绽的东西和他的混着，一时半会儿分不开，他一想到自己在这边的时间比在自己家还多，干脆不分了，拎着箱子上楼。

"哎，哥！"宝绽叫他。

匡正回头往门厅看，宝绽拆了个小包裹，里头是一只闪闪的银镯子，他拿着镯子看了看，居然问："你给我买的？"

"啊？"匡正蹙眉。

"这里头，"宝绽指着镯子内壁，"刻着个'宝'字。"

匡正一下子想起来，是他妈和小姐妹们去银楼，非要给宝绽买镯子，说什么替他家里人疼他。他不知道该怎么说，这事儿怎么说都有点尴尬："是我妈……"他把行李放下，过去蹲在宝绽身边。

宝绽眨了眨眼："那怎么寄我这儿来了？"

包裹上写的是匡正家地址，但他总让快递员把东西放宝绽家门口，一来二去，人家就直接扔宝绽家门口了。

"那次在吃烧鸽子，我不是把你照片发给我妈了吗，"他放轻了声音，"她说你这镯子样式有点老，给你买了个新的……"

宝绽微张着嘴，愣住了。

只是一张照片，匡妈妈就这么上心，宝绽忽然很羡慕，羡慕匡正有这样的母亲，不光关心他，还关心他身边的人。

"阿姨……"他垂下眼，"阿姨人真好。"

匡正知道他心里难受："我比她还好呢，"他揉着宝绽的后脑勺，"你慢慢品。"

宝绽收拾完包裹收拾行李，收拾完行李洗衣服、被罩，洗完衣服又去做饭，做完饭草草吃一口，和匡正挤在沙发上看电视。

十点多了，匡正还不走，说要在宝绽这儿住，宝绽又给他收拾客房，好不容易收拾完，匡正又不住了，被宝绽踢着屁股扫地出门。

接下来的几天，匡正天天到宝绽家上班，穿着老头衫抱着笔记本，窝在主卧的床上研究万融臻汇的资料。宝绽回来了，他也不挪地方，死乞白赖地蹭吃蹭喝还蹭睡，宝绽被他磨得一点脾气都没有，翻身捶着他的肚子喊：

"赶紧给我去上班！"

终于到了上班这天，一早吃过饭，匡正回家换衣服。宝绽收拾好屋子，拎上帆布包出门，转过身，见匡正西装笔挺站在帕纳梅拉旁边。

羊毛材质的威尔士格纹西装，墨绿色的变形虫领带，左领下是同色口袋巾，头发用发蜡拢高，鼻梁上架着一副纯银中金黑胶眼镜，香水仍然是气势夺人的"苔原"，和之前做VP时的形象截然不同，他现在是私人银行的总裁。

宝绽看呆了，傻傻地没动弹，匡正绕到车子这边，给他拉开门："这么熟了，还不适应哥的美色？"

宝绽是真适应不了，这种男人他只在萃熙华都的大海报上见过，经过这次的波折，匡正好像更硬、更帅、更霸气了。

"哥，你都是总裁了，"他惶恐地坐进副驾驶座，"天天送我上班是不是不太好？"

"有什么不好的？"匡正挺拔地昂着头，语气同样傲慢，"我就是有亿万家财，一样接送你上下班。"他目视前方，单手转动方向盘，"等私银上了轨道，咱们换辆车，你跟我去车行，喜欢哪个挑哪个。"

他说的是宝绽没接触过的世界，那种做梦似的、不切实际的感觉又回来了。

"对了，"匡正侧身把宝绽那边的遮光板放下来，秋天的太阳低，他们一路往东，怕晃着他的眼睛，"你那套西装该取了。"

他不说的话，宝绽都忘了。走马湾那家西装店，台湾老板一丝不苟，请他去改了好几次肩线细节。

"我……也没什么机会穿。"

"没机会就制造机会，"匡正说的这话跟他的人一样，一个凶猛的机会主义者，"这周咱们就去，你直接穿回来。"

到大戏楼门前把人放下，他打个轮儿拐上涌云路，开过三个路口，到了地方。挺不错一个小洋楼，四层半，楼顶有一圈露台，"万融臻汇"四个大字就顶在露台上，崭新的招牌和复古的墙面很不搭调。

正常情况下，部门总裁到位，万融总行和投行部都要安排领导来送，还要开一个正式的见面会，但匡正看了资料，万融臻汇现有员工十一名，其中包括保洁大妈，这种情况再搞新官上任那一套，简直是自取其辱。

他把车停好，从颇气派的大门进去。楼是个不错的楼，但内装实在是寒酸，长期缺乏管理的原因，有一股惹人厌的潮味儿。前台没人，他径直走向办公区，大片空着的工位，背后忽然有人打招呼："您好？"

匡正转过身。是个年轻人，一头没打理的短发，蓬蓬的像自来卷，戴着一副乏味的廉价眼镜，鼻子上一片淡淡的雀斑，让人联想到某种啮齿类动物。

"您是来做咨询的？"他问。

匡正眉头一挑，点了点头。

"您请坐，"那人把他领到阳光不错的窗边，去饮水机倒了杯水，用的是一次性纸杯，"您稍等。"

匡正盯着那个纸杯，火有点往上蹿，私人银行服务的是可投资资金在两百万元以上的富人群体，对于追求"卓越"的客户来说，一次性纸杯意味着轻蔑。他把纸杯推远，表情严肃起来。

接着是漫长的等待，他看了好几次表。整整十五分钟后，一个穿休闲西装的年轻人姗姗来迟，这人个子不高，但身材很好，最显眼的是一口白牙，笑起来像打了闪光灯，神采奕奕坐在对面："先生，有什么能帮您？"这腔调简直像个酒店前台。

匡正身子往后靠上椅背："我有一笔钱，想做个投资。"

"您的资金体量？"对方翻开平板电脑做记录。

"两百二十万。"匡正观察他，西装一般，衬衫一般，领带也一般，左胸上佩着个金属胸牌，上头有工号和姓名，姓夏，叫夏可。

"可以做个股票投资，"不到一分钟，夏可就替他的钱做出了判断，"我们最近有几只表现很好的黑马股，可以推荐给您。"

私银业务，匡正不算内行，但他起码知道，客户第一次上门应该询问其风险偏好，对于倾向于财富保值的客户来说，单纯买股票没有任何吸引力。

"永星磁力、异次元科技和哟吼种业，"夏可把平板电脑转向他，脸上是某种受过训练的自信笑容，"这三只，我们极力推荐。"

匡正扫一眼平板电脑，三只都是最近风头很劲的科创股，他挂上一抹笑："这几只股，你们推荐前做过估值吗？"

夏可的脸明显一僵。

"异次元科技和哟吼种业的股价是被市场严重高估的，短期内如果行业有波动，分分钟变垃圾股，"匡正倾身过来，"你推荐给我？"

夏可选股很烂，表情管理却到位，云淡风轻地一笑："先生——"

"小夏！"这时一个微胖的大妈走进来，金耳坠、红丝巾，手里晃着两页彩色宣传单，"我上次说的保险，你帮我看看资料！"

"抱歉，先生。"夏可微一颔首，借机从匡正这桌离开。

大妈拐过来看见匡正，呆了，像是没见过这么帅的男人，走路都有点顺拐，扭扭捏捏到隔壁桌坐下。

"刘姐，"夏可亲热地叫，"您跟我说说。"

大妈也说不明白，照着宣传单给他讲："投150万，15年返本，再给45万现金，一共195万，你帮姐算算合不合适？"

这么几个数，匡正脑子里一过就知道不能投，夏可却还在那儿算，算完了认真地说："刘姐，相当于30%的回报率，很高啊。"

"30%呀！"大妈的眼睛都放光了，"那我稳投呀，幸亏来问你一下！"

匡正忍无可忍，严重怀疑这小子学没学过金融。"150万本金，"他掏出手机，点开计算器，"即使按年利率4%算，你们知道十五年后是多少钱吗？"

"4%？"大妈一听就乐了，比30%差了不是一点、两点！

夏可随着她乐，只是含蓄些，低着头抿起嘴。

匡正举起手机，屏幕向着他们，结果显示："270万。"

大妈难以置信地瞪大了眼睛。

"所以，大姐，"匡正收回手机，"告诉你的保险经理，这个产品你不考虑。"

<h2 style="text-align:center">55</h2>

夏可怔怔地盯着匡正，4%也就是城商行五年期的存款利率，居然打败了30%收益率的保险产品，他不相信，自己拿平板电脑在那儿算，怎么算都算不明白。

"别算了，"匡正从桌边起身，"复利的概念不懂吗，是学金融的吗？"

夏可再好的表情管理这时候也破功了，恶狠狠瞪着匡正："你什么人，"他看出匡正有钱，不敢太造次，"来砸场子的吗？"

匡正稍歪着头，刚想逗他两句，前头独立办公室里走出来一个人：

"夏可！"

他及时制止了口角，走到匡正面前，清瘦的高个子，一张薄情脸，戴一副无框金脚眼镜，典型的斯文败类："先生，您好。"他也戴着胸牌，不是高级管理人员。

"你好，"匡正看他胸牌上的字——黄百两，"这名字好，天生搞金融的。"

对方微微一笑："您误会了。"

匡正挑眉："不是'黄金百两'的意思？"

"我出生时整十斤，"黄百两请他坐，"恰好一百两。"

匡正重新在窗边坐下，不管什么原因，这是个名字和性格反差很大的人。

"先生贵姓？"黄百两十指交握，气质沉稳可靠。

这家私银总算有个人问他称呼了，匡正微扬起头："姓匡。"

他没说"免贵"，而且"匡"这个姓……前两天万融总行下文件，空投来的新总裁恰好姓匡，黄百两看破不说破："您需要什么服务？"

"有笔闲钱想做个投资，"匡正跷起二郎腿，西班牙皮鞋特有的精致楦头擦得锃亮，"我看你们挂着万融的名头，才进来看看。"

"是这样，"黄百两揣着明白装糊涂，"我们刚被万融收购，领导层还没到位。"

"哦，"匡正一副恍然大悟的样子，"我看你们这儿没几个人，装潢也破破烂烂的。"

"百废待兴。"四个字，黄百两既概括了现状，又暗示了对新领导的期待，这么漂亮的嘴，匡正喜欢："你是客户经理？"

"我不懂金融，"黄百两实话实说，"我是学法律的。"

怪不得，匡正点头。"那小子呢？"他指着夏可，"傻乎乎那个。"

听见这话，夏可的脸色不好看，但毕竟是工作中，他没吱声，旁边的"刘姐"快人快语："我说年轻人，"她教育匡正，"不要以为自己有几个钱，打扮得人模狗样的，就到处侮辱人，来这里的哪个没钱？老姐我可不像你，这么刻薄！"

来这里？就这破私银，150万买保险，还敢说自己有钱？匡正不动声色。"女士，"他瞧一眼夏可，"他一分钱没给你挣，还差点害你损失几十万，你干吗替他说话？"

这话问到了点儿上，她理直气壮："我们小夏是没你精，可他人品好，不就是一笔保险费嘛,你是算得挺快的,谁知道你安的什么心!"

匡正眯起眼睛,姓夏的小子业务不行,客户关系搞得倒很牢:"这么说,'你们小夏'还有点可取之处。"匡正正色,转头对黄百两说:"替我送送这位女士。"

这是下了逐客令。夏可和黄百两同时一怔,黄百两怔的是自己装了半天糊涂,人家其实早就门儿清,夏可怔的是哪儿来的神经病,找骂啊!他摔下笔从椅子上起来,挺胸拔背气沉丹田,正要来几句狠的,却见黄百两捻着眼镜腿使劲儿给他递眼色。

"你什么意思,赶我走啊!"他没开火,大妈先开火了,"你谁呀,管这么宽,你是玉皇大帝啊!"

匡正调了调领带扣的位置,施施然从窗下的阳光中起身:"真不巧,我是这家私银的新老板,"他双手插兜,紧扣的西装前襟形成宽肩窄腰的挺拔身形,有从容大气的总裁风度,"敝姓匡,今天第一天上任。"

大妈愣了,夏可也愕然。

好半天,两人慢慢对视,大妈同情地拍了拍夏可的肩膀,开始收拾保险资料。"小夏,没事儿啊,"她小声劝,"有事儿咱也不怕,到姐的工厂来,姐罩着你!"

夏可的脸都不是正色儿了,绷着嘴角没吭声,当着大老板的面,他选烂股、给错投资建议,还差点出言不逊……

办公区只剩下他们三个,还有墙边探出来的一个小脑袋,毛茸茸的,是那个自来卷,没有外人,夏可等着匡正训他。

匡正解开西装扣子,臭着脸坐回去,下了第一个命令:"把那什么破名牌给我摘了,"自己家关上门,他确实凶,但凶得有逻辑,"我们是私人银行,服务高净值客户的,别把自己搞得跟办储蓄一样。"

老板到任关注的头一件事,往往体现了他的行事风格,匡正务实,而且在意细节。夏可和黄百两对了个眼色,他们早就嫌这狗屁名牌丢人,现在老板让摘,二人光速摘掉,扔进垃圾桶。

"通知所有人,"匡正斜靠着椅背,非常霸气,"过来开会。"

"老板,"夏可抓住机会赶紧狗腿,"您的办公室在三楼——"

"就这么几个人还摆什么谱儿?"匡正向来不废话,"五分钟。"

说是五分钟,十五分钟过去了,还是这么几个人——法律顾问黄百两,业务咨询夏可,再加一个自来卷的中台支持来晓星。

"其他人呢,"匡正摘下眼镜,"还没起床吗?"

"生意难做,"夏可照实说,"来这儿也是干坐着,都去跑保险干销售了,离职手续还没办而已。"

搞了半天,连资料上那十一个人都有水分!匡正窝着一股火,他知道万融臻汇是个火葬场,没想到是个踢足球都组不成队的火葬场。努力调整情绪,他先关注核心员工:"客户经理呢?"

"他……"夏可偷瞄黄百两。

"他",而不是"他们",这家私银只剩下一个客户经理?匡正的脑仁儿更疼了,但他是老总,得稳住阵脚。"打电话,"他把手机解锁扔到桌上,"给我叫回来。"

夏可和黄百两都不动弹。

匡正重复一遍:"打电话。"他没有大喊大叫,相反,他很克制,越是这样克制,越显得他冷静、有威严。

黄百两拿起手机,拨完号。匡正点了点桌面,让他把手机放回去,黄百两照做。匡正打开免提,只听那边一个礼貌得体的声音:"您好,万融臻汇客户经理,段钊。"

匡正有些意外,首先上来就报公司职位,说明这是个有职业精神的人;其次,万融臻汇现在这种状况,他仍然保持着稳健的工作状态;第三,他也姓段。

匡正这三个月可能把这辈子姓段的都认全了。

"段儿,"黄百两说,"回来一趟。"

"你用的谁的号儿?"那边压着声音,"我这儿陪冯姐做头呢,就老公在巴西开矿那个,回不去。"

"马上回来,"黄百两看一眼匡正,"老板到了。"

"老板?"段钊无所谓地说,"不就是万融投行过来那个倒霉鬼吗?能给踢到咱们这破地方,不是废物就是软蛋,不用怕他。"

黄百两听他说得有点下道了,想打断他,匡正抢先一步:"段经理,"他语气很平,"你好,我是匡正。"

电话那头静了两秒,吼过来一嗓子:"我去,小百,你开免提!"

这是个性情中人,匡正话锋一转,没逼他回来开会,而是问:"永星磁力、异次元科技和哟吼种业,这是刚才夏可推的股票,你交代给他的?"

"对,"段钊很痛快,"我选的。"

"你知不知道风险?"匡正借着背景优势想将他一军,没想到那边当即回答:"我当然知道。"

匡正微怔。

"大哥,我们不是投行金光闪闪的并购大拿,"段钊的口气和方才接电话时判若两人,"说白了,我们是搞销售的,我给客户推好股,人家也得买呀。市场只认垃圾、认热度,认短、平、快,人人都想一夜暴富,他们愿意承担血本无归的风险!"

三两句话,就给匡正上了到私银的第一课。

"我这儿有重要客户,"段钊毫不拖泥带水,"真开不了会,抱歉。"

电话断了,匡正走马上任的第一天,就被当头来了个下马威,他挑起眼,夏可和黄百两都有点尴尬:"老板,段儿就这性格,他工作从来不含糊——"

匡正一抬手:"咱们四个开会。"

四个人,是匡正刚当经理时的团队规模,不同的是,那时他对业务了如指掌,现在面对陌生的私银市场,他得一样一样从头学起:"……所以我们现有的客户群是四十到六十岁的中年女性?"

"是的,"夏可把咨询记录给他看,"我们目前的业务半径基本在富人圈的下层,这种家庭的特点是女性掌握着一部分投资资金,所以目前我们的策略是'公关太太'。"

"就是靠大妈偶尔投个几十上百万,"黄百两直说,"勉强支撑收支。"

也就是说业务根本没进入主流富人圈子。匡正皱眉,这和白寅午给的资料出入很大,可能是原东家为了尽快脱手,谎报了一些信息,这在小规模的并购交易中很常见。

"明早之前我要一份详细的业务综述,"他扫视众人,用他在M&A惯用的口气,"没问题吧?"

有问题,这里不是M&A,没有巨额奖金的诱惑,也没有上升通道的激励,只有老旧的工作环境和未卜的前途。

三个年轻人异口同声:"老板,我们从来不加班。"

56

　　练功房在大戏楼三层，镜子墙前头一圈把杆，时阔亭和应笑侬在一边，陈柔恩和萨爽在另一边，宝绽抱着一把发黄的老竹尺，啪地抽了萨爽一下。
　　"啊，宝处！"萨爽是戏校出来的，没挨过这个，屁股蛋子火辣辣地疼，"我这压得好好的，你打我干什么！"
　　"压腿就压腿，"宝绽教训起团员来气势十足，"你看哪儿呢？"
　　萨爽咕哝："谁让你把我和师姐分到一边……"
　　"把你们分到一边是练你的定力，"宝绽板着脸，和在北戴河时截然不同，"仗着自己功夫好就偷懒，有你崴泥的一天！"
　　萨爽揉着屁股，没吱声。他看陈柔恩不是看她漂亮，是看她笨，好歹学了十年戏，那身子骨硬得，像个小钢板，抬不起弯不下的，得亏她个儿高，要不得在把杆上疼死。
　　"啊！"陈柔恩喊了一嗓子，把腿从杆上撤下来了，"不行了！"
　　"放上去，"宝绽拿竹尺点着她的后腰，"这才哪儿到哪儿。"
　　陈柔恩回头瞪他，最近她看宝绽本来就有点不顺眼，又被尺子一捅，更逆反了："凭什么？"她把小脸蛋仰得老高，"我到你这儿是工作，不是受体罚的，你敢抽我就是违反劳动法！"
　　萨爽拽她，不让她跟宝绽顶嘴，陈柔恩偏不："再说了，我是唱老旦的，你见过哪个老太太在台上劈腿下腰？"她眼睛一翻，"上学那会儿老师都没逼我压过腿，我有嗓子，上台给你唱就完了！"
　　时阔亭和应笑侬对视一眼，同时翻腿下杆儿，正要过来，就听见宝绽说："如意洲没有吃工资的老师，"他沉着声，"我们也不是靠国家拨款的院团。"
　　二人停住脚步。
　　"我们就这么几个人，一个人当十个用。"宝绽唏嘘，唏嘘中又带着骄傲，"师哥他拉琴，'黄昏笛子五更萧，一把胡琴拉断腰'，累成那样了，你

第二折　挂　帅　　　　　　　　　　　　　　　　　　　　　241

跟他说要排全本《白蛇传》，他立马把头一扎就上去串鹤童[1]！"

陈柔恩心里一紧，怔怔看向时阔亭。

"这就是如意洲，"宝绽直视着她，字字铿锵，"不是领工资尽本分的地方，是咬着牙攒着劲儿一拼到底的地方！"

练功房骤然安静，没一个人说话，甚至听不到呼吸声。这时手机响了，宝绽手机的铃声，他转身去接，是基金会的牛经理——上次被陈柔恩摁在车上威胁的那个人，还没宝绽岁数大，大伙背地里都叫他"小牛"。

"宝处，"小牛一直管着如意洲的事，熟了，跟着大伙叫，"下周二上头来验收，你们准备一出戏，别超过一个小时，要有代表性的。"

好好的，突然要验收，宝绽有点担心："是戏楼……有什么变化吗？"

"没有。"小牛给他吃定心丸，"基金会有规定，每季度都要做验收报告，你们虽然不是资助项目，但按项目管理，就是走个过场。"

宝绽放心了，放下电话，把事情一说，大伙七嘴八舌开始商量剧目。宝绽把这几个人的戏在心里过一遍，拍板决定："小侬，还是你来一出《醉酒》。"

"行是行，"应笑侬抄着手，"就是……这戏会不会有点大路？现在是出戏就《醉酒》，我看遍天下全是贵妃。"

他说得有理，但宝绽坚持："你记着上次基金会来面试，那几个都是不懂戏的，内行看门道，外行看热闹，咱们就别难为外行了。"

"《醉酒》行，"时阔亭插嘴，"老话说得好，'要吃饭，一窝旦'，旦角好使，就咱家小侬那眼神，看谁谁骨头酥……"

应笑侬狠狠给了他一下，笑着对宝绽说："都听你的。"

"那师哥，你给小侬操琴。"

时阔亭刚被撑完，拔高了身量，拿眼扫着应笑侬："我可是你一人儿的琴师，不是什么人的戏我都担待的。"

"爱担待不担待，"应笑侬拢了把头发，"那宝处你来。"

"我说你有没有良心，"时阔亭追着他去，"还嫌他不够累啊，你看那小脸儿都瘦成什么样儿了！"

"那是伺候他匡哥伺候的……"

---

[1] 鹤童：《白蛇传》中的龙套角色，武戏吃重。

他们俩在这儿排练，宝绽张罗大伙下楼，出门拐个弯，刚下了两步楼梯，背后陈柔恩把他叫住："团里这么多人，凭什么你一句话就定谁上？"

宝绽转过身，仰头看着她。

"好不容易有演出，"陈柔恩跟他叫板，"我也想上。"

宝绽虚长她几岁，一眼就把她看穿了，她才不在乎一出两出戏，她是没过去刚才那股劲儿："你这孩子……"

陈柔恩不让他说话："我差哪儿了？"

宝绽叹了口气："你哪儿也不差，你是心里眼里装的东西太多了。"

陈柔恩微怔。

"你如果一直是这个状态，"宝绽摇了摇头，回身下楼，"别说这出戏，以后的戏你也别上了。"

哎？陈柔恩发蒙，冲着楼梯喊："你什么意思……你给我说明白！"

她看宝绽平时温温敦敦的，以为他好欺负，没想到碰了个软钉子，正来气，一回头看见萨爽，拿着个手机想溜边儿下楼。

"喂。"她叫他。

"啊？"萨爽假装看手机，茫然抬起头。

"少跟我装！"陈柔恩拿下巴颏点着他的手机屏幕，上头一个应用都没开，大红色的桌面，水墨丹青写着"战国红"三个字。

萨爽收起手机，咕哝一声："干吗？"

"什么干吗，你姐挨欺负了没看见？"

萨爽目光游移，下了老大一个决心："姐，这事儿是你不对。"

陈柔恩愣了，她一直觉得萨爽是个小跟屁虫，她说一他不敢说二，她让他打狗他不敢打鸡："你再说一遍，谁不对？"

萨爽贴着墙往后缩，挺怕她的，但在是非对错面前，他不含糊："宝处说得对，你的心思根本没在戏上。"

陈柔恩气得脸都绿了，抬手给他来了个"壁咚"："那在哪儿呢？"

萨爽不知道该怕还是该美："反正你成天围着谁转……你自己知道。"

他说的是时阔亭，陈柔恩否认不了。

"师姐，你这样不对，"萨爽皱着娃娃脸，"你说你连腰都下不去，宝处让你练功还有错了？"

谁说她，陈柔恩都能忍，唯独萨爽说她，她受不了，就像让自己家养的

第二折　挂　帅　　　　　　　　　　　　　　　　　　　　　　　　243

猫挠了，她不痛快，一甩头一跺脚，噔噔噔跑下楼，跑回自己的房间，砰地拍上门。

温馨的小房间，摆着柴犬日历和粉红色的猫爪加湿器，她眼圈有点湿，使劲儿瞪着，越瞪越委屈，恨萨爽那个小浑蛋，一趟旅游就让宝绽收买了，胳膊肘朝外拐，臭不要脸！她踢桌子踢椅子，踢烦了一屁股坐下，趴在书桌上生闷气。

她气宝绽，气时阔亭捧着他，气人人都对他好，气他说什么都是对的。

过了好久也没人来哄她，她竖着耳朵往外听，整个二楼没有一点声音，推门出去，一走廊的门都关着。她蹑手蹑脚上三楼，到练功房外头，偷偷往里瞄。

宝绽和应笑侬并肩坐在地上，时阔亭跨坐在旁边的椅子上，椅背上挂着一兜水蜜桃，他拿着一个慢悠悠地剥皮，汁水顺着手掌滴下来。

"……我这个弯这么转，"应笑侬和宝绽商量戏，"不好看吧？"

"到时候我和萨爽给你配力士[1]，"宝绽说，"保你好看。"

时阔亭剥好了桃，往宝绽嘴边递，舔一口湿淋淋的手背："快咬，淌水儿呢。"

宝绽抓着他的腕子咬了一口，给应笑侬，应笑侬瞥时阔亭一眼："我们说戏你剥桃，弄得满地黏糊糊的。"

时阔亭收回手："不要拉倒——"

应笑侬赶紧凑过去咬了一大口，鼓着腮帮子说："甜毙了！"

看他们哥儿仨你好我好的，陈柔恩更委屈了，这时楼梯上有脚步声，她往暗处挪了挪，是萨爽拿着手机拐上来："宝处，切末我看了，买淘宝的就行。"

"能开发票吗？"时阔亭最关心这个，"上次让姓鲁的坑惨了！"

"开不开发票无所谓，"萨爽把淘宝页面给宝绽瞧，"咱们既然要好好干，往后都正规起来，所有的器材统一做固定资产入账。"

"这我可不会！"应笑侬是管账的，让他记个往来流水还行，专业的他来不了。

"甭担心，"萨爽盘腿坐在他对面，"我给你写个APP，你按月往里录就行，你没空的时候我帮你录。"

1.力士：《贵妃醉酒》中的配角，高力士和裴力士。

大伙一听都惊了："你小子会写APP？"

"小意思。"萨爽闻着桃味儿，馋了，一看是时阔亭的桃，有点磨不开，"有我的份儿没有？"

时阔亭特自然地说："我给你剥。"

"哎哎哎，"应笑侬嘴欠儿，"你俩不是不对盘吗？"

"你不懂，"时阔亭说，"我俩是一起晒脱过皮的关系。"

萨爽嘿嘿笑："就是！"

陈柔恩看他们有说有笑的，门外的自己倒成了局外人，正失落，楼梯上又有人来。风骚的格子西装配复古眼镜，是匡正，像刚参加了什么精英派对，一身的纸醉金迷。

"我说满楼找不着你们，"他走进练功房，"原来都在这儿。"

"哥？"宝绽拍拍屁股站起来，"你怎么来了？"

"匡哥，"时阔亭就手给他剥桃，"吃一个，可甜了。"

匡正对别人是总裁，对这帮甩过"王炸"的哥们儿不玩虚的，一点架子都没有，把西装脱了搭在把杆上，接过桃对宝绽说："我下午没事儿，咱俩一会儿去取西装。"

57

匡正和宝绽走进走马湾的高定店时，老板正忙着给人量身，他们到沙发那边去等。一个不大的空间，一面沿街的亮窗，已经有两个客人在，喝着店里的咖啡低声交谈。

匡正扶着宝绽的肩膀："你喝什么？"带他到几张桌外坐下，"咖啡还是茶？"

"有白开水吗？"宝绽抱着帆布袋，仰头看他，"我喝白水就行。"

窗外的阳光照进来，投在他干净的脸上，照得睫毛成了纤细的金棕色，鼻头和嘴唇仿佛透明了。

"红茶吧，"他转身去倒水，"给你加一点奶。"

很快，匡正端着两杯热饮回来，一杯红茶，一杯咖啡，甜的给宝绽，苦的留给自己："有点烫。"

宝绽抿了一口，茶香混着奶香，很好喝，他顺嘴问："哥，晚上吃什么？"

"嗯？"匡正有点心不在焉，刚才等咖啡的时候满脑子都是万融臻汇，那么一个破败的环境，那么几个滚刀肉似的人，现在就是战斧牛排摆在他面前，他都没胃口。

"西红柿炒鸡蛋吧，"宝绽的声音不大，但在这个狭小的空间格外清晰，"再做个冬瓜虾仁汤，放点你喜欢的那个……瑶柱。"

一瞬间，匡正的心微动，宝绽说的正是他想要的，甚至他没意识到自己想要的，不是大鱼大肉，而是一点鲜汤小菜，让他熨帖舒服。

他放下杯，见那边那两个客人同时往这边看，大概是觉得西红柿炒鸡蛋这种平民菜色在一块布料都要几千块的高定店里听起来格外怪异。

"再炒个瘦肉，"匡正说，"你每天排练，得补充蛋白质——"

他的电话响了。是鼎泰证券一个做IPO的大哥，应该是听说他去私银，惊着了，来电话问长问短。这种或关心或好事的电话最近少不了，匡正烦躁，不想接又不得不接，只得拿起手机走出去。

匡正果然被鼎泰的大哥数落了一通，说他被公司忽悠了，就不应该接那个后娘生的私银，他自己也烦，挂断电话进屋，见宝绽不见了，下意识转了个圈。

隔壁桌那老头儿搅着咖啡告诉他："试衣服去了。"

匡正放下心，刚想说声"谢谢"，背后响起一把清脆的嗓子："哥，电话打完啦？"

他回过头，见宝绽穿上了新西装，复古小店的一角，他像一片翠波、一抹天光那样立在那儿，亮蓝色的标准领西装，稚嫩的颜色，有种不谙世事的青葱味道，领带还没配，白衬衫的领口微敞着，露出一小块光洁的皮肤。他的身材真好，背薄而挺，肩膀平正，一双漂亮的长腿，显得腰肢窄窄的一把，束在水波蓝的布料中。

"哥，怎么样？"宝绽抻了抻西装，不大自在。他的头发松松垂着，脸还是那张少年气的脸，但整个人的气质不同了，像是丑小鸭褪去了雏羽，又仿佛一幅素锦终于绣上了繁花。

"好……很好，"匡正重复着无意义的赞美，"挺好的，不错。"目光从上往下捋，捋到脚面，他捋好领带蹲下去，细心地帮他整理裤脚。

宝绽是穿着西装离开走马湾的，皮鞋、丝巾、袖扣，匡正给他配齐了整套。发动车子的时候,他说:"下周再来做两套,选几个少见的颜色。"

"别乱花钱。"宝绽不同意,在他看来,西装和长袖T恤唯一的不同就是料子太紧,拘束人,他靠在椅背上,轻轻咬着指甲边缘的倒刺儿,"脱起来费劲儿。"

穿长衫的宝绽也精彩,但那种美是从主流社会消失已久的东方式含蓄,穿西装的宝绽则不同,那么秀颀,那么闪耀,简单、直接。

回到家,正是夕阳西下,匡正要去开门,宝绽忽然拉住他,把他往别墅旁的草丛里拽。

"干什么?"匡正怕他把新西装弄脏,拢着不让他去。

"你来。"宝绽迎着金红色的霞光回头,脸上是比霞光还绚烂的笑,"后面这片树林特别好,我昨天发现的。"

匡正跟着他过去,脚下是渐厚的落叶,远方是日落的余晖,雀鸟金色的羽毛在半空一闪,钻进摇曳的树影间,不见了。

"哥,今天顺利吗?"宝绽问。

"别问了,"匡正不想提,不是不顺利,是太不顺利,"我可能干不了多久了。"

"你跟我说说。"

"没什么说的。"匡正随之停下。

宝绽坚持:"你说说。"

匡正拗不过他,给了六个字:"烂摊子,没法搞。"

他觉得自己实事求是,毫不夸张,宝绽却问:"比如意洲还难搞吗?"

匡正愣了,他认为的无可救药,不过是宝绽的十年如一日,从那样灰暗的绝境里,艰难地,一步步走到今天。

"哥,"宝绽垂下眼,正了正他的领带结,"没有什么是不能搞的,只有你想不想搞,我相信你的实力,你能摧枯拉朽。"

匡正在梦境般的霞光中凝视他,觉得他那么好,好得不真实。

"过去你是员工,"宝绽替他系起西装扣子,"以后不是了,你是老板,员工可以退,但老板不能,你面前只有一条路,往前走吧。"

匡正笑了,真的忍不住:"哟,我弟弟,当团长的,果然不一样。"

"那是!"宝绽昂起头,骄傲地笑着。

昨天宝绽的蓝西装很亮眼，今天匡正也选了蓝色，开着车没去万融臻汇，而是沿着走惯的老路到了金融街。

走进双子星东楼，他先去前台确认冯宽已经到了，然后坐电梯到32层。这边办公室的风格和西楼截然不同，中层往上都是独立房间，有些官僚气。

敲了几次门，屋里都没动静，匡正觉得奇怪，打冯宽的手机。一秒钟后，铃声在门里响起，接着电话接通："老弟？"

"我在你门外呢。"

"是你啊，"那边叹了口气，"等着。"

匡正挂断电话，等了至少有五分钟，门啪嗒打开，出来的却不是冯宽，而是一个二十多岁的女员工，脸一般，身材不错，盘起来的鬈发有点乱，低着头，擦过他走了。

匡正懒得盯着看，推门进去。办公室不小，和西楼一样的布局，但装潢乏善可陈，冯宽正在沙发那边系领带，立着衬衫领子问："喝什么？"

这种事在金融圈不少见，匡正一直是漠不关心的，今天也不知道怎么了，大概是和宝绽待久了，脑子轴了："嫂子知道吗？"

冯宽扎领带的手停住，随后是难堪的沉默。匡正知道自己说错话了，举起双手，表示无意冒犯，然后到沙发上坐下。

冯宽收拾好自己，给他倒了杯咖啡，坐到他对面，似乎思考着什么复杂的问题，然后说："她不知道。"他又绕回到这个话题上。

匡正挑眉，但没贸然说话，啜了口咖啡，味道不错。

"我也不想，"冯宽搓了把脸，腆着做了总经理后有些发福的肚子，"可这鬼地方，"他扫视自己的办公室，"要是不干点不是人的事儿，我都要疯了。"

"得了啊，"匡正放下杯，"都是同行，蒙谁呢？"

"不一样，"冯宽摇头，"东楼这边……太难了。"

"你难，"匡正嗤笑，"你有我难？"

万融最好的并购VP被发配到顶账的私银去，这是这两天金融街上的大新闻，冯宽不能否认。"你是难，"他抽出一支烟，叼着点上，"也未必不是好事。"

这话匡正可听不下去，正要戗他，冯宽说："你还不知道吧，上头要对投行部改革，老白顶不住了，西楼会和我们这边一样，行政化管理。"

匡正愕然，投资银行业务……行政化？

"没办法，管理收紧是大势所趋。"冯宽缓缓吐着烟圈，全没了壮年人该有的生气，"你那破私银烂是烂，但至少你还能上蹿下跳，像个活生生的人。"

反之，是万融东楼死气沉沉的官僚式体制，面上装着孙子，背地里钩心斗角。匡正陷入沉思，投行部改革，之前老白知道吗？

"说吧，"冯宽扫了扫落在裤子上的烟灰，"找我什么事儿？"

匡正跷起二郎腿："我没事儿就不能来看看你？"

冯宽直说："咱俩还没好到这分儿上。"

不错，他们不过是还算聊得来的同事，在今天匡正贸然说出那句"嫂子知道吗"之前，他们不会对对方说一句真心话。

"我想要你这边高端客户的资源，"匡正正色，"存款总额在五千万元以上的，"他一想私银那情况，改了口，"一千万元也行。"

只两句话，冯宽就明白了，他猜到匡正难，可没想到这么难："那家私银过来的时候没带着客户资源？"

"我问谁去？"匡正气笑了，"哪个大佬下的决策，万融这么大买卖，要搞私银，不能买个像样点的？"

冯宽了解总行这边的风气。"上头也在斗法呢，再离谱的决策你都别奇怪，"他捻灭烟蒂，"你那私银我知道，别的不行，地段好啊，干得再烂也不会赔钱。"

匡正无语，早知道公司这形势，他不如跳槽了。可话说回来，跳到哪儿去都一样，万融就算有这样那样的问题，也比别的公司强百倍。

"贵宾客户名单没问题，"冯宽说，挂着一脸坏笑，"不过，上次说的那女孩儿，你得给我去见见。"

匡正狠狠瞪着眼。女孩儿？冯宽老婆家什么亲戚的女儿？

"三个月前的事儿了，你还记着呢？"他皱眉。

"我老婆的事儿，"冯宽靠向沙发背，"我都刻脑子里，忘不了。"

"你都……"匡正动个眼色，"还老婆老婆的。"

"那不一样，"冯宽摆手，一副"哥哥教你"的恶心嘴脸，"发泄是一时的，老婆是一辈子的，以后你有家就懂了。"他拍拍微鼓的肚子，"再说了，没我老婆就没有我今天，我得报恩。"

"报恩"俩字把匡正逗乐了，冯宽拿眼神夹他："别笑啊，都是真话，我

第二折 挂 帅

这种烂人也有烂良心。"

还行，他还知道自己烂。匡正敛起笑容，想想自己，不就是出卖色相吗，为了高端客户资源，为了把私银那堆烂泥扶上墙，他干了："行，我听你安排。"

"明天就见吧，女孩儿等不了，老大不小的，家里都着急。"冯宽站起来，"时间、地点我定好，发你微信。"

"先说好，"匡正随着他起身，"只是见见。"

"兴许她看不上你呢，"冯宽给他开门，"她也挑。"

从万融东楼出来，匡正没去上班，而是走了附近几家私银，从装潢到业务咨询到服务细节，谈不上考察，但总算有个粗浅的认识。回到车里，他还是觉得没抓挠，想起宝绽之前给过他一本书，他懒得看，顺手塞手套箱了，这时候翻出来，一页一页地研究。

一直看到宝绽下班，他开车去戏楼接人。翡翠太阳的工作，宝绽辞了，两个人的步调头一回这么一致。

回到家，宝绽弄菜做饭，匡正去自己家找衣服，明天要去见冯宽老婆的妹妹，他记得八百年前犯傻买过一套浅粉色的西装，女人见了肯定烦。

粉西装配白领带，再挑一只鸵鸟毛领针，皮鞋也是嚣张的小尖头，他正找袖扣，宝绽在楼梯上叫："哥，干吗呢，吃饭了。"

他自己开门过来的，进屋瞧见匡正的粉西装，整个人都不好了："哥，你干吗呀，"那个甜甜的公主粉吓得他不轻，"表演节目都不敢这么穿！"

"你甭管了，"匡正就是要这效果，"我明天有事儿。"

宝绽在旁边的脚凳上坐下："什么事儿？"

匡正挑袖扣的手停住了："我说，昨天剩那丝瓜，你做了吗？"

"做了。"

"那两包姬松茸呢？"

"也做了，"宝绽开心地笑，"今晚上三个菜。"

"你这菜做得够快的……"匡正不想再管什么袖扣，把西装领带往背上一搭，拎起皮鞋，"走，回家吃饭。"

"哎，你真穿这个啊，"宝绽拦着他，"太难看了，放回去，太丑了，大老爷们儿穿粉色太丑了！"

三个菜，还有一个汤，匡正吃得倍儿饱，收拾完碗筷，和宝绽窝在沙发上看电视,戏曲频道,演《二堂舍子》。

说实话,匡正欣赏不了国粹艺术,宝绽唱,他还能听出点味儿,换了别人,他只觉得叽里呱啦,脑袋疼。

"别看了,"他胡噜宝绽的头发,"睡吧。"

"才九点。"宝绽盯着电视,"专业院团的戏,我得多看看。"

匡正起身:"那我上楼等你。"

他天天在这儿睡,宝绽都烦了:"哎,你今天还不回去啊?"

匡正拐上楼梯,假装没听见,宝绽在沙发上盘起腿,老太太似的嘀咕:"自己家又不是没床,非抢我这点地方,腿还死沉的!"

匡正冲个澡,上床继续看书,看了书才知道,私银存在的意义并不是财富增值,而是财富传承,从这个角度说,万融臻汇根本算不上私银,他们提供的不该是理财产品,而是卓越的个性化服务和完善的财富规划。

九点半,宝绽关灯上来。经过床边,看匡正的大脚丫子从被里支出来,他狠狠踢了一下,去洗手间刷牙。

"你踢我干什么?"匡正放下书,把大灯调暗,只留两盏床头灯。

"看你帅,碍眼。"宝绽含着泡沫,气哼哼地。

"我们宝儿怎么了,"匡正明知故问,"生这么大气?"

宝绽洗完脸出来,下巴上还滴着水:"我这好好的大床,活活让你睡成单人床了,"他拿脚踩他,"往那边点。"

匡正乖乖给他让地方,还懂事地把他的被子掀起来:"宝爷,请。"

宝绽大大咧咧躺上去。

"你说我回家就一个人,有什么意思,跟你在一起还有点人气儿。"

"那你去楼下啊,有客房。"宝绽动了动脚,让他关灯。

屋里黑了,匡正开始演:"那和回家有什么区别,我现在正是最难的时候……"

"算了吧,"宝绽翻个身,"你总有理。"

第二天一早,两人轮流用洗手间,然后对着镜子并排做护肤,一套程序走完,宝绽下楼做饭,匡正在楼上换衣服。

他真穿了那身粉西装。宝绽盛粥时见他从楼梯上下来,那么要命的颜色,往他身上一罩,居然还有一点好看。

第二折 挂 帅

"看傻啦？"匡正拉开餐桌的小木椅，"仙女粉，你哥照样撑得住。"

宝绽撇了撇嘴，没吱声。

吃完饭，匡正系上领扣，正要扎领带，宝绽甩着手从流理台那边跑过来："让我来！"

自从有了西装，宝绽对打领带特新鲜，匡正自己都不能打，全得让他打。

"温莎结，"匡正逗他，"会吗？"

宝绽不会，他只会匡正教的那一种，但像煞有介事地说："打什么温莎结，你这身西装根本不配温莎结。"

正说着，宝绽的手机响，他一看是基金会的小牛："喂，牛经理？"

"宝处，中午有时间吗？"

宝绽有时间，问他有什么事。小牛说："我有个朋友，手里有京剧的客户资源，全是高端人士，想找个点儿固定做演出。如意洲要是有意思，我就给你拉过来。"最后一句才是他的重点，"我正好给你们当个经纪人。"

经纪人？宝绽有点蒙："那基金会……"

"和基金会没关系，"小牛神秘兮兮地，"我自己的小买卖，你可得给我保密！"

"哦……"宝绽瞥了匡正一眼。

"你放心，基金会那边我去搞定，"小牛的年纪不大，赚钱的劲头却很足，"收入咱们三七分，如意洲拿七成，比你们单打独斗强。"

"那我……考虑考虑，"宝绽说，"也跟大伙商量一下。"

"咱们中午先聊聊，"小牛很积极，"见面细说。"

58

穿着一身粉，匡正先到万融臻汇。姓段的客户经理仍然翘班，他把黄百两他们交上来的业务综述看了一遍，到中午，按冯宽微信上的信息，去世贸赴约。

他从大堂出来，正赶上夏可在门口公关大妈，一口漂亮的牙齿，"姐，姐"地叫着。匡正从他们身边经过，那大妈看到他，眼都直了，夏可满脸的无奈，心想："老板，你在总裁办公室待着不好吗，为什么非要出来丢人现眼……"

大妈对匡正满身的粉红倒很欣赏，拉住夏可的手，激动地问："是你们的客户吗？不会是明星吧？"

搭地铁去世贸最方便，但今天这身行头实在不适合抛头露面，匡正去街对面的停车场取车，坐进驾驶室，对着后视镜抓了抓额前的头发，按下启动按钮。

地点在世贸一层的半茶座式餐厅，主打广东菜。匡正绕着透明的玻璃墙拐进店里。午饭时分，都是一对对朋友同事，只有靠墙的一桌坐着一位女士，利落的短发，一身过于干练的米色西装裙，包也是公文包，正在打电话。

"……都什么年代了，姐，我为什么非得嫁个男人当奴隶？我又不是没钱，我的收入都够娶个男的伺候我了！"

哟，还是个"小女权"，匡正看看自己这身打扮，好像用力过猛了。

"你也别什么都听姐夫的，"她跷着二郎腿，短脸儿的亮面高跟鞋在脚上松松地摇，"你记着，男人都是大猪蹄子……"

匡正憋着笑走过去，正式问好："杜小姐。"

人到了。她低头挂电话，边挂边往这边瞟，这一眼她差点没瞎，那直观的色彩冲击，彻底刷新了她二十九年来对恶心男人的判断标准。

"你好，"匡正在她对面坐下，"我是冯宽的同事。"

那女的绷着脸，没抬头，右手攥着皮包提带，似乎在纠结该不该拎包就走。

匡正不动声色，打算给她加把劲儿："哎呀，我以为杜小姐是长头发呢。"那失望的语气，背后是几千年来男性强加给女性的刻板印象——长头发，白皮肤，还要有温婉的性格，最好还能打不还手骂不还口。

杜茂茂把包往座儿上狠狠一掼，瞪着眼睛抬起头。这一眼，她愣了。面前是个极有男性魅力的人，即使穿着一身要命的粉西装，额头的头发抓得那么做作，仍然难掩他的潇洒。

"匡正，"看她没走，匡正有些失望，但面上丝毫不露，"在万融的私人银行部做总裁。"

人帅是帅，杜茂茂该撑照样撑："听我姐夫说，是执行副——总裁吧。"

"哦，是的，"匡正翻开手边的菜牌，"杜小姐吃点什么？"

杜茂茂给他出难题："随便。"

匡正居然真随便翻了翻，招呼服务员，完全没征求她的意见："叉烧、肠粉、马蹄糕，都是一份。"他还欠揍地问她，"一份我们两个人分着吃，够了哈。"

杜茂茂的脸都绿了，匡正又点了几个特色菜，合上菜谱，万分油腻地冲她笑："杜小姐真漂亮。"

杜茂茂皮笑肉不笑，心里琢磨着怎么整他一顿。匡正看她还不走，不得不使出撒手锏："杜小姐今年多大了？"

年龄是职场未婚女性的死穴，杜茂茂咬着牙："二十九。"

"是不小了，"匡正做出为难的样子，"我今年三十二，只差了三岁，少了点。"

杜茂茂的表情可以用"少你个大头鬼"来形容："你想差几岁？"

"像我这样事业有成的男人，"匡正招人烦地笑笑，"五六岁、七八岁，差个十来岁也正常，毕竟要考虑生育问题。"

杜茂茂刚想说话，匡正的渣男剧本还没完："杜小姐是独生女吗？家里老人身体怎么样？能不能帮着带孩子？"

他发挥得正来劲儿，背后忽然有人叫："哥？"

熟悉的声音、熟悉的语气，匡正立刻回头，一张清爽的脸、一身亮蓝色的西装，亭亭站在他面前。是宝绽。

"宝儿——宝绽，"匡正腾地起来，"你怎么——"

杜茂茂随之看去，和宝绽的目光不期而遇，年纪相仿的两个人，气质截然不同，一个是职场里摸爬滚打的独立女性，另一个则还带着初入社会的天真。

"宝处！"牛经理这时也到了，奔着宝绽过来，风风火火地，就近拉开隔壁桌的椅子，"坐坐坐，这顿我请！"

宝绽在小牛对面坐下。两张桌挨得很近，匡正心里有点乱，先是低着头不说话，然后开始摆弄餐具。

杜茂茂接着刚才的话题："我是独生女，爸妈的身体也不错，但是结婚以后，我不要孩子。"

间隔不到一米的两张桌，宝绽倏地看过来，惊讶地盯着杜茂茂——男孩儿似的短发、深红色的嘴唇，这样气势迫人的姑娘，原来是他哥的相亲对象。

匡正能感觉到他的视线，心虚地别开脸，手在桌底下不自觉捏了捏。

"宝处，"小牛边翻菜谱边给他介绍，"我跟你说一下我那哥们儿的背景。他家里算是高干，这几年干高端培训，简单说吧，就是帮有钱人教育儿子，什么理财、奢侈品、慈善这些课，也讲传统文化，一周一两次，领到你那儿看戏……"

匡正那桌上菜了。正好是饭口，杜茂茂打算对付一口再走，撕筷子的时候劲儿大了，湿巾从塑封里掉出来，落在地上。

不过是一眨眼的事，匡正看见，因为心思都在宝绽那边，下意识露出了本来面目。"服务员，"他绅士地招手，"给这位小姐换一套湿巾。"

杜茂茂意外地挑起眼，说不好这种感觉，只是一件小事，心里却隐隐有些波动："匡先生，你为什么急着结婚？"

匡正没仔细听，注意力都被小牛的话抓去了："……就是一帮公子哥儿，爱玩，所以你们晚上唱，唱完了安排顿酒，演员方便就陪着喝点，别的没什么。"

宝绽为难："我们唱戏的，酒不能多喝，伤嗓子。"

"啤的，没事儿，"小牛吃着店里送的开胃菜，"在你们的地盘，喝什么酒还不是你们说了算？"

"匡先生？"杜茂茂发现，自从隔壁桌来人，匡正就魂不守舍，她拿眼瞥着宝绽，"那是你什么人？"

匡正这顿饭吃得，简直糟心极了，筷子抓在手里基本没动过："……我干弟弟。"

"干弟弟？"杜茂茂被这个称呼逗乐了，有点陌生，有点老土，还有点可爱。

"抱歉，刚才你说什么，我没留意，"匡正压低声音，一点跟她演的心思都没了，"我怕他受骗，我听着点那边。"

说出这些话的匡正是最真实的匡正，杜茂茂戳了戳碟子里并不好吃的菜，微微一笑："好，我不打扰你。"

她二十九了，是成熟女性，并不在意对面的男人是不是把焦点全放在她身上，她在意他是不是善良、是不是有责任感、是不是够资格跟她走进婚姻。

两张桌，宝绽那桌先散，匡正也坐不住了，跟杜茂茂道个歉，结了账，回公司。

到万融臻汇楼前,他向右拐,开进对面一个不大的停车场。忽然手机响了,他瞄一眼来电显示。一个有些日子没见的名字——克莱门。

"老板!"蓝牙耳机里传来熟悉的声音。

匡正笑了:"亏你小子还记得我,"他放慢车速找车位,"我已经不是你老板了。"

克莱门坚定地说:"一天是老板,一辈子是老板。"

匡正有点感动,但玩笑带过:"你怎么跟段小钧似的,满嘴大口号。"

"说到那小子,"克莱门压低声音,"老板,你是不是早就知道他有来头?"

匡正装糊涂:"什么来头?"

"具体的不清楚。"克莱门说,"自从你走后,这小子像是开挂了,天天换西装,还都是名牌,有时候我看见他的背影,还以为你回来了。"

匡正挑眉。

"他现在业务也强势,经常跟老白汇报工作,"听得出来,克莱门羡慕,但更多的是佩服,"我以后可能得跟着他混了。"

他生机勃勃说着这些,让匡正想起了在M&A的那些好日子。

"对了,老板,"克莱门言归正传,"还记得你交代我的事儿吗?"

"嗯?"匡正没印象。

克莱门清了清嗓子:"你让我帮着找个好女人,我可一直没忘。"

匡正想起来,是好久之前,他想给宝绽介绍个对象。

"我找了三个,你挑一挑。"克莱门说条件,"二十二岁,大学刚毕业,学会计的,家里有房有车,就是矮了点,一米五八、五九那样。"

"不行,"匡正一口回绝,"我弟弟一米八的个子,小伙儿倍儿精神,得找个般配的。"

"那还有。"克莱门换资料,"小学英语老师,身高、长相都可以,收入也不错,就是岁数有点大,三十一。"

这更不行了。

"三十一,怎么也交过几个男朋友。"匡正自己满山放火,不许人家夜里点灯,"我弟才二十八,女孩儿手都没碰过,和经验特丰富的处,我怕他吃亏。"

克莱门无语:"老板……快三十的人了,我上哪儿给你找小白花去,现在连高中生都有几个前任……"

"还有没有？"

"最后一个了。"克莱门心累，"二十六，护士，家是本市的，无负债，无不良嗜好，有照片，一会儿我发你微信。"

"行，"这个匡正没挑出毛病，"辛苦了。"

电话挂断，微信提示音响起。他点一脚刹车点开图片。挺白净一姑娘，不丑，就是眼睛小了点，想起宝绽水灵灵的大眼睛，他在心里打了个叉，把手机扔到副驾驶座上。

三排停车位，前两排都满了，他绕到最后一排，只剩一个空位，斜前方横着一辆银灰色大奔，看样子要往里倒车。

匡正想出去再找地方，那车却停了，刹车灯亮起，这种情况不是接电话就是有事要走，匡正挂空挡拉手刹，等着他动。

等了足足五分钟，那车一动没动，匡正没了耐性，一脚油门过去，找好角度把轮儿打到底，甩个尾完美贴库。

回轮儿摆正，熄火灭灯，大奔嘀嘀响喇叭，神经病一样按个没完，匡正不管他，拢了拢头发下车落锁。

他刚走两步，大奔的司机开门下来，指着匡正的后背骂："你瞎啊，没看见前边有车吗，硬往里抢，什么素质！"

匡正回过头，见是个标致的年轻人，说他标致，是因为那身西装实在漂亮，少见的深灰绿色，腰部的曲线异常精美，二十四五的年纪，却穿出了贵重深沉的气质。

"我等了你五分钟，"匡正指着表，"都是出来赚钱的，别浪费别人的时间。"

"去你的！"那人的脾气很冲，"我公司就在对面，这片停车场我天天停，怎么就今天碰着个臭虫！"

这狂妄的语气，公司还在对面，匡正想到一个人。这时大奔上又下来一男的，也是精工的好西装，劝了一句："段儿，算了。"

果然姓段，匡正心里有了数。

"真倒霉，"姓段的骂骂咧咧，"还得绕到后头去……"

匡正从停车场出来，过马路到万融臻汇。萧条的办公区里，夏可抱着一本《金融实例一百讲》正打瞌睡，窗下的桌边，黄百两按着匡正的吩咐，在和来晓星整理业务数据。

匡正到夏可桌前坐下，跷起腿，踢了踢桌板："看得懂吗？"

夏可打了个激灵，醒过来："老板……"他搓了搓脸，期期艾艾地说，"你总欺负我，有意思吗？"

匡正靠着椅背："有意思。"

"老板，我求你了，"夏可哭丧着脸，"公司这么多人，你别光逮着我一个欺负……"

这么多人？算上匡正一共五个，还有一个至今没露面。

"看金融科普书都能睡着，"匡正冷笑，"我不欺负你欺负谁？"

"老板，我跟你说实话，"夏可挠着头，自揭老底，"我是学酒店管理的，金融这东西，我真玩不转。"

匡正知道，他看过所有人的简历，除了段钊的，他的人事记录是空白。"那你这个情况，"他眯起眼，"在私银可能有点多余啊……"

"哎，老板！"夏可立刻把小腰板挺得溜直，"您麾下这四个兵可不只有我一个外行！"他指着窗边，"小百，学法的；晓星，编程的；金刀——"

"金刀是谁？"

"就是小钊，金字旁加个刀嘛。"夏可拿手在桌上比画，"他是学艺术的，之前在奢侈品行业干买手，也是后转的行！"

匡正扶额，合着整个万融臻汇，只有他这个总裁是金融出身……

正说着，门口传来脚步声，啪啪的很带劲儿。匡正跷着二郎腿侧过身，脸上挂着淡淡的笑，果不其然，进来的是段钊。

那家伙毫无防备，猛地和匡正四目相对，一副被雷劈了的表情。

"段儿……"黄百两想提醒他，段钊抬起手，不用他介绍，四个人的私银冒出了第五个人，不是新上任的总裁还能是谁？他捏着紧皱的眉头，深吸一口气，出人意料地换上一副笑脸，如沐春风般走来："匡总好。"

匡正的回应很冷淡："你好。"

"头一回见面就被匡总抢车位，"段钊歪着头笑，"真是我的荣幸。"

这小子有点双重人格，冲的时候像枪，阴的时候像蛇，哪一面都不好惹。

"哪里，"匡正也笑，带着万融57层多年练就的威严，"段经理的锋利，上次电话里就领教过。"

"小夏，"段钊解开西装扣子，拉过椅子在匡正对面坐下，"愣着干什么，怎么不给匡总倒水？"

　　这种口气，仿佛他才是万融臻汇的主人。夏可和匡正对视一眼，很慢很慢地放下书，乖乖到文件柜去拿一次性纸杯。

　　"小百，"段钊又叫黄百两，"我让你准备的业务概况给匡总过目了吗？"
　　黄百两戴上眼镜，听话地站起来："我这就去拿。"
　　"晓星——"

　　来晓星没用他说话，自己抱起笔记本，小老鼠一样蹿得没了影儿，偌大的办公区里只剩下匡正和段钊两个人，眼睛瞪着眼睛，针尖对麦芒。

　　"看来，在万融臻汇，"匡正名人不说暗话，"一向是段经理说上句。"
　　"不敢当，"段钊和他一样，跷起二郎腿，"山中无老虎，猴子称霸王而已。"

　　匡正认识的姓段的都横，但横得不一样：应笑侬是辣，辣得戗人；段小钧是傲，傲气藏在骨子里，搞得性格有点别扭；这个段金刀是真横，像是吹毛可断的雪刃没有鞘，锃亮亮地伤人。

　　"对了，"匡正在M&A淬了这么多年火，他就是最硬的鞘，再致命的刀，他也有办法给收了，"刚才和你一车的那个，是什么人？"

　　出人意料的一问，段钊愣了愣："尤琴的，小中层，干什么？"

　　尤琴是国内最大的会计师事务所，在税务、财务、审计领域享有盛誉，这正是匡正需要的，他朝段钊倾身："关系怎么样，用得动吗？"

　　段钊惊讶地盯着他，从那双陌生的眼睛里，看到了某些志同道合的东西。

　　匡正从公文包里拿出一沓名单，昨晚在家打印出来的，冯宽的贵宾客户资源："万融商行的高净值客户，我数了，837个，联合尤琴搞一场咨询沙龙，给名单上的每个富豪发请柬，从这里头，咱们怎么也能挖出点金子来！"

　　说着，他把名单重重拍在段钊胸口。

59

宝绽攥着手机,每隔几分钟看一次,现在是七点半,基金会负责验收的人已经坐在观众席上,而应笑侬仍然没有出现。

后台的气氛越来越紧绷,萨爽和陈柔恩对坐着,谁也不说话,邝爷趴在窗口,伛偻着往外看,时阔亭快步走进来:"不行,还是打不通。"

"侬哥怎么回事!"萨爽沉不住气了。

应笑侬绝不是个关键时刻掉链子的人,宝绽担心:"小侬……不会出什么事儿吧?"

时阔亭没应声,他也觉着是遇到事儿了:"我再打。"

"要不——"陈柔恩拿起手机,"报警。"

"不到二十四小时,"时阔亭摇头,"警察没法管。"

这时走廊上有脚步声,匆匆往这边来,大伙不约而同看向门口。

"怎么样了!"进来的是小牛,抱着一个蓝文件夹,里头是验收文件,"人到了吗?"

没人应声。

"我去侬哥家找他!"萨爽从椅子上起来,往外冲。

"回来!"时阔亭一把拉住他,"都给我原地待命!"

小牛也替他们急:"眼下是戏怎么办!"

"人就在台下坐着呢,"陈柔恩说,"还是基金会的,万一验收不通过,把我们戏楼收回去就惨了。"

一片乱糟糟的声音,宝绽的嗓子很轻,但鲜明:"我上。"

这种情况改戏码是必然的,只是改什么戏,什么戏都没有旦角戏出彩。

时阔亭皱着眉头:"你唱什么?"

老生要想跟外行讨彩头,要么有青衣、花旦托着,像《坐宫》《武家坡》,要么有花脸托着,像《将相和》《双投唐》,宝绽一个人登台,有些独木难支、孤掌难鸣的单薄。

宝绽转身往化妆镜前头一坐,准备揉脸:"《战潼台》。"

260 窄红

这三个字一出，邝爷从窗口回身："可使不得，宝儿！"

《战潼台》是南派戏，最精彩的是双天官寇准和将军呼延丕显被辽兵困住，历尽艰险冲出重围的一段。

宝绽利落地往脸上打底彩："没事儿，邝爷，我平时的功夫在。"

陈柔恩好像听说过这出戏，但没看过，拿眼神问萨爽："这戏怎么了，很难吗？"

萨爽也没看过，他们戏校毕业的，只知道教学大纲规定的那几十出戏，《战潼台》，别说他们，就是专业院团也很少演出。

"宝儿，"邝爷舍不得，"你久不动这样的戏，我怕你一猛劲儿——"

"别劝了，"宝绽吃了秤砣铁了心，"我是当家的，这种时候我必须上，不光上，还得上得漂亮。"

后台鸦雀无声，只有陈柔恩咕哝了一句："团长是应该上，再说了，大家总是'宝处'长'宝处'短的，要是有真本事，亮出来看看嘛……"

萨爽瞪了她一眼，把她拽到侧幕那边去。

"邝爷说得对，"时阔亭站到宝绽的镜子后头，握住他的肩膀，"换一出吧。"

宝绽正在勾画眉毛，执着笔，一对桃红色的眼窝从镜子里看向他："师哥，我行，"他还需要一个人给他配呼延丕显，"你行不行？"

时阔亭笑了，笑出一个招人喜欢的酒窝儿："你叫我了，就是摔死在台上，我也得上啊。"

宝绽收回目光，用中指蘸了蘸胭脂："得嘞。"

等他上好妆，萨爽伺候他穿戏衣——酱紫色的云纹官袍，戴改良相巾，脑后一对儿如意翅，系软带，挂白三髯口，鞭子套着手腕，听着前台邝爷的锣鼓点。

时阔亭做武生打扮，白盔白靠白苦肩，握一根长矛，缨子也是白色，英姿勃发站在他身后。听着前面到了火候，宝绽提一口气，闷帘[1]一声：

"呼将军保老夫——"

他给时阔亭一个眼色，袖子一抖，鞭梢举起，脚下一双朝方[2]，生风般登

---

1. 闷帘：指演员未上台，先唱一嗓子。
2. 朝方：薄底靴。

第二折　挂　帅

台:"重围闯!"

唱破九霄的嗓子,这地方该有一个"好",可台下只坐着一个人,大背头,肥硕的黑西装,面无表情看着台上。

宝绽定睛亮相,接下来是繁重的武活儿,趟马、搓步、圆场,只有一个"快"字,仿佛脚底下腾起沙石,要在台上飞起来。

没有十年的功夫,这一套开场绝对拿不下来。陈柔恩在侧幕看着,忽然理解了宝绽那句"咬着牙攒着劲儿一拼到底",他压根儿没拿自己当演员,演员身上是带着架儿的,但他没有,他眼里只有戏,和对戏的诚心。

这里时阔亭有一句道白:"天官,小心了!"

宝绽开腔接上:"恨番贼太猖狂,将我主困番邦,"他二十八九的年纪,演白发苍苍的老人,动作持重,嗓音遒劲,"我回朝搬兵闯重围,呼将军小心提防!"

陈柔恩惊讶,戏校院团最讲究门派,动不动就来一句是某派的,宝绽的戏却没有派,唱杨四郎时潇洒飘逸,唱起寇准来又雄浑矍铄,仿佛哪门哪派都可以为他所用,用起来又入情入理,毫厘不差。

陈柔恩承认他精彩,可这也不过是一出普通戏,方才邝爷那样地心疼宝贝,显得有些矫情……刚想到这儿,宝绽和时阔亭在台上同时勒马,随着唢呐声一个高踢腿,双双劈横叉重重砸在台上。

电光石火的一下,看戏的人惊了,不自觉挺起后背,抻着脖子往台上看。

别说他,连陈柔恩这个行内人都愣怔,这是她第一次见识武老生,之前她从没想过老生能有这么硬的功夫,摔得舞台赫然一响。

鼓点较着劲儿往前走,两人开叉卧在台上久久不动。半晌,宝绽缓缓抬头,双手扎在身前做牵缰的动作,纯靠后腿发力,漂漂亮亮稳稳当当,一点点把自己撑起来。

下叉容易,仅凭腿的力量从叉上起来却难。陈柔恩起了一身鸡皮疙瘩,头皮发麻,眼睛发热,想起宝绽拿竹尺点着她的后腰,说"这才哪儿到哪儿",她真的汗颜,和人家比,她就是个笑话。

台上的戏还在继续,寇准和呼延丕显还要和辽兵拼死搏杀,宝绽踩着鼓点,一连四个高踢腿,跨步上桌,去了头上的相巾,一跃而起两米高,摔前叉落在地上,露着白发鬏,即刻起身涮髯口,接着顶足了精神,一个摔僵尸向后挺倒在台上。

短短十分钟的戏，句句有筋骨，步步见功夫，台下响着一个孤单的掌声，随着舞台灯熄灭，渐渐弱了下去。

时阔亭架着宝绽回后台，两人像拿水洗过，从里到外全湿了。二人一进屋，陈柔恩迎面过来，一下扑到宝绽身上，真心实意叫了一声："团长！"

宝绽长这么大没被女孩子抱过，吓得赶紧举起胳膊。

"我再也不跟你耍脾气了！"陈柔恩的血还沸腾着，他的团长就像台上的寇天官，是一往无前的英雄，是力挽狂澜的豪杰，"我以后一定好好练功，劈腿、下腰、踢圆场，你让我干什么我干什么！"

"傻姑娘，"宝绽的气力仿佛在台上用尽了，虚着声，"哪个女孩儿没有点小脾气，没有小脾气就不可爱了，你娇你的，哥哥们纵着你。"

"团长！"陈柔恩死抱着他不抬头，像是偷偷掉了眼泪，哝哝地，只跟他一个人说，"我错了⋯⋯"

宝绽满脸都是汗，拍了拍她的肩膀，疲惫地叫时阔亭："师哥，扶我一把，"他是有功夫，可毫无准备上这么重的戏，他一时脱力，"我站不住了⋯⋯"

时阔亭连忙挽他到椅子上坐下，这时萨爽搀着邝爷也进屋来，大家七手八脚给他擦汗揿头。走廊上响起脚步声，一屋子人谁也顾不上去看，乱糟糟的，只听一把透亮的嗓子："我回来了！"

大伙同时回过头，见应笑侬气喘吁吁站在门口。

时阔亭第一个冲上去，掐着他的脖领子顶到墙上。"你跑哪儿去了！"他恶狠狠地吼，"你看看，把宝处累成什么样了！"

应笑侬往人堆儿里看，宝绽带着妆，汗珠子从油彩底下冒出来，不住地淌。"宝——"他攥起拳头，"我今儿一早让我爸抓回去了！才六十出头跟我说要立遗嘱，把我手机、钱包全收了！我——"

时阔亭直直瞪着他，见他滚动着喉结："我给他跪下了，才回来⋯⋯"

时阔亭连忙松开他，宝绽在椅子那边摆了摆手，意思是不碍事，让他别自责。屋里刚静下来，听外头有人说话。

"⋯⋯吴老师，这边，"是小牛的声音，"洗手间在前头。"

"这戏还可以，"这个是刚才台下听戏的那胖子，"挺热闹的。"

"这么棒的戏，别处可见不到，"小牛为宝绽骄傲，"如意洲是有百年历史的老剧团，要么基金会也不会把这么好的地段给他们用。"

第二折　挂　帅

宝绽和时阔亭对视一眼，吃了那么多苦，流了那么多汗，值了。

"就是看个新鲜，"姓吴那家伙却说，"现在没人爱看传统戏，让我再看一遍我也不爱看，"他傲慢地抱怨，"你们基金会请我来验收，我不得不看嘛。"

宝绽的目光冷了下去，搭在圈椅上的手徐徐握紧。

洗手间就在后台对面，姓吴的没注意，进去前还说了一句："看劈腿下叉，不如去看杂技，比这刺激多了！"

小牛在走廊上等他，一扭头，推开虚掩的后台门走进来，如意洲的人齐齐盯着他，中间是虚脱了的宝绽。

"宝处，听见了吧，"小牛无奈，"那位还是音乐学院的教授呢，你们唱戏难，是难在没有懂戏的人。"

宝绽汗涔涔、水淋淋地看着他。

"但是我，"小牛走到他面前，"能给你们找到爱戏的人。"

他有资源，这年头资源就是钱，而条件，就是一纸五年的经济约。

"你们有本事，个个是沧海遗珠，"小牛开始煽动他们，"要在上流社会的艺术圈里点起一把火，只差着一股东风。"

换作其他任何时候，宝绽对这些话只会笑笑，可此时此刻，他动心了。

"我就是你们的东风，"小牛把如意洲的每个人看一遍，"你们跟我合作，我保证如意洲每个月净赚二十万！"

这个数目，任他们苦唱一年也拿不到，所有人都向宝绽看去，除了应笑侬，他张嘴正要说话，宝绽快了他一步——轻轻地，只有一个字："好。"

"宝处！"应笑侬觉得他被情绪左右，草率了。

门外头，姓吴的从对面洗手间出来，站在走廊上喊："小牛？牛经理！"

"说定了，"小牛很高兴，脸上泛着红光，"我回去就拟合同，宝处，我们明天聊！"

他推门出去，热络地招呼对方："哎呀，吴老师！让您久等了……"

屋里没有一点声音，谁也不说话，直到宝绽的手机响了，大伙吓了一跳，时阔亭替他接起来："喂，匡哥，你到啦。行，我把宝绽抱下去……啊？你上来，好，一楼洗手间对面，后台入口……嗯。"

电话挂断，没有五分钟，匡正气冲冲进来了，正要质问一句"宝绽怎么了"，一眼瞧见椅子上汗如雨下的人，他呆住了。

时光仿佛回到三个月前，也是这样一对胭脂色的眼窝、一双月下猛虎般的眼睛，他向他走去。果然，那傻小子强撑着对他笑："哥，没事儿，累着了，"他试着起身，"回家睡一觉就——"

匡正一把将他从椅子上抱起来，浸着汗的行头很重，他却不松手，扔给大伙一句："人我带走了。"

擎着宝绽走出后台，走出如意洲，离开这栋血红色的戏楼，匡正扶他上车，发动引擎挂前进挡，宝绽低声说："那个经济约……我答应了。"

匡正开车的手停下，正要说话，他的手机响了。一个不认识的号码，他没接："他们都同意？"他着重问，"应笑侬同意？"

手机又响，他第二次摁掉："宝绽，那个合同不光是唱戏，还有——"

电话第三次打来，他烦躁地按下通话键，段钊的声音在耳边响起："匡总，"他不像其他人一样叫老板，是和匡正保持着距离，"尤琴那边我联系好了，他们出主讲人，分所税务部的总监和高级经理都到场，但场地得我们出。"

匡正干了这么多年VP，直奔主题："有什么困难？"

"我们账上没钱，"段钊直说，"五星以上的酒店，大会议室、休息室、讨论室、一顿午餐，加起来是不小的一笔。"

匡正毫不犹豫："你先把地方订下来，报给我个总数，这钱我个人垫。"

那边静了两秒。"好，"段钊的语气有些波动，"客户那边我让小夏和小百去联系，时间定在下周三下午。"

"没问题，"关于工作，匡正从不拖泥带水，"辛苦了。"

挂断电话，他还没来得及整理思路，宝绽先开口："哥，你看你，想做点事儿多不容易，"他垂着眼睛，"原来我只知道唱戏，把脑袋砸碎了都甘愿，可这个时代，要想让如意洲有起色，让大家过上好日子，光顾着唱戏是不行的。"

匡正看着这样的他，说不出来地心痛。

"哥，"宝绽抬起头，望着对面灯火辉煌的萃熙华都，零星的光照在他脸上，朦胧得不真切，"我得改变。"

第二折 挂 帅

60

接下来的一周，匡正都在准备和尤琴的咨询沙龙，主题是"税务规划及税务稽查的应对"，地点在富美华的贵宾厅。参会嘉宾有215人，比匡正预想的多，毕竟都是全球跑的富人，能把一个下午花在这儿，纯是奔着尤琴这块牌子。

忙里偷闲，他找万融的法务帮宝绽把经纪合同看了，乙方义务只保留了演出相关，额外那些公关活动，让宝绽去和小牛口头约定。

到了周三这天，匡正穿一身沉稳的黑西装，配银灰色领带，脚上一双爱德华·格林的经典款黑色牛津，天鹅喙般的鞋头优雅稳重，阔步走进会场。

夏可他们一早就到了，和酒店对接会场布置。段钊来得比匡正早一些，正靠在接待桌边看名单，他也是一身黑西装，面料微闪，过度的掐腰和略窄的肩形，让他看上去有一种精致易碎的奢靡感。

"匡总。"瞥见匡正，他随便打个招呼。

走近了，匡正发现他的西装比自己的还好，有点抢风头的意思。"你这身行头，"他大气一笑，"真漂亮。"

段钊从名单上抬起眼，把他的西装也瞧瞧："彼此彼此。"

旁边黄百两和夏可穿着商场几千块一套的普通西装，默默地，和他们拉开距离。

"你是学艺术的？"匡正拿起会议材料，包括万融臻汇和尤琴的介绍、主讲人信息以及讲座概要。

段钊反应了一会儿，回头瞪着夏可："姓夏的，你皮又紧了是不是？"

夏可赶紧躲到黄百两身后，瑟瑟发抖。

"我学的是艺术品管理，"段钊翻回眼皮，对匡正说，"主要是艺术品的收藏和交易，跟画廊和拍卖行打交道。"

"那怎么做了买手？"

"前几年国内的艺术品市场干不开，"段钊说，"买艺术品的和买红酒、买奢侈品的其实是一拨人，也不算转行。"

正说着，有嘉宾到了，匡正拿出最好的状态，从胸前口袋里掏出名片夹，娴熟地弹出一张，有褶皱质感的洒金名片，递过去："您好，万融臻汇，为您提供卓越的财富规划。"

段钊站在他身边，只并排了短短一秒，向后退了半步。

匡正注意到这个变化，一个小动作，说明段钊确认了他们之间的等级关系。

嘉宾面无表情接过名片，看都没看，径直走进会场。

匡正不以为意，以万融臻汇现在的状况，别说名气，连命都快没了，怎样的冷遇都是情理之中。

"老弟！"前头走廊上有人朝这边招手。

匡正定睛一看，居然是冯宽："你怎么来了？"

两人握了把手，冯宽在他身边站定："来帮你站站台。"

"得了吧，"匡正嗤笑，"你是找个理由出来透气儿的吧？"

"笑话，"冯宽系上西装扣子，"我透气儿还用找理由吗？"他往会场那边打量，"还说你们私银没钱，这地点，这布置，够气派的！"

这事儿，匡正说出来有点丢人："我自己的钱。"

冯宽回头瞪着他，呆住了。

好半天，两个人谁也没说话，段钊他们听着都觉得凄凉。忽然，冯宽开口："你把票子给我，我给你报了。"

这回换匡正瞪眼了："没事儿吧你！"

"少废话，"冯宽说，"一会儿改主意了啊。"

段钊他们对视一眼，心说，姓匡的这人缘也太好了。

匡正贴着冯宽的耳朵说了钱数，冯宽挤着眼睛挺不耐烦的，小声说："没问题，你拿来！"

"谢啦，"匡正拿胳膊肘碰他，"哥们儿。"

"谢屁啊，"冯宽举手之劳，"又不是我自己的钱。"

这么一来一往，两个人都找着点儿哥们儿义气的感觉。

嘉宾陆续到场，很多是冯宽的熟人，他拉着匡正好一顿推介，小小的接待席前非常热闹。

尤琴的人是掐着点儿到的，又是一通寒暄。主讲人进休息室做准备，留一个初级员工在门口和夏可他们一起服务。

这次合作他们签了分成协议，说是沙龙，其实有业务推广的性质，尤琴想要的是咨询订单，万融臻汇则拿顾问佣金，说白了就是给尤琴拉客户，由尤琴提供一年八十小时的税务咨询服务。

嘉宾中有对财富管理感兴趣的，匡正简短做个开场，回头招呼段钊："请我们的专业客户经理为您服务。"他自然地叫："段儿。"

被他叫"段儿"，段钊怔了一下，缓步过来。嘉宾一见他那身西装，顿生好感——西装代表了客户经理的身价，客户经理则代表了私银的水平，这就是为什么段钊横成那样，匡正也由着他，因为这个人在业务上一丝不苟。

边接待边拉业务，习惯了玩数据做估值的匡正第一次体会了什么是公关的累，笑得脸都要僵了。冯宽拍了拍他的肩膀，朝前头走廊努嘴："正彩电子。"

离着还有二十多米，他领匡正迎上去："张总！"

正彩电子的张总年纪不大，和匡正相仿，是带着夫人和CFO[1]来的。边聊，他夫人一直在低头看鞋。一楼的酒店宴会厅可能有办婚礼的，她的鞋面是塑胶质地，几片小金纸吸在上面闪着光，蹭不掉。

"烦死了！"张夫人二十多岁，很漂亮，比她老公还高半个头，"这什么破酒店，垃圾沾脚上甩不脱，好晦气！"

张总低头看着自己媳妇那双鞋，一旁的财务总监满头白发，不可能管这事儿，众人都有些尴尬，只有匡正说了句"失礼"，俯身蹲下去。

帅男人，连折腰为人拭鞋都是帅的。他托起张夫人足有九厘米高的锥子跟，一片片摘掉金纸，就着半蹲的姿势抬起头："抱歉，是我们组织活动没有考虑到周围的环境，给您添麻烦了。"

这么正的男人给自己擦鞋，张夫人有点不好意思，往她老公身上靠了靠："哎呀，我就那么一说……你受累了。"

"应当的。"匡正起身把金纸扔进垃圾箱，拍了拍手，回来照样谈笑风生。其间张总有意无意看了他几眼，把他的名片揣进西装内袋。

两点半，沙龙准时开始，匡正作为主办方上台发言，核心是介绍万融臻汇的业务，内容是从宝绽送他那本书上抄来的。他在M&A写了那么多管理层讲话，搞这个轻车熟路，再加上人帅，扯什么瞎话都跟真的似的。

1.CFO：财务总监。

等到尤琴的人开始讲课，他从会场出来，到洗手间，有几个人进来，在小便池那边说话。

"我说，今天这场面够帅的。"这声音，是夏可。

"姓匡的是个干实事儿的。"这个是黄百两。

段钊应该也在，但没出声。

"我来咱们公司这么长时间，还是头一回见到真的有钱人，"夏可去洗手池洗手，"这才有点私银的样子嘛。"

"段儿，"黄百两也过去，"你别太悲观，这回说不定真能起死回生。"

外头静了，哗哗的，只有洗手的水声。

"没用，"好半天，段钊咕哝，"这么大个烂摊子，靠他一个人，能翻多大天？"

匡正捋好衬衫，抽紧领带，没听见似的走出去，站到洗手池前，和他仨并排。

三双眼睛，不敢直接看他，在镜子里瞪得溜圆，匡正一抬头，三双眼睛齐刷刷低下去。

"一个人肯定是翻不了天。"匡正抽了两张擦手纸，走向门口。

三个人的视线随着他过去。

"但我们一群人就不一样了，"匡正把纸丢进垃圾桶，抻了抻西装，推开门，只留下铮铮的一句话，"只要肯拼，天地都会为我们变色。"

61

匡正不在三楼的总裁办公室里办公，拿着笔记本到一楼的办公区，背靠着窗外和煦的日光，研究万融臻汇未来的发展方向。

前头不远处，夏可忍不住回头看他，黄百两在他旁边做数据汇总："你看什么？"

"嘘！"夏可朝他竖着食指，压着嗓子，"你说他是不是故意坐那儿的，监视我？"

黄百两看了他两秒钟，冷漠地推了下眼镜："自恋是病，得治。"

"你才自恋！"夏可想凶他又不敢大声，表情极其狰狞，"我发现他总是盯着我。那次我睡了会儿觉，他冷嘲热讽不依不饶的，他怎么不盯着你们？"

忽然，他不说话了，黄百两不爱理他："又怎么了？"

"你说他会不会……"夏可两手夸张地抱住胸口，"被我美轮美奂的英姿吸引了？"

黄百两闷头算数据："美轮美奂是形容建筑物的。"

这时来晓星从中台办公室里出来，顶着一头蓬蓬的软发，跑到匡正桌前："老板，尤琴的钱到账了！"

匡正抬起头，语气平淡："数目对吗？"

"对！"来晓星激动得都要跳起来了，这是他们好几个月来的第一笔正经收入，"按照合同约定，是尤琴咨询费的10%！"

那天的沙龙会上，当场聘请尤琴担任税务顾问的嘉宾有七十一个，达到了参会人数的三分之一，根据协议，尤琴每笔给万融臻汇提成10%。虽然只是低端的"拉皮条"，但这是匡正做成的第一单顾问咨询业务，而且积累了相当的客户资源，是他们在私银领域打开局面的重要一步。

"这笔钱，"他扣上钢笔帽，环顾四周，"把大楼的内装搞一下。"

"老板，"夏可刚才还埋怨人家盯着他，现在又去招人家，"咱们好不容易进了笔钱，不在账上留一留吗？这左手进右手出的……还没捂热呢！"

"我同意老板的意见，"黄百两说，"要装，而且要快装，现在大客户还没上门，否则就我们这硬件条件，来一个走一个，来一双走一双。"

匡正赞赏地看着他："小百，这事儿你带着夏可做，务必给我装出品位来。"接着，他话锋一转，"现在是非常时期，你多受累，等业务上了正轨，该配的人配齐，你专注你的法律顾问。"

其实，没有后面那句话，让黄百两抓装修他也毫无怨言，但匡正说了那句话，他是个尊重员工、尊重员工专业知识的老板，黄百两绷紧了两腮，缓缓点了下头。

定了要装修，夏可又嚷嚷着怎么装、装什么风格，这时大门那边传来脚步声。是段钊，晃晃悠悠走进来，经过办公区，招呼都没打一个。

匡正看了眼表，十点二十五分："金刀。"

段钊不耐烦，转身看着他。他身上有浓重的酒臭味儿。

匡正指了指他的后腰："你的衬衫出来了。"

段钊两手往后一摸，真的，质地上乘的白衬衫从西装下摆露出来一截：

"我喝蒙了……"

没有一句解释,没有一句抱歉,他径直走向洗手间。黄百两看不下去,撑着桌子要起来。

"小百,"匡正却叫住他,"让他去。"

"可是——"

"他喝多了,"匡正低头继续做方案,"你能拦着人家吐吗?坐下。"

黄百两佩服匡正的气度,甚至替他觉得惋惜,这样的人来他们这破私银,实在是糟蹋了。

半个小时后,段钊从洗手间里出来,像是换了个人,西装衬衫整理得一丝不苟,还有浓密的黑发,用水打得湿亮,来到匡正桌前。

"说。"匡正头也不抬。

"匡总,"段钊拉把椅子坐下,"有个姓佟的,做电子元件,企业不大,但盈利非常稳定,在咱们市民营企业里能排进前五十,准备着上市了。"

匡正放下笔,靠着椅背听他说。

"他缺钱,"说到钱,段钊的眼睛晶亮,"干他们那行,铜是主要原材料,这两年铜价波动得厉害,他经常性地缺流动资金!"

匡正直奔主题:"怎么搞?"

"我们可以设计一款理财产品——"

匡正抬手打断他:"我现在不考虑理财。"

"匡总——"

"万融臻汇必须从卖理财的低端市场向提供优质服务的高级私人银行转型,尤琴这单刚有点起色,我们不能又回去走老路。"

"匡总!"段钊据理力争,"高的应该攀,低的也不能扔啊!这是笔大买卖,做成了够咱们几个人一年的吃喝拉撒!"

匡正考虑的不是一年,而是万融臻汇的五年、十年,甚至更久,他没说话,转动椅子望向窗外。

"匡总,不是你说的吗,"段钊试图说服他,"只要我们齐心,天地都会变色?我昨天跟那孙子喝到今早三点多,胃都喝抽了才把他约下来!"

匡正的手指在皮面扶手上反复摩擦,仍然没动。

"你相信我一次,"段钊几乎是恳求,"你信我一次,老板!"

他终于改口了,冲着这句"老板",匡正一脚踏地转回来:"你能和这个人吃上饭,怎么没早做他的生意?"

"原来我们没有商行的资源,"段钊指的是冯宽,"现在你来了,带着万融的人脉和资金,现在什么样的大佛我都敢拿下!"

匡正垂下眼睛,在思考。

"今晚九点半,"段钊灼灼盯着他,"迎宾街的老广味道。"

入夜,匡正坐着段钊的车,准时来到老广味道门口。不大的门脸,他们上二楼,一进包厢,就看到圆桌后头坐着一个笑呵呵的白胖子,面前是吃了一半的烧鹅。

"佟哥!"段钊满脸堆笑,领着匡正进去,"这是我跟你提的,我匡哥!"

匡哥?匡正瞥他一眼,这小子双重人格犯起来怪吓人的。"佟总,"他打招呼,刚要在桌边坐下,姓佟的擦着手站起来,去衣架上拽下外套,一副要走的样子。

匡正戳在桌边,看向段钊。

段钊连忙问:"佟哥?"

"走啊,"佟胖子穿上肥外套,显得体积更大了,一副腰缠万贯的煤老板样儿,"不是谈事儿吗,饭桌上乱七八糟的,怎么谈?"

那哥们儿你约在饭店?匡正心里吐槽,面上云淡风轻:"佟总说的是。"

他和段钊都是空着肚子来的,这会儿挨饿重新上车,跟着佟胖子的白色宝马开出迎宾街。本以为是去他公司,或者什么茶楼会所,没想到这车一开就开了一个多小时,直接开出市区,到了周边一个郊县。

县城和市中心不一样,十一二点到处黑黢黢的。老远就看前头有一个大灯箱,七彩灯打出"哥哥醉"三个字。佟胖子奔着那片灯开。到了地方,匡正一看,是个商务KTV。

佟胖子咬着牙签下车,没叫他们,而是自己往店里走。匡正和段钊赶紧跟上。一进门,眼睛差点没晃瞎——从地板到墙壁再到吊顶,全贴着金纸,灯光一打,像西方极乐世界,和店门口横幅上的宣传标语一个风格——度你成仙。

匡正脑子里只闪过两个字:魔幻。他硬着头皮往里走。一条十多米的长走廊,两边各立着一面封闭玻璃,玻璃那头是打通的大房间,屋里坐满了各式各样的女孩,高的矮的,胖的瘦的,看着手机,锉着指甲,没心没肺地嘻嘻哈哈,唯一的共同点是都画着大浓妆。

匡正名牌大学毕业，在香港、伦敦、新加坡市都待过，三十二岁干到执行副总裁，露出一副没见过世面的傻样儿，看呆了。

"姓匡，是吧？"佟胖子招呼他，"要哪个，自己点，你埋单。"

匡正看着玻璃墙里那些被物化的女孩，产生了一种强烈的反胃感。在富美华，他给正彩张总的夫人擦鞋，人蹲下去了，但人格立着，现在这佟胖子是让他连人格都蹲下去，他不干："不了，我没兴趣。"

决然的六个字，让佟胖子不高兴了："怎么个意思，老弟，瞧不起哥哥领这地方？"

段钊赶紧拿胳膊肘顶他。匡正抽出根烟咬上，什么也没说。

有时沉默是最好的语言，佟胖子没为难他，和段钊一人点了一个，搂着进包房。

房间布置和城里一样，大屏幕、触控点歌台、镭射灯，一样都不少，屋子中间的小茶几上摆满了冰镇嘉士伯，密密麻麻少说有五六十瓶。佟胖子的大屁股往沙发上一坐，告诉服务员："全给我起开。"

这是要血拼。匡正和段钊对视一眼，在佟胖子身边坐下。

饿着肚子，匡正直接对瓶吹，很有诚意地干了一瓶，开门见山："佟总，你需要流动资金，我们万融臻汇可以为你提供……"

佟胖子拿起酒，听都没听，转身猛灌怀里的小姑娘。匡正看他那个脑满肠肥的样子，火腾地蹿起来。忽然，他咂摸咂摸嘴里的味儿，好像不对劲儿，对着光看酒瓶上的包装，原来不是"嘉士伯"，是"喜大伯"。

匡正叮地把酒瓶撂下，冷着脸跷起二郎腿，不说话了。

那边佟胖子扫他一眼，没看见似的，拉着姑娘肉麻兮兮地合唱。

卖理财的不甘、胃部强烈的灼烧感、假酒和玻璃墙女孩，还有想立刻回家的心情，匡正忍无可忍站起身，踢开门，拂袖而去。

段钊马上去追他，在KTV金碧辉煌的长走廊上喊："老板！"

匡正没理他。

"姓匡的！"段钊吼，"你给我站住！"

匡正这才停步，甩起西装下摆，掐着腰瞪他："那姓佟的要干什么！"他怒气正盛，"到底是他缺钱，还是我们缺钱？！"

隔着几米，段钊不跟他呛，歪着头，那股蛇似的阴劲儿又上来了："万融投行真是养大爷的地方，这才哪儿到哪儿，您就受不——"

匡正几步过去，揪着领子把他顶到墙上，大概是这个庸俗的KTV、那瓶劣质的假酒，让他放下所有的审慎和修养，变成了一头横冲直撞的野兽。

"怎么着，要打人？"段钊挑眉看着他，"你幻想那什么高净值客户在哪儿呢？这儿！"他指着天花板，"这个恶心的KTV才是现实！我们就是在和这帮土老板打交道，我们得从他们身上弄钱，我们在公关，老板！"

"不是幻想，"匡正很清楚万融臻汇的未来是什么样儿，他正一步步向着那个目标前进，"你们得相信我。"

"你先相信相信我行吗，大哥？"段钊推开他的手，捋着衬衫前襟，"姓佟的这种人最讨厌你们这些道貌岸然的精英，女人不点，假酒不喝，我是他，我也不和你做生意！"

要做生意，前提是信任，两种截然不同的人如何彼此信任？只能是其中一种人先做出改变，匡正和段钊也是这样。

"回去把那死胖子拿下，"段钊搭住他的肩膀，用一种哥们儿似的语气，"还是空着手走？"

匡正看向不远处的楼梯，沉默良久，拢了把头发，转身向包房冲回去。"你小子，"他恶狠狠地招呼，"给我滚过来！"

62

佟胖子见匡正回来，很惊讶，搂着姑娘愣愣地看他。匡正到他身边坐下，从酒堆里拎出三瓶"喜大伯"，一把拽开领带，甩到沙发上："佟总，来吧，不醉不归。"说着，他跟姓佟的手里的酒碰了一下，开始吹。

佟胖子专注地看着他喝。KTV的酒瓶都小，三瓶没有多少，匡正喝完了一抹嘴，喊段钊："段儿，给我点歌！"

段钊了解佟胖子，但不知道匡正会唱什么，保险起见点了个《我的好兄弟》。匡正从来不听这些烂大街的金曲，但这歌的前奏一出来，他居然张嘴就能唱："在你辉煌的时刻，让我为你唱首歌，我的好兄弟，心里有苦你对我说！"

匡正唱歌一般，属于复古偏文艺、优雅微醺那一挂的，但这歌、这憋屈的晚上，还有上头的假酒，让他自暴自弃，忽然有种解放自我的冲动，全情投入起来:"人生难得起起落落,还是要坚强地生活,哭过笑过,至少你还有我!"

他全情投入,佟胖子也嗨了,男人在外头混,都心酸过、憋屈过,他抓起麦克风,腾地从沙发上起来,跟着匡正一起号:"朋友的情谊呀,比天还高,比地还辽阔,那些岁月我们一定会记得!"两个人像是比谁唱得高,撕心裂肺地喊,"朋友的情谊呀,我们今生最大的难得,像一杯酒,像一首老歌!"

段钊不得不堵起耳朵,偷偷在旁边喝酸奶。

匡正唱出了一身汗,几万块的西装,脱下来扔给他,也不提什么业务了,拎着酒就猛灌。真酒、假酒都是酒,一样是勾兑的,什么高端、低端,能投钱的就是客户。这一刻,他终于脱下了披了十年的那层皮——投行精英、并购大手、所有的荣耀和掌声,现在都要放下从头开始。

然后他就吐了,段钊陪着去的洗手间。他撑着洗手台吐得昏天黑地的时候,段钊在一旁刷伦敦的金价,匡正红着眼眶瞪着水龙头里细细的水流,特别想家。

晃晃悠悠回到包房,桌上还剩十来瓶酒,匡正难受地坐下。佟胖子主动凑过来跟他说话:"匡总,你这酒量也不行啊。"

假酒喝了,嗨歌也飙了,匡正不跟他藏着掖着:"前一阵去北戴河,得了急性胃肠炎,没好利索。"

"北戴河?"匡正看起来不像去北戴河的人,佟胖子意外,"是不是那什么烧烤一条街?"

匡正挑起眉:"你也去过?"

"我去年去的!"佟胖子拍了把大腿,"也吃坏了,上医院挂的吊瓶!"

同是天涯沦落人,匡正拿起酒:"我住的三楼。"

"我也住三楼,楼下有个小草坪,就一棵歪脖树,还是死的。"佟胖子摁住他拿酒的手,"不行,别喝了,说真的,心肝脾肺肾,哪个喝坏了都不值得。"

"没事儿,"匡正以为他假客气,"二十瓶都喝了,不差这一瓶。"

"不是,哥们儿,"佟胖子笑眯眯地,"跟我说说你们那私银。"

突然说回到业务,匡正有点不适应:"我以为你不想听呢。"

"说说,说说,"佟胖子催他,小胖手从果盘里给他扎了个圣女果,"这两年铜价涨得厉害,老哥是真缺钱!"

仿佛坚硬的冰面破开了一道缝,匡正和段钊对视一眼,拿出预先定好的方案:"我能给你弄到优惠贷款,前提是你买我们的理财。"

"拿你给的钱买你的东西,我还得付贷款利息,"佟胖子笑了,"你们银行的是不是都以为别人傻?"

"一年期的理财,"匡正不跟他扯嘴皮子,"专门为你定制的,钱到账我立刻办冻结,然后用这张单子做抵押担保,去万融给你申请贷款,一年以后,你用这笔理财收益付贷款利息还有富余。"

佟胖子瞪大了眼睛,死死盯着他:"等会儿,老弟,我有点转不过来。"

"你慢慢转。"匡正不催他,直接把果盘拉过去,和段钊分着吃。

佟胖子做了这么多年生意,从没想过理财能这么玩儿。

"不过,佟哥,"到了这时候,匡正开始掌握主动权,"这笔理财只能覆盖70%,剩下的30%你还得实物抵押,要不我跟总行没法谈。"

"明白,明白……"佟胖子很动心,"我们这帮苦哈哈的大老粗,真是转不过你们搞金融的!"

匡正咔嚓咬破了一个樱桃,斜他一眼:"玩钱,我们是专业的。"

他那个带着精英范儿的浪劲儿,佟胖子喜欢得不得了,胖胳膊搭着他的膀子,一锤定音:"老弟,哥哥干了!"

匡正点点头,等着他报钱数,只要能投个八九百万,自己这一晚上的假酒就没白喝。

"先来三千五的吧。"佟胖子说。

匡正扎西瓜的手停住,以为自己听错了:"多少?"

"头一回合作,"佟胖子还有点不好意思,"你得容哥哥先试试。"

一口气买三千五百万元的理财还只是试水,匡正愕然,这死胖子到底有多少身家!他向段钊看,那小子也一脸茫然,显然没摸清这家伙的底。

难以想象,一个穿着破外套、大半夜上县城夜总会还喝假酒的胖子出手这么大方。匡正定了定神:"三千五百万的理财,70%……五千万贷款。"他这才有机会掏出名片,"明天你上我公司来签约,我们立刻操作,争取两周内资金到位。"

"哎呀,弟弟,"佟胖子推开他的片子,直接掏手机开微信二维码,"哥的码,你扫就完了!"

匡正让他逗笑了，大多数有钱人对两件事很敏感，一个是"隐私"，另一个是"圈子"，像佟胖子这么敞亮，上来就给个人微信的，少之又少。

"老弟，我不瞒你，"酒到位了，佟胖子说实话，"我最烦私人银行的，穿着个小破西装，人五人六的，"他拍拍自己的大肚子，"瞧不起我们大老粗，还想赚我们的钱！滚蛋吧！"

听了这话，匡正能明白他之前的轻视和刁难，谁的钱也不是大风刮来的，就算是几十亿元的身家，也想把资产交给顺眼的人打理。

他们又唱了几首农业重金属歌曲。三点多，匡正结账，三个人准备回城。段钊没喝酒，提议开他的车，先送姓佟的再送匡正。没想到，佟胖子逞能，无视交法，非要自己开车。

"这大哥，"匡正坐在奔驰后座，看着前头晃晃悠悠的宝马，"别出什么事儿。"

"他自己都不要命，"段钊打开高德地图，怕酒蒙子领错路，"你管他干什么？"

"我不是怕他，"匡正懒洋洋靠着椅背，"我是怕那三千五百万。"

段钊笑起来，从倒后镜里看着他："假酒没白喝吧，弟弟的话没白听吧，今儿晚上值了吧？"

"值。"匡正轻轻地笑了。

佟胖子平安到家后，段钊掉头送匡正回别墅，老远就看前头半山有几点灯光。

"是亮灯那家吗？"

"对，"匡正不意外，甭管多晚，宝绽都会开着灯等他，"是我家。"

其实那根本不是他家，是不知道哪个土豪的房产。停好车，段钊过来扶他，跨上台阶。匡正用指纹开门，进了屋，见宝绽披着毯子蜷在沙发上，歪头趴着，睡得像只小狗。

匡正赶紧给段钊比手势，让他别出声，走。

段钊带门离开后，匡正蹑手蹑脚走到沙发跟前，蹲下去，神经病似的，盯着宝绽。

"嗯……"宝绽皱着眉头动了动，"哥？"

匡正不知道什么毛病，被那双惺忪的眼睛一看，突然特别想耍酒疯，一把甩下西装，唱起刚才KTV跟佟胖子学的歌："是谁，敲开了我的门窗，是谁,闯进了我的梦乡?"

宝绽让他吓了一跳,揉着眼睛推他:"哥,你干吗?"

匡正满身酒气,跪在地上,帅气地向他敞开双臂:"别再让我东张西望,别再让我天天猜想,谁是我的新郎,我是谁的新娘!"

宝绽绕开他往厨房那边走:"还说没喝多,酒疯子!"

匡正追着他过去,臭不要脸地唱:"哎嘿嘿!你快快来到我的身旁!"

"我才不去呢!"宝绽给他调蜂蜜水解酒,"哪儿学的这歌,二人转似的……"

"哎嘿嘿!"匡正没皮没脸地堵着他,醉醺醺地唱,"快快去见咱的爹娘……"

63

这一觉睡得很好,安稳,舒坦,不愿醒来。

眼睛睁开一道缝,宝绽坐在对面沙发上,正在看手机。

"早……"匡正抓了抓头发,太阳穴隐隐作痛。

宝绽放下手机,过来蹲在床边。

"脑袋疼,"匡正说,"昨晚上喝了二十多瓶假酒。"

扑哧,宝绽笑了:"你还敢喝假酒哪,长进了!"

"少说你哥两句能死啊?"

宝绽嘿嘿笑。

匡正坐起身:"我跟你商量个事儿?"

"什么事儿,说吧。"宝绽要回身去拿手机。

"你看着我。"匡正拨他的下巴。

宝绽偏不,先是躲,然后龇牙咧嘴的,像头"嗷嗷"的小老虎,追着他的手咬。

匡正让他逗乐了:"你怎么像个小猫儿似的?"

"谁是猫?"宝绽"嗷"的一声,"老虎!"

"行,"匡正说,"小老虎,搬我家去吧。"

很突然,宝绽眨巴着眼睛,愣了。

"你住别人的房子还不如住我的，对吧？还是咱们自己家住着踏实。"

宝绽看着他的眼睛，久久没说话。

"借别人的东西总是不长久，"匡正了解他，知道怎么说能让他同意，"把钥匙还给人家，咱不欠他什么。"

"那哥……"宝绽抿着嘴，他是愿意的，"我住你那儿，要不要给你……"

匡正知道他要说什么，肯定是房费之类，伤感情。"要！"他抢先说，"你得给我洗衣服、做饭、收拾屋，还得伺候我按摩，任务可繁重了。"

宝绽瞪大了眼睛："美得你！"他站起来，"我干脆变成女的嫁给你得了呗！"

"也不是不行……"匡正懒洋洋靠着床头，一副占尽了便宜的嘚瑟样儿，"宝儿，我饿了，咱们先吃饭吧。"

宝绽气哼哼去洗手间，砰地拍上门："没人管你！"

匡正忍着笑，臭不要脸地喊："先搬家也行！"

两人先吃了饭——西红柿鸡蛋打卤面、一盘可乐鸡、一碟盐焗花生米，吃饱了开始收拾东西。宝绽来的时候没想长住，东西不多，一个小箱就装好了，再看匡正，西装、香水、润肤乳，还有七七八八的小首饰，一趟居然没搬完。

宝绽运完了自己的，拖着匡正的大箱子走到门口，忍不住抱怨："你哪来这么多没用的家什，搬过来还得搬回去，烦死了。"

"别总唠叨行不行？"匡正自己也拖着一个箱子，"我也没注意，不知不觉拿过来这么多，还不是想让你也过得好点儿？"

"你那银行总裁的日子，我过不了。"

匡正有点烦了："别没完没了啊。"

宝绽瞧他一眼，扔下箱子："我不搬了。"

"又怎么了？"

"我还没进你家门，你就这个那个看我不顺眼，我要是真住进去了，你指不定怎么欺负我呢！"

"我的老天爷，"匡正过来把他那个箱子拉起来，"我还敢欺负你？我不让你欺负死就不错了！"

他们俩吵吵闹闹，磕磕绊绊，总算把家搬完了。宝绽仔细打扫了卫生，把所有的密码和设置恢复原始状态，锁上门，走向对面的别墅。匡正在门口等他，从今天开始，这里是他们两个人的家。

天已经黑了，匡正把全楼的灯打开，带着宝绽一间间屋"巡视"。两边房子的格局虽然一样，但布置大不相同，匡正这边的设施更全，风格更奢华，很适合一家人过享受的日子。"你看还缺什么，"他殷勤地问，"周末咱们去买。"

宝绽见过他衣帽间里成排的西装、衬衫，这回又见到了实木的旋转鞋柜、柜子里上百双塞着雪松木鞋撑的名贵皮鞋，还有书房里香槟色的太空舱按摩椅，惊奇得张大了嘴巴，一句话也没说。

"对了，咱们做个壁炉吧。"匡正一直想在小客厅里搞一个，原来自己住没有折腾的劲头，"天快冷了，冬天可以靠着壁炉喝姜丝可乐。"

宝绽还是不吱声，跟着他转了一大圈，把行李拖进了一楼的客房。

匡正手机响了。是个不认识的号码，他接起来："你好，匡正。"

"匡总，"一个陌生的声音，"我是张荣。"

张荣？匡正一点印象都没有，但装作恍然大悟的样子："哦哦，张总！"

"上次你们和尤琴的讲座办得很好，我对私银也有一点兴趣，"那人礼貌地问，"什么时候有空，到我公司来聊聊？"

匡正反应过来是谁了，那个老婆脚上粘了金纸的张总，正彩电子的："没问题，您方便的时间给我打电话，我带队上门。"

"好，"张荣话不多，"改天见。"

"再见。"

放下电话，匡正回过头，见宝绽已经把箱子里的东西拿出来了，全铺在床上，其中有一个旧Kindle，带键盘的老款式。匡正大学时也有一个，毕业后好像顺手给了同系的学弟，现在一看莫名地怀念。

"这就是你之前说的那个——"他拿起Kindle，正要点亮屏幕，手机又响了。这回是段金刀，匡正放下Kindle，走出房间。

"怎么样，佟胖子签了吗？"

"签了，"段钊很兴奋，"三个工作日内打款！"

"好，"匡正松了一口气，"钱一到位，你就去给我招几个小姑娘，别太漂亮，要气质好的，等小百那边的软装一结束，马上到岗。"

"知道了，"段钊咂了下嘴，"咱们这是要上正轨了。"

"还早，"匡正很沉得住气，"业务上了正轨才是真格的。"

段钊干劲儿十足:"迟早的事儿。"

"佟胖子那边,你给我盯紧了。"

"放心吧,老板。"

两边同时挂断电话,匡正刚要回屋,手机第三次响起来。是冯宽,下午吃饭时匡正给他发微信说了佟胖子的事,应该是回信儿了:"喂?"

"匡总的电话可真难打,"冯宽开他玩笑,"我打了三遍才打通。"

"少来。"匡正微微一笑,等他说贷款的事。

冯宽一开口,却说了另一件事:"我老婆那个小妹妹,杜茂茂,上次对你印象不错,明天出来再见一面。"

匡正皱眉:"我说,之前可不是这么说的。"

"五千万贷款还要不要了?"冯宽在这儿等着他呢,"贷五千万,三千多万用理财做抵押,我可一个'不'字都没说。"

是,最近这几件事,冯宽办得很仗义,但仗义归仗义。"哥们儿,"那五千万再重要,匡正也不能在这事儿上含糊,"感情不能凑合,更不能骗人,我要是为了一单生意骗你、骗她,我成什么人了?"

冯宽那边静了两秒:"你想怎么办?"

"你甭管了,"匡正说,"明天我去见她,把这事儿收口。"

"你可得给我办明白。"杜茂茂相亲对冯宽来说不是简单的介绍对象,直接关系到他这个"上门女婿"在岳父家的日子好不好过。

匡正给了他三个字:"你放心。"

他的为人、能力,全金融街都知道,他说"放心",冯宽就不废话了:"哎,还一个事儿,你在新加坡有没有过硬的关系?"

"要看是什么事儿。"匡正在新加坡干过一段,有几个朋友。

"我们一大客户,全家十来口去新加坡旅游,明晚的机票,现在酒店还没着落呢。"

匡正乐了:"不至于吧?"

"说是去看个很有名的水上表演,一票难求,还要住什么网红酒店,你能不能给想想办法?"

匡正自从做了私银,对"大客户"这种词儿很敏感。"办法我想,"他讲条件,"但这人必须先是万融臻汇的客户。"

"你小子!"论做业务,冯宽除了他,不服别人,"等我消息。"

电话挂断，匡正疲惫地捏了捏眼角，一回头看见宝绽那屋的光，一抹笑不经意浮上嘴角。"宝儿，"他向那束光走去，"来，哥帮你收拾。"

64

匡正说是帮宝绽收拾东西，其实是来添乱的，归置好的全给翻乱了，没归置的团了团塞柜子里，气得宝绽给了他一脚，让他滚楼上去了。

第二天早上，两人在餐厅碰面，宝绽一脸的神清气爽。吃过饭，两人一起上班。

匡正到公司时，一楼正在做软装，全员搬到二楼大厅办公。这一层是贵宾室，用来接待私密客户，所有房间都做过隔音处理，咖啡色的磨砂墙纸、墨绿色的复古绒面椅，家具一水儿的精黑色，很有欧洲老牌私银的深沉持重。

冯宽的消息昨晚就到了，对方同意跟万融臻汇合作，还附上了联系方式。匡正按着号码拨过去，接电话的是位女士。

"您好，"声音刻板，不是客户本人，"总裁办公室。"

"您好，万融臻汇，匡正。"

"匡先生，我一直等你电话。"对方高高在上，一句寒暄客套都没有，"谢总和家人今晚五点二十分的飞机飞樟宜机场，十二点落地，随后就要入住。你加我微信，我把全员信息发给你。"

"没问题，"匡正还想问一些细节，"谢总——"

"那先这样，"对方打断他，"有事我们再沟通。"

电话挂断。冷漠且傲慢，显然没把万融臻汇放在眼里。匡正只挑了挑眉，放下手机继续办公——自从干了私银，奇葩见多了，连脾气都变好了。

十点半，段钊到了，一身藏蓝色的收腰西装，头发风骚地拢向脑后，一样是油头，他不像代善那么流俗，反而有种花花公子的潇洒劲儿。

"老板！"他越过夏可、黄百两、来晓星，直奔匡正。

匡正抬头扫他一眼："西装不错，"然后下新任务，"三点半，你跟我去趟机场。"

段钊的狐狸眼唰地亮了，有股要扑人的凶猛："又来活儿了？"

匡正没正面回答，而是说："保持这个状态，把自己磨利了，跟我冲锋陷阵。"

"放心，"段钊自己拎了把椅子到他桌前坐下，"你指个方向，我立马蹿出去。"

夏可回头瞥了一眼，拿笔杆捅身边的黄百两："我说，小百，金刀不是和老板最不对付吗，怎么才两天，这么奴颜婢膝的？"

"嗯？"黄百两在核对装修公司的报账，"他个双重人格，你管他干什么？"

夏可又回头，看段钊在匡正桌前那个眉飞色舞的样儿，直撇嘴："跟我们说老板怎么怎么不好，自己跑到老板面前去献殷勤。"

"人家谈工作呢，"黄百两蹙眉，"你要是有工作，你也去说。"

"原来老板没事儿总盯着我，"夏可翻着眼睛嘀咕，"现在他往那儿一贴，老板都不理我了……"

黄百两一把推开他："去，上那边待着去，这几个数我算错好几遍了。"

"小百……"

除了夏可，人人手上都有活儿，一晃就到中午，匡正想起他还有笔桃花债要还，跟段钊交代一下接机的事儿，开车去世贸。

还是上次那家广式茶餐厅，甚至还是上次那个位置，不同的是杜茂茂，她穿了一身粉红色低胸连衣裙，虽然是短发，但染了柔和的颜色，匡正在她对面坐下，发现她口红的色号也变了，一抹水润的草莓红。

匡正今天要送机，特地穿得庄重，一丝不苟的黑西装，配奶油色领带，头发优雅地梳起来，一副修养和品位并重的好男人样儿。

两人看到和上次截然不同的对方，都吃了一惊。

"杜小姐好，"匡正先打招呼，"吃点什么？"

杜茂茂上次回的是"随便"，这次认真看了菜牌，点了两道招牌菜。服务员正要下单走菜，匡正叫住他："再为女士要一份甜品，"他征求杜茂茂的意见，"焦糖布丁？"

杜茂茂的颧骨微红，抿了抿油腻的唇釉，轻轻点头。

服务员离开，桌上静了。匡正没急着说话，杜茂茂略低着头，把鬓发捋向耳后："你……和上次不太一样。"

匡正微微一笑："杜小姐和上次也不太一样。"

第二折　挂帅

女为悦己者容，杜茂茂笑了。

"其实……"匡正准备装弹，一发上膛，"上次我不小心听到杜小姐讲电话，听你谈起婚姻，似乎对这种生活不感兴趣。"

杜茂茂一愣，到她这个年纪，经历过幻灭的爱情，饱尝过逼婚的摧残，谈起婚姻时难免有些激进："啊……玩笑话，有时候……"她平和地看向匡正，"也是为了给自己找回些面子。"

匡正没想到她这么坦率，优秀的职场女性果然和他交往过的那些傻女孩儿不一样，有勇有谋，知道在什么情况下以怎样的方式示弱。后头的话，匡正反而说不出来了。

"匡先生上次穿了一件粉西装，"这回换杜茂茂举枪，调转枪口，对准他，"是有意的吧？"

都是明白人，匡正不装傻，稍一颔首，实话实说："抱歉，杜小姐，我以一种不诚实的方式和你认识，我道歉。"

杜茂茂笑着看他，歪着头，玩着自己寿司造型的小耳环："那你知道我今天为什么穿了一身粉？"

匡正不想知道答案，没说话。

"因为我对你有兴趣，"她直说，像在竞标会上出价一样，简单明了，"你要我，我愿意被你要。"

匡正十指交握，仍然缄默。

"而且我对自己有信心，"她用豆沙色的指甲轻点着桌面，"谈恋爱，我也许不是最好的，但结婚，我和我的家庭一定是最好的，"她莞尔，"我相信，你迟早会选择我。"

匡正认真思考她的话。确实，杜茂茂是完美的结婚对象，家庭、工作百里挑一，人也不拖泥带水，但他却答："不，我和杜小姐不同，我还是相信爱情的，"他说的是真心话，"我想和相爱的人厮守一生。"

杜茂茂怔住了，一个三十多岁的男人，凭一己之力做到一家私银的总裁，怎么可能还相信爱情？连她这样的女人都放弃了，在长久的求而不得和看破红尘般的厌婚情绪之间拉锯，最后心如止水。

服务员上菜，叉烧肉、白灼芥蓝、翡翠肠粉和冬瓜盅。她垂眼看着面前热气腾腾的碗碟，直率地问："匡先生是拒绝我喽？"

匡正系好餐布："可以这么理解。"

"也好，"杜茂茂露出一个笑，"我们还是朋友。"

匡正正要说什么，她提起筷子夹了一块肉："听冯宽说你们私银缺客户，我是做信托的，加个微信，回头给你推几个大户。"

不愧是银行家庭的女儿，拿得起放得下，有魄力。

"谢谢，"匡正舀一勺汤，"还是不麻烦了。"

"为什么？"杜茂茂诧异，这个男人屡屡出乎她的意料，让习惯了把烂男人踩在脚下的她措手不及。

"个人习惯，"匡正答，"我不喜欢夹缠不清，没有客户，我可以自己去找，利用你，或是被你利用，都不是我的风格。"言下之意，他不想和她有任何暧昧关系。

是个好男人，杜茂茂想，随之把肉送进嘴里，瘦肉酥烂，肥肉弹牙，还带着点甜，嚼碎了齿颊留香。

吃过饭，两人在停车场道别。匡正从世贸直奔机场，段钊到得比他还早，就为了争取时间和客户说几句话。他们到贵宾室门口，没有登机牌，只能在外头等着。四点半，远远地过来一大拨人。

打头的是一男一女，四十来岁，三个孩子有专人带着，后头是两位老人，还有一个带小孩儿的女人，人数和资料上一致。匡正掏出名片迎上去："谢总！"

姓谢的瞟他一眼，并不想停，只是助理在向贵宾室工作人员出示证件，他不得不停下："你好。"

他接过匡正的名片看看，顺手递给带孩子的保姆，点个头，走进贵宾室。

段钊立即接上一句："万融臻汇祝您和家人新加坡之行愉快！"

十来个人，只有小孩子认认真真跟他们说谢谢。匡正和段钊对视一眼，好像他们开车一个多小时过来就是为了递一张名片、说一句祝福的话。

"什么玩意儿，"段钊解开西装扣子，"原来伺候大妈挺好的，大妈都热情。"

匡正让他逗笑了，拍拍他的肩膀，转身往外走，边走边给宝绽打电话，奇怪的是，打了好几遍都没人接。

第二折　挂　帅

65

　　匡正从机场往市中心赶，中间还打过几次电话，但仍然没人接。

　　到戏楼底下时，已经七点了，他把车一扔，快步进去。一楼没人，戏台静悄悄的，他上二楼。休息室的门全关着，他就沿着楼梯往三楼跑，一上去就看到时阔亭和萨爽忧心忡忡等在一扇门外。

　　"宝绽呢？！"匡正冲他们喊了一嗓子。

　　那俩人见他来了，立刻迎上去："匡哥，有客人……"

　　匡正铁青着脸："少废话。"他抓着手机，"宝绽呢，他不接我电话！"

　　时阔亭和萨爽对视一眼："来了几个老板，正喝酒呢，可能不方便接电话……"

　　匡正一听就要往里走，被时阔亭和萨爽双双架住。"哥，哥，哥！"他们赶紧拦着，"宝处不让告诉你，怕你担心！"

　　"他还知道我担心！"匡正吼得凶，其实心已经放下了，人没事就好。

　　"今天不是签约嘛，"时阔亭给他宽心，"甲方也来了，挺高兴的，一起喝顿酒。"

　　匡正的情绪慢慢平复，一路的担心、紧张正要释放，忽然觉得不对："一起喝酒，你们怎么不进去？"

　　时阔亭微怔，萨爽看瞒不住了，咕哝一句："他们不让我们进去。"

　　"萨爽！"时阔亭拽他。

　　萨爽挣开他的手："时哥，你不是也担心吗？"

　　时阔亭皱着眉头，没吱声。

　　"他们？"匡正盯着前头那扇紧闭的门，"谁？"

　　"是这么回事儿，"时阔亭不得不说实话，"甲方带了几个朋友来，都是大老板，一听小侬是唱旦角的，非让他陪着喝酒，还不让我们进去。宝处的性子你也知道，咬死了当家的必须上桌，就硬跟着进去了。"

　　匡正瞪起眼睛："揽这事儿的小牛呢？"

　　"说是基金会有急事，先走了。"

286　　　　　　　　　　　　　　　　　　　　　　　　　　　　　窠红

"狗屁急事儿！"匡正又问，"小陈没事儿吧？"

"宝处怕万一有应酬，让她先回家了。"

匡正点点头："甲方几个人？"

时阔亭叹一口气："五个，喝了快四个小时。"

五个浑蛋喝他们两个，宝绽又是那酒量，匡正推开他们往前走，被时阔亭一把拽住了："匡哥，我也想进去，但宝处特地嘱咐了，如意洲刚签约，为了往后，咱们以大局为重！"

匡正扭头瞧着他，很慢、很冷地说了一句："我管你们什么大局。"

他抽回胳膊，走向那扇门，还算冷静，敲了敲才推门进去。扑面一股浓重的酒气，还有呛人的烟味儿，一桌子人，他谁也没看见，只看见睡倒在桌上的宝绽，穿的是他给买的那身蓝西装，那么庄重，又那么狼狈。

他径直过去，拽着胳膊把人拉起来，这时桌上的人说话了："哎哎哎，你谁呀，没看见这儿喝酒呢吗？！"

匡正瞧都没瞧他，托着宝绽的背："我弟弟，我带他回家。"

"弟弟？"另一个说，"这儿没弟弟，只有演员！"

"对，凯哥签了合同，"他们指着其中一个人，"半年的预付款，一百二十万，你弟弟今天就是喝死在这儿，也不能走！"

匡正笑了，他看过合同，一百二十万，违约方支付三倍的赔偿："三百六十万，我给你，合同我直接撕了。"

"哎，你小子！"那伙人拍着桌子起来，场面乱了。

匡正冲门外使眼色，让时阔亭赶紧把应笑侬弄出去，然后箍住宝绽的腰，正要把人往外带，桌上又一个人开口了："匡总。"

匡正惊诧回头，见烟雾缭绕中露出一张熟悉的脸，坐在窗边的角落，穿一件深灰色高领衫，和他年纪相仿。是正彩电子的张荣。

"我对私银也有一点兴趣，什么时候有空，到我公司来聊聊？"

这是上次电话里，张荣对他说的。匡正随后查了冯宽那个名单，这家伙至少有一两亿元的可投资资金，是万融臻汇目前最大的潜在客户。

"张总，"他压下火气，"这么巧，您也对传统艺术感兴趣？"

"跟朋友过来看看，"张荣向前倾身，往桌上的烟灰缸里弹了弹烟灰，遗憾地说，"还没了解透。"

言下之意，是匡正领人领早了。

第二折　挂　帅

匡正没马上说话,这时宝绽在他怀里哼了哼,很难受似的。

匡正怕他乱动,大手握住他的后脑勺,洒脱一笑:"那改天,我专门办一场艺术沙龙,请张总莅临。"

张荣动了动嘴角,皮笑肉不笑,起身向他走来:"当着这么多朋友的面儿,匡总,你是不是该给未来客户个面子?"

未来客户?匡正挑眉。

张荣也挑眉。两人在咫尺间对视,或者说较量,用钱和一个男人的前途,来挑战情感,看看利益和良心,究竟孰轻孰重。

"抱歉,"匡正直率地拒绝,"我不喜欢我弟弟喝酒。"

张荣的脸色陡变,他把没抽完的烟扔到脚下,狠狠踩灭:"匡正,怎么着,给我老婆擦鞋能忍,让你弟弟喝两杯酒,就不能忍了?"

"对,"匡正保持着笑容,"我可以脏,我弟弟不行。"

张荣矮他一截,但盛气凌人,拿指头戳着他的胸口:"你们做私银的是什么东西自己不知道?我是看你那天够孙子,才想用你,你就不怕我——"

"张总,"匡正打断他的威胁,"要来就来,说这些没意思。"

张荣的脸色难看到了极点,匡正从不在已经得罪了的人身上浪费时间,他搂着宝绽的肩膀,稍点个头,决然走出房间。

架着人,他直接下楼,开车离开市中心。至于应笑侬怎么样,时阔亭如何善后,他都无暇顾及。刚才他看了地上的酒瓶,全是红的,红酒后劲儿大,他点一脚刹车,揉了揉宝绽的额发,这小子今晚有罪受了。

回到家,他把人背上二楼,放到自己床上,边解领带边看着那张巴掌大的脸:"宝儿?"

宝绽没反应。

他脱下西装往沙发上扔:"傻小子!"

"嗯……"背后传来微微的一声,"哥,你在哪儿……"

"我在这儿,在这儿。"匡正不会照顾人,也不知道怎么让宝绽舒服一些,"睡吧,哥在这儿。"

这时手机响了起来,他不想接,但一看是冯宽,他猜是张荣去告状了,跟他要个交代,于是不情不愿点下绿键:"喂——"

"你小子!"冯宽很激动,"我服了你了!"

匡正疲惫地捏着眼角:"这事儿其实——"

"杜茂茂那种女人你都能收服！神了老弟！"

匡正愣了愣，没说话。

"我到他们家这么长时间，"冯宽愤愤地，有种扬眉吐气的快意，"她第一次当着我老丈人的面儿说我有眼光！"

呃……这好像不是什么值得高兴的事。"哥们儿，"匡正不想听他废话，"你还有别的事儿吗？"

冯宽一点没听出他的暗示："你知道杜茂茂说什么吗？她说，我有你这样的朋友，肯定也有过人之处！听见没有，过人之处！"

匡正无语，万融的人都看着冯宽娶了董事的女儿如何风光，谁也看不到他背后这些忍辱负重，刚刚这些话，他也不可能和第二个人说，但看看怀里难受的宝绽，匡正实在不愿意跟他浪费时间："哥们儿，挺晚了——"

"晚什么，还不到九——"冯宽住了嘴，反应过来，"哦！哦哦，抱歉，老弟，耽误你事儿了！"

嗯？匡正觉得他误会了："不是——"

"你小子享受吧，"冯宽撂下电话，"拜——"

电话断了，匡正那句"滚你的"才出来，他苦笑着扔下电话，搅了条湿手巾给宝绽擦身，然后洗澡刷牙，上床睡觉。

这一晚宝绽就没老实过，翻来覆去总是闹腾，匡正不厌其烦地哄他，给他揉脑袋。冯宽没说错，他享受这一切，享受宝绽给他添的麻烦，享受有这样一个弟弟去照顾，让他的夜晚有了一丝生气。

第二天日上三竿，宝绽醒过来，不是自然醒，而是被匡正的电话吵醒的，不只是电话，还有短信、微信，一条接一条往外跳。

匡正骂了一句，摁着太阳穴抓过手机，一眼先看到微信——二十多条未读信息。他点进去，全是新朋友请求，扫一眼备注栏，几乎都是某某集团的总裁助理。他撑着枕头坐起来，一脸茫然。

手机又响了，这回是自己人，他秒接："金刀——"

"老板！"段钊根本不容他说话，"我们爆了！万融臻汇爆了！"

匡正第一反应是张荣搞事儿了，眉头一跳，结果接下来段钊说："我一上午接了十来个电话，全是咨询业务的，清一色的'大咖'！"

匡正费解："怎么回事儿？"

"还不是你新加坡的关系给力？！"段钊兴奋得不得了，"昨天咱们送那个谢总,他一落地,网红酒店的车就到了,送进房间,水上表演的票就在桌上摆着。姓谢的当时就嗨了,立马发了条朋友圈臭显摆,说自己的私银多厉害,死线上给他搞定一切。嘚瑟呗,那把咱们吹得,简直是'私银一哥'!"

"你怎么知道得这么详细?"匡正低头看宝绽,见他锁着眉头好像还是不舒服,便捏住他的脖子,轻轻给他揉。

"有一总裁助理特直接,上来就给我发老谢朋友圈的截图!"

匡正笑了:"好事儿。"

"天大的好事儿!"段钊有股子野劲儿,"杠上开花,准备发财吧,匡总!"

66

接下来的两天,为了如意洲那份合同到底是撕还是不撕,匡正和宝绽闹了不痛快。

"我钱都准备好了,"匡正说,"把你和应笑侬喝成那样,活该把合同甩他们脸上!"

"你甩的是合同吗?"宝绽说,"是钱!"

他签了个字,害他哥损失三百六十万,没这个道理:"我不同意。"

"你有什么不同意的,"匡正不能理解,"我出钱把如意洲买出来,你有什么——"

"凭什么你出钱?!"宝绽抬眼瞪着他,"凭什么我的事,你替我大包大揽?"

"你这人怎么这么倔呢?"匡正理所当然,"我们是……"是什么,他又说不出来,是兄弟?不是亲的。是朋友?谁会给朋友花三百多万,他们只是一栋楼里的邻居,是关系稍好一些的哥们儿。

"那些酒我可以喝,"宝绽认真想过,"只是几杯酒,一个月给剧团收入二十万,我不亏。"

"宝绽,"匡正看他是让这个世道逼急了,迷了眼,"你是唱戏的,不是陪酒的!"

这话很重,打在宝绽心坎上。"戏,得唱,"他颤着声,"酒,也得喝。"

"你是不是傻!"匡正怒不可遏,"那帮人是拿你们当玩意儿当消遣!"

"我知道，"宝绽深吸一口气，"唱戏的就是这命，台上给人解闷儿，台下给人消遣。哥，你瞧不起我吗？"

匡正怎么会瞧不起他，他是不知道怎么护着他。

"哥，这事儿你别管了，字是我签的，我奉陪到底。"

"你奉陪，"匡正将他的军，"是整个如意洲在跟你一起奉陪，应笑侬什么出身，为了你，去跟那帮孙子喝酒，你对得起他吗？"

宝绽抿住嘴唇，半晌。"挺一年半，"他轻声说，"一年半以后我就有三百六十万了，到时候我去跟小牛解约。"

还是钱的事儿。匡正叹一口气："我先给你拿三百六十万，等你有了再还我，占你哥一回便宜就那么难吗？"

"我拿什么还？"宝绽反问他，"哥，三百六十万，不是一万八！"

匡正无言以对。

"这个合同如果真签错了，我自个儿顶着，"宝绽说，"我不能什么都往你身上甩，别说你不是我亲哥，就是亲哥，也不能这么干。"

匡正懂他的坚持、他的执拗，就像松，即使长在坡地上，也要向着阳光奋力把自己挺直。"宝儿，"他只有让步，"你做决定，哥不干涉，还是那句话，到了什么时候，退一步，哥就在你身后。"说着，他向宝绽伸出手。其实宝绽需要的，也不过是逆境中一只这样的手，他把它握住，用力攥紧。

两人开车上班，先到如意洲，再到万融臻汇。匡正上到二楼，段钊已经到了，坐在夏可和黄百两旁边，在给客户打电话。

"金刀，"匡正叫他，"姓谢的中午回来，你跟我去接机。"

段钊刚搭上一个做奶茶连锁的富婆，扫着资料："我这一堆新客户忙不过来，大老远去机场贴那冷屁股干什么，反正他连广告都替咱们打过了。"

"哪那么多废话？"匡正因为宝绽的事，心里烦，"让你去就去。"

夏可和黄百两对视一眼，偷偷瞄着段钊，依那小子的脾气，绝对容不得人这么跟他说话。一秒、两秒，空气凝滞，没想到段钊啪地拍上笔记本，站起来："行行行，你是老板，你让我上刀山，我绝不下油锅！"

"你这话，"匡正挑眉，"可以写在员工手册上。"

"哦，不！"夏可抱头哀号，"'老板要求上刀山，我们绝不下油锅'，这是什么要命的工作氛围！"

从万融臻汇到机场，他们在绿色通道的出口等。匡正闲得无聊，又寻思宝绽这事儿。冷静下来想想，是他反应过度了，不就是喝个酒吗？哪个男人不应酬，为什么到了宝绽这儿，他就像让人拿刀割了似的不舒服？

"匡总！"绿色通道里有人出来，是姓谢的，带着一家老小，迎着他满面春风。

"谢总。"匡正习惯性伸手，姓谢的一把将他握住，很热情："不愧是万融的私银部，黑卡都搞不定的事儿，你们一天就给我办了！"

三天前还冷言冷语，转眼就赞赏有加，这就是阴晴不定的有钱人。

"黑卡管家在全球顶级酒店和奢侈品门店还是很有用的，"匡正微笑，"只是谢总的品位和别人不同，您不简单要求奢华的服务，而是要求限量的产品，这就需要我们私人银行为您量身定制了。"

匡正短短两句话，既肯定了姓谢的身价，又凸出了他独特的"品位"，把他捧得眉飞色舞。确实，奢侈品对富豪来说只是日用品，而稀缺品才是他们追逐的对象。

姓谢的真想住网红酒店看水上表演吗？不，他只是享受对稀缺资源的占有，朋友圈秀的也是这种占有。同理，这两天对万融臻汇趋之若鹜的新客户，想要的也不是一次出游、一场表演，只是"稀缺"这两个字。匡正要抓的，正是这帮高净值人士的"稀缺心理"。

他向谢总介绍了段钊，标签是"万融臻汇首席客户经理"。段钊也当得起这个名头，西装、领带、衬衫、皮鞋，无一不精良。姓谢的从头到脚扫他一遍，满意地点点头："匡总，改天一起打场高尔夫，我正好有几处欧洲的房产要处理。"

匡正也到了陪客户打高尔夫的级别了，稍一领首："听谢总的吩咐。"

把这一大家子人送上车，他和段钊在人来人往的步道边抽烟。天气不错，秋高气爽，两人难得一身轻松地闲聊。

"瞧你那几句话把姓谢的夸得，"段钊冷哼，"都不是他了！"

匡正含着一口烟："还记恨他冷咱们的事儿？"

段钊瞥他："你忘得了？"

"你的客户已经不是拿百八十万买理财的大妈了，"匡正提醒他，"脑子好好转转。"

段钊皱眉看向他。

"如果你是几亿身家的富豪，你觉得围着你的人都图什么？"

"钱哪，"段钊轻笑，"难不成看我长得帅？"

"对，围着你的人都是想从你兜里往外掏钱，"匡正说，"所以富豪的冷漠其实是一种无奈的自我保护。我们要做的，先是理解他们，然后打破他们这层坚硬的壳，看到里面最真实的需求。"

段钊想到一个比喻："敲金蛋。"

匡正喜欢他这些俏皮又不失智慧的小词儿。"这个月，"他布置任务，"你给我敲十个金蛋出来。"

段钊的性格很矛盾，他反感有人压制，但被自己服气的人压着，他又觉得享受："是业绩指标吗，老板？"

"我不给你下指标，"匡正掐熄烟蒂，转身走向段钊的大奔，"反正客户经理每笔该提多少，你心里有数。"

段钊的眼睛一亮，叼着烟追上去，借着给匡正开车门的机会，真情实感夸了一句："老板，大气！"

入夜，十字路口的灯一盏盏亮起来，萃熙华都的光尤其耀眼，晃得大戏楼的窗户里犹如白昼。天冷了，时阔亭打了个喷嚏，起身关窗。这时有咚咚的脚步从楼梯上下来，是应笑侬，人还没到，刺鼻的酒气先飘进屋里。

"浑蛋！"他醉醺醺进来，头上是珍珠点翠的凤冠，穿女蟒、披云肩、挂玉带，下身一条粉白的花边裙子，里头是粉彩裤，脚上一双鸳鸯戏水的彩鞋，手里还有一柄双面泥金牡丹扇。

今晚他唱《醉酒》，下了戏头都没抹，就陪一帮孙子喝大酒。"天天醉酒，"他把扇子往桌上一扔，"台上醉完台下醉，喜欢跟假女人喝酒的变态怎么这么多！"

时阔亭往窗外瞧："客人走了？"

"宝处去送了。"应笑侬一屁股在椅子上坐下，沉重的头面架在椅背上，两腿岔开，一副摊尸的死样。

"腿合上。"时阔亭看不过眼，"学戏的时候你师父没教吗？旦角在后台要注意分寸。"

"怎么着，浮想联翩啊？"

时阔亭翻了个白眼，忍下这口恶气："看你难受我不跟你戗。"

第二折 挂帅

"过来，"应笑侬叫他像叫狗似的，"把头给我捺了。"

"我怎么那么爱伺候你呢？"时阔亭嘴上这样说，却把手擦了擦，上去把冠给他摘了，接着又踢他的脚，让他把腿并上，利落地帮他取下水纱网子。

应笑侬的眉眼放松下来，一张桃花脸，喝了酒，醺醺然有些媚态，这样颠倒众生的模样，张口却是一把男人嗓："哎，我这命，台上是假贵妃，台下是真醉酒！"

"难受吗？"时阔亭慢慢给他扇风。

"给我揉揉。"应笑侬闭着眼，轻声说。

屋子很静，只有窗外闹市模糊的声响。时阔亭默默绕到他背后，两手刚碰上他汗湿的鬓角，宝绽回来了。时阔亭收回手，关切地问："你怎么样，没多吧？"

应笑侬催他："哎，你揉啊。"

"我没事儿，"宝绽也是满脸通红一身酒气，"小侬难受啦？"

"没事儿，"应笑侬一个挺腰，从椅子上坐起来，"这才哪儿到哪儿！"

宝绽知道，他是怕自己担心。"对了，"他掏了掏裤兜，掏出一把钥匙，"郊外那个别墅我不住了，小侬，你有空帮我还给房主吧。"

67

时阔亭和应笑侬结伴走了，戏楼冷清下来。宝绽醉眼望着窗外，灯光璀璨，他却觉得空虚，现在他们有戏唱，有一百二十万在账上躺着，这不就是过去梦寐以求的日子吗，为什么得到了，心里还是不满足？

啪嚓，轻轻的一声，像是什么东西摔在地上。宝绽抬头看，是楼上传来的。

他起身上楼。三楼大排练厅的门虚掩着，微微透出一点光，他轻手轻脚进去，见地上俯卧着一个人，长头发盘在脑后，劈着叉大汗淋漓。是陈柔恩。

这么凉的天，她却只穿着短衣短裤，宝绽惊讶："小陈！"

陈柔恩回头，挺漂亮一张脸，龇牙咧嘴的："团——长！"

宝绽赶忙把她拉起来："这么晚了，你怎么不回家？"

"上次不是说了，"陈柔恩揩一把汗，"劈腿、下腰、踢圆场，我都要练好了给你看。"

"不是给我看，"宝绽苦笑，"是给座儿看。"

"一样，"陈柔恩把长头发放下来，"练好了，给谁看都是好。"

是这个理儿。宝绽脱下西装外套给她："披上，我送你回家。"

"不用，"陈柔恩一身汗，怕把他衣服弄脏了，"萨爽在屋里等我呢，我俩顺路。"

原来萨爽也在。宝绽垂下眼。这么晚了，他们全团都在这儿，可除了应笑依，没一个人有戏唱——那些"富二代"只看男旦，看男旦披着凤冠霞帔为他们醉酒，这已经成了如意洲的噱头。

"我这个字……"他后悔，"终究是签错了。"

"团长，你怎么这么说？"陈柔恩急了，"你又不是为自己，是为了我们大家！"

宝绽摇头。匡正说得没错，因为他一个错误的决定，把全团人都耽误了："我这个团长不够格，眼皮子太浅……"

"谁说的？"陈柔恩瞪眼睛，"一个月二十万还不够格，谁够格，拉出来我看看！"

宝绽知道她是开解自己，没说话。

"团长，你千万别瞎想，"陈柔恩看不得他消沉，"你还记得你跟我说的，如意洲不是专业院团，我们的路必然比院团难走。"

宝绽眉头一动，抬起眼。

"又想有演出，又想像院团演员那样端着，怎么可能？"陈柔恩句句大实话，"哪个角儿不是从泥里爬出来的？四大名旦没红的时候还陪过酒呢，只要咱们戏好，高低贵贱不在酒上，"她指了指心口，"在这里头。"

所以她才大晚上不回家，把自己练得满身是汗。宝绽懂她的意思："只是……难为小依了。"

提起应笑依，陈柔恩一股子豪气："侬哥才不差这点酒。再说了，为了你，别说是他，就是让我往死里喝，我也愿意！"

这话甭管真假，宝绽听了心里头暖暖的。他二十八了，还要让人家小姑娘来哄，想想真是丢人："不说了，你快回家。"

"嗯，明儿见。"陈柔恩下了几步楼梯，又停住，"团长，我跟你说实话，咱们团这几个人都是冲你的，你挺着，咱们团就倒不了。"

宝绽怔住，微张着嘴，眼看她噔噔噔跑下去，接着，楼下响起砰砰的拍门声："你姐回来了，臭小子开门！"

宝绽慢慢在楼梯上坐下。确实，他是当家的，大家伙都指着他，无论到什么时候，他都得有主心骨。

他抱起膝盖，盯着头上圆圆的照明灯。首先，三百六十万不能赔，赔了才是大脑袋；其次，如意洲也不能任人揉搓，酒可以喝，但该唱的戏一定要唱，否则就是砸了头上这块百年的牌子。……

良久，他攥着拳头起身，下了楼。各屋的灯都熄了，偌大的戏楼有种繁华尽褪后的落寞，红楼梯在昏暗的光下变成了酱色，那些雕梁也都隐入了黑暗中。他疲惫地走到一楼，站在高耸的莲花藻井底下，回过头，才发现，即使站到了这儿，他仍然要重新出发。

重新出发又如何？如意洲的路一直是硬闯出来的，每一步都踩在刀刃上，每一脚都蹚在汗水里，他不怕。

走出大戏楼，街对面横着一道炫目的窄红，宝绽一眼就认出来，是匡正的车尾灯，总是亮在夜色深处，无声地告诉他，他在。

宝绽走过去，敲了敲车窗，车锁啪地弹开。

"哥，等久了吧？"他拉开门坐上副驾驶座。

匡正睡着了，揉了揉脸，从后座拎过来一份外卖："饿不饿，我买了面。"

宝绽不饿，压力和烦闷已经把他填饱，但他还是接过来，捧在手里，感受那份暖心的温度。

"晚上跟人在香格里拉谈事儿，"匡正替他掀开盖子，"出来路过一家小店，门口排着十来米的长队。"取出筷子、勺子，"店叫'又一春'，说是开了很多年，今天是老板七十岁生日，也是小店最后一天营业，我就买了一份给你。"

热腾腾的鸡丝面，在这样黯然的夜里，让宝绽生出一种从未有过的依恋："真香……"

匡正闻不到，只闻到他身上的酒味儿："你尝尝。"

说真的，他心疼，心疼宝绽陪一群浑蛋喝酒，心疼他时刻准备着上台，连饱饭都不敢吃一口。

"我今天想了一天你的事儿。"他说。

"我？"宝绽先喝汤，"想我什么？"

"不知道，"匡正叹了口气，"跟人喝酒是不是吃亏了，是不是挨欺负了。"

宝绽搅筷子的手停了停：“没有，我好着呢。"

他夹起一大口面，送进嘴里，鼓着腮帮子说："好吃！"

匡正看他那个小猪仔似的样子，笑了。

"其实，"宝绽嚼着嚼着，忽然说，"面没那么好吃。"他知道匡正什么都想着他，对他好，"你特意给我买的，我才觉得好吃。"

68

匡正穿着一身洒脱的美式西装坐在总裁办公桌后。这是个豪华的大开间，阿富汗手工地毯、复古吊灯、真皮座椅，一扇小门通着休息室，里面有柔软的大床，带按摩浴缸的淋浴间，还有恒温恒湿的红酒柜。

万融臻汇的改造基本完成，一切都开始步入正轨。门外有人敲门，匡正懒声回应："进来。"

穿米色西装裙的年轻女员工站在门外，提醒他上午的日程："匡总，您十点约了佟总去万融总行跟进贷款事宜。"

"知道了。"匡正摆手，门轻轻带上。

段钊招了一批女大学生，都是金融专业应届生，学校良莠不齐，但这些人有一个共同点，就是个子都很高。

匡正问他为什么专挑高个子的女生，段钊的理论也很奇葩：事业有成的男人都傲，习惯了俯视别人，最容易被俯视的就是服务型女性，但如果这种女性的身高让男人有压迫感，就会给他们留下深刻印象，客户可能短期内记不住"万融臻汇"这四个字，但一定会记住有家女性身高惊人的私银，这就成了记忆点。而对于初创期的万融臻汇来说，现阶段最需要的就是被记住、被谈论。

匡正不得不承认，在许多看起来微不足道的小事上，段钊总是能给他办出惊喜。

他从办公桌后起身，对着镜子整理了一下西装，走出总裁室。坐小电梯下一楼,他在电梯口和一位披着黄丝巾的女士走了个对面。

"您好。"匡正习惯性打招呼,正要错身而过。

"请问——"她却把他叫住。

匡正停步回身:"您是来做咨询的?"

她微扬着头:"要不然呢?"

"我带您去办公区,我们有专业的客户经理——"

"不,"她直接拒绝,"我就是从办公区过来的。"

匡正不解地看着她。

"那儿都是些小屁孩儿。"她看起来四十岁左右,保养得不错,实际年龄可能更大一些,不屑于听二十多岁人给的建议。

匡正这才意识到他们员工结构的问题:黄百两二十九岁,段钊和夏可都只有二十五,万融臻汇的前台员工没有超过三十岁的,而客户经理这个行业和医生、律师一样,含金量随着年龄的增长而累积。

她上下打量匡正:"你接不接待咨询?"

匡正看一眼表,他只有十五分钟,但表现得气定神闲:"当然,请跟我上楼。"

他们乘电梯到二楼的贵宾室。十几平方米的小房间,没有窗,墙体全部是隔音砖做的,私密性很好。匡正给她倒了一杯奶茶:"您贵姓?"

她端起杯:"我姓黎。"

"黎女士,您想咨询什么业务?"

她闻了闻茶香,没有喝:"我想办移民。"

小事情。匡正一笑:"目前移民海外有几个不错的选择,除了传统的美国、加拿大、澳大利亚,欧洲一些国家的性价比也很高——"

"我要去美国,"她斩钉截铁,"西雅图。"

移民只涉及国家,她却提到了城市。匡正注意到她有很强的目的性,而且这种目的性背后似乎还藏着某种情绪:"我们不建议客户做任何冲动型的投资或重大决策。"

被说中了,黎女士有些激动:"多少钱,我交齐就是了!"

"不是钱的问题,"匡正耐心解释,"如果单纯想移民,您可以去找中介公司,既然到私银来,一定是需要全方位的服务。作为服务的提供方,我们要为您和您的资产做出最优的判断。"

黎女士盯着他："你多大？"

匡正如实回答："三十二。"

她撇撇嘴："老气横秋的。"

第一次有人这么说他，匡正笑了："没办法，客户都像您这么有阅历，我不敢不老。"

黎女士跟着笑了一下，把一直挎着的手包拿下来，扔在桌上："我老公出轨了，我现在身上穿的、移民要用的钱，都是他分给我的，三亿五千万。"

她毫无顾忌地说出自己的隐私，匡正有些惊讶。

"那个女人在西雅图，给他生了两个孩子，都是美国国籍。"她咂了下嘴，"我就想知道，什么样的女人让他连三亿五千万都不要了。"

果然是冲动型移民，她嘴上说着钱，心里其实是不舍，对婚姻，对家庭，或是对那个负心汉。作为倾听者，匡正唏嘘，但作为暂时的客户经理，他只是问："您有子女吗？"

她却问："可以抽烟吗？"

匡正做了一个请便的手势。她点上烟，长长地吸了一口，火星一闪即灭，这短促的一瞬间，匡正看到了她锋利外表下女性特有的脆弱。

"有一个儿子，"说起孩子，她笑了，"初三，学习特别好，我移民不光是为了跟小三争口气，也是为了他。"

做私银就是这样，会接触到浑蛋，也会接触浑蛋的牺牲品。匡正问："您还有其他要求吗，比如移民后的境内外资产配置？"

"没有，"她盯着虚空中的一点，摇了摇头，"我都不懂什么资产配置。"

这只是一个受了伤的女人，得到了钱，却不知道怎么驾驭。"好的，"匡正在手机上做好记录，"我们这就拟方案，请您留个电话。"

约定下次见面的时间，匡正送她出去。贵宾室的门在背后关上，她立刻像换了一个人，挺起胸、抬起头，高跟鞋在地上踩得嗒嗒响。

匡正目送她远去。三亿五千万压在身上，她连真实的情绪都不能表达，在亲戚朋友面前，她必定挺着一副胜利者的姿态，狠刮了前夫一笔，拿到了天价的赔偿，也只有在密不透风的贵宾室里，她才敢片刻流露真情。

匡正走进办公区。黄百两没在，应该是去装修公司了。移民算是小案子，他顺手交给夏可，让他拟个方案。

九点四十五分，他开车离开万融臻汇，到总行时十点刚过。佟胖子在会

第二折 挂帅　　　　　　　　　　　　　　　　　　　　　　　　299

客室等他,带着一个财会人员。都是哥们儿,匡正道个歉:"临时有客户,来晚了。"

"五分钟,"佟胖子是敞亮人,"不算事儿。"

匡正立刻给冯宽打电话。两边对接,冯宽也带着一个工作人员,大家见个面,具体手续底下人办,各个环节都很顺利。冯宽插空把匡正叫到一边,低声说:"这边我跟着,你去趟60层,6011。"

60层是大佬聚集地。匡正疑惑:"干什么?"

冯宽神秘兮兮地:"单总找你。"

"单总?"

单海俦,在商行的位置相当于白寅午,属于办公室里跺跺脚,整个东楼都要颤三颤的人物。

"他找我干什么,"匡正摸不着头脑,"完全没打过交道。"

"不知道。"冯宽也纳闷,"平时特难搞一个人,看了你们这个贷款项目,二话没说,一路开绿灯。"

"这么说,"匡正笑了,"我是得上去谢谢他。"

"好好表现。"冯宽拍拍他的肩膀,"多少人想巴结都巴结不上的大佛!"

"知道了。"匡正跟他握把手,跟佟胖子打个招呼,坐电梯上60层。

6011室。匡正敲门进去。单海俦背对着门,正在醒红酒,和白寅午一样的习惯。匡正有些恍惚:"单总。"

"坐。"单海俦头都没回,显得很随便,"老白的徒弟就是我的徒弟,别拘束。"

老——白?匡正愣了。

"我和老白,我们二十多年的交情,"单海俦转过身,一张精明强悍的脸,"他离开商行去投行挑大梁的时候,差不多就是你这么大。"

刹那间,匡正的心猛地跳了一下。十年前,白寅午和今天的自己一样,离开总行去开垦一片未知的处女地,然后才有了今天的投资银行部,和东楼并驾齐驱的万融西楼。

单海俦递过来一杯酒:"2005年的波尔多。"

匡正知道这个年份,是阳光味充沛的好酒。

接着,单海俦又递过来一样东西:"年轻人,放手干吧。"

是他的名片。

一张90厘米×50厘米的硬纸片,意味着单海俦的支持,意味着万融商行部取之不尽、用之不竭的资源,意味着触手可及的成功。

但匡正没有接,而是执拗地问:"是老白的意思吗?"

单海俦笑了,没有恼怒他的不识抬举:"你希望是,还是不是?"

匡正绷着脸,没说话。

"当年老白去投行部的时候跟你一样,"单海俦回忆往事,感慨万千,"他怪我们的师父,怪他只留下了我,不要他。"

匡正睁大了眼睛。

"他一个人在外头,吃了很多苦,"单海俦看向匡正,就像白寅午在看着他一样,"所以不想让你也吃那么多苦吧。"

匡正明白了,他一把抓过单海俦的名片,紧紧捏着,并不是想要什么天降的支持,只是想抓住什么他以为已经逝去了的东西。

从6011出来,匡正把门在背后关上,掏出手机,点开通讯录。白寅午的名字就在第一页。手指移到上头,差着几毫米,怎么也点不下去。他不知道说什么,说单海俦找他了?说"我知道你一直惦记我"?怎么都显得矫情,还是等以后干出个样子,拿业绩说话吧。

匡正收起手机,坐电梯下楼。冯宽和佟胖子在一楼休息室,看样子聊得很好,匡正进去又闲扯了几句,冯宽热情地送他们出门。

走到停车场入口,冯宽忽然想起来:"哎,对了,你们投行部那个——"

匡正回头瞟他:"谁们投行部?"

冯宽一愣:"哦哦,他们投行部!"他笑笑,"那个代善。"

听到这个名字,匡正停住脚。

"被猎头挖走了,周一的事儿。"

匡正不意外,那小子那么聪明,私银的执行副总裁,他不屑干,但也不会甘心继续做一个VP:"挖哪儿去了?"

"风投,"冯宽咂了下嘴,"萨得利。"

萨得利,让很多上市公司的首席执行官闻风丧胆的名字,说是做风投,其实这几年一直专注恶意收购,在金融街上有个很响亮的名号——"公司猎手"。

"不是一家人不进一家门,"匡正冷哼,"那小子算找对地方了。"

三个人分别握手,在停车场道别,匡正开车回万融臻汇。到公司附近的路口,他临时改了主意,一打轮儿拐过交通岗,直奔如意洲。

在大戏楼门前停下车,他熄火拉手刹,拨宝绽的号:"喂,练功呢?"

"没,"宝绽带着鼻音,"睡了一会儿。"

"怎么成小猪了,昨晚没睡好?"

"不是,"宝绽咕哝,"脚不舒服。"

匡正直起身,数着窗户往二楼看:"脚怎么了?"

"可能天凉了,"宝绽他们摔摔打打,多少都有点伤,"脚脖子疼。"

"晚上没演出吧?"匡正看一眼表。今天周四。

"没有,"宝绽答,"周二、周五有客人。"

"别练了,"匡正说,"回家吧,我在你楼下。"

"你来啦?"听宝绽的语气,很惊喜。

匡正的嘴角绷不住,开始往上弯:"下来吧,哥等你。"

宝绽很快下来,穿着匡正给做的那套蓝西装,秋日的阳光一照,有说不出的漂亮。

宝绽上了车,从兜里掏出个东西递过来。匡正一看是个棒棒糖,柠檬味儿的:"多大了,还吃这个。"

"吃着玩儿,"宝绽系上安全带,"萨爽给的。"

匡正嘴上嫌弃,还是撕开彩纸,把糖塞进嘴里,打左转灯,拐上大马路。骗小孩儿的柠檬味儿,色素、香精、添加剂,他咂摸咂摸,竟然咂摸出了一股青春的味道。

"脚还疼吗?"

"有点。"

"回家给你揉揉。"

"不用。"

匡正盯着后视镜。镜子里的宝绽很安静,斜靠着座椅望向窗外。匡正起坏心,偷偷拨动窗格按钮,玻璃突然开了一道缝,外头的风迎面吹来,扬起宝绽的一头短发。

"哎呀!"让风打了一脸,宝绽回头拍他:"你干吗突然开窗?"

匡正拿出棒棒糖,单手开车:"我看你想飞。"

"你才想飞!"宝绽瞪他,小风徐徐地吹着,他的心确实飞起来了,轻飘飘的,管不住,"哥,我的心跳得特别快。"

"嗯？有什么可跳的？"

"不知道，"宝绽两手捂着胸口，"就一直跳。"

69

第二天黎女士来万融臻汇的时候，已经快到下班时间了，匡正在和段钊商量招聘一个有年资的客户经理。

"甭想了，"段钊斩钉截铁，"不可能。"

匡正坐在办公桌后，眯起眼睛："怕抢了你的位子？"

"怕呀，"段钊毫不讳言，"谁不怕？不知道哪儿来个人压我一头，我可不愿意。"

匡正沉默片刻，只说了四个字："势在必行。"

"行你就去找吧。"段钊扬着下巴，一副滚刀肉的样子，"就你想要的那种客户经理，哪个手里不捏着几十上百亿的富豪资产，能上我们这地方来？你给人家多少钱，多少钱够他们这种人的口儿？"

他说得有道理，这件事不能急于一时。匡正话锋一转："知道我为什么找你商量？"

段钊把嘴一撇："要不你找谁商量？"他带着点挑衅，带着点嘲讽，"你跟客户经理商量找客户经理，就跟找猪商量杀猪一样，没结果。"

"你给自己的定位就是客户经理？"匡正反问回来。

段钊意识到了什么，微张着嘴。

"你觉得我是那种笨到找猪商量杀猪的人？"匡正稍歪着头，有迫人的气势，"你是猪吗？"

段钊正要说话，匡正话锋又是一转："先联系猎头公司，让他们慢慢物色——"

这时夏可敲门，探个脑袋进来："老板，黎女士到了。"

这一单是匡正接的，他要亲自收尾。系上西装纽扣走出办公室，他告诉夏可："方案和合同都给我出一份，送到202。"

匡正去见黎女士，夏可回到工位打印文件。他刚把方案打出来，黄百两就喝着咖啡晃到他背后："连你都有活儿啦，什么案子？"

第二折　挂　帅　303

夏可白了他一眼："今天怎么这么悠闲啊，包工头？"

"钱给装修公司结清了，"黄百两心情不错，顺手翻着他的文件，"我可算不用再当这个包工——"

他愣住了。这是一份移民方案，客户是一位离异女性，有价值三亿五千万人民币的实物和金融资产，移民目的地是美国："这案子谁谈的？"

"老板。"夏可边忙边答，"怎么了？"

黄百两放下咖啡："老板在哪儿？"

"202。"夏可把合同捋齐，正要装订，见黄百两拿着他的方案往楼梯间跑，"小百，你跑什么？喂，方案还我啊！"

黄百两跑上二楼，到202门外，平复了一下呼吸，按门铃。房门很快打开，匡正一身银灰色西装站在门口。

"老板，"黄百两稍有些喘，"有急事儿。"

匡正微微蹙眉，带上门出来："什么事儿？客户还在。"

黄百两举着手中的文件："这个方案有问题。"

匡正一怔。

"美国和中国一样是全球征税国家，涉及移民这么大的变动，必须先给她这三亿五千万做一个稳妥的税务方案，否则等于把金子披在身上走夜路，由着人抢！"

匡正是估值并购出身，对法律和税务漏洞不敏感："有这么严重吗？"

"严重得多。"黄百两指着方案中的几个条款，"中国2013年就签了《多边税收征管互助公约》，中美之间是可以交换纳税人信息并且开展联合税务调查的，连英属维京群岛、开曼群岛这些避税天堂都是条约国。只要她移民成功，未来想对美国政府隐瞒境外资产基本不可能。"

匡正意识到问题的严重性，如果黎女士签下这份合同，按照目前这个方案，无论她的资产在美国还是中国，她每年都要就这三亿五千万元人民币向美国政府纳税，这是一笔巨大的财产流失。

"而且她还有个儿子，"黄百两翻着方案后面的客户资料，"我们还要考虑她将来的财产继承问题。"

这个匡正懂，财产继承至少涉及遗产税和个人所得税，办一次移民，结果是个人资产的大幅缩水，这无论对客户还是对万融臻汇，都是重大失败。

"老板？"黄百两见匡正不说话，先是着急，之后猛地反应过来，客户是匡正接的,他贸然拿着方案找上来,等于打匡正的脸。

冷静下来后,他怪自己太冲动,私人银行标榜为富豪做财富规划,说到底还是要赚他们的佣金,想移民的不移民了,他们的佣金又从哪儿来?

举着方案的手缓缓放下,黄百两理解匡正的沉默,换作自己,必须在良心和营收之间做一个选择,他也会……

"你跟我进来。"匡正说,同时扭开门。

黄百两连忙拉住他:"老板?"

"我不是学法律的,"匡正的声音很平静,"你亲自跟客户说。"

这等于当着客户的面让下属纠正自己的错误。黄百两瞪着匡正的背影,觉得他就像一座山,横在所有的困难面前,镇住了这样那样的纠结、犹豫。

黎女士等得不耐烦,夹烟的手不停点着桌面:"再不回来,都要吃晚饭了。"见到年轻的黄百两,她显得不悦,"怎么又领进来一个?"

"抱歉,黎女士,您的方案有变化。"匡正如实说,然后转身介绍,"黄百两,万融臻汇首席法律顾问。"

黄百两走上前,胸膛里揣着某种灼热的东西,他深知不是每个学法律的都有机会直抒胸臆,这一行总是有太多的谎言、无奈和权衡利弊,但匡正给了他机会,支持他,说出他认为该说的。

"女士,您好,"他深吸一口气,看向匡正,"基于中美目前的税收法律,我们不建议您办理此次移民。"

黎女士瞪大了眼睛,腾地从椅子上起来,她心心念念的就是移民,是让自己的儿子和小三的儿子一样拥有美国国籍。"什么意思?"她怒视着匡正,"你们万融臻汇什么意思?!"

既然匡正给了说话的机会,黄百两就要说到底:"女士,您了解美国的法律吗?"

"我管他什么法不法的?"她傲慢地,仿佛三亿五千万就是天大的财富了,"我有钱,有钱怕什么!"

黄百两告诉她:"美国政府会一点点把您的钱掏空。"

她终于拿正眼看他了,眼中满是错愕:"怎……么可能!"

黄百两把刚才跟匡正说的复述了一遍。听到自己可能面临几百万美元的税款,黎女士变了脸色,但还是不死心:"我就是办个移民,又不在那儿常住,我都不会说英语!"她也有自己的小算盘,"美国不是有规定吗,住不够时间,绿卡就自动失效了!"

"不,女士,"黄百两纠正她,"绿卡失效必须经过法定程序认证,否则您就算一辈子待在中国,也要按时给美国政府上税。"

"凭什么!"这无异于抢钱。

"恐怕您从来不知道,"黄百两逻辑清晰,表现出极强的专业素质,"即使您想通过法律程序放弃绿卡,只要届时您在过去的十五年中持有绿卡超过八年,那就必须清算您的全球资产,以当时的市场价格计算利润,缴纳一笔出境税。"

黎女士瞠目。

"也就是说,"黄百两总结陈词,"您想放弃美国国籍,还要倒找给美国政府钱,而且是断骨剜肉的一笔。"

黎女士跌回椅子上,直着眼睛,这些她都是第一次听说,连想都没想过,她以为她有钱了,可以达成所愿,可以无所不能,殊不知这个世界给有钱人设下的陷阱远远超过普通人的数倍。她忽然绝望,丈夫的背叛、自己的屈辱、儿子的未来,仿佛都没了结果。

这时黄百两又说:"刚才在门外,匡总和我设计了一个新方案。"

匡正扭头看向他,挑起眉峰。

"什么方案?"黎女士彻底抛下了傲气,几乎是求助。

"您放弃移民,"黄百两说,"由我们为您的儿子办理移民。"

黎女士不解:"他……才初三。"

"财富规划和理财的不同,就在于周期,"黄百两虽然年轻,但言辞极有说服力,"理财考虑的是三个月、半年,私人银行则要为您谋划一生,包括您的后代。"

黎女士紧紧盯着他。

"您保留中国国籍,资产记在您的名下,无须对美国政府纳税。"黄百两稍顿,"您百年之后,您的儿子继承中国公民的遗产,美国的所得税、遗产税都不用考虑,这可以最大限度地为您的家庭避税。"

"可以!"黎女士毫不犹豫,"我移民就是为了我儿子!"她再次从桌边起身,一瞬间的大悲大喜,激动得险些要落泪,"我吃了这么多苦,忍了这么多委屈,不就是为了我的儿子吗?!"

无论是三亿五千万还是三千五百块,母亲的心都是相同的,只不过希望孩子能有一个光明的未来。

黄百两从贵宾室里出来，重新去拟方案。匡正送他到门口，拍了拍他的肩膀，轻描淡写说了一句："小子，可以。"

"老板，"黄百两推了推眼镜，"你可以，我才可以。"

两人相视一笑，不用多说，默契已经在心里。

这是个不平静的傍晚，万融臻汇如此，如意洲也是一样，全员在后台集中，但只有应笑侬一个人在上妆，他执着笔描眼窝，边勾眼尾边说："今儿又是贵妃，以后你们见着我甭叫侬哥，直接叫娘娘。"

宝绽坐在他旁边的椅子上，徐徐扫视这一屋子人，邝爷在墙角打瞌睡，时阔亭专心致志地给胡琴紧弦，萨爽和陈柔恩在一块儿，一个拿大顶，另一个压腿。

"小侬，乏了就歇歇。"宝绽的目光落回到陈柔恩身上："小陈，今天你上。"

一句话，所有人的目光都打过来，每一双眼睛都亮晶晶的，那是期待。宝绽坚定了自己的想法："这么好的舞台，每个人都该上去亮亮。"

"宝处，你不怕……"时阔亭朝门外努嘴，经纪人小牛每次都跟场，《贵妃醉酒》的戏码就是他派下的。

"他是当家的还是我是当家的？"宝绽一挺腰，从椅子上起来，"今天一个也不能少，都给我上台来一出，戏码自己定，把最出彩儿的给我瞧！"

70

陈柔恩开始上妆，萨爽扒着侧幕往外看："今儿就一个客人，还是个老头儿。"他回头问宝绽，"宝处，来真格的？"

宝绽已经想好了，管他是一个客人还是十个客人，都一样，今晚如意洲就是要正儿八经地唱一回戏："哪那么多话？扮上去，小陈回来你上。"

"得嘞！"萨爽抖着膀子，蹿去吊脸。

时阔亭和应笑侬对视一眼，觉着今儿的宝处真飒。

一直没听到锣鼓点儿，小牛进来催戏："我说，宝处，都七点半——"他看到戴白网子的陈柔恩，愣了一下，"干什么？今晚不是《贵妃醉酒》吗？"

第二折　挂帅

"哪晚上不是《贵妃醉酒》?"应笑侬在一旁嘀咕,"我都快醉吐了。"

"宝处!"小牛指着应笑侬,"他们这是要反啊?"

"是我让他们反的,"宝绽的声音不大,但很坚定,"如意洲一百多年的牌子,不能卡死在一出《贵妃醉酒》上。"

"什么意思?"小牛盯着他。

宝绽就一句话:"我们要演戏。"

"怎么不让你们演戏了!"小牛也委屈,"你们哪周不是固定两台戏,应笑侬动一次嘴就赚两万五,我亏待你们了吗?"

没有,他一直按合同走的,他赚到了,如意洲也赚到了,可他只想要钱,而如意洲还想要别的,所谓"道不同,不相为谋"。

那边陈柔恩扮好了——《打龙袍》的李娘娘。宝绽转身起来,和小牛面对着面:"合同里写得明明白白:戏,我们负责,客人,你负责。牛经理,我们各负其责吧。"他给陈柔恩下令:"小陈,上台。"

邝爷和时阔亭拎着凳子进侧幕,陈柔恩看这剑拔弩张的架势,没敢动。

"宝处!"小牛瞪圆了眼睛,"我给客人的节目单上清清楚楚写的是《贵妃醉酒》,你给弄个'老太太'上去,谁看?!"

"京剧里就是有老太太,"宝绽说,"男女老少,人生百态,应有尽有,谁也别想在我这儿把京戏矮化成一个喝醉了酒的美女,只知道让太监扶着期期艾艾!"

小牛很惊讶,宝绽在他眼里一直是个温敦的人,唱戏的嘛,懂得少、好糊弄、人和气,可如今他硬起来,真的有气贯长虹之势。

那边陈柔恩上台了,开嗓一句:"我骂你这无道的昏君!"声如洪钟,底气十足,九个字的道白就震住了舞台。她的嗓子宽洪、漂亮,听在谁耳朵里都要叫一声"好"。宝绽想起她大晚上在排练厅压腿下腰的身影,这样的人就该在台上熠熠生辉。

事已至此,小牛拍一把大腿,愤然在椅子上坐下。

萨爽也扮好了——《雁翎甲》的时迁,勾"白蝙蝠"脸儿,戴黑毡帽,头上打一缕水纱,鬓边插着水灵灵娇嫩嫩一朵小白花,一身快衣快裤,系白大带,俏皮潇洒,撑着腰等宝绽的号令。

陈柔恩大刀阔斧一段西皮流水,尽兴了回来。宝绽推一把萨爽的后背:

"鼓上蚤[1]，该你了。"

萨爽目光一定，和满头大汗的陈柔恩擦身而过，一个跨步跳进侧幕，迎着耀眼的灯光而去。

"团长！"陈柔恩很激动，这是她到如意洲的第一次登台，"我唱得还行吗？"

宝绽给了她两个字："精彩。"

陈柔恩百感交集："我太紧张了，后头的节奏有点跑，没按当初老师教的来。"

"听出来了。"宝绽的耳朵毫厘不爽，"不怕，你敞开了唱，别拘着，咱们不是专业院团，没那么多条条框框，也没领导管着让你怎么唱，戏都是人唱出来的，人不同，戏自然有千秋。"

是啊，当年京剧叫得响的时候，各家有各家的唱法，各路有各路的菁华，不像今天这么一板一眼一成不变，陈柔恩叹息："现在没人敢那么唱了……"

"你可以那么唱，"宝绽做她的主心骨，"如意洲存在的意义，就是让大伙唱出自己的风格，拿出自己的做派。谁要是真唱出新东西来了，我这个当家的立马让位子，请他来挑大梁！"

陈柔恩定定看着他，一颗心跳得厉害。宝绽拍了拍她的肩膀，让她去卸妆，回过头，径直看向应笑侬："娘娘，您今晚来什么？"

应笑侬抱着胳膊靠在墙边，一对儿杏核眼，朱唇一点红："最近'醉'得厉害，得醒醒酒，"他松了松膀子，"来段虞姬吧。"

宝绽欣赏他这副角儿的做派："应老板，我给您梳头。"

应笑侬拿含笑的眼尾勾了他一下："宝老板，您受累。"

虞姬是花衫，贴的是二柳，在额头中间弯成月亮门，挂齐眉穗儿，再戴上古装头套，加如意冠，两鬓各插一串颜色不同的绢花。

应笑侬亭亭玉立，抬着两臂，由宝绽给他系腰箍、罩鱼鳞甲，披上花开富贵的黄色斗篷，扭身一甩，一派风华绝代的艳劲儿。

"还美呢？"小牛嘲讽，"你们听听台下，哪有一点掌声！"

唱戏的都渴望掌声，可为了几声看热闹似的吆喝就放弃操守，不是宝绽

---

1. 鼓上蚤：时迁的绰号，形容动作轻盈敏捷。

的初衷，也绝不是如意洲的未来。

"我告诉你们，"小牛说的是心里话，"你们这么搞下去，如意洲就毁了，好不容易积攒起来这点人气儿，要散尽了！"

宝绽没反驳，他说的可能是对的，钱和艺术也许就是这么水火不容。

"那帮有钱人不爱听你们这老太太戏，知道吗？"

宝绽去给应笑侬拿双剑。

"钱从哪儿来？"小牛提醒他，"不要好了疮疤忘了疼！"

宝绽把双剑交到"虞姬"手里，应笑侬一把握住他的腕子，轻轻说了一句："宝处，莫听穿林打叶声。"

"何妨吟啸且徐行"，宝绽明白他的意思，是让他摒弃杂念，按着自己想定的路，慢慢往下走。

萨爽抖落完一身功夫回来，应笑侬提着双剑上台，宝绽跟他到侧幕，看他莲步轻移，顾盼生姿，一个惊艳的亮相，比着剑指，一把绵里藏针的好嗓子："劝君王饮酒听虞歌，解君忧闷舞婆娑——"

他是真的美，相貌、神态、韵致，无一处不动人。宝绽眼看着他艳若桃李，眼看着他柔情似水，蓦地，嗓音一转，化娇媚为风骨，转袅娜为凄怆，乍然分开双剑，耍着晃眼的剑花儿，清冽地唱："嬴秦无道把江山破，英雄四路起干戈！"

贵妃和虞姬，都是饮酒，一个是怨君王移情别恋的娇嗔放纵，另一个是慷慨赴死前的傲骨铮铮，这两种美全在应笑侬身上活了，他天生就是吃这碗饭的，既是烈女，也是尤物，只要他一个眼神，就可以点亮一整个舞台。

邝爷的鼓点走起来，咚咚地，敲响战场上四面楚歌的夜。应笑侬的余光往侧幕一扫，时阔亭的琴即刻跟上，一曲苍凉豪迈的《夜深沉》，连市剧团的郭主任都说是年轻一辈里最好的，配着应笑侬的剑，像铁水激上了冷锋，又像冰雪淬上了火刃，激烈碰撞着，在舞台上水乳交融。

这样精湛的技艺，这样倾情的演出，台下的人却木然，静静坐在第四排中间的位置，毫无反应。

应笑侬交叉双剑，背对着他一个下腰，一曲终了，仍然没有博得喝彩。

宝绽最后一个上场。他头戴着黄扎巾，正中一副绒球面牌，挂白三髯口，扎一副金蓝硬靠，眉间一片通天的胭脂色，扮的是五虎将之一的黄忠。

时阔亭和邝爷往侧幕瞧，是唱《定军山》，讲的是三国鼎立时，刘备进兵汉中，老将军黄忠腰斩曹操悍将夏侯渊、夺得定军山的故事。

宝绽昂首挺胸站在水蓝色的幕布间，抬手整了整冠。时阔亭见他差不多了，正要起过门，宝绽一抬手，他立即住弦。

场上一片肃静，宝绽有意等了等，等最后的一点杂音都消失，才动了他那把玻璃般的嗓子，缓缓念白："末将年迈勇，血气贯长虹，杀人如削土，跨马走西东！"

这嗓子如刀，又似箭，生生划破窒闷的寂静，贯通了台上台下两个世界。

"两膀千斤力，能开铁胎弓，若论交锋事，还算老黄忠！"宝绽正身踢一脚下甲，阔步上台，耀目的光打在眼前，白茫茫的，看不清台下，只隐约瞧见一个瘦削的人影，和他遥遥相对。

时阔亭的西皮流水起了，宝绽真凿实砍、铿锵遒劲地唱，唱他身为三军统帅拖刀站立在营门前，要他的同袍与他大杀四方：

头通鼓，战饭造！

侧幕后，应笑侬和萨爽陈柔恩挤在一起，灼灼盯着他们的团长，看他挥汗如雨，每一场都使尽了全力。

二通鼓，紧战袍！

那嗓子亮得，要把天都掀起来，小牛也从后台过来，拨着幕布往台上望。

三通鼓，刀出鞘！

台下那个人忽然起身，两只手不自觉摆到胸前。

四通啊鼓，把兵交！

似有若无的，好像是掌声，寥寥的两声，在台下响起。

第二折　挂帅　　　　　　　　　　　　　　　　　　　　　311

"三军与爷归营号,"宝绽的目光如虎,死死摄住那唯一的一个观众,"到明天午时三刻——"他鼓足了气,一唱到顶,"定成功劳!"

沉寂了多年的如意洲,因为这样一个一往无前的团长,这样一伙勠力同心的年轻人,注定要杀出重围,拨云见日成功劳。

71

匡正在如意洲楼下,掏出烟,怕烟味儿留在车里呛着宝绽的嗓子,特地下车去抽。他刚点上火,背后响起脆脆的一声:"哥!"

匡正回头,见宝绽从大戏楼堂皇的门脸下出来,在夜晚半明半暗的光线中,于闹市中僻静的一隅,直直奔向他。

"哥!"宝绽兴奋着,拉住他的胳膊。

"干什么?"匡正笑。

宝绽的脸有些红,一字一顿地说,"你猜怎么着?"

匡正顺着他问:"怎么着?"

"今晚我们没唱《贵妃醉酒》。"

宝绽唱完了《定军山》回来,大伙都在后台等着,有的卸了妆,有的还带着油彩,齐齐看着他,没一个人说话,但有一种昂扬向上的东西在静静流淌。

"小牛呢?"宝绽摘下髯口。

"招呼座儿去了。"萨爽说。

宝绽点点头:"大伙都不错,"他背过身,让时阔亭给他取靠旗,解背虎[1],"往后就这么唱。"

"团长,"陈柔恩替大家问,"往后……还能这么唱吗?"

宝绽一愣,转过身:"怎么不能这么唱?"

"小牛不是说……"她嗫嚅,"这么唱,咱们团就完了……"

没一个人吱声,看来或多或少,他们都相信,在如今这个时代,不搞一

---

1. 背虎:硬靠背后用来插靠旗的地方。

些吸引人的噱头，京剧就活不下去。

"怕了吗？"宝绽问他们。

众人一怔，当然不怕。

"要是不怕，"宝绽甩下一身重靠，松竹般立得笔直，"你们就跟我往前闯一闯，他们都说没有路，咱们亲眼去看看，到底有没有路。"

他变了，时阔亭和应笑侬都感觉得出来，变得更自信、更果敢，甚至有一些大无畏。他们以为他的胆气是这栋戏楼赋予的，其实不然，是因为有匡正在背后撑着，因为他那句"退一步，哥就在你身后"，让宝绽无所畏惧，勇往直前。

萨爽担心："可小牛那边——"

正说小牛，小牛就到了，锁着眉头，进屋没啰唆宝绽的胆大妄为，只咕哝了一句："今晚没酒，客人已经走了。"

果然，没有贵妃的靡靡之音，观众还是会乏味。宝绽有些黯然，这时小牛递过来一张名片："客人让我给你的。"他的表情有点怪，像是遇到了什么奇事，一脸的费解，"今晚这位好像……是个大户。"

"什么意思？"宝绽接过名片，姓查，转身递给时阔亭。

"那老爷子跟我说——"小牛难以置信的样子，"他今天是来替人把关的，正主儿下个周五到，只有三十分钟的时间，让咱们把这一周的演出都推了，好好准备。"

"哟，"应笑侬一脚踩在旁边的矮凳上，"好大的口气！"

小牛摇了摇头："不是口气大，"他缓缓说，"他们预付三十万的演出费，明天到账。"

一场三十分钟的戏，花三十万来听？大伙都惊了，争着去瞧那张名片。

"这人，"邝爷挨着时阔亭，"这不是那个……"

所有人都朝他看去："您认识？"

"市剧团的前团长嘛，"邝爷知道这个名字，"跟我差不多岁数，宝处，和你一样是唱老生的。"

市京剧团的前任团长？宝绽把名片拿回来，看了又看，没有印象，可能人家在京剧团一言九鼎的时候，他才刚刚入京剧的门儿。

"就是这么回事儿，"宝绽跟匡正说，"你说奇不奇？"

第二折　挂　帅

"三十万……"狭小的驾驶室里，昏暗的夜色，匡正说，"你值这个钱。"

"真的吗，"宝绽朝他靠过来，嘿嘿地笑，"我真值这个钱？"

匡正瞧他一眼，心说，何止三十万，简直是无价之宝，嘴上却说："我这辆车两百七十多万，你天天坐副驾驶，还不值三十万？"

宝绽刚想给他一下，突然反应过来："你这车两百七十万？不是五六十万吗？"

"我可没说过五六十万。"匡正耸耸肩，笑了。

"两百七十万……"宝绽看车的眼神都变了，挺着背，不敢往座椅上靠，"我还在这儿吃面了！"

"何止是面，"匡正发动车子，"还有烧鸽子、油炸糕、卤肉饭，你那小油手到处摸，现在皮子上还有印儿呢。"

"瞎说，哪儿有印儿！"宝绽吃东西最小心了，别说是两百多万的车，就是几千块的三轮，他也不舍得弄脏，"别光动嘴，你指出来！"

正这时候，手机响了。匡正看屏幕，来电显示是"赵哥"，他有印象，做TMT的，几个月前找他帮忙做过两家公司的估值，也正是那次，匡正去宝绽家借电脑，才有了两个人的情分。

匡正接起电话，听赵哥在那头说："老弟，你到私银了？"

"对，"匡正拍一把方向盘，"没办法，上头的意思。"

"现在这经济形势，也不赖，"赵哥没跟他说场面话，有一说一，"上次你帮哥的忙，哥一直记着呢。"

匡正微微一笑："小事儿。"

"事儿是不大，"赵哥很讲义气，"但你二话没说一晚上就把估值给我弄出来了，这个情儿，哥哥得记着。"

他说得不错，那时候匡正一不是他的乙方，二没有事求着他，纯是朋友帮忙，一点不掺假。"我得投桃报李啊。"赵哥笑着说，"给你个信息，我们圈儿有一大客户，底儿特厚那种，听说最近在找私银，什么G&S、德班凯略，全拥上去了，现在还没定下来。"

"知道是什么事儿吗？"匡正问，这种有目的地找私银，往往是有明确的委托意向。

"这不知道。"赵哥给他细节，"那小子好骑马，太子湖旁边那个马会你知道吧，他经常去，你带人会会他，具体的自己谈。"

"马会……"匡正琢磨,"会员制的,有点难办。"

"这你甭担心,"赵哥办事很靠谱,"我一个哥们儿是会员,消息就是他那儿来的,他能带三个人进去,我把他微信推给你。"

"行,"匡正不跟他客气,"谢了,哥。"

"甭谢我,"赵哥爽快地笑,"要不是之前你帮我,也没今天我帮你。"

72

太子湖的马会占地很大,经营了十一二年,规模最多时养着近百匹良种马,也接受私人马匹的寄养。匡正是和段钊来的,两人分头到,段钊没穿西装,而是仔裤长靴,上身一件小牛皮的黑色猎装。

两人跟着赵哥的朋友进园区,一路都有专人陪同。近处有场地障碍赛设施,远处是平展的湖面和绿草如茵的山间坡地。郊外的气温低,树叶已经泛黄,天边是一片接一片金色的林海。

匡正和段钊在竞速赛道旁的咖啡座坐下。上午十点,周围几张小桌已经坐满了人,都像匡正一样穿着正式西装,脚上的商务皮鞋或多或少粘着泥。

"G&S的。"段钊啜了口咖啡,拿眼瞟着前后几桌人,"那桌,富荣的。哎哟,德班凯略也在。竞争很激烈啊,老板。"

"让他们冲,"匡正悠闲地端着杯,"我们先看看形势。"

没一会儿,嘚嘚的马蹄声由远及近,周围的几桌人明显骚动起来,先后放下手里的咖啡,走出遮阳棚,满面笑容迎上去。

一匹黑马,肩高一米七左右,鬃毛没修饰,颈部的皮毛缎子似的闪亮。一个年轻人从上头跳下来,和段钊一样是长靴牛仔裤,上身一件随意的西装夹克,摘下手套掸了掸膝盖上的土,被众人簇拥着走向休息区。

"就他呀,"段钊上下把那人扫视一遍,"小屁孩儿一个。"

"比你大一岁。"匡正放下杯,昨天赵哥推了他几条信息,这人姓顾,今年二十六,来自温州的家族,做高科技行业。

"二十六就是小屁孩儿,"段钊亮着一双捕食者的眼睛,见那帮客户经理里三层外三层把他围住,"咱们这也抢不上槽啊。"

匡正点头:"看来得另想办法。"

"老板,"段钓忽然问,"你骑马骑得怎么样?"

"一般,"匡正骑过几次马,骑得不好,主要是工作忙没时间,一上去马就知道他是个生手,"以后得练——"

没等他说完,段钓啪地踢了下靴子,站起来:"那我上了。"

匡正一愣,看他去牵了匹马,马鞭顺手插在靴子里,这小子上马的姿势很特别,是抱着鞍子蹿上去的,看起来没那么优雅,但熟练又迅速,马先是蹬了蹬腿,很快便安静下来。马的这种反应,说明段钓经常骑马,而且骑得不错。他挽着缰绳在周围溜了几圈,突然加速,奔着前方的障碍场地冲过去。

迅疾的马蹄声响起。所有人都回头,只见段钓直身伏在马背上,控制着节奏一跃而起,轻松跳过一个障碍,接着急速转弯,过两道小沟,又跨一个障碍,除了两处难度较大的板墙,十二道障碍他连续过了十道。

匡正从座位上起身,那两道板墙不是他不行,而是马不行,没受过专门训练而且缺乏热身。休息区响起掌声,匡正随之拍了拍手,意识到段钓的家境不一般,马玩得这么溜,没有上千个小时的训练是不可能的。

段钓的这套骚操作成功引起了目标人物的注意,姓顾的甩着马鞭从客户经理堆儿里挤出来,牵过那匹漂亮的黑马,翻身上去,奔着段钓跳进障碍区。

"嘿!"两个差不多穿着的年轻人,并辔立在泥地里,"技术不错!"

段钓瞥了他一眼,没搭理。

"你是本地的吗,"小顾引马和他擦身,"哪家的,怎么没见过?"

他这样问,是把段钓当成了和他一样的马会玩家。

段钓不回话,嫌烦似的,转身跳出障碍区。

"喂!"小顾追上去。两匹马一前一后掠过坡地,迎着山间斑斓的日光往湖边跑,秋风乍起,满目是金红的树影,还有苍茫的天色和缓慢飘动的云霭。

"你跑什么!"小顾在身后喊,"你的马跑不过我!"

他说得对,他骑的是空运来的比利时温血马,段钓的则是马会提供的训练马。没跑多远,小顾就追上来了,他也够坏的,缀在段钓后头,拿鞭子狠狠抽他的马屁股。

劣马受了疼,扬着前蹄甩了下背,差点把段钓晃下去,他回头瞪姓顾的一眼,一拖马缰绳,往旁边的杨树林冲。

马蹄飞快,像要乘风而起,这样惊人的速度,低处的树枝迎面打来,段钊俯身趴在马背上,将将躲过。后头的小少爷没防备,被树枝扫了一脸,抽出了半边红印子。

"哈哈哈哈!"段钊的笑声从前头传来,小顾连忙勒紧缰绳停在原地,摸了把脸,还好没见血。

"喂,一报还一报,"树影婆娑,只听见段钊的声音,见不到人,"你抽我马屁股,我才引你进来的!"

小顾盯着眼前摇动的枝丫,从深深浅浅的金黄中,从层层叠叠的阔叶间,一人一马踱出来,马是劣等马,人却是精彩的人。

"脸花了,"段钊隔着一段距离瞧他,"出去要让人笑话了。"

"你到底是哪家的?!"小顾动了气。

"我?"段钊抬起一条腿架在马鞍上,像个拦路的恶霸,"我不是会员,我和围着你那帮人一样,是万融臻汇的客户经理。"

小顾皱眉,像是不相信一个客户经理能有这么好的骑术。

"做个交易怎么样?"段钊冲他笑,有股富家子的顽劣劲儿,"我给你指条小路,你绕出去,不过,你得先告诉我,你找私银是为了什么。"

段钊和小顾久久没回来。咖啡凉了,匡正望着远处的山景,正无聊,有个人在他身边坐下:"你好,万融臻汇?"

匡正挑眉朝他看去:"你哪位?"

"G&S的,"对方笑笑,"把人引走那个,是你们的客户经理?"

匡正不置可否。

"别白费力气了,"G&S的人挂着笑,"这种级别的客户,你们根本不够格。"

G&S的私银部在国内深耕了近十年,瞧不起万融臻汇这种草台班子很正常。

"是吗,"匡正笑得比他还和气,"那怎么让我们把人弄走了?"

对方沉默片刻,撂下了一句话:"这单你们做不了。"

正说着,段钊骑马回来,G&S的人让位起身。段钊拍着身上的树叶,坐到匡正身边:"老板,"头一句就是,"这单我们做不了。"

几秒钟前,匡正刚听过一样的话:"为什么?"

段钊隔着桌子凑过来，贴着他的耳朵："战国红，听说过吗？"

匡正没印象。

"一种金融产品，"段钊复述小顾的话，"半年前在国际投资圈出现，还没登录主流购买平台，他想大量买入，在找有途径的私银。"

匡正恍然大悟，怪不得G&S说他们做不了，这种处在初创期的小众投机产品只在圈内人之间交易，他们确实没路子。

吹了一脑袋山风，两人打道回府。半路上，段钊接了个电话，是之前做奶茶连锁那大姐，和儿媳妇斗法斗得疲乏无力，让他陪着去做中医养生。段钊骂了句，给匡正发条语音，打个轮儿下高架，联系内科专家去了。

回到万融臻汇，匡正上楼到办公室，一进屋，内线电话就响了，说是来了位姓顾的客人。

这个姓引起了匡正的注意，他立刻下楼。果然，前台站的正是马场的小顾，换了一身毛呢西装，傲气的脸破了半边，劈头就问："那小子呢，我找他。"

匡正看一眼表，这才两个小时就追过来了。"段经理出外勤，"他瞧着他脸上的擦伤，想象不出金刀是怎么把他搞成这样的，"您改天——"

小顾昂着头："我等他。"

"好。"匡正回头叫："夏可，过来陪一下。"

说罢，他转身上楼，虽说他还不清楚战国红到底是什么，也没有接洽的门路，但人已经到了他的地盘，不叫一口实在不是他的风格。进办公室，匡正开电脑全网搜索，什么也没搜到，换浏览器上国际投资网站，这才找到了只言片语。

看了半个多小时，暂时够忽悠一阵了，他才返身下楼。本以为人在接待室，没想到夏可竟然把小顾领到了办公区，两个人面对面站着，喝着一次性纸杯里的速溶咖啡，用一种匡正完全听不懂的语言，叽里咕噜聊得火热。

匡正有点蒙，恰巧来晓星找他汇报建客户数据库的情况。那边夏可和小顾勾着肩搭着背，边聊边往外走，匡正还没来得及忽悠，人就已经离开了万融臻汇。

夏可送完人回来，匡正把他叫住："行啊，把人聊成哥们儿了。"

夏可咂了下嘴，眉飞色舞地："老板，你终于发现我的能力了？"

匡正笑了："我早发现你的能力了。"

嘴碎。

夏可双手插兜甩了下头："没办法，天生的，金牌公关。"

"你们说的什么语？"匡正能肯定不是英语、法语、日语、韩语这几种。

夏可睁大了眼睛："老板，我们说的是家乡话啊。"

匡正愕然："……哪儿的家乡话？"

"温州啊。"夏可说，"我是温州人，祖籍和他是一个县一个镇一个村，我们那地方，骑自行车出门五分钟互相就听不懂了，讲一样的话你知道意味着什么吗？简直就是异父异母的亲兄弟啊！"

这也可以？匡正从小生活在大城市，不理解他说的这种同乡情。

"老板，你放心，"夏可费劲儿地踮着脚，搭着匡止的膀子，"这笔百年不遇千年难求的大单，我肯定给你拿下！"

匡正瞧一眼他放在自己肩膀上的手，特想逗他："有种东西叫战国红，是什么、在哪儿买、多少钱一斤，你知道吗？"

夏可噎住了，旁边蓬着一头软发正在改数据的来晓星忽然说："我知道啊，战国红中国区的版主是我好友。"

73

匡正在家门口把车停下，对着后视镜拢了拢头发，神采奕奕地下车。他今天心情不错，金刀把小顾引到了万融臻汇，夏可用方言技能拿下，来晓星资源支持，团队配合默契，这一单尽在掌握之中。

开门进屋，一股热腾腾的肉香飘来，匡正立刻饥肠辘辘。

"回来啦。"宝绽起身给他盛饭，"你吃多少？"

匡正臭贫："你给我盛多少，我吃多少。"

宝绽笑了，拿话噎他："我能撑死你，你信不信——"

这时他的手机响了，在客厅茶几上。他给匡正盛好饭，擦着手去接："喂，小侬？"

应笑侬上来就问："周五的剧目，你想好了吗？"

"有点想法。"宝绽朝匡正摆手，让他别看自己，赶紧吃。

应笑侬也在吃饭，吸了口面条："你说说。"

宝绽在沙发上坐下："我想来一出漂亮的，"说起戏，他神采飞扬，"小对唱，不用长，但要节奏快，有精气神儿，还得有彩头。"

应笑侬想到一出戏，宝绽心里也有一出戏，两个人异口同声："《双投唐》！"

《双投唐》又名《断密涧》，是传统老生花脸戏，讲的是瓦岗寨寨主李密率神箭手王伯当投奔唐王李渊，后又反唐，最终死在断密涧的故事。

"这戏是好，"宝绽犯愁，"但有一个问题……"

"咱们没有花脸。"应笑侬早替他想好了，"甭担心，你只管唱，别的我去解决。"

宝绽的嗓子高，而且亮，唱这出戏再合适不过，只是要找一个能搭他又不被他压下去的花脸不容易。

"你有接洽的人？"宝绽奇怪，"剧团出来的铜锤就那么几个——"

"你别管了，"应笑侬打断他，"交给我。"

匆匆挂了电话，应笑侬把手机往桌上一拍，接着吃面。短信提示灯一直在闪，是之前为了给如意洲找钱联系过的邹叔，十来条短信不外乎一个意思，希望他作为段家的长子，能回去和老段好好谈一次。

应笑侬吃完面，把塑料碗扔进垃圾桶，洗脸刷牙，回来编辑短信页面、全选、删除，然后戴上耳机开始打游戏。

第二天他起晚了，随便吃口东西，没去如意洲，而是打车去了市京剧团。在剧团大门口的传达室，他拨了个电话，没一会儿，院里快步走来一个人——二十多岁，剃着晃眼的大光头，老远就喊："应笑侬！"

"张雷，"应笑侬笑着伸出手，"好几年没见了。"

"七年！"张雷领他进院，自从七年前京剧团招聘，应笑侬在这里落马，他们就再没见过，"怎么样，现在在哪儿呢，还唱吗？"

"唱，"应笑侬走在市剧团宽阔的大道上，道两旁是茂盛的银杏树，黄叶随着秋风缓缓飘落，让人有种说不出的惆怅，他曾想过这辈子都不再进这个门，但今天，形势所迫，傲气扫地，"在如意洲。"

"如意洲？"张雷没听说过，"私人团？"

路上有年轻些的演员经过，都客气地叫一声："张老师。"

"哟，"应笑侬那股俏劲儿上来了，"都老师啦？"

张雷得意地拍拍光头："怎么也混了七八年！"他满面红光，"哎，你那团还挺得住吗，用不用哥找找人，给你办进来？"

应笑侬瞥他一眼："还行吧，勉强混口饭吃，"他就等着张雷跟他嘚瑟，"一个月有八场戏，二十万。"

张雷乐了："唬谁呢你？"他哈哈笑，"还八场！"

"怎么着，不信？"应笑侬停步，认真地看着他。

张雷真不信："就算你演八场，也赚不了二十万。"他掰着指头，"二十除以八，一场两万五，就你们那小团？"他撇嘴，"不可能！"

"八场，二十万，"应笑侬挂着一抹艳冶的笑，盯住他的眼睛，"我要是有一句瞎话，当场摔死在这儿。"这话很毒。

张雷敛起笑容，斜眼瞧他："应笑侬，你今儿来，是有事吧？"

应笑侬不跟他兜圈子，直说："我们周五有场演出，缺个铜锤，你来，两万五，我给你加五千，下戏付清。"

一场戏三万，别说他一个三级演员，就是团里的台柱子也未必能拿到这个数，张雷信了，应笑侬说那什么如意洲是真有钱。可他也是有身价的，他的身价就是市京剧团的编制。"还是算了，"他昂着头，带着院团演员特有的傲劲儿，"团里有规定，不让接私活儿。"

"是吗？"应笑侬知道他的嗓子，虎音、炸音都很漂亮，心里是非他不可的，面上却冷着，"那可惜了，本来想请你到我们团坐坐。"

说话到了楼底下，应笑侬不进去，闲聊两句转身要走。张雷迅速反应过来，回头叫住他："喂，唱几个小时？"

应笑侬冰雪消融般笑了："想什么呢，哥哥，我们团长的台子，您就边上给搭一下，十分钟的戏！"

张雷完全被镇住了，十分钟，三万块，这不是唱戏，这是抢钱！

"你们那团……"他脸上的表情难以形容，明明动心，却死绷着，还绷不太住，"在哪儿？"

应笑侬转个身，向着来路："我领你去看看？"

张雷在市剧团待了七年，按时有饭吃，偶尔有台上，七年里，工资只涨了几百块，肚子却大了好几圈，久没有闻到外头的空气，他想了："走着！"

俩人开他的车，在拥挤的车流中往市中心开，边开张雷边问："你指的这道对吗，再开都到萃熙华都了。"

"就在萃熙华都，"应笑侬懒洋洋地说，"对面儿。"

张雷扫他一眼，一脸"没毛病吧"的嫌弃表情。

真到了大戏楼底下，他傻眼了，就在萃熙华都正对面，三层高。跟着应笑侬进去，藻井、雕梁、阑干，他看得一愣一愣的，一段芙蓉色的木楼梯，他踏上去一抬头，和正下楼的宝绽四目相对。

这是七年后他们第二次见面，那时他是戏曲学院的优秀毕业生，而宝绽只是给应笑侬梳头的跟包，他甚至不记得那天的后台有这样一个人。

74

宝绽穿着一身黑长衫，肩背上是金线绣的几只仙鹤。

今早时阔亭把他叫到屋里，把长衫塞给他，说是从如意洲的进项里划了两千块，找老师傅定做的，按着他的尺寸，毫厘不差。

"这么多年你没一件好衣裳，"时阔亭边给他系腰间的扣子边说，"身价都三十万了，得有个团长的样子。"

宝绽笑出一口白牙："三十万又不是给我的，是给咱们团的。"

"其实就是给你的。"时阔亭捋着他的前胸，"那天的戏，萨爽和陈柔恩还嫩，应笑侬美过头了，只有你，带着一股不群的凌霄气。"

凌霄气。宝绽看着他，这么多年，最懂自己也最替他想的就是这个师哥，他们相依为命走过了十个春秋。时阔亭也回看着他，那么帅气，笑出一个小小的酒窝儿："怎么着，有话跟你师哥说？"

宝绽腼腆地低下头，再抬起来，板着脸："师哥，虽然你是管账的，但账上的钱不能乱花——"

"喂！"时阔亭一副扫兴的样子，"没劲了啊！"

宝绽笑了："给大伙发了吧。"他抖着长衫下摆，转身开门，一副当家的沉稳气派，"这么多年欠大伙的，一次补上。"

眼下张雷仰视的就是穿着黑金长衫气势夺人的宝绽。老话说"人靠衣装"，黑衣裹身的他真如乌云压城，让人不由得生出三分怵。

应笑侬要给两人介绍。宝绽和平时不大一样，有股拒人于千里之外的冷傲。"小侬，认识的，"他轻笑，"市京剧团的铜锤，张雷张老师。"

应笑侬诧异他一直记着这个人，记着他的脸、名字，还有行当，只是七年前市剧团后台的匆匆一面，他竟然至今没忘。

"请吧。"宝绽话不多说，一没请张雷到屋里坐，二没上一杯待客茶，直领着人往戏台走，要和他过戏。

张雷只觉得他傲。十分钟三万块的价码，市中心古色古香的戏楼，他有傲的本钱，但这是台下，上了台，寸短尺长全凭本事，张了嘴他再给他下马威。

二人在不大一方台上站定，张雷站惯了大舞台，咂了咂嘴："这么个小台子，要是上大戏，也拨弄不开啊。"

"小地方，"宝绽颔首，"张老师多担待。"

没有伴奏，应笑侬给他们拍巴掌："大扑台仓，大衣大衣个大——"

这一段是西皮原板，张雷扮的瓦岗寨李密先开腔，他气沉丹田，猛地一句："这时候孤才把这宽心放！"一嗓子，震得满台响，他有一条堪称华丽的喉咙，高亮、宽厚，还有韧性，如飞瀑击上了岩石，又像一狠劲儿撕开了绫罗，棱角虽大，粗犷中却带着细腻，有让人回味无穷的余韵。

张雷知道自己的本事，要不是市剧团论资排辈，他早该挂在演出名单的前排，此时他气力全开，铆足了劲儿唱："问贤弟，你因何面带惆怅！"

花脸要是较劲儿，真有泰山压顶之势，甭管你是老生、青衣、花旦还是小生，唱劈了嗓子也别想接住。

宝绽的王伯当却得接上去，质问李密为何杀死妻子河阳公主，陡一开嗓，调门就比张雷高了一番儿："你杀那公主，你因为何故？"他气定神闲，只用了七成功，一把晶莹剔透的玻璃翠，唱得人寒毛直竖。

张雷站在他旁边，汗都下来了，他自认为嗓子好，如今见了嗓子比他还好的，就像敲惯了口的茶壶有了盖儿，被稳稳扣住。

宝绽肩头的金鹤在舞台灯下闪烁，晃动着，振翅欲飞，半侧过头来看他，一双月下猛虎的眼睛，熠熠生辉："忘恩负义为的是哪桩？"

张雷接着该唱"昨夜晚在宫中饮琼浆"，然后转西皮快板，老生、花脸开始咬着唱，但他张了张嘴，嗓子一卡，居然没唱出来。

台上一霎安静，宝绽收了范儿，撂下气："张老师？"

张雷尴尬地清了清嗓子："来的路上吃了风……"

这是借口。应笑侬在台下看得明白，他是让宝绽镇住了，行里说"小角怵大角"，这才两句唱，他就被压得死死的，一时翻不起身。

无论是演戏还是对唱，只要合作就讲究个旗鼓相当，不只在技术上，还在气势上，否则不用别人来打，自己先趴了。

"张老师，"宝绽客气地说，"请座儿上歇歇。"

张雷刚要推辞，宝绽又说："我上头还有点事，先失陪了。"

说罢，他径直下台，就么把张雷扔在了台上。应笑侬觉出他今天的不寻常，安抚了张雷两句，追着他跑上二楼。

进了宝绽的屋，应笑侬把门在背后关上："我说你怎么回事儿，我好不容易找来的花脸，你听他那嗓子，衬得上你！"

宝绽背对着他，没说话。

"你知道从市剧团请人多难吗？"应笑侬叫苦，"我答应给他三万！"

"谁让你乱开价的？"宝绽偏过头，用凛冽的眼尾扫着他，"你去市剧团请人，为什么不先问问我？"

他动气了，应笑侬感觉得出来："我只考虑了戏，至于人是哪儿的，我没想。"

"你没想？"宝绽突然转身，牢牢盯着他，眼睛里不是责备，而是心疼，"你怎么可能没想，你就是为了我，不顾你自己。"

应笑侬避着他的目光："宝处，你对专业院团有成见……"

"对，"宝绽抢着说，"我是对院团有成见，我看不上他们，看不上他们躺在那儿就有戏唱，看不上他们瞎了眼，连你这么好的大青衣都拒之门外！"

应笑侬明白，从宝绽一眼认出张雷，他就明白了，他的冷漠、倨傲，都是为自己："宝处，七年了，都过去了。"

"没有，"宝绽摇头，"我一直记着那天，你紧紧攥着我，一个个名字念过去，就是没有你。"

七年里，这些话他从没说过，替应笑侬的不甘、委屈，全憋在心里。

"我要把如意洲挺起来，"宝绽捏着拳头，"不光为了这块百年的牌子，也是为了你，去争一口气！"

应笑侬没法不感动，他咬紧了牙关，连肩膀都在抖，抖着抖着，扑哧，笑了，笑他们两个傻瓜，只想着对方，分毫没自己："宝处，市剧团没躺在那儿等戏唱，你听张雷那嗓子，又亮又有劲儿，是带着功的，那大院里没一个废物。"

张雷的嗓子拔尖儿，宝绽承认，但一看他那张脸，就想起市剧团招聘，

窄红

他们春风得意时，应笑侬的失意落寞。

"你最谦和，"应笑侬那么有脾气的人，却耐住性子劝他，"你总是先考虑团里、考虑戏，这回也不能为了我破例。再说了，市剧团的人都不弱，咱们不可能一辈子不和他们打交道。"

宝绽垂下眼："如意洲用不着他们。"

"用不着他们，咱们就胜了吗？"应笑侬握住他的手，"什么时候市剧团抢着给咱们配戏，那如意洲才是胜了！"

宝绽挑起眼，望进应笑侬的眼里，他说得对，故步自封绝不是出路，再不甘再难受，也得先放下，把这出《双投唐》唱好。

《双投唐》，是如意洲和市剧团的一次合作，也是较量。

"想明白啦？"应笑侬艳艳地一笑，"得，我还得去顺下头那位，你过会儿再下来。"

他走了，门啪嗒关上，宝绽在屋里踱步。七年前，应笑侬那么向往院团，拼了命却进不去；七年后，他为了如意洲，还得去求那些踏着他进去的人，他心里是什么滋味，没人能感同身受。

憋闷了，宝绽就想给匡正打电话。号码拨过去，那边秒接："宝儿，"听语气，匡正很高兴，甚至称得上兴奋，"哥刚签了一个大单，谁都想不到我们能签下这单，团队作战，马到功成。"

三个路口之外，匡正也在为了事业拼搏，荆棘路上，宝绽是有伴儿的，笑容爬上他的嘴角："是吗，那得庆祝一下。"

"午饭我去找你，"匡正说，"萃熙华都顶层的小凤凰。"

"好，"短短两句话，就让宝绽卸下了浑身戾气，"我等你来。"

电话挂断，他深吸一口气，挺直了一背飞鹤，开门走出去。

再见面，宝绽褪去了之前的冷傲，张雷也调整好情绪，两个人重新上台，一趟西皮快板下来，珠联璧合，天衣无缝。

宝绽热情地道了谢，让应笑侬替他请一顿饭，说着"再会"下楼。帕纳梅拉停在路边，匡正靠着车正抽烟，看到一身黑衣的他，愣住了。

他见过穿白长衫的宝绽，如云似鹤，一碗见底的水那样清，眼前穿黑的他别有一番味道，冷着、飒着、奢靡着，让人不敢接近。

"哥，看什么呢，"宝绽拿肩膀碰他，"看我衣服好看哪？"

两个人并排过马路，匡正总是忍不住瞧他，不光他，满大街的人都看他,那样的与众不同,有别具一格的东方美:"你这衣服……"

"漂亮吧?"宝绽拉着他跑过最后一段路口,"师哥给的。"

原来是时阔亭。匡正没说话,他想不到,除了自己,还会有人给宝绽送衣服,这种感觉很陌生。

小凤凰是杭帮菜,全萃熙华都最贵的馆子。宝绽跟着匡正往里走,没留神和人碰了一下,是两个老外,傲慢的高鼻子,冷淡的蓝眼珠。匡正怕宝绽无措,正要替他道歉,宝绽却昂着头,礼貌地说了声"sorry(抱歉)",继续向前走。

这一瞬间,匡正觉得他变了,变得优雅、大气,像他曾教他的那样,"立"了起来。

第三折
黄金台

75

宝绽头上戴着软扎巾，一簇深蓝色的绒球，穿黑色团龙马褂，系大带，脚蹬厚底靴，正斜靠着化妆桌，喝最后一口水。

张雷在侧幕那边，也扮上了，勾的是十字门紫脸，穿蟒袍，腰挎宝剑，满口灰髯已经挂上，撩着帘在往台下看。

客人到了，小牛屁颠屁颠地陪着。来了两个人，一个是上次的查团长，另一个四十多岁，身材特别魁梧，穿一件雾灰色羊毛大衣，很精神，在五排中间的位置坐下。

"陪着那个……"张雷惊了，"不是我们查团长吗？"

宝绽放下保温杯，正了正衣冠："不是前团长吗，你怎么认得？"

"照片啊，办公楼二楼一面墙都是他的照片。"张雷白了脸，"宝团，给我们前团长演出，你怎么也不告诉我一声？"

"重要吗？"宝绽挎上太平刀，挂髯口。

"怎么不重要！"张雷紧张起来，"前团长也是团长，我们团的！"

"他不是客人，"宝绽偏着头，二指捋了捋鬓边的髯口，"他陪着的那个才是。"

那张雷也忐忑，说到底他只是个青年演员，在市剧团登过的台一只手都数得过来，更别提给大领导汇报演出，今天却稀里糊涂在这儿上了阵。

前头邝爷开始打通，锣鼓点一通接一通，催得人心慌。张雷攥了攥拳头，手心里全是汗，这时宝绽一把拍在他肩上，剑眉星目的王伯当，盯着他的眼睛说："张老师，就你那把嗓子，一出去就能把他们掀翻。"说着，他踢起下摆走上台。张雷眼看着白亮的舞台光要把他淹没，连忙一扬马鞭，也跟上去。

二人一前一后踩着方步，慢慢踱到舞台中央。时阔亭的胡琴走起，两人打了几鞭，做个身段一亮相，张雷唱："这时候孤才把这宽心放！"

　　极漂亮的一嗓子，台下的反应却冷淡，宝绽不以为意。一出戏花三十万来看的人，怎么可能贸然叫好。他顶一口气，把嗓子提到位置，一个脑后摘音，走颅腔共鸣："你杀那公主，你因为何故！"这一下，比每次排练时狠得多，披靡着，有刀锋出鞘的杀气。

　　如此猛的"一刀"，张雷却接住了："昨夜晚在宫中饮琼浆，"他知道，宝绽这一声不是压他，是在给他提气，告诉他他不是张雷，而是杀妻叛唐的李密，"夫妻们对坐叙叙衷肠，孤把那好言对她讲，谁知贱人撒癫狂，大丈夫岂容妇人犟，因此我拔剑斩河阳！"

　　这一段西皮快板是李密和王伯当你来我往，讲究个严丝合缝、密不透风，宝绽把眼眉一瞪，铿锵而上："闻言怒发三千丈，太阳头上冒火光！"

　　张雷整个人放松下来，在宝绽的引领下，完全融入了戏的情境："贤弟把话错来讲，细听愚兄说比方！"

　　这两条嗓子各有各的亮，各有各的韧，好像两把开了刃的好刀，你不让我我不让你，在一方小小的舞台上相击搏杀，又水乳交融。

　　张雷唱："昔日里韩信谋家邦！"

　　宝绽接："未央宫中一命亡！"

　　张雷又唱："毒死平帝是王莽！"

　　宝绽再接："千刀万剐无下场！"

　　张雷气沉丹田："李渊也曾臣谋主！"

　　宝绽气冲霄汉："他本是真龙下天堂！"

　　接下来是高潮，花脸和老生较劲儿，调门翻高再翻高，行话叫"楼上楼"，没有十足的把握，很可能直接唱劈在台上。

　　张雷先来，接着宝绽的调门，走高一步："说什么真龙下天堂，孤今看来也平常……"他气势全开，有大花脸慑人的架势，"唐室的江山归兄掌，封你个一字并肩王！"

　　他的调门已经很高了，宝绽必须比他还高，他两脚扎稳台面，一嗓子挑上去："讲什么一字并肩王！"只听啪嚓一声，像是有什么东西碎了，"你好比人心不足蛇吞象，你好比困龙痴想上天堂，任你纵有千员将，雪霜焉能见太阳！"

这嗓子不愧叫玻璃翠，透得像玻璃，润得像翡翠，抑扬顿挫、婉转雍容，别说台下的观众，连张雷的汗毛都竖起来了。

宝绽是最好的搭档，能激发对手的热忱。张雷在市剧团七年，从没有过这么激动的时刻，仿佛不是他在唱戏，而是戏在唱他。他稳住心神，慢下来进散板。在这里，宝绽还有最后一次翻高，高度要比全段任何一处都高，可戏到了这关节，已经没有翻高的余地了，无论是台下的观众、台上的张雷、侧幕的邝爷、时阔亭，还是后台的应笑侬，都替他捏了一把汗。

可宝绽只是微微一抖扎巾，像个横刀立马的英雄、一个睥睨天下的王者，胸中似有大江大河，只从一张嘴里奔涌而出："王伯当——错保了无义的王！"

这就是《双投唐》，戏里两个枭雄，戏外一对魁首，洋洋洒洒一段故事，让听故事的人心潮澎湃，久久不能平静。

宝绽和张雷双双回身，走下场门回后台。大家伙都等着，给他们递水解行头，只是文戏，俩人却像拿汗洗了，湿漉漉的，相视而笑。

"宝处，"陈柔恩递手巾，"快擦擦。"

"先把头揿了，"邝爷说，"让宝处坐会儿。"

张雷皱眉，低声问萨爽："你们怎么都叫宝处，"他的意思是不够尊重，"明明该叫宝团……"

"宝处，宝处，宝处！"这时小牛急惶惶跑进来，"先别歇！"他拿拇指比着外头，"客人让你再唱一段！"

"凭什么！"时阔亭第一个不干，"都累成这样了，还唱什么？！"

"就是，"应笑侬敲边鼓，"说好了只唱一段，咱们宝处是千金嗓，哪那么不值钱，他让唱就唱？"

"小牛，"宝绽解开马褂，告诉牛经理，"你去回吧，我能唱，让他等一等。"

"还等什么等啊？"小牛一脸着急相，生怕钱跑了，"他就三十分钟！"

"那也得等我把戏服脱了。"

"脱什么？穿着正好，"小牛要上来拉他，"快上去！"

"师父教的，宁穿破，不穿错，"宝绽横眉对他，神色凛然，"我不能穿着王伯当去唱秦琼，让他等。"

嘴长在人家脸上，小牛没办法，只得唠唠叨叨去了。宝绽也不磨蹭，脱下大褂箭衣，只披一件白衫子，徐徐走上台。

客人没走，端坐在台下。宝绽上去先鞠一躬，不卑不亢："对不住，怕您久等，穿着素衣子，清唱一段《三家店》。"

真的没有伴奏，褪去所有的喧嚣浮华，只用一把赤条条的嗓子，他平实地唱："将身儿来至在大街口，尊一声过往宾朋听从头——"

《三家店》，也叫《男起解》，这里唱的是秦琼发配登州、怀念亲友的一段，唱腔朴实无华，若说《双投唐》是锦缎，它则是布衣，是最没有彩头的一出戏，却让宝绽三言两语，唱出了真情实感：

舍不得太爷的恩情厚，舍不得衙役们众班头，实难舍街坊四邻与我的好朋友，舍不得老娘白了头！

他那么亮的嗓子，唱这一折却丝毫不炫技，功夫全放在咬字上，京腔、徽字、湖广音，娓娓道来，却丝丝入扣。

客人仍然没鼓掌，听着听着，突然从座位上起身。宝绽以为他要走，没想到那人顺着过道居然走到台前来，隔着一道雕漆栏杆，和他四目相对。

那是一张阳刚气十足的脸，像七八十年代主旋律电视剧的男主角，醒目的大个子，系着一条墨绿色羊毛领带，鬓角已经有了白发。

宝绽在台上唱，他在台下给他合拍子，唱到"娘想儿来泪双流"一句，看得出他实在是爱，情不自禁抢了宝绽的唱——"眼见着红日，"边唱，他向宝绽挑着眉头，"坠落在西山后！"

那嗓子一般，谈不上好，但有些独到的韵味，听得出是懂戏的，宝绽也就不介意，和他双双唱响结尾："叫一声解差把店投！"

一曲终了，他们一个台上一个台下，一个是伶人一个是贵客，中间隔着一堵看不见的墙，但对掌握着大笔金钱的人来说，这堵墙根本不存在。"给我开一桌，"他吩咐小牛，"我请小老板喝一盏茶。"

他称宝绽"小老板"，带着某种过去的味道。

小牛赔着笑："韩总，您不是只有三十分钟……"

"不管他，"他朝台上看，对宝绽珍之重之，"身上有汗吧，别着凉了，先去穿上，咱们桌上见。"

桌上见的只有宝绽一个人，配戏的张雷，伴奏的邝爷、时阔亭，全都没

第三折　黄金台

带,韩老板不要酒,只是一壶茶两个杯,和宝绽对坐。

"唱得好,"他开门见山,"这些年我让老查到处去找好戏,找不落俗套的味道,大海捞针地,找着一个你!"

完全陌生的两个人,又不是喝大酒,实在热络不起来,宝绽又不是八面玲珑的性子,捏着杯不说话。

"别紧张,"韩总给他添茶,"你这地方不错,以后我常来。"

宝绽硬着头皮冲他笑:"谢谢老板。"

傻子都看出他局促了,韩总发笑:"你叫什么?"

"姓宝,绽放的绽。"

"宝……绽,"舌尖抵着齿龈,韩总说,"好名字,多大了?"

宝绽机械地答:"二十八。"

韩总发现他是真不会逢迎,没怪他,反而直截了当:"你戏好,人好,团也好,就是那经纪人不行,"提起小牛,他摇了摇头,"换了得了。"

宝绽瞪大了眼睛。

"多少钱?"韩总问。

"啊?"宝绽还蒙着。

"经济约的违约金,"韩总晃了晃杯,瞧着那抹清透的汤色,"我把如意洲买出来。"

"我把如意洲买出来",匡正也说过这话。

"那小子不懂戏,"韩总就事论事,"让他捏着,把你糟蹋了。"

76

匡正到戏楼底下,正要往小街里拐,一辆黑色宾利从里头开出来,两边同时减速,错车而过。

这儿附近经常有豪车,匡正没当回事。一进小街,见宝绽在楼门口站着,正要转身回去,他第一反应是按喇叭,又怕突然一响吓着他,放下窗户探出头:"宝绽!"

宝绽应声回身,在阑珊的夜色下看到他,愣了一下,反常地垂下了眼皮。

"怎么下来这么早,"匡正打个轮儿,到他面前,"等我呢?"

332　　　　　　　　　　　　　　　　　　　　　　　　　　窄红

宝绽瞄一眼路口，欲言又止地："我上去收拾东西……你等我。"

匡正当然等他："怎么了，戏没演好？"

"不是，"是演得太好了，宝绽咕哝，"累。"

匡正从车窗里伸出手，握住他的腕子："回家，哥哄你。"

"我又不是小孩儿，"宝绽把手抽出来，"不用你哄。"

匡正有股痞劲儿："我这不是正哄着嘛。"

宝绽露出了点笑模样："……烦人。"

他转身进楼，边走，边回头看匡正，那是他的依靠、他的后盾，因为这个人，半小时前韩总提出要把他从小牛手里买出来，他本来是拒绝的。

"那小子不懂戏，"韩总说，"让他捏着，把你糟蹋了。"

宝绽听他那个冷漠的口气，摇了摇头："没有小牛，也没有我们现在这杯茶。"

韩总放下杯，不解地看着他。

"我这个团叫如意洲，"宝绽屏着一口气，"有一百多年历史，可就在三个月前，我们还停水停电，连房租都交不起。"

韩总有些意外，他们第一次见面，这傻孩子不吹一吹自己的师承门派，倒把什么底细都交代了。

"这个楼，"宝绽瞧着眼前这间奢华的茶室，"不是我们的，是基金会借给我们的，我们除了几条嗓子，一无所有。"

他说这些话，丝毫没有叫苦叫屈博同情的意思，可听在爱戏的韩总耳朵里，却受不了，仿佛是因为他来迟了，才害宝绽遭这个罪。

"小牛不懂戏，也爱钱，"宝绽承认，"但如果不是他给我们拉演出，我们哪有戏唱，又上哪儿去认识你这样的大老板，说要把我们买出来？"

简单朴实的两句话，问得韩总哑口无言。

"人，"宝绽低声说，"不能忘恩负义。"

原来他是这样看这件事的。

"宝老板，"韩总把茶具推开，不跟他玩虚的了，"我大你一轮，叫你一声小老弟。"稍顿，他说，"你太单纯了。"

宝绽挑起眉，就一张小桌，两个人咫尺之隔。

"你对人家讲情义，人家只对你讲生意。"韩总教给他，"你唱戏凭嗓子，我们听戏的出钱，他们经纪人在中间只搭个桥，但因为这条路子，他要从你身

第三折 黄金台

上刮一笔,这笔钱从哪儿来?从你的嗓子来,是你养活了他,你明不明白?"

宝绽明白。

"我把如意洲买出来是付违约金的,三倍五倍,真金白银,他亏了吗?"

没有。

"你心里觉着欠他的,我替你补给他。"韩总斩钉截铁,不容宝绽拒绝,"把你们买出来,也不是买给我,是还给你们自己,让你们从今往后是自由身。"

自由身……宝绽从没觉得不自由,他穷惯了,苦惯了,隐忍惯了,这世界对他来说步步是障碍,处处有藩篱,一纸经济约又算什么,归根到底,他从来不懂自由。

"不仅如此,"韩总想了想,"还得给你注资,前期……先投五百万,"他指着宝绽的胸口,"让你在这条街上有底气。"

五百万?宝绽瞠目结舌:"我……我们还不起!"

"不用还,"韩总随性地摆摆手,有些财大气粗的意思,"只要你稳稳当当把戏唱好,在台底下给老大哥留一个座儿,"他笑,"这五百万就当是我韩文山这辈子在你们如意洲听戏的门票钱。"

"什么戏票,"宝绽苦笑,"能值五百万……"

"傻孩子!"韩文山笑着拍了拍他的手,像个宠他宠得不得了的长辈,"就凭你这条嗓子,五百万是你给哥哥打了大折了!"

宝绽觉得他在骗自己,嘴上没说,眉目间露出难色。

韩文山看出来了。"这么说吧,"他重新给宝绽倒一杯茶,"在这个城市,普通人瞧不见的地方,有一个吓死人的戏迷圈子,只是你还没接触到。"

宝绽不是很懂他的意思。

"慢慢来,"韩文山给自己也续上一杯,茶香暖人,"我保证,不出半年,你再回头看这五百万,就不是钱了。"

宝绽愕然。

"我呢,先把你买出来,"韩文山叮地跟他碰了下杯,"你利利索索干干净净,哥领你上'凌霄宝殿'走一遭。"

凌霄宝殿?云里雾里的四个字,宝绽却鬼迷心窍地答应了,可能轻率,甚至冒险,但他就是当机立断,要替自己,也替如意洲,争一个改天换命的机会。

坐在匡正的副驾驶座，宝绽系好安全带，不知道怎么开口，就在不久前，他刚为这事和匡正吵了一架，匡正要买，他不干，结果一扭身，上了别人的船。

"哥……"宝绽蚊蚋似的叫了一声。

"饿了吧？"匡正没听见，从后座拎过来一个蝴蝶造型的粉色纸盒，"我买了蛋糕，蜜糖家的牛油果起司。"

宝绽接过来，沉甸甸。匡正替他打开包装纸，扑鼻是清甜的蜂蜜香。"回家再吃吧，"宝绽说，"弄车上不好洗。"

"管车干什么，"匡正挂前进挡，单手拨动方向盘，"你饿不饿才重要，车脏了咱们换一辆。"

二百七十多万的车，三百六十万的违约金，还有五百万的赞助费，过去想都不敢想的天文数字，如今不过是生活中的日常，宝绽拿起叉子，说不好这种感觉。窗外的夜色温柔，深蓝色的天际泛着一点紫红，他们向着那红开过去，像是在追逐命运。

第一口，他没想着自己，两手捧着喂给匡正。

"不错，"匡正的眼睛盯着路，"先垫一口，你唱了一晚上，累坏了。"

第二口，宝绽才给自己。软绵绵的奶酪，甜得人眯眼睛，不是廉价的糖精味，而是真实的花果香。他猜，这样小小的一片也要几十上百块，他第一次意识到，人活在这世上，还要活得好，没有钱是万万不行……

突然一个急刹车，他猛地往前一晃，车嘎吱停下，窗外是刺耳的喇叭声。

匡正骂了一句，挂倒挡，搭着宝绽的椅背快速倒车。他们正前方，一辆撒哈拉和油罐车追尾，幸亏匡正刹得及时，要不就成了串糖葫芦的第三辆。

"周五晚上就是容易出事。"匡正自言自语，连忙往宝绽那边看，"你没事——"蓦地，他笑了，哈哈地，伸手刮了宝绽的鼻子一下，刮下来一团奶油。

"弄脸上了？"宝绽翻下头上的小镜子，看到小花猫似的自己，两手抹着舔净，"幸亏没掉车上，要不就难洗了。"

边擦脸，他缓缓开口："哥……"

"嗯？"

"我……"宝绽犹豫。

"什么？"匡正不急，等着他说。

"我要和小牛解约了。"

第三折　黄金台

"哦？"匡正挺意外，"那我准备钱。"

"不是……"宝绽低下头，"不用你的钱，有人……给我出钱。"

匡正听出不对了，皱起眉头。

"是今天的客人，"宝绽怕他担心，赶紧补充，"特别好一大哥，要把我们如意洲买出来，让我安心唱戏。"

匡正控制着语气："不让我买，"他下意识轰油门，因为开得太快，只能疯狂拍喇叭，"却让别人买？"

"不是的，"宝绽解释，"他特别有钱，不光付违约金，还给如意洲赞助，一共八百六十万……"

他口口声声说着钱，匡正不再讲话，黑着脸一路狂飙。到了家门口，他甩门下车，宝绽想追上去，可起司蛋糕还在手里，他忙乱地收拾。

匡正大步跨上台阶，掏出钥匙要开门，路对面啪嚓一响，他闻声回头，见有人从楼里出来，借着昏黄的路灯，看到一个模糊的身影。

夸张的金色西装，反着光的油头，匡正一眼就认出来，他本来的邻居、宝绽的房主，不是别人，正是他的老对头代善。

代善锁好门回身，也看见他，电光石火间，两边都怔住了。这时宝绽提着蛋糕从车里追出来："哥，你等等我……"他一偏头，看到路对面的代善，眨了眨眼睛，叫了一声："代老板？"

22

宝绽这声"代老板"，让匡正的火蹿得更猛了，代善居然真是宝绽的房主，而自己一直来来往往的，居然是代善的房！

"你谁？"代善瞄着宝绽，显然没认出来。那天宝绽给他摔吊毛翻抢背，是戴着妆的，眼角眉梢高高吊起，和现在判若两人。

"我是如意洲——"宝绽话没说完，被匡正拉了一把，他以为代善把人忘了，忘了好，最好一辈子也别想起来。

代善的脑袋很好使，听见"如意洲"三个字，立马有了印象。是几个月前那场京戏，演员给他翻了俩跟斗就说病了，非讹着他要钱，他嫌烦，把公司的房子给他们住，上礼拜刚还了钥匙："就你啊，那个——"

"你听戏？"匡正压上一步，"就你那品位，听得懂京剧？"

"哥，"宝绽拉着他，"咱们回家吧。"

"你回去，"匡正看都没看他，冷眼盯着代善，"家里等我。"

宝绽拽着他的膀子，想跟他说悄悄话，被匡正一把搡开："让你回去！"

他声音不大，但对宝绽是最凶的一回。宝绽一步三回头地往家走，开指纹锁进屋。

"哟，匡总现在的脾气好大啊。"宝绽不在，代善也放得开了，"怎么着，让那破烂私银榨得连素质都没了？"

"我的生意用不着你操心，"匡正比他高一截，头顶着头胜他一筹，"你在萨得利天天琢磨抢别人的公司，小心遭报应。"

代善哈哈大笑："这世上要是真有报应，万融50层以上得死一半！"

"你怎么认识他的？"匡正问。

"谁？"代善呲儿他，"你那个宝贝弟弟？"

匡正还不知道把宝绽累住院的就是代善，要是知道，揍不死他。

代善继续跟他兜圈子："我就是听出戏——"

"我要听真话。"匡正顶回去。

代善觉得没劲，撂了实话："有一次跟方副总去老白的办公室，看他桌上有个地址，是老城区的，我就去了。"

匡正挑眉。

"一看是个京剧团，你也知道我，"代善是个有缝就钻有机会就占的主儿，"听了出戏，没搞明白老白要干什么。"

匡正知道，是为了应笑侬，为了让那位段公子回趟家。

宝绽隔着窗户穷担心，怕他们俩动手，穿着拖鞋啪嗒啪嗒跑出去，拉着匡正的手把他往家拽。

匡正跟着他走，不忘回头指着代善："以后别让我在这片儿看见你！"

简直是小学生茬架的话，不过不是为了妞儿。

"放心，这别墅我不要了，"代善懒洋洋地说，"跟你当邻居，我烦不起那心！"

"哎呀，哥，你别惹他。"宝绽把匡正推进屋，往外瞄一眼，带上门。

匡正抽出领带，往茶几上一甩，叉着腿坐在沙发上。宝绽像个小跟屁虫，追过来蹲在他面前："哥，还生我气呢？"

第三折 黄金台

匡正解着衬衫不理他。

"哥，"宝绽推他的腿，"我……不是不拿你的钱，去拿别人的钱。"

"那是什么？"匡正俯视着他，衬衫大敞着。

"他要是光给钱，我不会要的，"宝绽仰着头，讨好地给他捶腿，"他是给资源，能让如意洲见着亮的资源。"

这话匡正不爱听，好像自己给不了一样，便冷淡地推开他的手。

宝绽往前凑了凑，还是给他捶："哥，我跟你说实话，我是鬼迷心窍了，就想唱出个名堂，飞黄腾达，带着大伙过上好日子。"

飞黄腾达没错，成名成家也没有错，匡正只是气，气自己徒有几个小钱，不能做宝绽青云路上的贵人。

"我不是只有我一个人，哥，"宝绽也无奈，眼巴巴看着他，"我还有如意洲，你怪我爱钱也好，势利也罢，我……得为它拼。"

匡正怎么会怪他，他心疼他都来不及，叹了一口气："那代善是怎么回事儿？"

说到这个，宝绽不蹲着了。"你背我上医院那次，"他在匡正身边坐下，看他露着一大片胸口，帮他把衬衫掩上，"就是给他唱戏累的。小侬找他讨说法，他不给钱，说把房子给我住，我本来不想住的——"

"是他？"匡正把前因后果一串，狠狠骂了一句，"这孙子！"

"哥，"宝绽攥着他的手摇了摇，小声说，"到什么时候，咱俩是一条心。"

一条心，简简单单的三个字，匡正就熨帖了："你以后还敢不敢了？"

宝绽也不知道什么敢不敢，反正摇头就对了："不敢了。"

"你保证。"

"我保证。"宝绽说。

"那行，"匡正的嘴角翘起来，"你得让我罚一下。"

"怎么……罚？"宝绽有不好的预感。

匡正正要使坏，一眼看见茶几上宝绽那个老Kindle，他拿起来点亮屏幕，心思其实根本不在上头，一本本书翻得飞快。

《伯罗奔尼撒战争史》《波斯战火》《小亚细亚雕刻艺术》，很奇怪，所有这些书他都看过，甚至连书目排列的顺序都似曾相识。他怔住了，一个不可能的念头从脑中一闪而过。他往下翻，手指慢慢停下。

那是一本托比阿斯·胡阿特的《多重宇宙》，十几年前很难找的书，他记得当时找了好久，才弄到一份缺页的英文电子版资源。他记得里面有一段关于"无限"的论述，大意是说，假如猴子拥有无限的时间，那么总会存在一个概率，让它们随机打出一本完整的《哈姆雷特》。匡正点开它，找到关于猴子的那一段，微微闪烁的屏幕边缘有一小段注释，写着："无限的伟大之处正在于，它可以使极小概率的事件发生，甚至重复发生。"

匡正瞪大了眼睛，他百分之百肯定，这句话是他写下的，在北大图书馆三楼，十一二年前的某一天。

番外
另一种相遇

匡正和宝绽的相识，看起来是一场偶然。

那天，白寅午拿着一张写着如意洲地址的字条回到办公室，正要收进抽屉里，忽然来了个电话。他接听电话的时候，方副总领着代善进门。鸡贼如代善，一眼瞧见桌上的字条，这才有了后面的事——宝绽翻抢背住院，阴差阳错和匡正成了邻居。

说起来，白寅午、代善甚至方副总，似乎都是促使他们相识的重要一环，但所有人都忘记了，最关键的那通电话，其实是匡正打来的。他向老白汇报熔合地产项目的进展，因为这通电话，那张字条才没来得及被收进抽屉，代善才有机会看到。

所以，匡正和宝绽的相识不是偶然，而是某种必然。

如果那天匡正没打电话，或是早了一分钟，或是晚了一分钟，事情又会怎么样呢？

时间回溯——

白寅午拿着一张写着如意洲地址的字条回到办公室。没有那通电话，他把字条收进抽屉，随后方副总和代善进门，聊了聊资本市场部最近的运营状况。两天后，老白把地址发给匡正：南山区白石路106巷56-2号。

匡正缓缓打过方向盘，在明显老旧的街道上穿梭。路两旁是独具特色的红砖房，还有被遗忘了的名人故居。穿过狭窄的长巷，他在一条自来水管爆裂形成的小沟边停车。

56-2是一栋二层小楼，大门口挂着块牌子，油漆剥落。匡正认了认，这是个剧团。他进门，楼道里黑洞洞的，二楼传来胡琴之类的弦声，他走上楼去。

没走两步，他就听见背后有人喊："喂，你找谁？"

匡正转身，远远地站着一个人，是个光头，手里横着一把表演用的长刀。

342　　　　　　　　　　　　　　　　　　　　　　　　　　窄红

"我找……"匡正硬着头皮过去，半路上，有人从水房里出来，端着一只不锈钢盆，不偏不倚地撞在他身上。

匡正的西装湿了——不是商场货，是在走马湾一家台湾人的手工店定做的，他拧起眉头，投行VP的坏脾气就要发作。

"天哪！"撞了他的人比他还紧张，放下盆，甩了甩手，连忙给他解西装扣子，"快快！脱下来！"

匡正长这么大，头一回被不认识的男的扒衣服："干什么你？！"

"是刨花水！"那人不由分说，踮着脚拽他的西装，"硬了就不好洗了！"

刨花水也叫白芨水，也有用榆树皮泡的，是京剧旦角贴片子用的胶水。匡正听都没听说过，稀里糊涂地脱了外套。

"鲁哥！"那人招呼那个拿刀的光头，"领他到我屋里坐会儿！"

说着，他拎着西装走回水房。

匡正有点蒙，指着西装正要说什么，就见自来水冲下来，浸透了西装，他索性放下手，跟着那个光头走进左边一间小屋。

屋子很寒酸，当中有一张旧沙发，棕红色的皮面泛白开裂，上面搭着一件黑缎大氅，绣着彩云飞鹤，里子是湖蓝色，满绣着莲花。沙发正上方，斑驳的墙面上挂着一幅中堂，浓墨写着"烟波致爽"四个字。

姓鲁的光头让他随便坐，给他倒了杯茶，然后提刀走了。匡正一个人被凉在那儿，像是误闯了妖怪的洞府，哪儿哪儿都透着怪异。

烦躁，有这个时间够自己扫两份财报了，匡正抬头看，墙皮皲裂成块，说不定什么时候就掉下来，他拖着椅子换个地方坐，喝一口茶，味道糟糕至极。

匡正等了十来分钟，弄脏他西装的那个人来了。

那是个干净的男孩，穿着褪了色的牛仔裤，上身是一件纯白T恤，没有图案，像十年前流行的那样塞在裤子里，箍出一把细腰。

匡正的西装在他手里，拧得全是褶子，滴滴答答滴着水。接着，他从破柜子里拿出个塑料衣架，颤巍巍地架着，用晾衣杆挂在走廊上。

"对不住，"他转回身，认真道歉，"把你衣服弄脏了。"

匡正想骂他一顿，但那番话过了过脑子，何苦跟个社会底层的穷小子耍脾气？

"喝茶。"那人客气着，在他对面坐下。

"我是来找人的，"匡正不想跟他浪费时间，"找一位姓段的先生。"

番外 另一种相遇

"我们这儿没有姓段的。"那人说。

匡正沉默片刻,转而问:"贵姓?"

"免贵,姓宝,"那人穷是穷,身上带着一股气,肩背坐得笔直,精神、漂亮,"宝绽,这儿的团长。"

团长说没有,应该是真没有。匡正蹙眉,难道是老白的信息有误?

这时宝绽从地上捡起一只茸茸的彩球,挺大一个,蓝色和白色相间,匡正顺口问:"那是什么?"

"这个?"宝绽捏了捏绒球,"英雄胆。"

英雄胆,三个字威风八面,匡正想问这是做什么用的,只见宝绽拿过来一顶台上用的八角帽,白丝绸已经发黄,是小时候香港电影里家丁常戴的那种。

宝绽把绒球别在帽边,给匡正看。原来这就是英雄胆,空顶着一个响亮的名头,不过是最廉价老旧的装饰。

京剧也是一样,那些英雄、传奇,都随着时代褪了色,成了一个绮丽的符号。无知、贫穷、不合时宜,这就是匡正对宝绽的第一印象。

那件西装,匡正不要了,那是不能水洗的材质。宝绽以为他过一段时间会来取,特意跟他要了名片。匡正是穿着衬衫走的,回到万融跟老白把情况一说,继续去搞熔合的案子,很快就将老城区、宝绽,还有那个走到末路的剧团抛诸脑后。

过了一周,宝绽看匡正还没过来,便把西装叠好,用大塑料袋装上,坐公交车到了名片上的地址——金融街,万融西楼,投行部。

万融双子星擎天柱般矗立在街口,宝绽仰着脖子才能看到楼顶。大楼入口用大片金属构件装饰着,穿职业套装的男女进进出出,宝绽一身T恤牛仔裤显得格格不入。

豪华酒店似的大堂,有前卫的装饰艺术,有咖啡座,还有阳光灿烂的天井和蓬勃生长的绿植。他走到前台,烈焰红唇的接待小姐看到他,牵出一个标准的微笑:"您好,快递和外卖,请放到右侧总务台。"

"不——"宝绽摆了摆手,"我找人。"

接待小姐有些意外:"您找哪位?"

"姓匡,"宝绽说,"匡正。"

匡正是万融的风云人物,这条街上最好的估值手,M&A的老大,也是投行部大Alpha排行榜上的一哥。

"您是匡总的——什么人?"

"我不是他什么人,"宝绽局促地笑,拎起袋子,"他西装落我那儿了,我给他送来。"

这话一出,无论前台工作人员还是来办事的人,都斜着眼睛往他身上瞄,宝绽没想那么多,接着说:"我和他只见过一面,衣服给他我就走。"

只见过一面,却把衣服落下了……接待小姐的表情有些微妙,想着先把他从前台领开,便微笑着摆手:"先生,这边请。"

宝绽跟她绕到大堂一角,穿过两道软包门,脚下是柔软的长绒地毯,四周是朦胧的小壁灯。接待小姐把他带进一个大房间,没有窗,却拉着厚厚的丝绒窗帘,帘下是一排血红色的复古沙发。

"先生,怎么称呼?"接待小姐问。

宝绽拘谨地答:"姓宝,宝贝的宝。"

在电话里,接待小姐就是这么跟匡正说的,而匡正在专注地给克莱门调整估值系数,想都没想便道:"我不认识姓宝的。"

接待小姐愣了:"可是他说——"

"他什么事儿?"匡正嫌烦。

"说是……给您送西装。"

西装?匡正想了起来,是南山区那个老剧团:"他在哪儿呢?"

接待小姐撇了撇嘴,果然和人家认识:"贵宾室,3号。"

"知道了。"匡正挂了电话。

宝绽孤零零地在贵宾室等匡正,一等就是四个小时。匡正搞完手头的活儿,甚至吃了一份鳟鱼套餐,才想起来有这么个人。他坐电梯下楼,到3号贵宾室,推门进去,看到宝绽竟然睡着了,他仰靠在红色沙发上,怀里紧紧抱着一个塑料袋。

匡正说不好这种感觉,一个唱戏的,再闲、再不值钱,也生生等了他大半天,这个人或许没有别的东西,但他有一样,就是真诚。

"你好?"匡正碰了碰他的肩膀。

宝绽微张着嘴,露出几颗白牙,睫毛轻颤,睁开眼睛。

一双清澈的眸子,像有月光在里头流淌,凝起神,又有勃勃的英气,他

番外 另一种相遇

看清了匡正，坐起来，不好意思地用手背擦擦嘴："我怎么睡着了……"

"抱歉，"匡正挨着他坐下，"让你久等了。"

"没事儿……"宝绽把塑料袋打开，匡正刚要接，他又说，"那个，被我洗坏了……"

匡正看着他从袋子里拿出西装，小心翻开："这个料子，不知道为什么炸起来了，"宝绽很窘迫，"还有里子，也糟了，我……我赔给你吧。"

这么一件西装，光手工费就六千八百元，裤子与上衣是成套的，全下来没两万元打不住。匡正没说话。

"对不住，"宝绽垂着头，"真的对不住。"

没想到匡正却说："不用，一件西装而已。"

宝绽惊讶地看着他。

"等了这么久，"匡正起身系扣子，"我请你吃个饭。"

宝绽跟着站起来，诚恳地说："我请你！"

图书在版编目（CIP）数据

窄红 / 折一枚针著. —— 北京：北京联合出版公司，2021.9

ISBN 978-7-5596-5387-1

Ⅰ. ①窄… Ⅱ. ①折… Ⅲ. ①长篇小说—中国—当代 Ⅳ. ①I247.5

中国版本图书馆CIP数据核字（2021）第120435号

窄红

作　　者：折一枚针
出 品 人：赵红仕
出版监制：辛海峰　陈　江
产品经理：小乔Dream　穆　晨
责任编辑：孙志文
特约编辑：丛龙艳

北京联合出版公司出版
（北京市西城区德外大街83号楼9层　100088）
北京联合天畅文化传播公司发行
天津中印联印务有限公司印刷　新华书店经销
字数 354千字　710毫米×1000毫米　1/16　22印张
2021年9月第1版　2021年9月第1次印刷
ISBN 978-7-5596-5387-1
定价：49.80元

版权所有，侵权必究
未经许可，不得以任何方式复制或抄袭本书部分或全部内容
如发现图书质量问题，可联系调换。质量投诉电话：010-88843286/64258472-800